KB165590

천진팡은 없다

묘보설림

____011

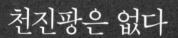

천진팡은 없다

스이펑 지음 | 양성희 옮김

글항아리

| 일러두기 |
·하단 각주는 모두 옮긴이의 것이다.

천진팡은 없다

1

그해 여름, 세계적인 바이올린 거장 이츠하크 펄먼의 세 번째 방중 공연이 있었다. 암표상인 지인 B형은 고상한 클래식 마니아가 되고 싶은 공무원들 뇌물용으로 VIP티켓을 대량으로 사들였다. 그런데 공연 이틀 전 중앙정부에서 갑자기 공무원 교육을 소집했다. B형은 곧 휴지 조각이 될 티켓 무더기에서 한 장을 빼내 내 앞으로 휙 날렸다.

"인민의 고혈을 짜낸 건데 그냥 버리긴 아깝지."

공연 당일, 나는 그럴 듯한 양복을 차려 입고 혼자 전철을 타고 다후이탕시루로 향했다. 마침 아름다운 석양이 내려앉아 인공 호수에 둘러싸인 계란형 건물이 눈부시게 빛났다. 주변 하늘에 여러 가지 새와 곤충 모양 연이 펄럭였다. 한가롭게 산책하는 사람들 사이를 지나 계단을 오르니 내 옆을 스쳐가는 이들은 모두 고상한 문화인이었다. 하나같이 뒷목이 새하얗고 여자들은 번쩍이는 액세서리로 한껏 치장했다. 나비넥타이를 맨 할아버지들도 있었다.

티켓을 확인하고 입장하는 동안 뭔가 이상하게 찜찜했다. 누군가 나를 지켜보는 것 같은 거북한 시선이 느껴졌다. 이리저리 두리번거렸지만 따끔한 순간 이미 날아가버린 모기처럼 흔적도 없이 사라졌다. 찜찜하고 불안해 계속 주위를 둘러봤지만 온통 낯선 이들뿐이었다. 공연장 내부 카페 쪽으로 걸어가는데 누군가 손을 흔들며 내 이름을 불렀다. 동료 기자들이 모여 있었다. 다들 취재 출입증으로 먼저 입장해 차를 마시며 잡담 중이었다. 나는 소다 음료를 마시며 동료들 틈에 끼어 앉았다. 대화를 하면서도 시선은 물밀듯이 밀려드는 관객에게 향했다.

"쓸데없이 뭘 보고 있어? 여기 네가 아는 사람이 어디 있다고?"

이마가 훤한 동료가 대놓고 비웃었다.

"너의 '그녀들'은 저기 변두리 이발소에서 기다리고 있잖아."

동료들이 박장대소했고 나도 웃어 넘겼다.

잠시 후 공연이 시작됐다. 나는 앞쪽 VIP 좌석에 앉아 진지하게 귀를 기울였다. 바이올린 소리가 울리는 순간, 난 무아지경에 빠졌다. 펄 먼은 스리랑카 피아니스트와 베토벤과 생상스의 소나타를 협연한 후, 그에게 그래미상의 영광과 세계적인 명성을 안겨준 영화 음악 몇 곡을 솔로로 연주했다. 대미를 장식한 곡은 당연히 흐느끼듯 애절한 영화 「쉰들러 리스트」의 테마곡이었다.

연주가 끝나자 고상한 척 허세를 부리던 클래식 문외한들까지 감동에 젖어 우레와 같은 박수를 터트렸다. 앞줄 관객들이 하나둘 기립하자 파도타기 하듯 뒷자리 관객들까지 모두 일어섰다. 전동 휠체어를 탄 펄먼이 무대를 한 바퀴 돌고 바이올린 활을 높이 치켜들자 여기저기서 함성이 터져 나왔다. 사람들이 '최고'라고 외치는 가운데 유난히 귀에 꽂히는 목소리가 있었다. 보통 사람보다 한 옥타브 이상 높고 파르르 떨리는 여자 목소리인데 나중에는 울먹이기까지 했다. 그녀는 서양인 특유의 과장된 몸짓과 발음으로 이렇게 외쳤다.

"브라보! 브라보!"

이 목소리는 바로 내 뒤에서 들렸고 옆 사람들이 하나 둘 뒤를 돌아보자 나도 돌아보지 않을 수 없었다. 몸을 돌리는 순간 북받치는 감정에 한껏 일그러진 얼굴이 보였다. 화장이 꽤 진한 서른 즈음 돼 보이는 여자였다. 반짝이는 긴 귀걸이, 목에 두른 알록달록 화려한 카르티에 스카프, 강렬한 명암에 드러난 또렷한 턱선을 보고 있자니 문득 호화 리무진 캐딜락이 떠올랐다. 처음엔 그녀가 누군지 전혀 알아보지 못했다. 그런데 나를 뚫어지게 바라보는 시선에서 불현듯 그녀의 정체가 떠올랐다. 혹시, 천진팡?

공연이 끝난 후 밖으로 나가니 그녀가 출구에서 기다리고 있었다. 조금 전 격한 감정은 온데간데없고 팔짱 낀 두 팔로 밝은 색 정장 옷깃을 지그시 누르고 서 있었다. 팔꿈치 끝에 매달린 작은 구찌 핸드백 덕분에 한층 더 기품 있고 단정해 보였다. 아주 오랫동안 본 적이 없는데, 그녀는 이 만남이 전혀 놀랍지 않은 듯 가벼운 미소와 함께 나를 위아래로 훑었다.

"너도 왔네."

"정말 우연이네……."

말이 끝나기도 전에 그녀가 따라오라고 손짓하면서 먼저 공연장을 빠져나갔다. 나는 최대한 당당하게 그녀와 비슷한 자세로 뒤따라갔다. 출구를 나오자마자 그녀가 어디로 가느냐고 물었고, 잠시 후 아내가 데리러 오기로 했다고 대답했다. 그녀는 시계를 확인하며 자기도 오기로 한 사람이 오지 않았으니 어디 가서 잠시 얘기하면 좋겠다고 말했다. 그래, 얘기하는 게 뭐 어렵겠어? 우리 사이에 무슨 할 얘기가 있을지는 모르겠지만.

대극장 부근 찻집과 카페는 공연 직후 쏟아져 나온 사람들이 몰려 이미 자리가 없었다. 우리는 지하철 반 정거장 거리를 걸어가 노동인 문문화궁 맞은편에 있는 윈난 식당에 자리를 잡았다. 그녀는 걸어가는 동안 한마디도 하지 않았다. 보도블록에 꽂히는 하이힐 울림이 창 안제를 따라 길게 이어진 붉은 담장에 부딪혀 메아리쳤다. 그녀는 자리에 앉자마자 다시 한번 나를 훑으며 입을 열었다.

"너도 변했구나."

"당연하지. 10년이 훨씬 넘었는데, 안 변하면 그게 사람이야?"

"그런데 전혀 늙어 보이지는 않아."

그녀가 살짝 웃었다.

"한 눈에 봐도 좋아 보이네. 마음고생 한 번 안 해봤겠어."

"그렇다고 할 수 있지. 여태 마누라 등쳐먹고 살았으니까."

"뭐? 웃기지 마."

"농담 같아? 그래, 그럼 농담이라고 생각해."

조금 긴장이 풀리니 자연스럽게 예전 말투가 튀어나왔다. 담뱃불을 붙일 때 그녀가 다시 물었다.

"지금도 바이올린 연주해?"

"벌써 집어치웠지."

"옛날 친구들, 지금도 연락해?"

"아니, 전혀. 개들은 나 무시하고 나도 개들 안중에 없어."

"그래, 역시 너답다."

"나다운 게 뭔데?"

"겉으로는 아무렇지 않은 척해도 사실 뼛속까지 거만하지."

나는 이 말을 듣고 흠칫 놀랐다. 아내 재스민, 그리고 나를 아주 잘 아는 몇몇이 이런 비슷한 말을 했었다. 그런데 천진팡이 이걸 알고 있다니, 정말 의외였다. 대학 입학 이후로 한 번도 만난 적이 없는데. 나는 갑자기 나타난 중학교 동창을 뚫어지게 쳐다봤다. 그녀는 시선을 피하지 않고 양팔을 테이블에 올리며 앞으로 기댔다. 마치 외교부 여성 대변인 같았다.

그녀는 내가 이것저것 물어보기를 기다리는 눈치였다. 졸업 후 어떻게 지냈는지, 그동안 어떻게 살았는지, 지금은 무슨 일을 하는지 등등. 하지만 나는 가난한 환경을 이겨내고 환골탈태한 옛 친구들이 감회에 젖을 기회를 주고 싶지 않았다. 이것은 절대 친구들의 성공에 대한 질투가 아니라 그들이 열변을 토하는 내용이 결국 다 똑같기 때문이다. '돌이켜보니 정말 파란만장한 세월'이라는 식의 감회에 자연스럽게 눈물, 콧물을 뿌리기도 하지만 그 음흉하고 사악한 눈빛은 어떻게 해도 감출 수 없었다. 그래서 나는 일부러 다른 말을 꺼냈다.

"지금은 인두로 머리카락 지지는 거 안 하지?"

그녀가 크게 놀랐다.

"도대체 언제 적 얘기를 하는 거야?"

"학교 다닐 때지. 기술이 없으니, 그때 한동안 한쪽 눈썹이 없었잖아."

그런데 예상과 달리 천진팡이 유쾌하게 웃었다.

"그걸 기억한단 말이야? 나도 이제 기억난다. 그래서 그때 눈두덩에 거즈 붙이고 다녔어. 선생님한테는 자전거 타다 넘어졌다고 했지."

그녀의 반응에 왠지 부끄러워졌다. 이 무례한 도발로 나는 경박하고 속 좁은 인간이 됐다. 반면 천진팡은 상대적으로 아주 너그러워보였다. 그래서 나도 모르게 애초에 피하려 했던 말까지 내뱉고 말았다.

"너…… 정말 많이 변했어. 사실, 좀 전에 못 알아볼 뻔했어."

"겉모습이 조금 변한 거지, 알고 보면 아직도 촌스러워."

"그 말은 너무 겸손한데? 네 모습이 얼마나 놀라운지, 정말 몰라?"

나는 무심결에 입술을 핥고 그녀를 우러러보는 말투로 물었다.

"도대체 어떻게 된 거야?"

하지만 예상과 달리 천진팡은 자기 얘기를 하지 않았다. 그녀는 베이징에 돌아온 지 2년쯤 됐고 지금은 예술 투자 관련 일을 한다고 간단히 설명한 후 바로 화제를 돌려 나에게 질문을 퍼부었다. 어디에 사는지, 어떤 일을 하는지 구체적으로 물었고 내가 바이올린을 그만둔 것이 '너무 아깝다'며 진심으로 안타까워했다. 얘기를 나눌수록 점점 더 헷갈렸다. 지금 눈앞에 앉아 있는 여자가 그 옛날 천진팡과 동일인이라는 사실을 도저히 믿을 수 없었다. 한참 이런저런 얘기를 나누며 푸얼차를 두 번째 우릴 때 천진팡의 휴대폰이 울렸다. 그녀가 메시지를 확인하고 일어섰다.

"이만 가봐야겠어."

나도 따라 일어섰다.

"그래, 다음에 또 얘기하자."

내가 전화번호를 건네자 그녀는 복잡한 직함이 박힌 명함을 꺼내줬다. 그녀와 함께 찻집 밖으로 나가니 도로변에 인피니티가 대기하고 있었다. 최근 돈 좀 있는 고상한 교양인들은 대부분 이 차를 좋아했다. 얼마 전 머리 큰 장발 음악인이 음주 운전으로 구속될 때 몰았던 차도 바로 인피니티였다. 천진팡이 조수석 쪽으로 걸어가자 훤칠한 젊은 남자가 재빨리 내려 문을 열어줬다. 남자는 타이트한 티셔츠에 찢어진 청바지를 입었다. 바지 사이로 무릎이 보였고 전체적으로 고급 미용실 헤어디자이너 느낌이었다. 남자는 천진팡에게 공손히 고개를 숙였지만 내 쪽으로는 아예 쳐다보지도 않고 바로 시동을 걸고 먼지를 휘날리며 떠나갔다. 자동차가 휩쓸고 간 자리에 소용돌이치듯 낙엽이 휘날렸다. 밤바람이 점점 서늘해진다. 두어 번 더 비가 내리면 완연한 가을이 되겠지.

10분 쯤 지났을 때, 야근을 마친 재스민이 궈마오에서 나를 데리러 왔다. 집으로 돌아가며 재스민이 연주회가 어땠느냐고 물었고, 나는 대충 '훌륭했어'라고 대답했다. 내가 오늘 많이 바빴느냐고 묻자 그녀는 '그게, 좀 애매해'라며 얼버무렸다. 이후 무거운 침묵이 흘렀다. 서로 할 말이 없어진 지 이미 오래다.

나는 고가도로 위로 쏟아지는 불빛 사이로 천진팡의 명함을 힐끔거렸다. 받을 때 자세히 보지 않아 그녀의 바뀐 이름을 이제야 확인했다. 천진팡이 아니라 천위첸이다. 그야말로 겉과 속이 철저히 바뀌었다.

2

천위첸이 된 천진팡을 처음 만났을 때, 나는 중학교 2학년이었다.

그날, 방금 마지막 수업이 끝난 후라 교실이 몹시 어수선했다. 모두 집에 돌아가려는데 갑자기 담임선생님이 들어와 전학생이 왔다고 알렸다. 다들 선생님 뒤로 시선을 돌렸지만 아무도 없었다. 선생님이 학생들의 이상한 눈빛을 감지하고 교실 밖을 향해 크게 소리쳤다.

"왜 그러고 서 있어? 어서 들어와!"

그제야 아주 작은 여자애가 교실로 들어왔다. 까치발을 세워도 160센티미터가 안 될 것 같았다. 낡은 체크 무늬 재킷은 할머니 옷 같고 두 볼에 촌티 나는 홍조가 선명했다. 선생님이 자기소개를 시켰지만 그 애는 입을 꽉 다문 채 우두커니 서 있기만 했다. 선생님이 어쩔 수 없다는 듯 이름은 천진팡이고 후난湖南에서 왔다고 말해줬다. 그리고 우리에게 전학생을 많이 도와주고 사이좋게 지내라고 당부했다.

우리는 와자지껄 떠들며 뿔뿔이 흩어졌다. 이곳은 군인 자녀 학교라 매년 천진팡 같은 전학생이 두세 명쯤 있었다. 부모를 따라 베이징에 오게 된 전학생들은 처음에는 도무지 이곳과 어울리지 않아 힘들어하다가 겨우 이곳 환경에 적응해 친구들을 사귀기 시작하지만 또 금방 떠나버리는 경우가 많았다. 이런 일이 계속 반복되자 우리 '박힌 돌'들은 '굴러온 돌'에 별 관심을 두지 않게 됐다. 어차피 이 교실에서 언제 사라질지 모를 아이이니 친구가 될 필요가 없지 않은가? 친구를 사귀는 일에도 득실을 따져봐야 하니까.

더구나 이 여자애는 딱 봐도 별 볼 일 없게 생긴 촌뜨기이니 어느 모로 보나 우리와는 전혀 다른 부류였다. 우리는 떠들면서 여자애 옆을 획 지나쳐갔다. 나는 친구들과 농구를 하러 운동장으로 뛰어나갔지만 농구 골대에 기대앉아 입만 놀렸다. 얼마 전 농구를 하다가 손가락을 삐어 보름 가까이 바이올린 연습을 못하는 바람에, 어머니가 농구 금지령을 내렸다. 그래서 그냥 이렇게 시간을 보내다가 해가 기울어 운동장 절반이 붉게 물들 즈음 가방을 둘러메고 친구들과 인사하며 교문을 나섰다.

이때 등 뒤에서 웃음소리가 들렸다. 소리가 나는 쪽을 돌아보니 천진팡이 '칼륨 비료'라는 글씨가 찍힌 나일론 주머니를 들고 몇 미터 뒤에서 날 따라왔다. 내가 성큼성큼 걸으면 그녀도 종종거리며 쫓아왔고, 내가 멈추면 그녀도 걸음을 멈추고 어깨를 잔뜩 움츠린 채 긴장한 표정으로 내 눈치를 살폈다.

천진팡이 뛰거나 서거나 계속 따라오니, 나로서는 정말 난감했다. 처음에는 '나한테서 떨어져!'라고 소리를 질러 쫓아버릴까 했는데 다시 생각해보니 그렇게 하면 짓궂은 친구들이 더 오버해서 놀릴 것 같았다. 그래서 그냥 모른 척 무시하고 최대한 빨리 걸었다.

1990년대까지만 해도 베이징 하늘은 맑았고 거리에 차도 많지 않았다. 직장인들은 대부분 자전거로 출퇴근했다. 자전거마다 앞에 온갖 야채가 담긴 바구니가 달려 있어 단란한 가정의 일상을 느낄 수 있었다. 나는 당시 철도병 숙소 앞마당을 통과해 창안제와 연결된 도로에서 4번 버스를 탔다. 우커쑹을 지나 시추이루에서 하차한 후 남쪽으로 10분쯤 걸어가면 어려서부터 살아온 우리 동네가 보인다. 집으로 가는 동안 손을 번쩍 들고 나에게 인사하는 마오 주석 동상을 세 번 만난다. 그날 나는 아주 빠르게 걸었고 버르장머리 없는 고얀 녀석처럼 줄서기를 무시한 채 앞사람을 밀치고 재빨리 버스에 올랐다.

관사 입구 옆 빨간 벽돌 건물이 보일 즈음, 온몸에 살짝 땀이 뱄다. 뒤를 돌아보니 천진팡이 아직도 따라오고 있었다. 나는 너무 화가 나서 그 자리에 우뚝 멈추고 그녀를 기다렸다. 무표정한 얼굴로 내게로 걸어오는데, 두 손으로 꼭 쥔 '칼륨 비료' 주머니를 가슴에 품은 모습이 꼭 햄스터 같았다. 그녀가 내 앞에 다가와 이렇게 말했다.

"우리 집도 이쪽이야."

"어……."

그리고 또 한 마디 덧붙였다.

"우리 형부가 쉬푸룽이거든."

나는 한참 생각한 후에야 쉬푸룽이 밀가루 반죽을 잘한다고 소문난 학교 식당의 뚱보 조리사임을 떠올렸다. 산둥 출신에 면요리가 장기인 그는 군복무가 끝난 후 자원해서 우리 학교에 남았고 지금은 결혼해서 아내도 함께 살고 있다. 그러고 보니 천진팡 언니도 본 적이 있었다. 배식 창구에서 밥을 퍼주던 육감적인 젊은 여자. 실로 대단한 가슴을 가진 그녀는 한여름에 노브라일 때가 많아 얇은 군복 티셔츠 위로 볼록 튀어나온 양쪽 유두가 또렷이 보였다. 배식 때마다 보급 지원부 군인들이 그녀를 희롱하곤 했다.

"이런! 식판에 젖 튀겠네!"

천진팡 언니는 짓궂은 희롱에도 아랑곳 하지 않고 밥주걱을 흔들며 남자들과 시시덕거렸다. 이렇게 보면 쉬푸룽 부부는 성격이 참 좋은 것 같았다. 부대 안에 쉬푸룽 가족에 대한 또 다른 이야기가 있었다. 딸린 식구가 많아 식비를 감당하기 힘들었던 쉬푸룽이 매일 식당에서 갓 쪄낸 만두와 꽃빵 두 근을 넓은 바짓가랑이에 쑤셔 넣고 오리처럼 뒤뚱거리며 황급히 집으로 달려간다고 했다. 이렇게 오랜 시간이 지나자 매일 뜨거운 김에 푹 익은 쉬푸룽 생식기는 데고 또 덴 탓에 제 기능을 잃어버렸다. 이 이야기의 결론은 늘 천진팡 언니에게 향했는데 모두들 그녀의 가슴이 너무 아깝다고 탄식했다. 천진팡과 마주 서 있으니 문득 이렇게 물어보고 싶었다.

'그 소문이 진짜야? 정말 그래? 너희 식구들은 그 김 펄펄 나는 만두랑 꽃빵이 바짓가랑이에서 나왔는데, 그게 목구멍으로 넘어가?'

이때 천진팡이 홱 돌아서서 먼저 가버렸다. 우리 집은 단지 동편 빨간 벽돌 건물 일층이고 그녀의 집은 서편 끝 담장 바로 옆 단층 건물이었다. 보급 지원부 소속 임시 직원들은 모두 이 건물에 배정됐다. 자리를 뜨기 전, 그녀가 아주 강렬한 눈빛으로 뚫어져라 나를 노려봤다.

그날 밤, 천진팡을 다시 보게 될 줄은 꿈에도 몰랐다. 저녁 식사 후, 아버지는 불시 점검이 떨어지자 황급히 군복을 갖춰 입고 나가셨고 어머니는 평소처럼 바이올린 연습을 하라며 날 방에 밀어 넣었다. 중학교 2학년, 나는 바이올린을 켠 지 이미 8년이 넘었고 실력이 일취월장할 때라 어머니가 교향악단 단원이긴 했지만 더 이상 나를 가르치기 힘들었다. 어머니는 중요한 시기를 놓치면 안 된다고, 스승을 찾아야 한다며 나를 끌고 온 베이징을 돌아다녔다. 그리고 일단 권위 있는 청소년 콩쿠르에 도전한 후 최종적으로 중앙음악학원에 입학한다는 명확한 계획까지 마련해놓았다.

이 목표에는 필연적으로 길고 지난한 연습의 고통이 뒤따랐다. 나는 방음벽을 두른 방에 갇힌 채 창문 앞에 서서 바이올린 위로 엷게 굳은살이 밴 아래턱을 올렸다. 그날 연습곡은 차이코프스키의 「바이올린 협주곡 D장조」였다. 1994년, 첫 방중 공연을 왔던 펄먼이 인민대회당에서 베이징 카오야를 극찬한 후 첫 곡으로 연주했던 바로 그 곡이다. 나는 이날 공연 실황을 듣고, 듣고 또 듣느라 LP음반 여러 장을 갈아치웠다. 잠시 후 나방이 들끓는 창밖 가로등 불빛이 머리 위로 쏟아지는 순간, 나는 내가 휠체어에 앉은 펄먼이 된 것 같은 환상에 빠졌다. 풀밭을 수놓은 수많은 검은 점들이, 검은 정장을 입고 끊임없이 밀려드는 수많은 청중의 머리통 같았다.

그러나 이 망상은 옆집 할머니와 며느리가 싸우는 소리에 금방 깨져버렸다. 그때 창밖 사시나무 밑에 얼핏 사람 그림자가 보였다. 비쩍 마른 누군가가 뒷짐을 지고 나무줄기에 기대 있는데 어둡고 희미해서 꼭 나무줄기에 고무판을 덧대 놓은 것 같았다. 하지만 곧 그 사람이 천진팡임을 알아봤다. 갑자기 급회전해 지나가는 자동차 불빛 덕분에 볼에 찍힌 촌티 나는 홍조까지 또렷이 보였다. 그녀는 흔들림 없이 꼿꼿이 서서 턱을 치켜들고 고집 센 표정으로 내 바이올린 연주를 듣고 있었다. 그때 내가 무슨 생각이었는지, 굳게 닫힌 창문을 열어젖혔고 아무 말 없이 계속 바이올린을 연주했다. 어느 순간 코끝을 간질이는 싱그러운 풀 냄새가 천진팡의 체취가 아닐까 하는 착각에 빠졌다.

그녀는 그 후 한 시간이 넘도록 꼼짝도 하지 않았다. 연주가 끝나갈 즈음 창밖의 그녀에게 말을 걸까, 말까 고민하는데 갑자기 어둠을 뚫고 날아온 날카로운 여자 목소리가 귓가에 꽂혔다. 천진팡 언니가 부르는 소리였다. 그녀가 살짝 몸을 돌리는가 싶더니 한순간에 획 사라졌다.

3

언제부터 동급생들이 집단으로 천진팡을 따돌리기 시작했을까?

그녀는 우리 반에서 아주 조용히 1년을 보냈다. 친구는 한 명도 사귀지 못했지만 최소한 그 전 전학생들처럼 갑자기 사라지지는 않았으니 작은 기적이라 할 만했다. 한번은 천진팡의 자리가 보름 넘게 비어 있어 다들 더 이상 그녀를 볼 수 없으리라 생각했다. 하지만 아무도 아쉬워하지 않았다. 그런데 보름이 지난 어느 날, 막 수업이 시작되려던 순간에 그녀가 나타났다. 그녀는 아무 말 없이 자리에 앉아 수업을 시작하자마자 책상에 엎드려 잤다.

천진팡은 수업 내용을 거의 따라오지 못했다. 하지만 그녀가 따돌림을 당한 이유가 공부를 못해서는 아니었다. 그럴 만한 이유가 있었다.

첫 번째 이유는 닥치는 대로 먹어대는 그녀 가족 때문이다. 이 이야기를 하려면 먼저 그녀의 가족 구성원부터 소개해야 한다. 천진팡, 그녀의 언니와 형부, 세 사람은 고정 멤버다. 이외에 천진팡의 어머니, 외삼촌, 외숙모, 사촌 오빠, 사촌 올케 등이 부정기적으로 찾아와 그 방 두 개짜리 작은 집을 꽉 채웠다. 객식구는 매번 새로운 얼굴로 바뀌었지만 쉬푸룽이 늘 처가 세상에 살고 있다는 사실에는 변함이 없었다. 누구는 지인 병문안을 왔다 하고 누구는 일자리를 알아보러 왔다고 하고, 아예 아무 이유 없이 왔다는 사람도 있었다. 남들이 베이징에 간다하니 나도 한 번 가봐야지 생각했으리라.

그 즈음, 나는 매일 아침 등굣길에 서편 단층 건물 모퉁이를 돌아 나오는 짐칸 달린 삼륜오토바이를 목격했다. 운전석에 앉은 천진팡 사촌 오빠는 얼굴이 전형적인 표주박 모양이었다. 태어날 때 겸자로 집어 끌어당겼는지 앞이마가 손바닥보다 작을 만큼 좁고 정수리는 기형적으로 뾰족하게 늘어난 상태였다. 짐칸에 앉은 천진팡 어머니는 대퇴골 괴사증을 앓고 있어 걸을 때 늘 뒤뚱거렸다. 그 옆에 사촌 올

케가 따라다녔는데 표주박 머리 남자의 아내라니, 머리 상태가 정상일 리 없다. 실제로 사촌 올케는 얼핏 보면 멀쩡했지만 종종 침을 흘리고 가벼운 백치 증상을 보였다. 이 셋이 한 팀이 되어 새벽부터 밤 늦게까지 위풍당당하게 거리를 누비며 한 일은 폐지 수집이었다. 천진팡 가족이 베이징에 발붙이기 위해 할 수 있는 일은 아마도 이것뿐이리라. 이 집에서 유일하게 멀쩡했던 그녀의 외삼촌은 일찍이 야심차게 기차표 대리 예약 시장에 뛰어들었다가 안후이 깡패들에게 흠씬 두들겨 맞았다. 얼굴이 피투성이가 된 그는 깡패들이 바지까지 홀랑 벗겨가 한겨울에 팬티 바람으로 보도블록 가장자리에 웅크려 앉아 덜덜 떨어야 했다.

천진팡 가족은 수도 많고 구성도 복잡했지만, 속사정은 아주 간단했다. 속사정 정보 출처는 바로 우리 반 담임선생님이었다. 선생님은 가정 방문을 핑계로 천진팡 집을 탐방한 후 한숨을 쉬며 이렇게 말했다.

"창턱에 양치 컵이 하나뿐이었어. 칫솔 예닐곱 개가 컵 하나에 꽂혀 있더라."

우리는 몇 가지 의문이 들었다. 그 상황에서 어느 칫솔이 누구 칫솔인지 구분할 수 있을까? 만약 누구 칫솔인지 상관없이 뒤죽박죽 사용한다면 왜 사람 수대로 칫솔이 있을까? 한 개면 족할 텐데.

그러나 천진팡 가족에게 가장 절실한 문제는 칫솔이 아니라 먹는 것이었다. 봄에서 여름으로 넘어가는 시기가 되면 천진팡 어머니가 부대 숙소 마당에서 부지런히 버드나무 길을 따라 걸었다. 뒤뚱뒤뚱 같은 길을 걷고 또 걸으며 야들야들한 버들개지를 따서 비닐봉지에 담았다. 이뿐이 아니다. 마당 동편 끝에 있는 이미 반쯤 죽어간 홰나무도 그녀 가족 등쌀에 남아나질 않았다. 그때는 팔일호八—湖가 폐쇄되기 전이고 수량도 풍부해서 한여름이면 웃통 벗고 호수에 뛰어들어 수영하는 남자들이 많았다. 그런데 천진팡, 그녀의 언니와 사촌오빠는 맨발로 강가를 돌아다니며 작은 물고기와 우렁을 잡았다. 심지어 죽창으로 찍어 개구리를 잡기도 했다.

당시 베이징의 평균 생활수준으로 볼 때 아무리 어려운 가정이라도 밥이나 국수, 찐빵으로 주식을 해결 할 수 있었다. 더구나 형부 쉬푸룽이 식당에서 일했고, 그에게는 바짓가랑이도 있지 않은가? 그렇다면 그녀 가족이 이렇게 수렵, 채취에 열심인 이유는 풍요로운 부식을 위해서일까? 어쩌면 고향에서 자연스럽게 습관적으로 하던 행동인데, 대도시 베이징에서는 이상해 보였는지도 모른다. 나이 많은 동네 어르신들은 그들을 보고 이렇게 중얼거렸다.

"그 옛날 3년 재해•가 들었을 때, 저렇게 먹고 살았지."

얼마 뒤 더욱 경악스런 사건이 벌어졌다. 늘 우리 학교 정문 주변을 어슬렁거리던 젖이 바닥까지 늘어진 발정 난 암컷 들개가 있었는데, 어느 날 갑자기 사라졌다. 그리고 천진팡 집에서 고기 삶는 냄새가 흘러나왔다.

천진팡이 따돌림을 당한 두 번째 이유는 그녀 자신에게 있었다. 몇몇 여학생이 그녀가 허영심 덩어리라는 사실을 처음 알아봤고, 그녀의 허영심은 점점 노골적으로 드러났다. 원래 천진팡은 1년 내내 옷세 벌로 버텼다. 가끔 옷을 빨았는데 그 전에 빤 옷이 다 마르지 않으면 어쩔 수 없이 축축한 옷을 입고 오기도 했다. 나중에 옷이 몇 벌

• 대략 1958~1960년 즈음. 마오쩌둥이 주도한 대약진 운동으로 농업생산력이 떨어진 가운데 각종 자연재해가 겹쳐 중국 전역에 굶주림이 만연했다.

더 생기긴 했는데 대부분 언니에게 물려받은 것이라 빨강, 초록, 분홍, 보라가 난잡하게 뒤섞여 촌스럽기 그지없었다. 어느 날 그녀가 어깨 뽕이 들어간 더블 버튼 정장 재킷을 입고 왔다. 재킷 밑단이 무릎까지 내려와 어릿광대보다 더 웃겼다. 하지만 점심시간이 되기도 전에 그녀 언니가 씩씩거리며 학교에 찾아와 다짜고짜 따귀를 때리고 재킷을 뺏어 돌아갔다. 천진팡은 볼에 빨간 손자국이 선명했지만 천연덕스러운 표정으로 옆 사람에게 언니가 '사업'을 준비 중인데 곧 식당을 개업한다고 했다. 두 달 후, 그녀 언니가 정말 식당을 개업했다. 재래시장 옆에서 찐빵과 훈툰을 파는 작은 가게라 가게 앞 길바닥에 펼쳐놓은 의자에 쪼그려 앉은 손님은 주로 야채 상인이었다.

천진팡은 우리 반 여학생 중 최초로 립스틱을 바르고 화장을 하고 도매시장 노점상에서 귀를 뚫었다. 내가 놀렸던 인두 파마 사건도 그해, 중학교 3학년 때였다. 그 시절 그녀는 제 얼굴을 실험 도구 삼아 신기한 것이 있으면 뭐든 다 했다. 언제인가 며칠 동안 하이힐을 신고 온 일도 있었다. 어느 집 앞에서 주워왔는지 굽이 한쪽은 높고, 한쪽은 낮아서 유전적으로 대퇴골 괴사증을 물려받은 것처럼 뒤뚱거리며 걸었다. 학우들은 그렇다 쳐도 선생님 눈에는 상당히 거슬렸다.

"천진팡, 천진팡, 진팡아, 그렇게 꼭 튀는 짓을 해야겠니?"

학우들 반응은 훨씬 극단적이고 점점 더 확대되어 급기야 투쟁운동으로 발전했다. 처음에는 학생 간부들이 '학생의 본분을 벗어났다' '품행이 방정하지 못하다'라며 천진팡을 공개적으로 비난했다. 그 뒤로 여학생들이 한뜻으로 그녀를 쩨려보고 욕하고, 나중에는 손찌검하는 지경에 이르렀다. 몇몇 남학생은 고무줄을 튕기거나 분필 조각을 던지고 빗자루 손잡이로 그녀의 뒤통수를 찌르기도 했다. 학우들은 이런 행동이 정당한 응징이라고 강력히 주장했지만 나는 제삼자 관점에서 분명히 말하건대, 천진팡은 누구에게도 피해를 주지 않았다. 그녀는 학교에서 온종일 열 마디도 하지 않았다. 그녀가 허영심이 심하다는데, 과연 허영심 없는 사람이 있을까? 그 시절, 부모 월급의 절반에 달하는 나이키 운동화를 사달라고 울며불며 부모를 졸라본 사람이 어디 한둘일까?

우리는 태생이 열등하고 비천한 사람을 보면서, 그 사람의 문제점은 대충 넘길 수 있지만 감히 우리 자리를 넘보는 행위는 절대 받아들일 수 없었던 것이다.

"너희 동네 사는 천진팡 말이야."

친구들은 내게 그녀 얘기를 할 때, 이렇게 말하면서 눈을 찡긋거렸다. 여기에는 확실히 다른 의미가 있었다. 나와 친했던 여학생 둘은 직접적으로 안타까움을 표현했다.

"너 말이야, 그런 애랑 같은 동네에 살아서 어쩌니?"

이 말은 천진팡이 늘 가려움을 유발하는 부스럼 같은 존재이니 잘못 엮이면 재수 없고 인생이 피곤해진다는 뜻이었다.

한편으로는 다행이다 싶었다. 나와 천진팡의 비밀스런 관계를 아무도 모른다는 뜻이기도 하니까. 처음 만난 그날부터 우리는 '연주자'와 '청중'의 관계를 변함없이 이어갔다. 그녀는 대략 저녁 8시쯤 창밖 나무 앞에 나타났다. 나는 바이올린을 조율하기 전에, 그 흔들림 없는 넋 나간 그림자가 보이는지 창밖을 확인하곤 했다. 내 바이올린 기교가 능숙해지는 동안 천진팡의 흐릿한 실루엣도 크게 변했다. 키가 많이 컸고 올록볼록 몸의 곡선이 뚜렷해졌다. 누구든 그 실루엣만 본다면 달빛처럼 순결하고 아리따운 소녀라고 생각할 것이다. 나는 어느 순간부터 바이올린 연주에 마음을 담아내기 시작했다. 내가 가장 인간미 넘치는 연주를 선보였던 때가 그 시절이었다.

이제 와 다시 생각해보니, 만약 이런 교감이 없었다면 나 역시 다른 친구들처럼 천진팡을 괴롭혔을 것이다. 아니, 어쩌면 같은 동네라는 이유로 더 심하게 괴롭히지 않았을까? 솔직히 나는 내 도덕과 양심을 그다지 신뢰하지 않는다.

천진팡은 내가 연주할 때마다 매번 오지는 못했다. 식구가 많은 만큼 집안일이 많았다. 그녀는 학교가 파하자마자 식당으로 달려가 형부가 밀가루 포대 옮기는 것을 돕고 어머니가 주워온 폐지를 분류해 비닐 가방에 담았다. 3학년 2학기 때 아주 오래 장기 결석한 적이 있는데, 그때 천진팡 집안에 큰 변고가 있었다. 고향에 계신 그녀 아버지가 닭 궁둥이에 낀 달걀을 빼내려고 닭장에 들어갔다가 갑자기 쓰러졌다. 이런 경우 도시 사람들은 상식적으로 급성 뇌출혈이 아닐까 추측하지만 농촌 사람들은 원인을 전혀 따지지 않고 결과에만 집착했다. 듣자니 나중에 발견해 시체를 끌어냈을 때 머리에 닭똥이 덕지덕지 붙어 머리카락이 녹색으로 변해버렸단다.

천진팡 어머니는 남편이 죽은 후 대퇴골 괴사증 치료를 중단하고 고향에 돌아가 농사를 짓기로 결심했다. 다른 친척들도 베이징 살이가 녹록치 않음을 깊이 깨닫고 함께 귀향하기로 했다. 그때 천진팡은 고향에 돌아가지 않고 베이징에 남겠다며 완강하게 버텼다. 그러나 그녀의 바람은 어머니 반대에 부딪혔고 언니도 찬성하지 않았다. 농사는 그녀 가족에게 꼭 필요했고 농사를 지으려면 힘쓸 사람이 필요한데, 그때 그녀는 그 집에서 유일하게 정상적인 노동력이었다.

천진팡 어머니는 딸을 결혼시켜 사위를 얻으면 장기적으로 집안의 기둥이 되리라 생각했을 것이다. 언니와 형부에게 계속 얹혀사는 것이 특별히 희망적이지도 않았다. 베이징에 남아도 아직 나이가 어려 바로 사회생활을 하지 못하고 학교에 다녀야 한다. 중학교까지 의무교육이기 때문에 학교 입장에서는 천진팡과 같은 차독생借讀生●을 받지 않을 수 없었다. 그러나 고등학교는 다르다. 그녀를 받아줄 학교도 없겠지만, 지원이 가능해도 그녀 성적으로는 절대 합격할 수 없다. 베이징에서 중졸 학력은 거의 문맹이나 다름없다.

그러나 천진팡은 끝까지 고집을 부렸다. 저울추를 삼킨 것처럼 꿈쩍도 하지 않았다. 온 가족이 합심해 그녀를 욕하고 위협했다. 그 무렵 서편 단층 건물에서 하루가 멀다 하고 욕하고 물건을 던지며 싸우는 소리가 들려왔다. 온 가족과 한 사람의 투쟁이었다. 천진팡은 학교에서 워낙 말이 없고 조용했기 때문에 솔직히 그녀가 이렇게 의지가 강하고 독하리라고는 상상도 못했다. 어느 날, 바이올린 연습을 시작하려는데 옆집 할머니가 찾아왔다. 빌려갔던 뜨개바늘을 돌려주며 우리 어머니를 붙잡고 수다를 떨기 시작했는데, 한두 마디 하다가 금방 천진팡 얘기가 나왔다.

"세상에, 그렇게 독한 애는 처음 본다니까."

옆집 할머니는 소식통으로 유명했다.

"벌써 며칠째 저 난리인지 몰라. 아예 집에서 쫓겨나서 저기 담벼락 모퉁이에서 웅크리고 자더라니까. 그래도 죽어도 고향에 돌아가지 않겠다나봐. 사실, 베이징에 발 디딘 외지인 중에 순순히 돌아가고 싶은 사람이 있겠어? 아무리 고생스러워도 고향에 돌아가는 것보단 낫

● 호적이나 성적 등 조건이 충족되지 않으나 추가 비용을 내고 학교에 다니는 학생.

자…… 방금 또 한바탕 시작했는데, 창문도 깨지고 아주 난리야."

어머니는 억지로 예의를 갖춰 대충 몇 마디 대꾸하고 문을 닫았지만 나는 왠지 가만있을 수가 없었다. 생각해보니 그날 학교에서 천진팡을 봤을 때 확실히 지저분했다. 등에 거뭇한 석탄재 같은 것이 묻어 있었는데 아마도 담벼락에서 자면서 그리 됐으리라.

나는 대충 연습 한 곡을 끝낸 후 벌컥 문을 열고 밖으로 나갔다. 어머니가 어디 가느냐고 묻기에 바이올린 활에 바르는 송진 가루가 떨어져 비올라를 전공하는 옆 동 사는 친구에게 조금 빌리러 간다고 대답했다. 밖으로 나가 사시나무 길을 따라 서쪽으로 조금 걸어가자 천진팡 가족이 사는 단층 건물이 보였다. 깨진 유리창 사이로 새어나온 백열등 불빛이 꼭 오렌지 맛 탄산음료가 튀는 것 같았다. 곧이어 여러 사람의 정신없는 고함소리가 들렸다. 다들 격분해서 후난 사투리로 떠들었기 때문에 대략적인 상황밖에 파악할 수 없었다. 천진팡 어머니는 그녀에게 '걸음마도 못하면서 뛰려고?' '주제도 모르는 년'이라고 독설을 퍼부었고 언니는 '공짜 밥 먹으면서 빌붙어 산 게 벌써 몇 년인 줄 알아? 앞으로는 안 돼. 더 이상 공짜 밥 먹을 생각 마!'라며 현실적인 문제를 들먹였다. 천진팡도 지지 않고 날카롭게 맞섰다.

"그동안 내가 얼마나 많은 일을 했는데, 공짜 밥을 먹었다는 거야? 그리고 베이징에 남아도 언니 집에서 안 살아! 죽어도 길바닥에서 죽을 테니 걱정 마! 어차피 이 집에서 나 쫓아낸 거 아니었어?"

그녀는 말을 할수록 점점 더 흥분해 횡설수설 같은 말을 몇 번이나 반복하다가 마지막에는 날카로운 고함을 지르며 발악했다. 그것은 피맺힌 절규에 가까웠다. 그때 나는 멀리 떨어져 있어 그녀의 그림자가 부들부들 떨리는 것밖에 보이지 않았지만, 그녀가 어떤 표정일지 알 것 같았다. 송곳니까지 드러내며 두 눈을 부라리겠지. 그녀는 마지막에 정확한 표준어 발음으로 이렇게 말했다.

"당신들이 날 베이징에 데려와놓고 왜 또 가라는 거야? 이제 와서 왜 또 가라는 거야!"

그녀는 모든 기력을 쥐어짜 토해내듯 고함을 지르는 통에 금방이라도 쓰러질 것 같았다. 2~3초쯤 지났을 때, 정말 쓰러졌다. 곧이어 천진팡 언니가 식당에서 밥을 풀 때처럼 자연스럽게 반죽 방망이를 들었다. 그리고 천진팡 머리를 향해 완벽한 곡선을 그렸다. 그녀 언니는 매질이 끝나자 멍한 표정으로 땅바닥에 툭, 방망이를 떨어뜨렸다. 문앞에서 구경하던 이웃들이 고함을 질렀다.

"아이고, 사람 죽네!"

줄곧 말 없이 조용히 지켜보던 쉬푸룽이 재빨리 천진팡을 품에 안았다. 그는 문을 박차고 나가 의무실로 달려갔다. 나는 갑자기 몰려든 구경꾼에 떠밀려 옆으로 몇 걸음 주춤했다. 이때 형부 품에 안긴 천진팡의 굴곡진 몸매가 눈에 들어왔다. 그녀의 가슴이 큰 폭으로 오르락내리락 했다. 다음 순간, 그녀의 목을 타고 내린 찐득한 검붉은 액체가 땅바닥으로 뚝뚝 떨어지는 것이 보였다.

그 후 이틀 간, 천진팡이 등굣길 시멘트 길에 뿌린 핏자국을 보며 걸었다. 핏자국이 아직 선명할 때라 아침 햇살이 비추면 반짝반짝 빛났다. 멀리서 보면, 국경절에 아파트 입구를 장식하는 샐비어처럼 작고 빨간 꽃을 흩뿌려놓은 것 같았다. 그 핏자국은 점점 마르면서 더러워졌다. 개미가 핥아가고 차바퀴에 묻혀가 점점 사라졌다. 천진팡은 그날 폭행사건으로 참혹한 고통의 대가를 치렀지만 결국 제 뜻대로 베이징에 남았다. 그 후에도 그녀는 학교에서 거의 말을 하지 않았고 학우들에게 따돌림을 당하고 욕을 먹었다. 그리고 밤마다 내 방 창문 밖에 찾아와 내 바이올린 연주를 들었다.

나 역시 그 후에도 창밖의 그녀와 말 한 마디 섞지 않았다.

4

몇 달 뒤, 졸업과 함께 모두 흩어졌다. 나는 바이올린 특기생으로 위안밍위안圓明園 부속 중점 고등학교에 입학해 기숙사 생활을 시작했고 방학 때만 집에 돌아왔다. 그리고 진판 오케스트라 수석 바이올리니스트가 된 후로 정식 연주회 무대에 설 기회가 많아졌다. 외국 학교와 공동 주최하는 여름 음악캠프에 참가해 학생 대표로 교육 당국 지도자들과 악수를 하기도 했다. 이 무렵 나와 천진팡의 '연주자와 청중' 관계가 자연스럽게 막을 내렸다. 이 대수롭지 않은 비밀은 당사자인 내 머릿속에서조차 순식간에 잊혔다.

졸업 후 천진팡을 마주친 일은 손으로 꼽을 만큼 적었다. 그중 기억에 남는 때가 고등학교 1학년을 마치고 곧 2학년 진급을 앞둔 시기였다. 그때 나는 여름 방학을 맞아 칭다오에서 열린 '전국 청소년 음악 캠프'에 참가했다가 바다 내음을 가득 안고 집으로 돌아가는 길이었다. 며칠 동안 수영을 즐긴 데다 막 장거리 기차 여행을 마친 터라 몹시 피곤했다. 우리 아파트 대각선 길 건너편 작은 상점 거리를 지나면서 무심결에 보도블록 갓돌에 놓인 맥주병을 걷어찼다. 반쯤 남아 있던 맥주가 사방으로 튀자 얼른 쪼그려 앉아 맥주병을 바로 세웠지만 상황을 돌이키기에는 이미 늦었다. 굵은 체인 목걸이를 걸고 등롱처럼 부푼 통 넓은 바지를 입은 건달 두 놈이 번개처럼 달려와 욕지거리를 내뱉으며 거칠게 내 멱살을 잡았다.

"이거, 어쩔 거야?"

이놈들은 펑타이豐台(베이징 도심 4개 구 중 하나) 출신인데 실업계 학교에 다니거나 아예 자퇴한 경우도 많았다. 나는 녀석들이 순진하고 힘없는 중학생들을 골목 구석에 몰아넣고 따귀를 때리며 주머니를 뒤지거나 신고 있던 운동화를 뺏는 모습을 수차례 목격했다. 녀석들은 우리 아파트 아이들을 전생의 원수라고 생각하는지, 홀로 떨어져 있으면 어김없이 찾아와 괴롭혔다. 나는 찍 소리도 내지 못하고 벌벌 떨며 뒷걸음질 쳤다. 이때 용과 봉황 문신이 가득한 팔 하나가 불쑥 나타나 내 바이올린 가방을 건드렸다.

"나도 구경 좀 하자."

녀석이 씩 웃으며 이렇게 말하는데, 가만 보니 앞니 절반이 부러져 있었다. 이 녀석은 이 주변에서 악명 높은 건달인데, 앞니가 부러져 앞니 빠진 '갈가지'로 불렸다. 당시 주변에서 일어난 나쁜 일은 대부분이 녀석과 연관돼 있었다. 그때 가장 두려웠던 것은 녀석이 내 바이올린에 눈독을 들인다는 사실이었다. 이 스트라디바리우스•는 독일제 최상급 모조품으로 어머니가 지안에게 부탁해 어렵게 구한 것이다.

나는 어깨에 메고 있던 바이올린 가방을 황급히 끌어내려 가슴에 품고 바닥에 쪼그려 앉았다. 맞아 죽는 한이 있어도 바이올린을 절대 내줄 수 없다는 표시였는데, 이 행동이 녀석들을 더 화나게 만들었다. 녀석들이 욕을 내뱉으며 내 머리채를 움켜쥐었다. 곧이어 녀석들의

• 이탈리아의 바이올린 제작자 안토니오 스트라디바리Antonio Stradivari가 제작한 바이올린이란 뜻으로 최고의 명품 바이올린으로 꼽힌다.

손과 발이 내 얼굴과 가슴을 강타했다. 이때 어디서인가 여자 목소리가 들렸다.

"계속 때릴 거야?"

나는 쪼그려 앉은 채로 고개를 돌렸다. 천진팡이었다. 샛노란 플라스틱 슬리퍼 위로 드러난 새빨간 매니큐어를 칠한 발톱이 밤하늘의 별빛처럼 점점이 어른거렸다. 그 순간 왠지 모르게 몇 년 전 시멘트 바닥에 흩뿌렸던 그녀의 핏자국이 떠올랐다. 고개를 들자 짧은 청 반바지 아래 드러난 희멀건 허벅지가 보였다. 그녀는 건달 녀석들을 내게서 떼어놓고 갈가지를 보며 말했다.

"됐어, 그만해."

갈가지가 쓴웃음을 지으며 물었다.

"아는 놈이야?"

"아는 사이는 아니고."

그녀는 명쾌하게 선을 긋고 한마디 덧붙였다.

"그냥 우리 동네 애야."

갈가지는 이 말에 왠지 흥이 깨진 표정이었다. 담뱃불을 붙이고 하찮다는 듯 내 엉덩이를 걷어찼다.

"꺼져!"

나는 뒤 돌아볼 겨를도 없이 정신없이 달렸다. 집에 돌아와 어느 정도 마음이 진정되자 천진팡의 변화가 새삼 놀랍게 느껴졌다. 내가 이렇게 놀란 가장 큰 이유는 그녀가 너무 예뻐져서가 아니라 그녀도 이렇게 예뻐질 수 있다는 사실을 전혀 인식하지 못했기 때문이었다. 아이섀도에 투명 립글로즈를 바르고 눈부신 금발로 염색까지 하니 얼굴 윤곽이 또렷해져 서구 미인처럼 입체감이 느껴졌다. 훤히 드러낸 팔다리는 생기발랄함을 넘어 숨 막힐 듯한 섹시미를 뿜어냈다. 사실 가장 많이 변한 것은 그녀의 눈빛과 표정이었다. 초식 동물 특유의 두려움에 억지로 치욕을 참아내던 과거의 눈빛은 전혀 찾아볼 수 없었다. 지금은 거리낌 없고 당당함과 자신감이 흘러넘쳐 다소 경박해 보였다. 그런 그녀에게 도움을 받았다고 생각하니 다시 강한 수치심이 치솟았다. 콩쿠르에서 뛰어난 고수에게 기술적으로 '짓밟힌' 것보다 더 참기 힘든 굴욕감이었다.

그날 밤 동네 친구들이 식당에서 내 환영회를 열어줬다. 내가 건달들한테 당한 이야기를 하자 허세가 심한 두 친구가 갈가지 놈을 죽여버리겠다며 큰소리를 쳤다. 그러나 화제는 금방 천진팡으로 옮겨졌다. 친구들 말을 들으니 천진팡은 이미 유명한 건달패거리의 일원으로, 궁주펀 서쪽 일대의 여러 건달패와 두루 관계가 있는 모양이었다. 이 건달패거리에서 나이가 어린 애들은 우리 또래였고 많게는 마흔이 넘은 사람도 있었는데 대부분 문화대혁명이 남긴 잉여인간이었다. 갈가지가 그녀를 데려간 지는 두 달쯤 됐다고 했다. 타의로 파트너가 바뀌었으니 당연히 누군가는 피를 볼 수밖에. 갈가지가 야밤에 천진팡을 정부로 데리고 있던 건달 두목을 습격해 헝겊으로 감싼 쇠파이프로 상대 복사뼈를 으스러뜨렸다. 이 일로 요염하지만 지조 없는, '화를 부르는 미녀'가 된 천진팡은 전설적인 유명인이 됐다.

신나게 천진팡 얘기에 열을 올리는 친구들은 1년 전까지 그녀를 촌뜨기라며 무시하고 괴롭혔던 사실을 완전히 잊은 것 같았다. 이미 오래 전에 우리 동네 서편 단층 건물을 떠난 그녀는 누구든 자신을 데려가는 사람과 거리낌 없이 함께 살았다. 1년 전 제 언니에게 절규하듯 외친 '베이징에 남아도 언니 집에서 안 살아!'라는 맹세를 지킨 셈이었다. 그녀의 언니와 형부는 이 악명 높은 여동생을 어떻게 생각했을까? 솔직히 그들이 혼내고 가르치려 해도 소용없었겠지만, 아마도 그런 시도조차 하지 않았을 가능성이 높다. 천진팡 언니의 훈툰 가게는 나날이 번창했다. 그즈음 주변 가게를 상대로 도시락 배달을 시작해서 언니 부부는 정신없이 바빴다.

맥주의 본고장 칭다오에서도 몰래 술을 마시려고 기숙사를 빠져 나가는 짓을 하지 않는데, 생각지도 못하게 집에 돌아온 날 고주망태가 됐다. 친구들은 내가 건달에게 당해 기분이 안 좋은 것이라고 생각해 '군자의 복수는 10년이 걸려도 늦는 게 아니'라며 나를 위로했다. 나는 군이 변명이나 대꾸를 하지 않고 조용히 집으로 돌아왔다. 내 방 침대에 걸터앉아 고개를 푹 숙인 채, 창밖에서 쏟아져 들어온 달빛이 눈앞에 어른거리는 것을 멍하니 바라봤다. 잠시 넋이 나갔던 나는 갑자기 벌떡 일어나 바이올린을 꺼냈다. 술기운이 돌아 조금 어지러웠지만 두 다리에 힘을 주어 애써 균형을 잡고 허리를 곧게 세운 후, 생상스의 「백조」를 연주했다. 「백조」는 1886년에 완성된 「동물의 사육제」의 13악장으로 애절한 선율의 곡이다.

지금 생각해보니, 그때 내가 왜 그랬는지 조금 부끄럽다. 도대체 그런 순정이 어디에서 솟구쳤을까? 이홍공자怡紅公子•처럼 여자에 빠져 낯간지러운 줄도 모르고 그 순간의 감정을 그대로 드러내고 말았다. 나는 바이올린을 켜면서 애처롭게 무언가를 찾듯 숙연한 그림자를 드리운 창밖 사시나무를 힐끔거렸다. 예전처럼 나무에 기대 서 있는 천진팡을 볼 수 있기를 간절히 바라면서. 만약 이 순간 그녀가 나타

• 청대 통속소설 『홍루몽』의 주인공 가보옥의 호. 권문세가의 독자로 태어났으나 다정다감하고 유약한 성격.

난다면, 완전히 달라진 그녀의 실루엣을 통해 그녀가 내뿜는 성숙한 소녀의 빛나는 아우라를 제대로 느낄 수 있을 텐데…… 나는 내 연주에 심취한 그녀의 표정이 서서히 변해가는 망상에 사로잡혔다. 건달 특유의 경멸 어린 표정이 서서히 차분해지면서 음악에 집중했다. 잠시 후 그녀의 표정에 애수가 어리기 시작했다. 마치 나와 같은 마음인 것처럼…….

안타깝지만 그날 밤 천진팡은 내 방 창문 앞에 나타나지 않았다. 이성적으로 생각하면, 그녀가 여기에 나타날 이유가 전혀 없었다. 갈가지가 이끄는 패거리들이 이제 막 그녀를 위한 새로운 무대를 마련해줬다. 그녀는 베이징에 발붙일 곳이 생긴 동시에 자신이 꽤 매력적이라는 사실도 알게 됐다. 특히 밤이 되면 정신없이 바빴다. 친구들 말로는 꽤 고급스런 곳에서 그녀를 본 것이 한두 번이 아니라고 했다. 예를 들어 베이징 민족호텔 옆에 새로 문을 연 한국 갈비구이 식당, 서우티난루 롤러스케이트장, 충원먼 부근 유명 프렌치 레스토랑 막심 같은 곳에서 말이다.

갈가지는 천진팡을 데려간 후 중고 피아트 우노를 사들였는데 이 일은 당시 젊은이들에게 꽤 충격적인 사건이었다. 1990년대 중반까지만 해도 국장급 간부 정도는 돼야 나라에서 차량을 배정해줬는데 대부분 구식 도요타나 닛산이었다. 좋고 나쁘고를 떠나 자가용을 굴린다는 것은 대표적인 성공의 상징이었다.

다시 말해, 패거리의 일원이 된 천진팡은 더 이상 내 방 앞에 와서 울적함을 달랠 필요가 없었다. 이로써 우리의 '연주자'와 '청중'의 관계도 막을 내렸다. 나는 이 사실을 인지하는 순간 바이올린 연주를 멈췄다. 곧이어 누군가에게 버림받았다는 느낌에 사로잡혔다. 조금 더 투정을 부렸더라면 아마도 '이제 소 낭군은 낯선 이가 되었구나從此蕭郎是路人•' 같은 헛소리를 지껄였을지도 모른다. 사실 나는 이제껏 한 번도 천진팡을 존중해본 적이 없었다. 그러나 그녀가 두 번 다시 오지 않을 것임을 깨닫자마자 내 감정이 혼자 제멋대로 날뛰었다. 젠장, 이게 도대체 뭐 하는 짓이람?

나는 그날 난생 처음으로 내 자신이 지식인 특유의 병폐인 위선과 가식에 깊이 빠져 있음을 인지했다. 그런데 신기하게도 전혀 다른 내 모습을 인지하는 순간, 그 전에 느꼈던 수치심이 눈 녹듯 사라졌다. 나는 무거운 짐을 내려놓은 것처럼 홀가분한 마음으로 침대에 누웠고, 바로 곯아떨어졌다.

그날 이후 몇 번 더 천진팡을 봤는데, 모두 방학 기간 중이었다. 친구들에게 그녀에 관한 여러 가지 소문을 들었는데 내 눈으로 직접 사실임을 확인한 것도 있고 사실과 다른 것도 있었다. 예를 들면, 갈가지는 확실히 그녀를 태우고 피아트 우노를 운전해 온 거리를 누볐다. 그러나 그 차는 단순히 드라이브나 하려고 산 것이 아니라 짐을 실어 나르는 용도로 사용됐다. 완서우루 남쪽에 있는 잡화 도매시장에 눈독을 들인 갈가지가 인분을 뿌리고 벽돌을 투척하는 전형적인 건달 방식으로 저장浙江 상인들을 쫓아내고 가판대를 차지했다. 곧이어 또 한번 놀라운 변신을 꾀한 천진팡은 그 자리에서 광둥산 싸구려 옷을 파는 어엿한 옷가게 안주인이 됐다. 나는 그 시장에 악보 보면대에 끼울 나사를 사러 갔다가 한껏 치장하고 가판대 뒤쪽에 가만히 앉아 있는 그녀를 본 적이 있다. 갈가지는 시장 입구에 세워둔 차에서 옷이

•　당나라 시인 최교崔郊의「증거비贈去婢」중 한 구절. 헤어진 연인을 마주쳤으나 모른 척해야 하는 상황을 표현한 것.

가득 담긴 불룩한 비닐 보따리를 옮겨 오느라 땀을 뻘뻘 흘리며 쉴
새 없이 뛰어다녔다. 그 순간만큼은 건달패거리 두목과 내연녀가 아
니라 근면 성실한 소상인 부부처럼 보였다. 특히 손님과 노련하게 가
격 흥정을 벌이는 천진팡은 도저히 열여덟 살로 보이지 않았다. 간혹
그녀가 입은 옷에 대해 묻거나 유명 브랜드 옷을 찾는 사람이 있으면
오만한 표정에 경박한 말투로 이렇게 대꾸했다.

"이런 옷을 사고 싶으셔? 그럼 옌샤 백화점에 가셔야지."

천진팡이 상대를 쏘아붙이고 나면 바로 갈가지가 낄낄 비웃었다.
그때 그녀는 자신의 삶에 매우 열정적인 것 같았다. 그런 상황이 이어
졌다면 몇 년 후 혹은 십여 년 후 모습을 충분히 예상할 수 있다. 당
시 사회는 지금과 비교해 경제적으로 더 여유롭고 공평했다. 무엇보
다 도처에 기회가 널려 있어 조금만 고생하고 조금만 계산을 잘하면
별 다른 뒷배가 없는 사람도 풍족하게 먹고 살 수 있었다. 여기에 운
이 조금 따르면 큰돈을 벌어 부호 대열에 들어갈 수도 있었다.

천진팡과 갈가지가 얼마나 뜻이 잘 맞았는지는 알 수 없지만 최소
한 두 사람은 명확한 공통점이 있었다. 바로 강렬한 금전 소유욕. 그
러나 급변하는 어지러운 세상에 부딪히면서 두 사람은 점점 차분하고
안정적인 삶을 추구하게 될 것이다. 아마도 갈가지는 크고 작은 시련
을 겪으며 폭력적인 건달 습성을 억누르는 법을 배울 것이다. 또 두 사
람은 은밀한 내연 관계에 지쳐 자연스럽게 결혼하고 자식을 낳게 되
겠지. 그때쯤 갈가지는 올백으로 머리를 넘기고 옆구리에 작은 가죽
가방을 낀 채 온종일 정신없이 밖으로 나돌 것이다. 사업 때문에 사
람을 만나야 해서가 아니라 마작판에서 밤새는 일이 다반사겠지. 천
진팡은 출산 후 살이 붙고 피부와 머리카락이 마르고 늘어지기 시작

할 것이다. 대신 팔과 목에 고만고만한 금붙이를 주렁주렁 달고 남편과 아이에게 쌍욕을 퍼붓겠지. 그러면서도 가족을 위한 일이라면 언제 어디서든 물불 안 가리고 뛰어들 테지.

혹시라도 내 표현이 비아냥거리는 것처럼 들린다고 오해하지 마시라. 이 묘사는 어디까지나 한 시절을 주름잡았던 건달들이 나이가 들어 자연스럽게 새 삶을 찾아가는 모습일 뿐이다. 또한 동창으로서 천진팡 인생에 축복을 빌어주려는 마음을 담은 것이다.

그러나 이렇게 멀리까지 예상할 필요가 없었다. 천진팡은 2년도 지나지 않아 내 예상을 완전히 빗나가게 만들었다. 동시에 나 역시 어머니의 기대를 물거품으로 만들어버렸다. 나는 고등학교 졸업 후, 중앙음악학원이 아닌 평범한 종합대학에 진학해야 했다. 바이올린을 처음 시작했을 때부터 고등학교 때까지 각종 경연에서 받은 상이 한 박스였지만, 가장 중요한 입시를 통과하지 못했다. 입시 담당 교수는 나를 이렇게 평가했다.

"기교는 훌륭하지만 예술적 영감이 매우 부족하다. 너무 빨리 채굴이 끝나버린 폐광처럼 더 이상 발전의 여지가 없다."

그 교수는 내가 아무리 열심히 연습해도 진정한 연주가가 될 수 없다고 단언하며 기껏해야 클래식계의 숙련공 정도로 그럭저럭 별 볼일 없이 살 것이라고 말했다. 솔직히 이 교수의 평가는 단순한 주관적 견해가 아니라 나 스스로 매우 공감하는 바였기에 인정할 수밖에 없었다.

오랜 시간 바이올린에 쏟은 내 노력이 물거품이 되는 것을 안타깝게 생각한 마음씨 좋은 두 선생님이 나를 일반 고등학교 관현악단에 추천해 특기생 가산점을 받도록 도와줬다. 그렇게 해서 결국 빛나는 대학 입학통지서를 손에 쥐었지만 나의 상심은 더욱 깊어져 끝이 보이지 않는 패배주의에 빠졌다. 이때부터 나는 바이올린에 대한 혐오감을 온몸으로 표출하기 시작했다. 그 물건만 보면 이유 없이 구역질이 났다. 전업한 직업 연주자가 겪는 일반적인 반응일 것이다. 대학 입학을 앞둔 그해 여름, 가족들이 나를 외면하고 나도 말을 섞지 않았다. 온종일 내 방에 틀어박히거나 자전거를 타고 하릴없이 방황했다. 나는 점점 검게 그을리고 하루하루 여위었다. 자전거를 탈 때 전방을 주시하지 않고 고개를 푹 숙인 채 개미 행렬처럼 이어지는 아스팔트 돌가루만 뚫어져라 쳐다봤다. 그때마다 자신에게 독한 저주를 퍼부었다.

'차라리 차에 치여 죽어버려!'

어느 날 자전거를 타다가 정말 뭔가에 부딪혔다. 유감인지 다행인지, 앞에서 달려온 것은 대형 트럭이 아니라 삼륜차였다. 나이 지긋한 삼륜차 운전자는 내게 욕하는 대신 자연스럽게 브레이크를 밟아 차를 세우고 소란한 길 건너편으로 고개를 돌렸다. 그곳에 많은 사람이 모여 있고 날카로운 비명이 끊임없이 들려왔다. 한없이 침울해 소란한 구경거리에 관심이 없던 나는 다시 목적 없는 방황을 시작하려 앞을 가로막은 삼륜차 옆을 돌아갔다. 이때 다시 여자 고함소리가 들렸는데, 왠지 아는 사람이 날 부르는 것 같아 나도 모르게 고개를 돌렸다. 겹겹이 에워싼 사람들 틈새에 천진팡이 있었다.

땅바닥에 비스듬히 앉은 천진팡 등 뒤로 입구가 독특한 옷가게가 보였다. 정면 양쪽 유리문에 새빨간 큰 글씨가 붙어 있었다. 한쪽은 '명품', 한쪽은 '패션'이다. 빨간 글씨에 반사된 햇빛이 그녀 얼굴을 비춰 꼭 피투성이가 된 것 같았다. 가만 보니 온 얼굴에 액체가 그득하긴 했다. 눈물, 콧물, 침 등이 뒤범벅 된 상태였다. 그녀는 허리를 부여잡고 거칠게 숨을 몰아쉬었다. 갈가지가 머리채를 휘어잡고 잡아당기는 바람에 그녀는 물새처럼 목을 길게 늘인 채 하늘을 바라보고 있었다. 갈가지가 그녀의 배와 옆구리를 사정없이 짓밟는데 물주머니를 걷어찰 때처럼 퍽퍽 요란한 소리가 났다. 남자가 여자를 때리는 것만도 충분히 자극적인데 그 여자가 젊고 예쁘기까지 하니 시선을 끌 수밖에. 여기저기에서 감탄사가 쏟아지고 무심하게 싸움을 부추기는 사람도 있었지만 나서서 갈가지를 말리는 이는 아무도 없었다.

그녀는 매를 맞는 동안 윽, 윽, 비명을 지를 뿐 끝까지 한 마디도 하지 않았다. 문득 수년 전 동급생들이 그녀를 괴롭히던 모습이 떠올랐다. 그녀는 그때도 이런 반응이었다. 손가락으로 누르면 삑삑 소리가 나는 고무 인형처럼, 삑 소리와 함께 고통이 지나가면 바로 조용해졌다.

웬일인지 갑자기 머리에 피가 들끓는 것 같았다. 눈앞이 어질어질한데 팔다리가 제멋대로 움직였다. 나는 자전거에서 내려 길을 건넌 후 인파를 뚫고 들어가 갈가지 배를 향해 힘껏 발길질을 했다. 한 번도 폭력적인 싸움을 해본 적이 없으니 내 발길질은 전혀 위력적이지 않았고 갈가지는 반사적으로 몸을 비틀며 가볍게 내 발을 피했다. 어떻든 그는 한 발자국 물러나 나와 마주섰다. 나는 이를 악물며 분노한 표정을 지었지만, 약자를 구하려는 늠름한 영웅의 기개는 눈곱만큼도 없었다. 그때 내 마음은 모든 희망의 풀이 시들어 죽어버린 황무지 같았다. 바이올린 인생이 실패하면서 지난 모든 노력이 물거품이됐다. 깊은 상심과 패배주의에 점령당한 나는 자포자기에 빠져 죽고싶은 마음뿐이었다. 사실 천진팡이 맞아서 죽든 말든 상관없었다. 내가 정말 바라는 것은 갈가지 손을 빌려 내 몸에 칼을 꽂는 것이었다.

내가 등장하자 구경꾼들이 '와' 함성을 질렀다. 아마도 다들 복잡한 치정 문제가 얽혔을 것이라고 생각하는 모양이었다. 두 남자가 여자 하나를 사이에 두고 길거리에서 주먹질이라니, 아주 자극적이고 제대로 막장이었다. 갈가지가 모두의 기대에 부응해 이리처럼 싸늘하고 날카로운 눈빛으로 '이게 죽고 싶어 환장했나?'라고 뇌까렸다. 그의 오른손이 천천히 청 반바지 뒷주머니를 더듬었다. 건달들은 으레 칼을 지니고 다니는 법이지. 나는 그의 눈빛에서 나의 말로를 읽었다. 사방으로 피를 튀기며 시멘트 바닥에 엎어진 채 사지를 부르르 떨며 개죽음을 맞이하리라. 공허하고 무의미한 삶의 마침표로 딱 어울리는 치욕적인 결말이다. 열여덟 살 당시에는 죽으면 모든 것이 해결된다고 생각했다. 갑자기 다리가 부들부들 떨리고 괄약근에 힘이 빠져나가는 것 같았다. 오줌을 지려 사람들 앞에서 망신을 당하지 않으려고 사력을 다해야 했다. 죽는 것이 무서워서가 아니라 죽음을 받아들일 준비를 하는 중이었다.

그런데 넋이 나갈 만큼 피 말리는 상황이 순식간에 종료됐다. 갈가지가 뒷주머니에 꽂았던 손을 빼는 순간 재빨리 달려온 경찰에게 제압당했다. 경찰이 능숙하게 다리를 걸어 갈가지를 바닥에 쓰러뜨리고 양손을 뒷짐결박해 수갑을 채운 후, 땀을 닦으며 사무적인 말투로 어떻게 된 일인지 물었다. 구경꾼들이 왁자지껄 떠들어댔지만 정확한 사정을 아는 사람은 아무도 없었다. 이때 갈가지가 평소와 달리 매우 억울한 표정으로 엉덩이를 들썩이며 시멘트 바닥에 눌린 얼굴을 억지로 돌려 천진팡을 노려봤다. 그리고 깨진 앞니 사이로 씩씩 바람소리를 내며 중얼거렸다.

"너 설마, 나랑 살기 싫어서……"

사납게 몸부림치는 그의 말투는 힐책이나 비난보다 애원에 가까웠다.

"도대체 뭐가 부족해서?"

천진팡은 끝까지 입을 열지 않았다. 골반 쪽 아랫배를 어루만지는 그녀의 표정은 담담함을 넘어 당당해보였다. 시멘트 바닥에 눌려 일그러진 갈가지 얼굴을 바라보는 그녀의 눈빛은 낯선 사람을 보듯 무덤덤했다. 경찰과 구경꾼 모두 그녀가 무슨 말을 할지 귀를 세우고 기다렸지만 끝내 아무 말도 들을 수 없었다. 그녀는 깊은 생각에 잠긴 듯 꼼짝도 않고 앉아 있었다.

"네가 도대체 뭐가 부족해?"

갈가지가 다시 울부짖듯 고함을 질렀다. 경찰은 지겹다는 표정으로 코웃음을 치며 갈가지를 일으켜 세우고 소형 승합차를 개조한 110순찰차에 밀어 넣었다.

"더 이상 진상 부릴 생각 말고 할 말 있으면 파출소 가서 얘기 해. 거기 아가씨, 아가씨도 가야 돼."

천진팡은 얌전히 일어서는가 싶더니 순찰차에 타지 않고 절뚝거리며 가게 안으로 들어가버렸다. 경찰이 이번에는 나에게 말했다.

"학생은, 무슨 관계야?"

내가 말없이 서 있자 천진팡이 고개도 돌리지 않고 한마디 툭 던졌다.

"그 사람은 아무 상관없어요."

"뭐야, 정의의 사도야? 정의 구현에도 수단과 방법을 가려야지, 안 그래?"

경찰이 갈가지에게 뺏은 날카로운 칼을 흔들면서 내게 진심어린 충고를 했다.

"학생, 잘 들어. 너 하나 없어져도 국가는 전혀 상관없지만, 너희 집은 아니잖아?"

경찰이 내 어깨를 두드리며 바빠서 표창장 써줄 시간은 없으니 어서 집에 돌아가라고 했다. 나는 수많은 사람이 지켜보는 가운데 멍한 표정으로 돌아서서 천진팡을 따라 가게로 들어갔다.

이곳은 오픈 준비 중인 옷가게였다. 바닥 타일 틈새를 메운 새하얀 흰줄을 보니 막 인테리어를 끝낸 것 같았다. 스테인리스 옷걸이가 텅 빈 것으로 보아 진열할 상품은 아직 도착하지 않은 모양이었다. 가게 안쪽에 간이 화장실이 있었다. 천진팡이 천천히 세면대 거울 앞으로 걸어가 세수하고 머리를 정리했다. 수건으로 얼굴을 닦아내고 거울에 비친 제 모습을 한참동안 응시했다. 거울을 통해 그녀의 눈두덩과 광대뼈가 시퍼렇게 부어오른 것이 보였다. 그녀도 거울을 통해 나를 보고 있었다.

천진팡이 느닷없이 돌아서서 날갯짓하는 새처럼 양팔을 활짝 벌렸다. 나는 마치 신의 부름을 받은 것처럼 바로 달려들어 그녀를 껴안았다. 키만 따지면 내가 그녀보다 훨씬 컸지만 그녀에게 빠져들수록 점점 작아지는 느낌이었다. 나중에는 한쪽 무릎을 꿇고 그녀 가슴에 얼굴을 묻었다. 풍만하게 부푼 그녀의 가슴이 쉴 새 없이 오르내리며 내 볼과 귀를 비볐다. 그녀의 가슴에 점점 깊이 파묻혀 질식할 것 같았다. 사실 여자와 이렇게 가까운 신체 접촉을 해보기는 이날이 난생 처음이었다. 이런 냄새와 감촉은 꿈에서만 느껴보던 것이다. 하지만 그때 나는 나쁜 생각은 전혀 없었다. 풋내기 시절 무의식적으로 부풀어 오르는 팽창 현상도 없었다. 나는 이 포옹이 실의에 빠진 인간 대

인간의 순수한 행위임을 분명히 인식했다. 천진팡은 모성에 가까운 자애를 베풀었고 나는 그녀에게 위안을 얻고 싶었다. 누군가의 부드럽고 따뜻한 위로가 필요했다.

'괜찮아. 지금 일들은 사실 별 것 아니야. 세상을 살아가는 데 아무 문제없을 거야.'

하지만 나는 위로 받지 못했고 팔을 강하게 조여 천진팡의 허리를 단단히 감쌌다. 그녀와 안고 있을 때 바보처럼 울지 않았는지, 그녀의 옷깃에 눈물 콧물을 묻히지 않았는지, 자세한 부분은 전혀 기억나지 않았다. 하지만 천진팡의 냄새와 감촉은 쇳덩이로 찍은 낙인처럼 내 모든 감각 기관에 뚜렷이 각인되어 영원히 지워지지 않았다.

그 후, 나는 정해진 수순에 따라 대학에 입학했다. 우리 부모님은 앞으로 내 삶이 별 볼 일 없을 것임을 인정했고, 이때부터 나에게 전혀 관심을 두지 않았다. 나는 어린 나이에 이미 '그럭저럭 살다 죽지, 뭐'라는 생각을 가졌는데, 이런 생각이 오히려 도움이 됐다. 나는 성격이 아주 유해서 특별히 누군가에게 미움을 사지 않았다. 특히 여자들과 대화가 잘 통해서 정기적으로 혹은 간혹 만나는 여자 친구도 많았다. 늦은 밤 가로등 아래에서 난생 처음 여자와 키스했을 때, 여자 친구가 갑자기 나를 밀어내며 심각하게 물었다.

"너, 지금까지 한 번도 안 해봤지?"

나는 결국 아무 말도 하지 못했고 그녀는 크게 실망했다. 흡사 미국 우주비행사 닐 암스트롱이 '위대한 인류의 발걸음'을 내딛은 직후 달 표면에 꽂힌 소련 국기를 발견한 것 같은 표정이었다. 그 후 나는 조금 영리해졌다. 외국어학부 퀸카 재스민이 똑같은 질문을 던졌을 때, 먼저 내가 진심으로 그녀를 사랑하는지 생각해봤다. '그렇다'는 답이 나온 후 진심을 담아 분명히 대답했다.

"당연히 처음이지. 순결과 정절을 지키며 널 기다려왔으니까."

"거짓말 아니야?"

재스민은 부끄러워하며 고개를 숙였지만 좋아하는 표정이 역력했다. 그렇다. 여자들에게 중요한 것은 사실이 아니라 태도였다. 이 상황에서 나는 천진팡을 떠올리지 않을 수 없었다. 지금까지 그녀가 나와 상관없는 별 볼일 없는 존재라고 생각했는데, 이 생각이 명백한 자기 기만임을 깨달았다. 내 기억속의 천진팡은 정말 특이한 존재였다. 분명히 첫사랑은 아닌데 첫사랑과 아주 비슷했다. 실제로 나눈 대화는 몇 마디 안 되는데 그녀는 내가 마음을 털어놓은 유일한 상대였다. 우리의 관계는 그녀가 창밖에서 내 바이올린 연주를 듣던 그날, 시작됐다. 그러나 지금은 나도 바이올린을 때려치운 지 오래고 천진팡도 어디론가 사라져버렸다.

기숙사 생활을 하다 주말에 집에 갈 때면 일부러 마지막으로 천진팡을 만났던 그 길로 지나가곤 했다. 거리 풍경은 거의 그대로인데 옷가게 문은 굳게 닫혔다. 어린아이 팔뚝처럼 굵은 쇠사슬이 문고리에 감겼고 그 옆에 전대轉貨 광고지가 붙어 있었다. 쉬푸룽은 다시 구내식당으로 돌아간 지 2년쯤 됐고 천진팡 언니의 훈툰 가게는 위생불량으로 영업허가 취소 처분을 받았다. 천진팡 언니 부부는 결국 베이징을 떠났다. 얼마 뒤 두 사람이 고향에서 식당을 열었다는 소문을 들었다. 이로써 천진팡과 그녀의 가족은 전봇대에 붙은 광고지가 강한 물줄기에 힘없이 떨어져 나가듯 한순간에 흔적도 없이 사라졌다. 사실 대도시 베이징에 입성한 외지인이 대부분 이런 운명을 맞이했다.

천진팡을 데려갔던 갈가지, 그 자를 딱 한 번 우연히 만났다. 내가 대학을 갓 졸업한 2002년에 이츠하크 펄먼의 두 번째 방중 공연이 있었다. 펄먼은 먼저 상하이 음악학원에서 3주간 '거장의 음악교실'을 진행한 후 베이징에서 '베토벤의 밤'이라는 타이틀로 특별공연을 펼쳤다. 하지만 바이올린 때문에 마음의 병이 생긴 후라 처음에는 공연을 보러 갈 생각이 없었다. 그러나 공연 당일 마음의 병이 발작을 일으켰는지, 이유 없이 불안하고 초조했다. 나는 한참 망설이다가 결국 차를 타고 인민대회당으로 향했다. 공연 티켓은 이미 매진됐고 각지에서 모여든 신사숙녀들이 설레는 표정으로 입장을 서둘렀다. 위압적이고 미스터리한 고급 승용차 부대가 나타나 공연장 입구를 가로막았다. 검은 양복을 입은 경호원들이 우르르 쏟아져 나와 비단 공처럼 통통한 노부인을 에워싸고 기자들을 향해 사납게 소리쳤다.

"함부로 찍지 마!"

나는 계단 앞 광장에서 하릴없이 서성이며 암표상이 말을 걸어오길 기다렸다. 몇 분 후, 예상대로 한 남자가 첩보 영화에 나오는 비밀 요원처럼 코트 자락을 휘날리며 다가왔다.

"티켓 필요해요?"

"얼마죠?"

"팔백."

"그런 큰돈은 없는데."

정말이었다. 그 당시 나는 월급이 쥐꼬리만 한 국유기업에 다닌 지 얼마 되지 않아 월말이 되면 부모님께 빌붙어 살아야 하는 처지였다. 남자가 홱 돌아서면서 경멸의 욕설을 퍼부었다.

"제기랄, 돈도 없는 놈이 여길 왜 와?"

제기랄, 그 말투 때문에 나는 제대로 보지 못한 암표상 얼굴을 다시 쳐다봤다. 바람 새는 소리가 나고 혓소리와 발음이 부정확했다. 두 어 걸음 다가갔을 때 마침 자동차 불빛이 비췄다. 역시, 앞니가 휑한 갈가지였다. 그도 나를 알아보고 놀란 표정을 지었다.

"아직도 이런 걸 좋아하시나?"

나는 이 자와 나 사이에 더 이상 거리낄 일이 없음을 어렴풋이 느 끼며 고개를 끄덕였다. 예전 일을 들춰내 다시 날 찌르지는 않겠지? 이때 갈가지가 헤벌쭉 환하게 웃으며 다가와 친근한 말투로 다시 흥 정을 시작했다. 그는 '지난 날 한 데 뒤엉켰던' 옛정을 생각해 티켓 가 격을 500위안까지 깎아주겠다고 했다.

"이거 구하기가 얼마나 힘들었는지 알아? 건너 건너 중앙음악학원 인맥까지 동원했다고."

하지만 이 가격도 내 능력 밖이었다. 나는 그의 제안을 거절하고 덤 덤한 표정으로 저 멀리 어렴풋한 인민영웅 기념비를 바라보며 담뱃불 을 붙였다. 잠시 후 공연이 시작되자 광장이 눈에 띄게 한산해졌다. 갈가지가 티켓을 팔려고 광장을 한 바퀴 돌았지만 한 장도 팔지 못한 채 다시 내 앞으로 돌아왔다.

"정가만 받지. 이백. 아직 1부가 안 끝났어."

주머니에 그쯤은 있었지만 이미 마음이 바뀌었다.

"됐어."

"더 후려칠 생각하지 마. 이거 정가가 200위안이라고."

그는 수시로 시계를 힐끔거리며 초조해했다. 나는 말없이 인민대회 당 입구로 고개를 돌렸다. 직원이 출입문을 닫아걸고 있었다. 지연입 장 시간 15분이 지나자 갈가지가 가진 티켓은 휴지조각이 됐다. 양쪽 입 꼬리가 축 처진 모습이 웃는 건지 우는 건지 애매했다. 그는 결국 조용히 고개를 숙이고 돌아섰다.

나는 그를 쫓아가 어디 가서 술이나 한 잔 하자고 했다. 그는 잠시 의아해 했지만 결국 같이 버스를 타고 시단 뎬바오 빌딩 근처에 있는 술집으로 갔다. 그는 맥주 두 잔을 들이켠 후 기분이 좋아져 이런저런 얘기를 늘어놓았다. 우리는 '그 시절' 베일에 싸였던 미묘한 사건과 사람을 들춰냈는데, 의외로 교집합이 꽤 많았다. 지금 갈가지 상황은 한 눈에 봐도 별로였다. 그가 꺼낸 담배는 말보로가 아니라 싸구려 국산 담배였다. 그는 화려하고 대단했던 지난날을 회상하면서 비참한 영웅의 말로를 보여주듯 자조적인 웃음을 흘렸다. 그의 삶은 미묘하고 복잡하게 뒤엉켰고 그의 아름다운 시절은 결국 막을 내렸다. 나는 기회를 엿보다 화제를 돌려 천진팡 얘기를 꺼냈다.

"그때 여편네 하나 구하려다 하마터면 큰일날 뻔했죠. 하룻강아지 범 무서운 줄 모르듯."

"그 여자, 잘 알아?"

"사실 동창이긴 한데, 같은 반이었어도 말해본 적은 거의 없어요. 그쪽이 칼을 꺼냈을 때 하마터면 오줌을 지릴 뻔했어요."

갈가지가 손을 흔들며 유쾌하게 웃었다.

"그럴 필요 없었는데. 사실 겉으로 세게 보여서 겁만 주려고 했거든. 어차피 경찰이 금방 왔잖아."

그는 천진팡 얘기를 하면서 오히려 마음이 홀가분해 보였다. 그러다 고개를 기울이고 잠시 생각에 잠겼다가 짤막한 결론을 내놓았다.

"그 여자, 최고 장점은, 정말 화끈하고 끝내준다는 거야."

"뭐, 난 경험해보지 않아서……."

"그거 참 안타깝군. 나보다 먼저 그 여자를 데려갔던 사람들도 다 그렇게 말했거든."

이외에 천진팡의 다른 부분에 대한 평가는 모두 부정적이었다. 갈가지는 그녀가 너무 무식해서 도저히 사람들 앞에 내놓을 수가 없다고 했다. 머리도 나쁘고 심지어 더럽기까지 했단다.

"때를 벗기느라 그때 수세미를 엄청 사들였어."

그는 목돈 들여 천진팡에게 옷가게를 내준 일을 크게 후회했다. 겉으로는 장사가 잘 되는 것 같았는데 돈 관리가 허술해서 금방 밑천을 다 까먹었다. 그 후에도 그녀는 잘 살아보려는 생각이 전혀 없었다. 밑천이 바닥났는데 여전히 쇼핑과 외식에 빠져 지냈고 베이징에서 소극장 공연이나 연주회가 열리면 티켓을 사달라고 갈가지를 닦달했다. 그때 티켓을 구하려고 방법을 모색하다가 결국 암표상이 된 것이었다.

"정말 돌대가리야. 그동안 세상 물정 모르는 풋내기 외지인을 많이 봤지만 하루아침에 귀족이 되고 싶어 안달하는 여자는 처음 봤어."

말을 할수록 감정이 격해진 갈가지는 혐오와 분노를 드러내며 거친 욕설과 함께 그녀의 민낯을 폭로했다.

"그때 정말 내가 눈에 뭐가 씌워서 그 여자 때문에 가족과 등을 졌어. 우리 엄마는 아예 집을 나가서 외삼촌 집에서 살았고…… 여자가 욕심이 끝이 없었어. 얼마 뒤에 나 몰래 가게에 있던 돈을 몽땅 들고 나갔어. 피아노를 사고 싶다나. 실망 정도가 아니라 소름이 끼치더군. 나도 모르게 손이 올라갔고 가게 밖으로 내쫓아버렸는데…… 그때 네가 눈치 없이 끼어들어서 나한테 덤빈 거야. 이제 알겠어? 당신 같으면 그런 일을 당하고도 가만히 두겠어?"

나도 모르게 흠칫 몸이 떨렸다.

"뭘 사고 싶어 했다고요?"

"제기랄, 피아노, 피아노!"

그가 바람 빠지는 소리를 내며 격분했다.

"어디서 만났는지, 악단에서 퇴직한 음악 과외 선생이라는 작자가 개한테 손가락이 길어 악기를 배우면 잘 할 거라고 바람을 넣은 모양인데, 그 말을 듣고 죽기 살기로 피아노를 사야겠다는 거야. 그때 새로 가게를 얻는다고 노점을 정리해서 수중에 현금 2만 위안이 있었어. 그 돈으로 광둥에서 물건을 들여올 계획이었어. 나도 처음에는 좋은 말로 달랬어. 네가 음악을 정말 좋아하면 피아니스트가 될 수는 있겠지만 그걸로 먹고 살 수 있을 것 같으냐고. 기껏해야 아마추어 피아니스트나 취미생활 정도일 테니, 정 사고 싶으면 나중에 돈을 더 벌어서 사자고. 하지만 이미 완전히 미쳐서 말이 통하지 않았어. 그 돈을 서랍에 넣고 잠갔는데 기어코 펜치로 자물쇠를 부쉈어. 젠장, 난 아직도 이해가 안 돼. 도대체 머릿속에 무슨 생각이 들었는지……"

나는 그때서야 천진팡 구타 사건의 전후 사정을 알았다. 솔직히 이 사건만 놓고 보면, 다들 갈가지의 억울함과 고통에 동정을 표할 수밖에 없다. 그는 건달 생활을 청산하고 천진팡을 위해 진심을 다했지만 허무한 결말을 맞았다. 이 이야기는 1990년대 홍콩 느와르 영화에나 나올 법한 드라마틱한 내용이다. 하지만 사람을 잘못 만나는 바람에 뜨거운 열정을 욕망에만 쏟아 붓는 한심한 이야기가 돼버렸다. 천진팡을 생각하면, 허영심이나 천박함과 같은 기본 자질 문제를 부정할 수 없지만 한편으로 형언할 수 없는 비애가 느껴졌다. 그녀는 수년 전 내 방 창밖에 찾아와 바이올린 연주를 들으며 외로운 영혼을 달랬고 우여곡절 끝에 베이징에 남았다. 그러나 얼마 뒤 피아노 때문에 다시 외로운 영혼으로 돌아갔다.

천진팡에게 피아노를 사라고 부추겼던 '과외 선생'은 나도 아는 사람이다. 그는 연주 실력이 괜찮은 편이라 제법 이름 있는 벨칸토 가수의 반주를 많이 맡았다. 다만 말이나 행동이 조금 사이비 교주 같았다. 그는 부업으로 일본 피아노 회사의 고문을 맡고 있는데, 말이 고문이지 사실 영업이나 다름없었다. 피아노를 팔면 수수료가 떨어지기 때문에 어리숙한 여자를 만나면 손을 어루만지면서 감탄사를 연발했다.

"이 길이! 이 힘! 이런 손으로 피아노를 안 치면 낭비야!"

나는 음악 공부에 모든 것을 걸었던 지난날을 떠올렸다. 천진팡과 달리 나는 사리 분간을 시작할 무렵, 어머니가 강제로 내 턱 밑에 값비싼 바이올린을 끼워넣었다. 나는 취미를 선택할 권리조차 없었기 때문에 천진팡과 같은 외로움과 쓸쓸함을 느꼈다. 가장 드라마틱한 부분은 우리 두 사람의 결말이다. 운과 상관없이 우리 둘 모두 결국 음악과 멀어졌다. 이제 와 생각하면 그 시절 우리의 연주자와 청중의 관계는 정말 부질없는 짓이었다. 그런 일은 애초에 일어나지 말았어야 했다.

나는 그날 밤 엉망진창으로 취해버렸다. 내 돈을 다 쓰고도 성이 차지 않아 갖가지 옷자락을 붙잡고 빼앗듯 지갑을 찾아내 계속 술을 마셨다. 갖가지도 거나하게 취해 신나게 휘파람을 불었다. 그는 라이터를 꺼내 휴지조각이 된 펄면 공연 티켓을 태우고 그 불씨로 다시 담배에 불을 붙였다. 불꽃이 크게 일자 깜짝 놀란 술집 주인이 우리를 밖으로 쫓아냈다. 갖가지는 기분 내키는 대로 내 어깨에 손을 올리고 꼬부라진 혀로 중얼거렸다.

"이런 멋진 친구를 너무 늦게 알았네."

나는 보도블록 턱 앞에서 그를 뿌리치고 뒤도 돌아보지 않고 걸어갔다. 갈가지를 만난 날 이후, 천진팡은 내 인생에서 완전히 사라졌다. 나는 그녀가 어디에 있는지 전혀 몰랐고 관심도 없었다. 완벽하게 잊었다고 생각했다. 천진팡이 다시 내 앞에 나타날 줄은 몰랐다.

5

나와 천진팡은 이즈하크 펄먼의 세 번째 방중 공연에서 우연히 만난 후, 바로 연락을 이어가지는 않았다. 이유는 간단했다. 그때 내가 최악의 슬럼프에 빠져 있었기 때문이다. 그 무렵 나는 이혼했다.

이혼의 책임은 당연히 나였다. 이것만큼은 절대 숨길 생각이 없다. 지난 몇 년, 여러 모로 노력했지만 결국 완벽한 잉여인간이 되고 말았다. 그럭저럭 대학을 졸업한 후, 부모님이 마지막으로 자식에 대한 의무감을 발휘한 덕분에 안정적인 정부 기관에 취업했다. 하지만 1년 만에 그만뒀다. 그 뒤 '예술에 헌신한다'는 명분 아래 영화 평론도 쓰고 소극장 공연기획도 했다. 내 아이디어 중 몇 개는 허울 좋은 문화산업 발전 분위기를 타고 실제로 무대에 오르기도 했다. 그러나 금방 역량의 한계를 느꼈다. 몇몇 시나리오 작가, 감독과 문화산업 컨설팅 회사를 공동 창업했는데 얼마 못 가 이름뿐인 페이퍼 회사로 전락했다. 남은 것이라고는 완성하지 못한 시나리오 몇 편과 차용증, 법원의 출석 요구서뿐이었다. 그날 밤, 술 한 잔을 걸치고 집에 들어가 게슴츠레한 눈으로 아내 재스민에게 이렇게 물었다.

"당신, 그 외국 회사는 어때? 다닐 만 해?"

그때 결혼 후 처음으로 아내 수입이 얼마인지 알고 너무 기가 막혔다. 이런 금맥을 안고 있는 줄 진즉에 알았으면 밖에 나가서 쓸 데 없이 아등바등 하지 않았을 텐데. 그날 나는 당당하게 선언했다.

"그럼, 나 이제부터 마누라 등쳐먹는, 등처가다!"

재스민은 의지가 강하고 마음이 넓은 좋은 여자다. 우리가 결혼한다고 했을 때 그녀 집에서 반대가 심했다. 하지만 그녀는 맹목적으로 밀어붙였다. 심지어 임신했다고 거짓말까지 해서 결국 결혼증명서를 받아냈다. 나는 '문화사업'을 때려치우고 온종일 허풍에, 뜬구름 잡는 소리를 하며 시간을 보냈다. 그러는 동안 아내는 승승장구하며 간부로 승진했다는 말은 전혀 하지 않았다. 아마도 보잘 것 없는 내 자존심을 지켜주려 했겠지. 정작 당사자인 나는 자존심 따위 신경도 쓰지 않았고 시간이 지날수록 당연하게 먹고 놀았다. 그래도 그녀는 불평한마디 없었다.

"당신의 유일한 단점은 내게 분발 정신을 불어넣어주지 않는다는 거야."

내가 이런 뻔뻔한 평가를 내놓자 그녀는 이렇게 대답했다.

"그럼 당신은 어떤 줄 알아? 상대방에게 안쓰러운 마음을 들게 한다는 게 당신의 최대 장점이야."

생각해보니, 확실히 맞는 말이다. 길지 않은 결혼 생활을 돌아보니, 그녀는 아내이자 엄마였다. 신체적으로, 육체적으로 언제나 살뜰히 나를 돌봐줬다. 하지만 인간의 인내심에는 한계가 있기 마련이다. 어느 날, 그녀가 머뭇거리며 회사에서 미국으로 유학을 보내주기로 했다는 말을 전했다. MBA 공부를 마친 후에 로스앤젤레스 지사에서 일하기로 했단다. 나는 긴 한숨을 내쉬었다.

"그래. 내가 당신 발목을 잡을 순 없지."

재스민이 울음을 터트렸다. 그녀는 가진 돈을 전부 내게 주겠다고 고집을 부렸다. 내가 무슨 염치로 그 돈을 받겠는가? 하지만 그녀는 고집을 꺾지 않았다.

"당신이 이 돈을 받지 않으면, 내가 당신을 버린 게 아니라 당신이 날 버린 게 돼. 난 여자니까, 자존심이 더 중요해."

결국 못 이기는 척 받아들였다.

"그래. 그럼 당신이 날 차버린 거야."

이미 걸레처럼 너덜너덜해진 내 자존심이 이렇게 비싼 값에 팔릴 줄은 몰랐다. 일사천리로 이혼 수속을 마무리한 후, 나는 재스민을 공항까지 배웅하며 차분하게 그녀를 응원했다.

"조국과 인민의 이름으로 당신의 영광을 기원할게."

부모님께 이혼 소식을 알리자, 두 분은 안타까운 동시에 당연하다는 반응을 보였다. 특히 아버지는 아주 통쾌한 표정이었다.

"그럼 그렇지. 너 같은 놈 옆에서 고생할 여자가 어디 있어? 난 재스민 편이다. 이혼 아주 잘 했어. 30년 전이었으면 내가 직접 위원회에 가서 건달 놈이 있으니 잡아가라고 신고했을 거야."

부모님은 하이난海南의 집을 수리해서 그곳에서 노후를 보내겠다며 이사했다. 모두가 나를 버리고 떠나갈 때 나를 받아준 단 한 사람, 바로 B형이다. 대학 시절 나쁜 짓을 할 때 죽이 잘 맞던 대학 동기 B형이 자기가 투자한 화보 신문사의 문화부 부주임으로 나를 추천해 줬다.

거저 얻은 직장과 전처가 남긴 돈 덕분에 그럭저럭 생계 기반이 마련됐다. 나는 이때부터 잔소리하고 구속하는 사람이 없으니 밤낮을 뒤바꿔가며 방탕한 생활을 즐겼다. 그 무렵 나는 이런저런 시시껄렁한 모임의 단골 멤버였고 내가 속한 모임이 아니더라도 어떻게든 조금이라도 관계를 만들어 거의 모든 회식에 열성적으로 참여했다. 회식자리에 앉자마자 술을 붓기 시작했고 적당히 취기가 오르면 사방팔방 돌아다니며 분위기를 들쑤셨다. 그래서 그때 '산선散仙'•이란 별명이 생겼고 알 듯 모를 듯 관계가 애매한 술친구가 정말 많았다. 나는 알코올성 지방간과 대뇌 저산소증이라는 큰 대가를 치른 후에야 그림자처럼 따라다니던 죽고 싶다는 생각과 깊은 우울증을 겨우 극복해냈다.

2012년 초겨울, 나름 이름을 알리기 시작한 어느 화가의 전화를 받았다. '798예술구'에서 개인전을 여는데 분위기를 띄우기 위해 사람이 필요한 모양이었다. 이 화가의 화풍은 그의 과거만큼 복잡하고 변화무쌍했다. 처음에는 거대한 유화 작품으로 여러 성省 선전부가 선정한 '주요 지원 대상 명단'에 올랐다. 이후 산둥 공직계에서 국화國畫•• 선물이 유행하자 바로 방향을 바꿔 반 년 가량 사의寫意••• 기법을 익혀 주로 부귀를 상징하는 모란꽃을 그렸다. 그러나 최근 몇 년 현대예술 분야에 투자되는 여유 자금이 크게 늘어나자 그는 다시 방향을 바꿔 '입체현실주의-정치 팝아트'라는 새로운 장르에 도전했다. 그의 대표작 '마오쩌둥 선집을 읽는 벌거벗은 이발소 아가씨'는 생동감 넘치는 표현으로 주목받았는데 벌거벗은 여자의 음모가 그린 것

• 특별한 직무가 없어 한가로운 신선이란 뜻. 좌천의 의미도 있다. 대략 '자유로운 영혼' 정도로 이해할 수 있다.
•• 서양미술의 상대적인 개념으로 중국 전통 회화를 의미함.
••• 동양화에서 화가의 생각이나 의중을 그림에 표현하는 하는 것.

이 아니라 진짜 털 한 줌을 붙인 것이란다.

"핀란디아를 넉넉하게 준비했어. 돈 많고 세상 물정 모르는 놈들한테 딱이지. 휘귀 만찬도 준비했어."

화가가 열심히 나를 꼬드겼다.

"하하, 이러다 취하면 내 털도 뽑히는 거 아닌가 몰라."

"걱정 마셔. 이 세상에 여성 동지가 있는 한 더러운 사내 놈 털을 쓸 일은 없으니까. 누가 뭐래도 난 진짜 현실주의 화가라니까."

나는 상대방에 맞춰 무식하고 거칠게 웃으며 전화를 끊고 집을 나섰다. 하늘이 우중충했다. 태양은 달걀 껍데기 같은 구름층에 가려져 희미해 보이고 공중에 드문드문 눈송이가 날렸다. 둥쓰환을 지날 즈음 어느 국가 원수 부부가 방중했는지 경찰이 도로를 봉쇄해서 길이 꽉 막혀버렸다. 교통 체증을 뚫고 겨우 전시장에 도착했을 때 폐공장 앞은 이미 많은 인파로 북적였다. 대머리 아저씨, 털보 아저씨, 추운 날씨도 아랑곳 하지 않는 치파오 아가씨들이 발굽동물의 되새김질처럼 쉬지 않고 전시장을 돌아다니며 그럴싸한 표정으로 귀엣말을 소곤거렸다.

"이 정도면 아주 성공적이지?"

우쭐거리며 다가온 화가가 러시아식으로 내 어깨를 감싸 안으며 기쁨을 감추지 못했다.

"그러게요. 분위기가 장난이 아닌데요? 나까지 나서서 부채질할 필요가 없겠어요."

"아, 기사도 직접 쓸 필요 없어. 미술학원* 학생 둘이 원고 작성해

---

* 베이징 중앙미술학원. 예술 분야 중국 최고 명문대학.

서 보낼 거야."

그는 내게 술잔을 쥐어주고 휴게실로 데려갔다.

"지금 너무 많이 마시지 말고 힘 좀 아껴둬. 조금 이따 힘 있는 양반들이 올 거거든."

나는 소파에 기대앉아 평소 안면 있는 미술평론가들과 이런저런 얘기를 나눴다. 어느새 날이 어두워지고 관람객은 대부분 돌아갔다. 화가가 인터뷰를 마친 후 자세를 가다듬고 한동안 전시장 입구에 서 있었다. 잠시 후 새로운 한 무리가 나타났다. 아마도 화가가 말한 힘 있는 사람들이리라. 앞장 선 우두머리는 신문 기사에서 본 적이 있는 모 협회 부주석이다. 그 뒤를 따르는 사람들은 예술품 투자자와 화랑 사장님들이겠지. 놀랍게도 무리 끝에 천진팡이 있었다. 쑹 씨 가문의 세 자매•처럼 우아하게 머리를 말아 올리고 새하얀 밍크 반코트를 걸친 그녀는 호두 껍데기처럼 온 얼굴에 주름이 자글자글한 노신사와 다정하게 이야기를 하며 걸어왔다. 지난번에 인피니티를 몰고 왔던 젊은 남자가 날카로운 눈빛으로 주변을 살피며 천진팡 뒤에 바짝 붙어 걸었다.

나는 벌떡 일어나 그녀를 향해 손을 흔들었다. 그녀는 이 두 번째 우연한 만남이 별로 놀랍지 않다는 듯 자연스러운 미소를 보인 후, 계속 옆 사람과 대화를 나눴다. 화가는 바쁘게 이리저리 오가며 사람들과 인사하고 오리지널 보르도 와인 두 병을 준비했다. 본격적인 관람이 시작된 후 그는 누군가 사소한 궁금증을 제기할 때마다 재빨리 달려가 작품의 창작 배경을 자세히 설명했다. 마치 『서유기』에서 분신술

• 20세기 중국 정치경제에 막강한 영향을 끼친 쑹아이링, 쑹칭링, 쑹메이링 자매.

을 펼치는 손오공처럼 동에 번쩍 서에 번쩍 했다.

귀빈들의 방문은 길지 않았다. 먼저 협회 부주석이 전시회의 성공적인 개최를 축하한다는 인사말을 남기고 서둘러 전시장을 떠났다. 곧이어 예술품 투자자들이 적당한 가격 선에서 작품을 구매한 후 우르르 전시장 밖으로 나갔다. 귀빈 중 유일하게 자리를 뜨지 않은 천진팡은 회사에 돌아갈 일도 없고 마침 길이 막힐 시간이니 남아서 같이 식사를 하겠다고 했다. 화가가 호기롭게 직원을 불렀다.

"어서 테이블 세팅해. 음식 덥히고."

이날 만찬은 전시장 옆에 마련된 유리 건물에서 열렸다. 사면이 유리라 눈송이 휘날리는 설경이 일품이었다. 강력한 온풍기 덕분에 여자들이 하나둘 코트를 벗고 새하얀 어깨를 드러내자 바깥 풍경과 묘한 대비를 이뤘다. 한 신사가 『유림외사儒林外史』에 지금과 같은 설경을 묘사한 문구가 있다며 고상함을 뽐냈다. 내가 술잔을 들고 샤브샤브 냄비 앞에 자리를 잡자 천진팡이 바로 내 옆에 앉았다. 그녀는 핸드백에서 거울을 꺼내 꼼꼼히 얼굴을 살폈다. 그동안 나는 그녀 잔에 와인을 채웠다. 그녀는 그제야 내게 말을 걸었는데, 처음 시작은 비난이었다.

"그동안 왜 연락 안 했어?"

"바쁜 것 같아서."

천진팡이 입을 삐죽이며 주먹으로 가볍게 나를 쳤다.

"너, 진짜 재미없어. 넌 항상 날 거들떠보지도 않았잖아?"

그녀가 나를 허물없이 대하는 모습을 본 주변 사람들이 부러움을 감추지 못했다. 이때 화가가 뒤에서 우리 두 사람 어깨를 동시에 감쌌다.

"두 사람 아는 사이야? 왜 말 안 했어?"

"그냥…… 옛날에 알던 친구예요."

내가 대충 얼버무리는 사이 그녀는 아무렇지 않은 표정으로 미역무침을 집었다.

"그럼, 내 일 하나 덜었네."

화가가 힘차게 내 어깨를 두드렸다.

"나 대신 대접 잘 해. 숙녀분 기분 상하면 다 자네 책임이야."

말은 이렇게 했지만 만찬 내내 우리 곁을 떠나지 못했다. 천진팡에게 몇 번이나 술을 권하고 음악을 듣고 자란 소의 꽃등심을 꼭 먹어보라고 강조했다.

"어때요? 고기에서 브람스 맛이 나는 것 같지 않아요?"

화가의 행동은 충분히 이해가 됐다. 이 자리에 남은 유일한 귀빈은 아니지만 이 자리에서 가장 빛나는 여자였다. 그녀는 우아하고 매혹적인 자태에 적당한 미소로 화가의 찬양을 흔쾌히 받아들였다. 나는 좀 짜증이 나서 벌떡 일어나 화가에게 달려들었다.

"그러지 말고 자리를 바꾸죠? 아예 여기 앉으세요."

천진팡이 얼른 내 옷자락을 끌어당겼다.

"앉아, 우리 아직 할 말 많아."

맞은편에 앉은 두 사람이 화가에게 '눈치 없다'고 면박을 줬다. 이때 천진팡이 먼저 화가와 술잔을 부딪치며 솔깃한 제안을 내놓았다. 얼마 전 그녀 회사에서 어느 베를린 문화재단과 투자 의향서를 교환했고 지금 창의성이 강한 중국 예술가를 대거 모집해 새로운 시장에 선보일 준비를 하고 있는데, 그 중국 예술가 명단에 화가 이름을 올려주겠다고 했다. 시간이 지나면 당연히 해외에서 개인전을 열 수 있을 것이라는 말도 덧붙였다. 화가가 부랴부랴 '저는 그렇게 헛된 명성을 쫓는 사람이 아닙니다'라며 변명 아닌 변명을 늘어놓았다. 그러자 그녀가 함께 온 젊은 남자를 가리키며 말했다.

"저 친구는 후마니예요. 미대를 나오진 않았지만 재능이 뛰어난 아마추어 화가죠. 지금 우리 회사에서 제 일을 돕고 있는데 앞으로 많은 가르침 부탁드려요."

"이름이 아주 재미있군요."

화가가 후마니에게 악수를 청했다.

"이족인가?"

"아니오. 예명입니다."

후마니가 두 손으로 명함을 건넸다. 두 사람이 인사를 나누는 동안 천진팡이 나를 끌어당기며 소곤거렸다.

"저 사람, 어때?"

나는 화가를 힐끔거리며 되물었다.

"사람을 말하는 거야, 작품을 말하는 거야?"

"음, 그 사람을 작품에 비유한다면, 과연 위협적일까?"

"글쎄…… 사실 이 정도는 쑹좡 예술구에 가면 발에 채일 만큼 많지. 작품 가격도 훨씬 저렴하고. 정말 저 친구랑 계약할 생각이라면 일단 노이즈 마케팅을 이용하는 게 좋을 거야. 외국인들이 아주 좋아할 테니."

"당연하지. 국내 활동 금지 기사가 최고겠지."

천진팡이 노련하게 받아치고 나와 마주 보며 쌩긋 웃었다. 우리는 정말 세상에 둘도 없는 속 깊은 친구 같은 말투로 대화를 이어갔다. 그녀는 예술품 투자 사업을 시작한 지 얼마 안 된다고 했다. 몇몇 공공 협회 간부가 좋게 봐주고 있긴 하지만 아무래도 업계 인맥이 많이 부족하다고. 내가 도움이 될 만한 사람을 소개해줄 수 있다며 몇 사람 이름을 거론하자 그녀가 큰 관심을 보였다. 그녀는 나를 끌고 옆 테이블로 가 다른 사람들에게 술을 권했다. 그러는 동안 후마니는 줄곧 내버려뒀다. 나는 술이 몇 잔 들어가자 갑자기 기분이 붕 떠서 되는 대로 우스갯소리를 지껄였다. 사람들은 테이블을 두드리며 박장대소했다.

만찬이 끝나자 이미 자정 무렵이었다. 눈이 꽤 많이 내려 가로등이 비춘 곳은 대낮처럼 밝았다. 나는 술을 너무 많이 마셔 운전을 할 수 없었다. 대리기사를 부르려 했지만 궂은 날씨 탓에 기사를 구하지 못했다. 화가가 그냥 전시장 위층 사무실에서 하룻밤 자고 가라는데 천진팡이 내 차를 대신 운전해 데려다주겠다고 했다. 그리고 후마니에게 그녀 차를 운전해 우리 집 앞에서 기다리라고 했다. 나는 번거롭게 그럴 필요 없다고 사양했지만 그녀는 다짜고짜 내 차 열쇠를 뺏어 갔다. 우리는 밖으로 나가 각자 차에 올라탔다. 인피니티 차문을 여는 후마니 눈빛과 마주쳤는데 분명히 나를 무섭게 노려보고 있었다. 나는 조금 황당했다. 도대체 저 녀석은 천진팡과 무슨 관계이기에 늘 이렇게 붙어 다니는 것일까?

"불편하지 않아? 이렇게 사람 부리는 거."

"누구? 아, 저 친구? 쟤 아니면 누굴 부리라고? 자기 주제도 모르고 세상 물정도 모르는 놈이거든."

후마니가 왜 세상물정을 모른다는 것인지 이해할 수 없었지만, 천진팡의 과거를 들출 분위기가 아니었으니 현재 상황에 대해서도 꼬치꼬치 물으면 안 될 것 같았다. 과거도, 현재도 묻지 않은 채 겉으로만

친숙해 보이는 우리의 관계는 언제 무너질지 모를 모래성이었다. 나는 가만있기가 어색해 살짝 창문을 내려 신선하고 날카로운 공기를 들이마셨다. 그녀는 눈길에 능숙하게 대처할 만큼 운전 실력이 뛰어나지 않았고 내 고물 쉐보레가 워낙 다루기 힘든 탓에 출발하자마자 입을 다물고 눈을 부릅뜬 채 운전에 집중했다. 그러나 잠시 후 긴급 제설 작업이 이뤄진 대로에 접어들면서 쉴 새 없이 이런저런 말을 늘어놓았다.

나는 천진팡의 말과 생각이 어떤 의도인지 갈피를 잡기 힘들었다. 두서없이 중얼거리는 잠꼬대 혹은 한 때 유행했던 '의식의 흐름 기법'처럼 종잡을 수 없었다. 처음에 원대한 사업적 이상과 포부에 대해 말하다가 갑자기 어떤 식당 인테리어가 너무 멋지다고 호들갑을 떨었다. 나를 대하는 태도도 일관성이 없었다. 어린아이처럼 순수하고 친근했다가 어느 순간 오만에 가득 찬 표정으로 무시하듯 말했다. 암튼 아주 복잡하고 어수선한 느낌이었다. 한 가지 명확한 사실은 그녀의 성격이 예전처럼 내성적이지 않다는 점이다. 그녀는 열정적으로 자신을 드러냈고 자신의 삶에 매우 만족해했다. 가만히 그녀의 말을 듣다보니 어느새 궁주편 서쪽 아파트 입구에 도착했다. 이혼 후 나는 부모님 집에 들어와 살고 있었다.

"아직도 여기 살아?"

"뭐, 딱히 떠날 이유도 없고."

그녀는 대꾸 없이 기다리다가 아파트 입구 차단봉이 올라가자 다시 차를 출발시켰다. 이 아파트도 주차난이 심각해서 차량이 보도까지 점령해버렸다. 나는 그녀에게 잔디가 벗겨진 풀밭 가장자리에 주차하도록 했다. 옷깃을 단단히 채우고 차에서 내린 후 그녀를 정문까지 바래다쳤다. 그녀는 아직 옛 모습이 남아 있는 식당 건물을 발견하고 저도 모르게 탄식했다.

"아, 정말 오랜만에 와보네."

식당 건물을 보니 문득 그녀의 언니와 형부가 생각났다. 그녀는 서쪽으로 고개를 돌려 그 옛날 낡고 보잘 것 없던 단층 건물을 찾았지만 보이지 않았다. 몇 년 전 서편 단층 건물을 철거하고 그 자리에 볼링장과 나이트클럽 등이 입주한 복합 건물이 들어섰다.

"이렇게 차려입고 밤길을 걷기는 좀 아깝네."

아파트 입구에 도착한 후, 나는 그녀의 빛나는 새하얀 모피코트를 보면서 칭찬과 농담을 섞어 이렇게 말했다.

"잘난 척이 심하다는 말로 들리는데?"

벌써 도착해 차를 세우고 기다리는 후마니가 보였다. 추위에 아랑곳 하지 않고 창문을 활짝 연 채 담배를 피웠다. 천진팡이 차에 탄 후 창밖으로 고개를 쑥 내밀며 전화기 모양 손짓을 했다.

"네가 전화하기 싫다면, 내가 하지 뭐."

나는 그녀에게 손을 흔들어 인사하고 돌아서서 천천히 걸었다. 갑자기 술기운이 확 올라와 머리가 지끈지끈 했다. 조심조심 걸었는데 눈이 꽤 많이 내린 탓에 두 번이나 넘어질 뻔 했다. 갈림길에서 방향을 바꾸는 순간 눈밭에 드문드문 붉은 빛이 보였다. 가장 먼저 '혹시 피?'라는 생각이 들었다. 그 다음에 떠오른 것은 그 옛날 땅바닥에 뿌려졌던 천진팡의 혈흔이었다. 갑자기 심장이 쿵쾅거렸다. 가까이 가서 살펴보니 조각난 포장비닐이었다. 뉘 집 개가 신나게 물어뜯은 모양이다.

6

천진팡은 그날 말했던 대로 먼저 전화를 걸어왔다. 한 번은 둥쓰스탸오 부근 다둥 카오야에서 최근 귀국한 사진작가의 환영회에, 두 번째는 자기 회사 신년 모임에 나를 초대한 것이었다. 나는 두 번째 모임에 내가 아는 문화 담당 기자와 권위 있는 미술학자 몇 사람을 초대해 그녀에게 소개했다. 그녀의 회사는 베이우환 외곽에 조성된 국가 '창업산업단지'의 3층짜리 건물인데 1층에 카페, 2층에 서점이 있고 3층이 밝게 탁 트인 사무실이었다. 천진팡 개인 사무실 벽에 각세 지도자들과 함께 찍은 사진이 걸려 있고 로비에는 그림과 조각 등 많은 미술 작품이 어지럽게 널려 있었다. 직접 구매한 것인지 선물로 받은 것인지는 모르겠다. 어수선한 분위기로 보아 아직 정식 업무가 진행되지 않는 것 같았다. 바닥과 벽면에서 뿜어내는 화학제품 냄새도 아직 강했다. 이 산업단지에는 이렇게 갓 창업한 회사가 적어도 스무 개쯤 있었다.

천진팡 회사는 직원이 많지 않았다. 그녀를 그림자처럼 따라다니는 후마니 외에 대학생 인턴사원이 두세 명쯤 있었다. 원래 이런 회사는 대부분 이런 상황이었다. 업무 특성상 직원이 많을 필요가 없다. 인맥이 넓고 현금 동원력만 있으면 저가에 매입해서 고가에 매도하는 간단한 방법으로 수익을 올릴 수 있다. 사실 천진팡이 사람들에게 남긴 인상도 바로 이랬다. 붙임성이 좋아 처음 보는 사람과도 쉽게 친해지고 말투가 시원시원해서 마치 사교계의 여왕 같았다. 일 얘기를 시작하면 명성이 자자한 거장의 이름이나 어마어마한 액수를 거론하며 능수능란하게 대화를 이끌어갔다.

"저 여자는 도대체 어디에서 튀어나온 거야? 자네는 알아?"

샴페인 잔을 들고 삼삼오오 모여 있을 때, 어느 신문사 에디터가 내게 물었다.

"사실, 나도 잘 몰라. 난 그냥, 저쪽에서 자네들을 알고 싶어 해서 대신 연락한 것뿐이야."

"음, 저런 여자는 결국 둘 중 하나야."

신문사 에디터가 잠시 뜸을 들였다가 아는 척하기 시작했다.

"소도시 지역 유지의 첩이거나 당 간부 가족이지. 이런 투자 사업은 적지 않은 자금이 필요한데 사실 수익이 반드시 보장되는 건 아니거든. 돈이 있으면 차라리 식당을 차리는 편이 훨씬 안정적이잖아. 그러니까 이쪽 사업에 뛰어든 사람은 대부분 돈을 벌려는 게 아니라 그냥 재미삼아 해보는 거지."

나는 미니드레스를 차려 입고 로비 중앙에 서 있는 천진팡을 쳐다보며 흥미롭게 다시 물었다.

"그럼, 자네 보기에 저 여자는 어느 쪽 같아?"

"양쪽 다 가능성이 있어. 어쩌면 양쪽 다인지도 모르지."

나는 그냥 말없이 웃고 로비 구석의 오디오 쪽으로 자리를 옮겼다. 스피커 위 원목 선반에 클래식 CD가 꽤 많이 꽂혀 있었다. 모차르트, 베토벤, 멘델스존, 시벨리우스 등 없는 것이 없었다. 나는 펄먼이 연주한 차이코프스키 「피아노 3중주 A단조」 CD를 플레이어에 넣었다. 이 음반에서 펄먼과 협연한 피아니스트는 역시 세계적으로 유명한 아슈케나지Ashkenazy다. 하지만 음악이 흘러나오는 순간, 내 선택이 매우 부적절했음을 깨달았다. 곡이 너무 처량했다. 특히 바이올린 선율은 눈물이 뚝뚝 떨어지는 흐느낌에 가까웠다. 이 곡은 원래 루빈스타인

Rubinstein을 애도하기 위해 쓴 레퀴엠이다. 영화 「닥터 지바고」에도 이 곡이 등장하는데, 음악이 끝난 후 여주인공 라라는 어머니가 죽었다는 소식을 접한다.

이날 모임은 희망찬 신년 모임이다. 한껏 차려 입은 남녀 손님들로 가득한 로비 분위기가 갑자기 가라앉았다. 예민해 보이는 두 사람이 의심스런 눈빛으로 날 주시했다. 나는 당황스러워하며 얼른 CD를 꺼내고 비발디의 「사계」로 분위기를 바꿨다. 그리고 돌아서는 순간 수많은 꽃이 한꺼번에 꽃망울을 터트리는 것처럼 눈이 부셨다. 다시 보니 천진팡이 환하게 웃으며 내 앞에 서 있었다. 볼이 빨갛게 달아오른 그녀는 매우 감동한 표정이었다.

"정말 고마워."

나는 그녀의 말이 무슨 의미인지 잘 알았다. 내가 데려온 사람들이 꽤 쓸모 있었다는 뜻이다. 방금 그 사람들과 얘기가 잘 되어 아마도 몇몇 매체와 인터뷰를 하기로 한 모양이었다. 이 업계는 실력보다 명예나 인지도가 중요하다. 소위 '허풍 센 놈이 판을 크게 벌일 수 있다'라는 성공 방식이 여전히 유효했다. 나는 겸연쩍게 웃으며 겸손하게 대꾸했다.

"나한테 인사할 필요 없어. 어떤 구름이 큰 비를 내릴지 최종 결과는 네가 얼마나 잘 발굴하느냐에 달려 있으니까."

"너 정말 의외다. 세상일에 아무 관심도 없는 줄 알았는데, 알고 보니 능력자였어."

천진팡이 길쭉한 튤립처럼 생긴 샴페인 잔을 들어 내 잔에 부딪혔다.

"친구가 많아야 꽃길을 걷는다더니, 널 조금 일찍 만났으면 좋았을 텐데."

나는 우리의 대화가 매우 시시한 방향으로 흘러가는 것 같아 일부러 대꾸하지 않고 담배를 꺼냈다. 그녀가 손을 쑥 내밀더니 담배 한 개비를 빼내 입에 물고 불을 붙여주길 기다렸다.

근처에 있던 후마니가 불만스런 표정으로 우리를 노려봤다. 분노에 찬 서슬 퍼런 눈빛이 마치 주인에게 토사구팽 당한 강아지 같았다. 그 눈빛을 보니 갑자기 도발 욕구가 일어 일부러 천진팡에게 다정한 미소를 지었다. 그리고 과장된 몸짓으로 금속 라이터 뚜껑을 열고 몸을 살짝 숙여 그녀 담배에 불을 붙여줬다. 그녀가 가볍게 한 모금 빨아들이자 필터 부분에 새빨간 립스틱 자국이 새겨졌다. 자신 있게 말하건대 그녀가 담배를 끼운 손가락을 뺨 옆에 올린 자세는 오드리 햅번이 영화 「티파니에서 아침을」의 포스터에서 취한 자세를 따라한 것이 틀림없다.

"이건 내 진심인데, 너한테 제대로 감사 인사를 하고 싶어. 지금, 뭐든 필요한 게 있으면 편하게 말해."

나는 반사적으로 그녀의 말을 끊어버렸다.

"지금 나한테 필요한 건, 첫째는 도덕道德이고 둘째는 섹스 파트너지. 깜빡 잊고 말 안 했는데, 나 얼마 전에 이혼했거든. 첫 번째는 네가 도와줄 수 없고, 두 번째는 감히 너한테 도와달라고 할 수 없지. 우린 어려서부터 아는 사이고, 난 친구를 등쳐먹는 짓은 절대 못해."

그녀는 내 불량스런 말투에 조금 놀랐는지 잠시 입을 다물지 못했다. 하지만 미소 담긴 눈빛은 그대로였다. 그녀는 잠시 대꾸할 말을 생각한 후 다시 입을 뗐다.

"나한테까지 예의 차릴 필요 없어. 네 뜻은 대충 알겠어. 이렇게 말하면 네가 날 아주 저속하다고 생각하겠지만 어떻든 지금 내가 가진 건 돈뿐이고 얼핏 보기에 넌 그렇게 넉넉한 것 같지 않아. 그래서……"

"예의상 하는 말이 아니야. 당연히 너보다는 부족하지. 하지만 난 내 삶이 처량하거나 비참하다고 느낀 적은 없어. 추이젠崔健• 형님이 그랬지. '어떻든 난 먹을 걱정 없고, 입을 걱정 없지. 정말 어쩔 수 없으면 어차피 부모님이랑 살면 되니까'라고. 세상을 속여 가며 큰돈을 버느니 난 차라리 내 욕망을 최저치로 끌어내리고 눈에 띄지 않는 기생충으로 살겠어. 까놓고 말하면 한량이고, 좀 있어보이게 말하면 견유주의자의 최소한의 양심이랄까. 내 말, 무슨 뜻인지 알겠어?"

"그 말은 좀 극단적인 거 같은데?"

"그렇긴 해. 그런데 넌 나를 아주 잘 아는 것처럼 말한다?"

천진팡이 말씨름을 하고 싶지 않다는 뜻으로 담배 끼운 손가락을 흔들었다. 그리고 금방 다시 진지하고 순수하고 표정으로 돌아갔다.

"네가 바이올린을 그만 둔 거 정말 안타까워. 진심이야."

"전혀 안타깝지 않아. 어차피 특별한 재능이 있는 것이 아니라 진정한 연주가가 될 수 없어. 기껏해야 상중영傷仲永••밖에 안 될 텐데……"

"또 쓸데없는 똥고집이네."

이번에는 천진팡이 내 말을 끊었다.

"바이올린을 연주한다고 꼭 진정한 연주가가 되어야 하는 거야? 그

• 중국 록 음악의 대부.
•• 『당송팔가문』에 실린 왕안석王安石의 문장에 등장하는 인물로, 타고난 천재였으나 노력하지 않아 평범한 인간으로 전락했다.

렇게 고상하고 고답적인 사람이 왜 이 상황에서는 현실적인 성과에 연연하지? 넌 지금도 음악을 좋아하잖아. 안 그래? 음악은 직업이 아니라 취미가 될 수도 있어."

나는 천진팡의 논리에 말문이 막혀버렸다. 그녀의 말투가 이렇게 날카롭기는 처음이었다. 또한 구구절절 사실이기에 날카로운 비수로 약점을 콕콕 찌르는 것 같았다. 분위기가 갑자기 어색하게 가라앉았다. 나는 거의 다 타들어간 담배를 쥔 채 재떨이를 찾는 척 주위를 두리번거렸다. 이때 그녀가 입술을 오물거리며 한 마디 덧붙였다.

"그리고, 다른 사람들이 어떻게 생각하는지, 그건 모르겠지만 내가 보기엔 네 연주는 정말 최고야."

이 말을 듣는 순간, 나는 넋 나간 사람처럼 멍해졌다. 그녀가 내 방 창 밖에서 내 바이올린 연주를 듣던 그 시절로 돌아간 것 같았다. 추억 속의 작고 가녀린 나무 아래 그림자가 지금 눈앞에 서 있는 우아하고 아름다운 여인과 오버랩 됐다. 이때 며칠 전 만찬의 주인공이었던 화가가 다가와 뒤에서 다정하게 천진팡 어깨를 감싸며 그녀에게 줄 '깜짝 선물'을 준비했다고 했다. 그는 그녀를 보며 눈을 찡긋했다.

"뭔지 맞춰봐요."

나는 별 생각 없이 이렇게 중얼거렸다.

"형님이 준비할 수 있는 게 뭐 있어요? 그림밖에 더 있나? 기껏해야 초상화 정도겠죠."

화가가 너털웃음을 터트렸다.

"똑똑한 친구를 두면 이런 게 안 좋아. 뜸 들이는 재미가 없잖아."

나는 다시 독하게 그를 놀려먹었다.

"형님, 혹시 숙녀한테 털 한 줌 선물하는 건 아니죠?"

이 초상화는 요즘 화가가 빠져 있는 '입체현실주의' 작품이 아니라 문학잡지 앞뒤 날개 면에 흔히 실리는 정통 인물 유화였다. 그림 속의 천진팡은 새하얀 원피스를 입고 등받이 있는 나무 의자에 비스듬히 앉아 있었다. 햇살이 쏟아지는 통유리창 앞에 앉은 그녀의 그윽한 표정이 일품이었다. 이 그림의 배경 장소는 바로 샤오탕산 부근에 있는 화가의 작업실이었다. 보아하니, 두 사람 관계가 아주 가까워진 모양이다. 손님들이 모여들어 형식적인 칭찬을 쏟아냈고 천진팡은 과장스럽게 두 뺨을 감쌌다.

"너무 예쁘게 그린 거 아니에요?"

"지금, 내가 초상화를 제대로 못 그렸다고 비난하는 거예요?"

"그럴 리가요."

"그 말은, 본인이 예쁘다는 사실을 인정한다는 거죠?"

다른 사람들 언변도 만만치 않았다. 특히 내가 초대한 친구들은 돌아가며 한 마디씩 보탰는데 하나같이 그림을 들먹이며 그녀를 추켜세웠다. 천진팡은 처음에 조금 쑥스러워했지만 칭찬에 익숙해지자 먼저 두 눈이 빛나기 시작했고, 곧이어 머리부터 발끝까지 온몸에서 환한 빛을 뿜어냈다. 나중에는 초상화보다 그녀가 더 눈부시게 빛났다.

"후마니, 좀 보고 배워. 너도 명색이 화가인데 그동안 뭘 그렸어? 고작 시골 마을 황소뿐이잖아."

그녀는 정신없는 와중에도 후마니를 향한 충고를 잊지 않았다. 이때 나와 후마니는 무리에서 멀리 떨어져 한 명은 스피커 앞에, 한 명은 안내 데스크에 비스듬히 기대 서 있었다. 바둑판에서 멀리 동떨어진, 의미를 알 수 없는 외로운 바둑알 같았다. 나는 가만히 그의 표정을 살폈다. 큰일을 위해 눈앞의 치욕을 참아내겠다는 결연한 의지가 엿보였다. 나는 작은 푸대접에 발끈하거나 어디서든 주목받고 싶어하는 사람이 아닌데도 이 분위기가 아주 불편했다. 그래서 모두의 관심이 다른 곳에 쏠렸을 때 외투를 찾아들고 밖으로 나갔다.

신년 모임 후, 천진팡은 두 달 넘도록 소식이 없었다. 아마도 내가 말도 없이 돌아가서 크게 기분이 상했거나 그날 둘이 얘기를 하면서 내 약점을 콕콕 찌른 것 때문에 연락하기 불편했던 것인지도 모른다. 전자라면 나의 경솔함을 기꺼이 인정하겠지만 후자라면 특별히 내가 반성하고 고민할 필요가 없다. 솔직히 지금 내 상황에서, 이런 인간들 틈에서 아무 말도 할 수 없다는 것은 엄청난 스트레스다. 물론 이런 생각은 내가 아직 성숙하지 못했다는 증거겠지. 21세기 들어 가장 추웠던 그해 겨울, 나는 여느 때처럼 출근 도장을 찍고, 늘 그랬듯 여기저기 회식에 끌려 다녔고, 변함없이 하이난에 전화를 걸어 부모님의 안부를 물었다. 그러는 동안 규칙적인 듯 난잡하고, 북적이는 듯 외로운 이혼남 생활에 점점 익숙해졌다.

언제부터인가 예술계 친구를 만나는 모임에서 천진팡 얘기가 점점 많이 들려왔다. 아, 물론 그들이 거론한 이름은 '천웨이쳰'이다. 그런데 그녀에 대한 소문이 점점 터무니없는 방향으로 흘러갔다. 그녀가 방중술의 대가인 어느 중국 국학 거장의 새로운 제자라는 소문이 들리는가 하면, 반체제 인사의 동거녀라는 소문도 있었다. 그녀의 자금이 해외 반중국 단체의 지원금을 유용한 것이라는 말도 있었다. 내가 나는 한, 이런 소문은 당연히 다 헛소리다. 하지만 이 업계에서 그녀의 영향력이 점점 커지고 있다는 명백한 증거였다. 만약 다시 만날 기회가 생긴다면, 그때는 그녀의 성공을 축하하는 자리일 것이다.

설 연휴가 다가오면서 사교 모임이 크게 줄었다. 함께 일탈을 즐기던 친구들은 대부분 고향에 내려가거나 가족 친지와 설 준비를 하느라 바빴다. 하이난에 계신 부모님 말씀을 한 귀로 흘려버린 나는 홀로 남아 외로운 방황을 이어갔다. 공식적인 연휴는 아직 시작되지 않았지만 베이징 시내는 이미 텅 비었다. 도로에 차량이 크게 줄어 황량하고 스산할 정도였고 간혹 먼 하늘에 성미 급한 누군가가 터트린 불꽃이 번쩍거렸다. 세계 금융위기의 여파가 몇 년째 이어져 각국 주식시장마다 처참한 개미들이 넘쳐나고 중국 내수시장도 크게 휘청거렸다. 정부가 경기 부양을 위해 최대한 공공사업 투자를 늘렸지만 더 이상 뻔뻔하게 경기 낙관론을 떠들 상황이 아니었다. 자오번산趙本山●과 그 제자들이 설 특집 쇼에 출연하지 않는다는 소식이 들리면서 연휴 분위기가 더 무겁게 가라앉았다.

음력 12월 28일 저녁, 한 신문사 의뢰로 급히 허쑤이당賀歲檔●● 특집 영화 평론 기사를 마무리하고 있을 때 천진광의 전화를 받았다. 그녀가 설 연휴를 어떻게 보내느냐고 물어서 냉동만두를 준비했다고 대답했다. 그녀는 풋 웃음을 터트리고 당장 민족호텔 부근 한국 식당으로 오라고 했다.

"너무 불쌍하잖아. 뱃속에 기름칠 좀 해줘야겠네."

나는 그럭저럭 원고를 완성한 후 차를 타고 푸싱루 동편으로 향했다. 식당은 금방 찾았다. 천진광이 룸에 있을 줄 알았는데 홀 한쪽 조용한 자리에 앉아 있었다. 그녀는 목선이 깊게 파인 빨간색 스웨터를 입었고 얇은 모직 반코트를 옆 의자 등받이에 걸어놓았다. 얼굴 살이 빠졌는지 눈이 더 커보였다. 내가 먼저 손을 흔들며 인사했다.

● 1957년생으로 중국 희극계의 대부.
●● 중국의 영화 성수기. 매년 11월말에서 이듬해 3월초.

"아직 아무도 안 왔어?"

"아무도 안 와. 우리 둘뿐이야."

정말 의외였다.

"후마니도?"

"고향에 내려갔어."

그녀가 뭔가 불만스러운 듯 눈을 치켜떴다.

"걔가 나랑 무슨 상관인데? 왜 꼭 같이 다녀야 한다고 생각해?"

그녀의 말투로 보아 두 사람 사이에 무슨 문제가 생긴 것 같았다. 하지만 이 부분은 내가 관심 가질 일도 아니고, 관심이 있더라도 물어볼 일이 아니다. 나는 조용히 자리에 앉아 보리차를 마셨고 그녀가 음식을 주문했다. 일행은 둘뿐이지만 그녀는 음식을 아주 넉넉하게 주문했다. 큼직한 소갈비, 양념 우설, 양고기 등심, 대구 요리, 비계와 살코기가 적당히 섞인 삼겹살 등이 테이블을 가득 가득 채웠다. 나는 식전 요리로 고추소고기볶음을 추가 주문했다.

"옛날 학교 식당에서 먹던 맛이랑 똑같아."

나는 집게와 가위를 현란하게 움직이며 불판에 올린 고기를 굽는 종업원을 보다가 간혹 천진팡과 눈이 마주쳤다. 내가 그녀를 볼 때마다 그녀도 나를 보고 있었다.

"그동안 뭐가 그렇게 바빴어?"

"베이징에서 처리할 일도 있었고 예술전람회 참석 차 홍콩에도 다녀왔어. 아무튼 계속 바쁘게 돌아다니다가 베이징에 돌아오자마자 연락한 거야."

만약 그녀 말이 사실이라면, 지난번에 내가 말없이 먼저 돌아간 일로 마음이 상하지는 않았을 것이다.

"홍콩에서도 큰 성과가 있었던 모양인데?"

그녀는 갑자기 눈빛을 반짝이며 홍콩에서 보고 들은 것들을 신나게 떠들었다. 한 홍콩 방송국 시사평론가는 말할 때마다 틀니가 빠질 것 같아 불안했단다. 1990년대에 어디로인가 도망간 줄 알았던 기공氣功대사가 여전히 풍수사로 활동하고 어떤 예술 전시 기획자는 요즘 빅토리아 항구에 나가 대형 오리 풍선을 띄우는 재미에 빠졌단다. 그리고 그녀가 묵었던 곳이 오래 전 수많은 소녀의 '오빠'가 생을 마감하려 투신했던 바로 그 호텔이었는데 아직까지도 그 앞에 찾아와 지전紙錢을 태우는 골수팬들이 있단다. 한참 떠들던 그녀가 갑자기 시시하다는 표정을 지었다.

"별로 재미없지?"

그녀가 이미 결론을 내버렸으니 내가 군이 말을 보탤 필요가 없었다. 우리는 천천히 식사를 하면서 일상적인 이야기를 나눴다.

"설인데 왜 고향집에 안 갔어?"

"뭐 하러 가? 가봤자 아무도 없는데."

"언니랑 형부는?"

"장사하지 뭐."

그녀가 화제를 나에게 돌렸다.

"왜 이혼했어?"

"누구나 인내심에 한계가 있는 법이니까. 말했잖아. 그동안 마누라 등골 빼먹고 있었다고. 그 사람, 그 정도 참은 것도 정말 대단한 거지."

"친구로서, 너희 두 사람 정말 안타까워."

천진팡의 말투는 상냥하고 배려심 깊은 드라마 여주인공 같았다.

"아마도 네 책임이 컸겠지? 솔직히 전 와이프가 결혼을 결심한 이유가 네가 돈이 많거나 잘생겨서는 아닐 거잖아. 너라는 사람 자체를 좋아했기 때문이겠지. 너희 부부는 정말 진심이었을 거야."

"자꾸 내 상처에 소금 뿌리지 말아줘. 그렇잖아도 주변에다가 내가 얼마나 멍청한 놈인지 인정했다고."

"너 같은 남자들, 기꺼이 자신을 낮추고 과소평가하는 사람들의 장점은 그만큼 자신을 잘 안다는 거야. 하지만 자기 과소평가의 끝에서 '나는 다른 사람에게 상처를 줘도 된다'라고 생각하기 쉽다는 게 단점이지."

"할 말이 없네."

그녀의 분석은 진심으로 감탄스러웠다. 무엇보다 천진팡이 나를 이렇게 잘 알고 있다는 사실이 놀라웠다. 마치 오랫동안 한 집에 살면서 항상 나를 주시하고 관찰하고 있었던 사람 같다. 나는 문득 지난날이 떠올랐다. 그 옛날 유리창 너머로 공유했던 바이올린 소리가 우리 사이에 무언의 텔레파시처럼 작용했던 것일까? 그 연주를 통해 나약하고 구차한 내 본성이 그녀 앞에 드러났던 것일까? 정말 황당하고 신기한 일이다. 소위 말하는 지음知音이 꼭 대가들의 고아한 정서를 의미하는 것은 아닌가보다. 잠시 침묵 후 그녀가 또 '그' 얘기를 꺼냈다.

"너, 정말 바이올린은 손도 안대는 거야? 혼자 있을 때도?"

"응."

"내 말 좀 들어. 혼자 자존심 싸움 할 필요 뭐 있어? 만약 그런 방식으로 네 과거를 부정하려는 거라면 아직 철이 안 들었다는 뜻이야. 네 말대로 진정한 연주자가 되지 못한다고 해도 무슨 상관이야? 좀 다르게 생각해봐. 넌 이미 한 가지 능력을 마스터했고, 그것만으로도 네 삶은 다른 사람보다 훨씬 풍요로워졌어. 난…… 그런 네가 너무 부러워."

그 전에 그녀가 바이올린을 언급했을 때와 달리 이번에는 거부반응이 전혀 없었다. 속마음을 숨기려 억지로 웃었지만 누가 봐도 어색한 웃음이었다. 다행히 그녀는 더 이상 날 다그치지 않고 다른 얘기로 화제를 돌렸다. 그녀는 그 입체현실주의 화가가 너무 돈을 밝히고 저속하다며 대놓고 욕했다. 나는 어떤 상황인지 대략 예상이 됐다. 화가가 더 좋은 작업실을 구하려고 활동비 명목으로 돈을 요구했을 것이다. 또 해외 전시회 장소를 물색해 빨리 대여비를 지불하고 유럽 일정을 확정해달라고 재촉했겠지.

"하지만 내 입장에서는 자금을 투입하기 전에 그 화가가 해외에서 인정받을 잠재력이 있는지 정확히 분석해봐야 해. 자꾸 이렇게 재촉하니까 날 호구로 생각하고 등쳐먹으려고 하는 것 같다니까."

천진광이 오만상을 찡그렸다. 사실 나도 그를 잘 아는 것이 아니라 대충 얼버무렸다.

"그게, 그 나잇대 사람들 방식인지도 몰라. 자기들이 젊은이들에 비해 기회를 많이 놓치고 있다고 생각하거든. 어떻게든 젊은이들 꽁무니라도 놓치고 싶지 않은 거지."

이때 문득 한 가지 의문이 생겼다. 천진광이 일부러 나를 불러낸 이유가 단지 이런 시시껄렁한 이야기나 하자는 것이었을까? 이 의문은 식사가 끝난 후에야 풀렸다. 숯불이 꺼져가면서 철판에서 지글거리던 고기 기름이 허옇게 엉겨 붙었다. 우리는 자리에서 일어나 어둑한 카운터 앞으로 나갔다. 한국 드라마 배우처럼 차려입은 종업원이 두 손을 다소곳이 모으고 깍듯이 허리를 굽히며 한국어 특유의 존댓

말로 인사했다. 내가 목도리 매는 것이 익숙지 않아 버벅대자 천진팡이 살짝 까치발을 들고 대신 매줬다. 그리고 양가죽 장갑을 낀 손으로 내 외투 어깨 부분을 반듯하게 펴줬다.

"너한테 물어볼 게 하나 더 있는데…… 솔직히 말하면 네 도움이 필요해."

"말해봐."

"너, 궁사오평이란 사람 알지?"

궁사오평은 대학 때 친했던 B형의 본명이다. B형은 동기들 사이에서 독특한 기인으로 통했다. 그는 옹졸하면서 대범하고, 이익만 추구하나 싶지만 또 원대한 이상을 꿈꾸는 등 여러 가지 모순적인 성향을 동시에 갖고 있었다. 대학 시절, 그는 눈물을 글썽이며 짝사랑 여학생에게 '**야, 너는 온종일 내 마음속에 잔잔하게 흐르는 강물이야'라는 감성 가득한 연애시를 적어 보내는가 하면 점심을 먹으러 식당에 가서 갈비 몇 점 더 얻어먹겠다고 식당 이모와 시시덕거렸다. 그는 대학 졸업 후 취업 대신 책 장사, 광견병 백신 사업을 벌였고 당 간부 친척을 사칭해 사기를 치기도 했고 나중에는 이발소를 차려놓고 찍은 섹스 영상을 올린 음란사이트로 큰돈을 벌었다. 그는 사업이 힘들 때 여기저기에서 밥을 얻어먹으면서도 형편이 어려운 집안 아이들 학비를 책임졌다. 지금은 삼류 여배우와 지면 모델이 소속된 회사를 운영하고 있는데, 소속 여배우들과 잠자리하는 것보다 다 같이 클럽에 가서 목소리 높여 인터내셔널가•를 부르기를 좋아했다. 그런데 천진팡입에서 이 이름이 나오다니, 너무 당황스러웠다.

• 프랑스 혁명기에 태동한 노동자 해방과 사회적 평등을 담은 민중가요.

"내가 그 사람을 아는 줄 어떻게 알아?"

"네가 지금 다니는 그 신문사 실세가 그 사람 아니야?"

천진팡이 의미심장한 미소를 지었다. 아마도 나와 B형이 어떤 관계인지 다 알고 있는 것 같았다. 그녀가 내 주변 사람까지 조사했다고 생각하니 더욱 당황스러웠다.

"그래서 무슨 일인데?"

"내가 여윳돈이 좀 있는데, 그 사람이랑 같이 일 해볼까 해서. 물론 아직 결정한 건 아니고. 가능하면 내 말을 전하고 그쪽 생각을 알아봤으면 해."

처음에는 그녀의 부탁이 부담스럽고 꺼려졌다. 나는 돈 있는 친구들과 관계를 유지할 때 반드시 지키는 원칙이 있다. 뻔뻔하게 얻어먹더라도 절대 브로커 역할은 하지 않았다. 함께 먹고 마시고 쓸 데 없이 떠들기만 할 뿐, 다리를 놓아주고 이익을 챙기는 일은 한 번도 없었다. 이것은 나 스스로 최소한의 존엄을 지키는 동시에 명철보신하기 위함이다. 혹여 어떤 문제가 생겼을 때 책임질 일이 없어야 했다. 더구나 B형은 그 무렵 고금리를 내세워 큰돈을 끌어 모아 어떤 기관 지도자와 공동으로 광산 개발을 한다는 둥, 실체가 불분명한 투기사업에 빠져 있었다. 천진팡이 이런 사람과 손을 잡으려 하다니, 처음 느꼈던 불길한 예감의 실체가 이것이었을까? 그녀의 과거가 생각보다 깊고 어두운 것 같았다. 단순히 문화계에서 활동하는 여성 사업가가 아닐 것이다.

그런데 어찌된 일인지 나는 그녀의 눈빛을 도저히 거부할 수 없었다. 모든 의심을 사라지게 만드는 매혹적인 눈빛에 나도 모르게 고개를 끄덕이고 말았다. 그녀는 내 진지한 표정을 보고 오히려 깔깔 웃었다. 그리고 아무 일도 없었다는 듯이 밝은 표정으로 그녀의 자동차 트렁크를 열고 양주 두 병을 꺼내줬다.

"스코틀랜드산 최고급 싱글몰트 30년이야. 이번에 홍콩에서 사왔어."

"뇌물이야?"

"이까짓 게 무슨 뇌물이야? 네 친구랑 얘기가 잘 되면 제대로 사례해야지. 진심이야."

나는 어깨를 으쓱하며 작별 인사를 했다. 집에 돌아오자마자 양주 한 병을 땄다. 넋 나간 사람처럼 술잔을 들고 소파에 앉았다. 술 냄새가 확실히 진하고 맑았다. 그리고 아주 독했다. 어느새 정신이 몽롱해졌다. 흐릿한 잠재의식에 갇혀 오늘이 어제인지, 어제가 오늘인지 알 수 없었다. 문득 고개를 들자 옷장 위에 처박아둔 바이올린이 보였다. 바이올린을 만져본 것이 언제였더라? 이 생각과 동시에 벌떡 일어나 휘청거리며 옷장 앞으로 걸어가 까치발을 들고 새까만 바이올린 가방으로 손을 뻗었다. 그러나 가방 손잡이에 손이 닿는 순간 불에 덴 것처럼 깜짝 놀라 손을 움츠리고 한숨을 내쉬며 침대 위에 쓰러졌다.

다음날 눈을 뜨니 손가락과 침대보가 먼지투성이였다.

7

보름이 지났다. 설 연휴가 끝나고 베이징은 다시 시끌벅적해졌다. 설이 지난 후 몇몇 친구가 갑자기 종적을 감췄다. 꽁꽁 숨겨뒀던 빚쟁이 혹은 내연녀가 등장해 곤혹을 치르는 중이겠지. 반면 여름날 무섭게 피어나는 곰팡이처럼 힘차게 여기저기 휘젓고 다니는 이도 여럿이 었다.

　내 일상은 별로 달라진 것이 없었지만 마음은 나날이 무기력해졌다. 나는 비행기표 가격이 내린 후 부모님을 뵈러 하이커우에 가는 김에 여전히 집구석에 틀어박혀 있는 B형을 만나러 싼야에 들렀다. B형은 오픈카에 모델 둘을 태우고 나타나 나를 데리고 엄청난 인파가 모여든 다둥하이 해변으로 갔다. 그 후에 뉴링 터널 북쪽으로 넘어가 껍질이 터지도록 살이 오른 꽃게를 먹었다. 그 사이 B형은 수시로 전화 통화를 하며 베이징과 남방 두 도시에서 진행 중인 사업 문제를 해결했다. 수많은 사람과 호형호제하고 또 누군가에게는 생전 듣도 보도 못한 쌍욕을 퍼부었다.

　꼬박 이틀 정신없는 시간을 보내며 너무 많이 먹은 탓에 속이 더부룩한 우리는 다시 해변으로 돌아가 연신 방구를 뀌며 일광욕을 즐겼다. 두 여자는 근처 사륜구동 버기카 대여소에서 빌린 버기카를 타고 뻘뻘 땀을 흘리며 신나게 소리를 질러댔다. B형은 벤치에 누워 음탕한 눈빛으로 모델들을 위아래로 훑으며 바짓가랑이에 손을 넣고 긁적였다. 드디어 단 둘이 얘기할 기회가 생기자 바로 천진팡 얘기를 꺼냈다. B형이 썩은 미소를 흘리며 말을 끊었다.

　"너, 그 여자랑 친해? 다시 등쳐먹을 여자를 찾은 거야?"

　하지만 그는 내게 해명할 기회를 주지 않았다. 장사꾼 특유의 교활하면서 신중한 눈빛으로 천진팡의 자세한 이력을 물었다. 나는 이 질문을 받고 우물쭈물했다. 업계 사람들은 나와 천진팡이 서로를 아주 잘 아는 깊은 사이로 알고 있지만 사실 나는 그녀의 속내를 전혀 모른다. 일례로 돈이 어디에서 나오는지 가장 기본적인 것조차 알지 못

한다. 제대로 된 사업을 하는 것도 아니고 그렇다고 돈 많은 얼뜨기를 잡고 있는 것 같지도 않았다. 만약 그녀를 아예 몰랐다면 그런가보다 하겠지만, 그 처참한 소녀 시절을 두 눈으로 직접 봤기에 현재의 모습이 더욱 의아했다.

나는 B형에게 천진팡의 현재 상황을 대략 설명했다. 딱 내가 알고 있는 정도로만. B형은 그녀가 예술 투자를 한다는 말을 듣고 눈썹을 움찔하며 음흉한 눈빛을 뿜어냈다. 그가 예술 분야에 관심이 있을 리는 만무하고 아마도 화랑이나 전시회 운영이 훌륭한 돈세탁 방법이라고 생각했을 것이다. 설명이 끝나자 그가 천진팡의 인상에 대해 말했다.

"그 여자, 전에 도대체 어디서 굴러먹었는지 모르겠지만 얼마 전에 랫 트레이딩Rat Trading● 하는 펀드 매니저 두 놈한테 소개받았어. 사실 처음 봤을 때 단아한 모습에 좀 혹 했지. 하지만 우리 같은 사람은 그렇게 호락호락하지 않아. 평소에 그 정도 예쁜 여자는 질리도록 보거든. 예쁜 여자들을 자주 접하면서 내공을 쌓아둬야 그 빌어먹을 호르몬 때문에 중요한 일을 망치는 일이 없지. 뭐, 이건 여담이고. 암튼 그 펀드 매니저 말이 그 여자 수완이 보통이 아니라는 거야. 일단 기회를 포착하면 과감하게 배팅하는 스타일이니 나한테 좋은 건수가 있으면 그 여자한테 투자를 받으라고. 어떻든 정부기관 쪽이랑 협상할 때는 자금 규모가 커야 유리해지니까. 당연히 그자들 말을 전적으로 믿을 수 없으니 나 나름대로 조사해봤는데 확실히 파악하기가 힘들더군. 그 여자 활약상을 보면 대부분 열정적이고 적극적이긴 해. 뭔

● 비공개 내부정보를 이용한 불법 주식거래

가 강력한 잠재력이 숨어 있을 것 같기도 하고. 하지만 무심결에 초보적인 약점을 노출하더군. 가장 눈에 띄는 실수가 조급증이야. 지금처럼 너를 통해 내 의중을 떠보는 것이 바로 자기감정을 컨트롤하지 못한다는 증거야. 결국 그녀는 상대방에게 그녀의 재력이나 능력이 실체가 없고 허풍과 허세만으로 남의 판에 끼어들어 아무 노력 없이 남의 밥상에 숟가락을 올리려 한다는 인상을 줬지."

나는 늘 B형의 사람 보는 안목이 대단하다고 생각했다. 그는 서로 속고 속이는 냉혹한 사업 세계에서 오랜 시간을 보냈으니 사람이나 세상을 보는 안목이 나와는 비교도 되지 않았다. 물론 나와 B형이 사람을 보는 관점이나 기준은 크게 다르다. 나는 단순한 옛 친구이니 예외겠지만 그가 사람을 판단하는 근거는 대부분 '경제적인 이익'에서 비롯된다. 그러나 나는 여전히 유치하고 즉흥적이라 단순히 재미있느냐, 없느냐로 관계의 깊이를 정한다. 결국 같은 사람이지만, 나와 B형의 평가는 완전히 다를 수밖에 없다. 어떻든 나는 천진팡이 부탁한 임무를 완수했으니 친구로서의 성의를 다한 셈이다.

"나머지는 형이 알아서 해."

나는 일어나 모래를 털고 모델들을 향해 손을 흔들었다.

"난 그냥 말을 전한 것뿐이니 두 사람이 무슨 작당을 하든 관심 없어."

내가 바다 쪽으로 걸어가는데 등 뒤에서 B형 목소리가 들렸다.

"일단 좀 기다려야 할 거야. 내가 일이 있어서 장쑤에 다녀와야 해. 베이징에 돌아가면 그때 다시 얘기하지."

나는 B형과 이틀 더 시간을 보낸 후 먼저 베이징에 돌아왔다. 천진팡이 공항에 마중 나왔다. 꽃샘추위 때문에 아직 날이 쌀쌀했지만 그녀는 캐시미어 타이트스커트 차림으로 작고 매끄러운 무릎을 드러냈다. 그녀는 나를 보자마자 달려와 내 외투를 들추며 '추운지 더운지도 몰라?'라며 잔소리를 늘어놓고 커다란 종이봉투에서 제냐* 스웨터를 꺼내 다짜고짜 빨리 입으라고 명령했다.

집으로 돌아가는 차 안에서 그녀와 나는 뒷자리에 붙어 앉아 베이징 친구들 이야기를 하면서 신나게 웃고 떠들었다. 백미러에 비친 후마니 얼굴이 차갑게 굳었고 뺨 근육이 수시로 실룩거렸다. 일본 배우 기타노 다케시가 열연한 캐릭터, 손가락이 잘리는 조직폭력배 같았다.

이날 이후 천진팡은 다시 각종 회식이나 모임에 나를 초대하기 시작했다. 그 전보다 횟수가 훨씬 많아져 사흘에 한 번 작은 모임, 닷새에 한 번 큰 모임에 참석했다. 이제 나뿐 아니라 다른 처세의 달인들조차 그녀가 진정한 사교계의 여왕임을 인정하는 분위기였다. 그녀는 동시에 다양한 인맥과 친밀한 관계를 유지했다. 사교계는 원래 모임 간에 배타적인 성격이 강한데, 그녀는 거의 모든 모임에서 인정받는 존재였다. 그녀는 언제 어디서든 등장과 함께 스포트라이트를 한 몸에 받았다. 굳이 애쓰지 않아도 자연스럽게 주도권을 잡을 수 있었다. 알게 모르게 그녀가 만들어놓은 사교 울타리 안에서 서로 잘 몰랐던 사람들이 친구가 됐고, 심지어 사이가 벌어진 사람들이 오해를 풀고 다시 가까워지기도 했다.

내가 그녀를 다시 만난 것은 거의 반년 만인데 그동안 정말 큰 변화가 있었던 셈이다. 이렇게 이상적인 분위기를 만들 수 있었던 이유는 기본적으로 그녀가 뛰어난 미모, 시원한 성격, 열정까지 두루 갖춘

* 에르메네질도 제냐. 이탈리아 명품 남성 패션 브랜드.

독신 여성이기 때문이다. 그러나 가장 중요한 비결은 꾸준히 새로운 인맥을 만들며 하루가 다르게 위상이 높아지는 상황에서도 옛 친구에게 소홀하지 않고 진심을 다했다는 것이다. 언제나 그녀의 심부름 꾼 역할에 충실한 후마니와 기회주의자 화가는 변함없이 원로 대우를 받았다. 속으로 욕할지언정 남들 앞에서는 특별한 관계임을 강조해 그들의 위상을 높였다. 한마디로 천진팡은 인간의 사회적 욕망을 제대로 즐기는 중이었다. 하지만 베테랑 사회 활동가라기보다는 이제 막 유치원에 재미를 붙인 아이 같았다. 이들은 겉으로 보면 인간관계가 아주 좋은 것 같지만, 사실 목적이 있어 서로를 이용할 뿐이었다. '백가강단百家講壇'●에도 출연한 적 있는 한 대학교수가 이렇게 그녀를 평가했다.

"미스 천 인간관계를 보면 한신韓信의 병법이 생각나. 다다익선."

이 무렵 그녀가 내게 너무 다정하게 굴어서 은근 기분이 좋기도 하고 불편하기도 했다. 같이 모임에 나가면 스스럼없이 내 팔짱을 꼈고 보는 눈이 많을 때 일부러 찰싹 달라붙어 귀엣말을 속삭였다. 별로 중요하지 않은 상투적인 말인데 대단한 비밀 얘기라도 하는 것처럼 사뭇 진지한 표정을 지었다. 그럴 때마다 나를 죽일 듯이 노려보는 후마니가 그녀 눈에는 보이지 않는 것일까? 다행히 화가는 '현실주의' 정신을 발휘해 천진팡의 총애를 잃은 현실을 깔끔하게 인정하고 나를 새로운 목표물로 삼았다. 수시로 내게 접근해 내 비위를 맞추며 자신의 유럽 전시회를 언제부터 준비할 것인지 그녀에게 물어보라며 에둘러 나를 재촉했다.

● 중국 CCTV의 대표적인 인문교양 프로그램.

"시간은 기다리지 않는다잖아. '정치 팝아트' 유행이 얼마나 갈지 누가 알겠어? 이러다 유행이 바뀌면 지난 몇 년 내 노력이 다 물거품이 된다고. 도대체 미스 천은 어떻게 된 거야? 허구한 날 허풍만 늘어놓고 실제로 하는 건 하나도 없고…… 자네 앞이니까 그냥 하는 말이니 전하지는 말라고."

나는 화가의 푸념에서 중대한 인생의 진리를 깨달았다. 실질적인 이익이나 보상이 없는 지원은 아무리 화려하고 에너지가 넘쳐도 결국 거지같은 헛소리에 불과하다. 화가가 조바심을 내며 천진팡의 반응을 기다리고 있을 때, 천진팡도 B형의 답을 기다리고 있었다. 두 사람 모두 상대에게 주도권을 뺏긴 상황이었다. 하이난에서 돌아온 지 며칠 되지 않아 천진팡이 특별한 '포르투갈 와인'을 준비했다는 핑계로 사무실 아래 카페를 빌려 모임을 주도했다. 그날 나는 조용한 창가 구석으로 불려가 그녀에게 B형의 반응을 전했다.

"그쪽 업계 베테랑과 접촉할 때는 조급할수록 불리해져. 형이 기다리라고 했으면 가능성이 있는 거야."

그녀는 무표정한 얼굴로 고개도 끄덕이지 않았다. 대신 조용히 내 손목을 잡고 가볍게 흔들었다. 그녀는 그 전에도 자주 이런 행동을 했었다. 하지만 이날은 평소와 달리 손아귀 힘이 강했다. 비쩍 마른 그녀의 단단한 손가락 뼈마디가 내 손목을 짓눌러 살짝 통증이 느껴졌다.

그날 이후 천진팡은 내게 투자와 관련된 내용은 일절 언급하지 않았다. 시간은 속절없이 흘렀고 곳곳에 '경축 노동절' 현수막이 내걸릴 무렵 남방에서 일을 마친 B형이 베이징에 돌아왔다. 어디에서 그 소식을 들었는지 그녀가 내게 전화해 한 번 더 말을 전해달라고 부탁했다. 나는 사무실에서 컴퓨터 오목을 두면서 B형 개인 휴대폰으로 연락해 천진팡의 뜻을 전했다. B형은 긴 말 하지 않고 '비서한테 연락해서 약속 잡으라고 할게'라고만 했다. 나는 바로 그녀에게 전화해 소식을 전했다. 이 메신저 역할이 정말 짜증난다고 생각하는 순간 마우스를 잘못 클릭해 오목 게임에서 졌다. 천진팡은 꽤 흥분했는지 숨소리까지 커졌다.

"당분간 다른 약속 잡지 말고 시간 비워둬. 그쪽에서 연락 오면 너도 같이 가자."

나는 오목 게임 화면을 닫으면서 대꾸했다.

"자본가들이 큰 사업 얘기 하는 자리에 나 같은 가난뱅이 한량이 왜 끼어드나?"

"이왕 도와주는 거 끝까지 좀 도와줘. 넌 우리 둘 모두의 친구잖아."

나는 잠시 망설였지만 결국 거절했다.

"아무래도 아니야…… 서문경과 반금련이 관계를 맺으면 왕파는 더 이상 참견하는 게 아니야. 내가 다른 건 몰라도 그 정도 눈치는 있어."

"헛소리 그만해."

그녀는 이렇게 말하고 바로 전화를 끊었다. 추측컨대 그녀가 일전에 '제대로 사례하겠다'라고 한 말이나 방금 같이 가자고 요청한 것은 지나가듯 그냥 한 번 해본 말일 것이다. 내 느낌으로는 그녀가 다 이용해먹었다고 나를 차버릴 것 같지는 않았다. 물론 나도 뭔가 대가를 바라고 그녀를 도운 것은 아니었다. 그 이상은 내 능력 밖이고, 기본적으로 이런 일에 깊이 연관되는 것이 싫었다.

이틀 후 퇴근길에 친구를 불러 뭘 좀 먹어야겠다고 생각하고 있을 때 천진팡이 전화를 걸어왔다. 그녀가 내게 B형이 사는 둥쓰 쓰허위 안으로 빨리 오라고 했다. 나는 다시 정중히 거절했다.

"그냥 정말 밥이나 먹자는 거야. 걱정 마. 일 얘기는 벌써 잘 끝났어. 더 이상 너 귀찮게 할 일 없어."

옆에 있던 B형이 휴대폰을 건네받아 한마디 보탰다.

"협상할 때도 안 오고, 밥 먹을 때도 안 오면, 권력에 빌붙어 살 자격이 없지. 안 그래?"

나는 어쩔 수 없이 차를 돌려 식사 장소로 갔다. B형 집은 공청단•산하 출판사 근처인데 그 골목에서는 알부자 토박이 느낌이 물씬 풍기는 전통 가옥이라 아주 찾기 쉬웠다. 과거 부귀의 상징인 붉은 대문 앞에 늘 크고 붉은 등롱이 걸려 있고 좌우 양쪽에 한백옥漢白玉 사자상이 있어 마치 장이모 영화의 한 장면 같았다. 안타깝게도 집이 빌 때가 많아 사자상에 '한 방에 효과가 나타나고 세 방이면 완치' 같은 문구가 적힌 광고지가 빼곡했고 그 옆에 뉘 집 아이가 그랬는지 비뚤배뚤한 욕설이 적혀 있다. 대문을 통과해 정원을 지나는 동안 대들보와 기둥 곳곳의 화려한 단청, 나무 아래 오랫동안 방치해 빛바랜 팔걸이 나무 의자들, 어느 시대 어느 고관대작의 무덤가에서 몰래 가져왔을 것 같은 돌비석 등이 보이는데 전혀 안 어울리는 이상한 조합이었다. B형은 이 난잡한 엉터리 조합을 이렇게 해석했다.

"두꺼비가 재물을 부르는 동물이라는 건 누구나 아는 사실이지. 저 돌비석은 절대 불길한 물건이 아니야. 옹화궁雍和宫 근처에 사는 용한 맹인 점쟁이가 그러는데 이 집이 옛날에 패륵부貝勒府••였대. 그런데

• '중국 공산주의 청년단 중앙위원회'의 약칭.
•• 패륵貝勒이 살던 집. 패륵은 청나라 때 만주족 종친과 몽골 지방 세력가에게 수여된 작위.

86

우리 조상은 별 볼일 없는 사람들이라 이 집 기운에 눌릴 수 있으니 다른 고귀한 존재의 힘을 빌려 이 집 기운을 눌러야 한다더군."

본채에 들어가니 진홍색 자수 치파오를 입은 B형의 이모뻘 되는 먼 친척 어르신이 도우미들에게 음식을 준비시키고 있었다. 곁채에서 건너온 천진팡과 B형 둘 다 조금 어색한 미소를 띠고 있었다. 나는 사업 얘기가 언급되지 않도록 두 사람을 보자마자 일부러 쓸 데 없는 말을 늘어놓았다. 두 사람은 내 뜻을 이해하고 활짝 웃으며 같이 너스레를 떨었다. 말은 안 했지만 천진팡의 홀가분한 표정을 보니 이번 협상 결과가 꽤 만족스러운 모양이었다.

천진팡이 후마니를 데려오지 않아 넓은 바셴쥐八仙卓●에 둘러앉은 사람은 B형 이모님까지 네 사람뿐이었다. B형과 이모님이 수시로 술잔을 들고 나와 천진팡에게 건배를 청했다. 처음에는 한 명씩 따로 건배했는데 나중에는 우리 둘을 하나로 묶어 건배를 청했다. 술이 좀 들어간 탓인지 이모님이 '부부끼리 건배해야지'라며 헛소리까지 하는 바람에 내 입장이 좀 난처했다. 이모님이 잠시 자리를 비우자 나는 불만스럽게 한 마디 내뱉었다.

"제기랄, 결혼도 안 했는데 무슨 부부야? 우리가 개새끼야?"

"하하하, 난 너의 그 더러운 입이 아주 좋아. 자 그럼 우리 개새끼 부부를 위해 건배!"

B형도 술에 취해 오락가락하며 다시 잔을 높이 들었다. 반면 천진팡은 아무렇지 않은 표정으로 우리와 술잔을 부딪치고 우아하게 잔을 비웠다. 그리고 그녀가 내 팔을 사정없이 꼬집었다. 어느 순간 그녀

● 네모반듯한 중국 전통 탁자. 한쪽 면에 두 사람씩 8명이 앉을 만한 크기.

와 B형이 자연스럽게 사업 얘기를 시작했고 나는 어쩔 수 없이 그들의 협상 내용을 들어야 했다.

최근 유럽 국가들이 청정에너지 사업 투자 규모를 크게 늘리는 추세가 이어지면서 중국 지방 정부마다 서둘러 관련 사업에 뛰어드는 상황이었다. 이에 정보력과 발 빠른 행동력을 갖춘 투기꾼들도 이미 물밑 작업을 시작한 모양이었다. B형은 일단 베이징에서 얼마 간 여유자금을 끌어 모았는데 천진팡도 그중 한 명이었다. 그리고 장쑤 지역에서 적당한 시정부 산하 공기업을 골라 경영권을 장악한 후, 곧 플라스틱 제품 생산을 중단하고 태양광 에너지 사업을 시작한다고 대대적으로 홍보했다. 정상적인 투자는 생산하고 수출해서 수익을 올리는 것이 목적이지만 이들은 거짓 정보나 헛소문을 퍼뜨려 은행 대출금과 벤처 투자금을 최대치로 끌어오려 단기간에 폭리를 취할 계획이었다. 나는 두 사람의 대화를 들으면서 나도 모르게 천진팡을 힐끔거렸다. B형이 이런 짓을 하는 줄은 익히 알았지만 천진팡도 이 세계에 발을 들이고 있었다니, 너무 놀라 입이 다물어지지 않았다.

나는 지금 눈앞에 생생한 살아 있는 사례를 통해 그동안 생각해온 중국 여성에 대한 개인적인 견해를 정리해보려 한다. 중국 여성은 전통적으로 유난히 강인하고 호전적이다. 그녀들은 어느 시대 어느 곳에서나 놀라운 적응력과 진취력을 발휘했다. 일단 기회가 생기면 과감하고 용감하게 앞으로 나섰다. 평범한 대다수의 남자들은 그녀들 앞에서 고개를 들 수가 없다. 황당무계한 말인 줄 알지만, 만약 모계사회로 돌아가고 부녀연합회가 국무원 역할을 대신한다면 우리의 염원인 중화민족의 위대한 부흥을 더 빨리 실현할 수 있을지 모른다.

문득 천진팡이 우아하고 고상하게 느껴지면서 나도 모르게 황홀

경에 빠졌다. 수년 간 사회생활을 하면서 전혀 다른 사람이 된 성공자들을 수없이 봐왔다. 그들은 사회적 지위에 따라 외모는 물론 말과 행동까지 철저히 바꾸려 하지만 어떻게 해도 과거의 모습을 완전히 지우지는 못한다. 대표적인 사례가 바로 눈앞에 있는 B형이다. 그는 사업가 중에서도 아주 대단한 큰형님이 됐지만 나는 그를 볼 때마다 그 옛날 대학 기숙사에서 속임수로 내 담배를 갈취하던 옹졸한 모습이 떠올랐다. 그런데 천진팡은 달랐다. 지금 아무리 자세히 그녀를 뜯어봐도 10년 전 내 집 창밖에 서 있던 그 소녀가 떠오르지 않았다. 그 시절 그녀의 모습이 내 기억 속에 또렷이 남아 있지만 지금의 그녀가 그 모습을 단호하게 잘라내 완벽하게 분리된 느낌이다. 마치 허물을 벗는 변태동물처럼 말이다. 우리는 애벌레가 고치를 깨고 나와 나비가 된다는 사실을 알지만 나비를 보면서 징그러운 벌레를 떠올리며 혐오스러워하는 사람은 거의 없다. 내 잠재의식 속에 과거의 그녀와 지금의 그녀는 완벽하게 다른 두 개의 존재다. 다른 사람들 앞에서 그녀를 부를 때 새 이름 천위첸으로 불렀다. 새 이름이 금방 익숙해져 옛 이름 천진팡은 거의 언급할 일이 없었다.

서로 잘 알고 설명이 필요 없는 사이인지라 이날은 다들 거나하게 취했다. 바이주 한 병을 비우고 와인 두 병을 더 마셨다. 어느덧 저녁 9시가 넘었고, 갑자기 예상치 못한 사건이 벌어졌다. 밖에서 크고 묵직한 충돌음이 들렸다. 뭔가가 부서지고 깨진 것 같았다. 곧이어 카랑카랑한 아주머니 목소리가 들렸는데 정확한 베이징 발음으로 고래고래 욕을 퍼부었다. B형이 무슨 일이냐고 묻자 일하는 아주머니가 달려와 '우리 집 손님'이 주차를 하다가 옆집 대문 앞에 있는 장아찌 항아리를 깨뜨렸단다. 우리는 다함께 밖으로 나갔다. 천진팡의 인피니터가 비스듬히 골목을 가로막았고 앞 범퍼 밑에 항아리 파편이 널려 있었다. 강렬한 장아찌 냄새가 진동하는 가운데 후마니가 옆집 아주머니 앞에서 우물쭈물 하고 있었다. 보아하니 사자상을 피하려다 사고를 낸 것 같았다. 옆집 아주머니는 강자를 두려워하지 않는 드높은 기개를 지녔는지 B형을 발견하고 더 길길이 날뛰었다. B형 이모님이 슬쩍 다가가 몇 백 위안을 찔러주자 그제야 화가 풀린 듯 돌아섰다. 천진팡은 B형에게 정중하게 사과하고 후마니를 담벼락으로 데려가 한참 얘기를 나눴다. 두 사람 모두 목소리를 한껏 낮춰 왠지 모르게 긴장감이 감돌았다. 천진팡이 부르지도 않았는데 왜 왔냐고 후마니를 질타하는 것 같고 그는 평소와 달리 발끈하며 후난 사투리를 마구 쏟아냈다.

"네가 감히 내 일에 참견해? 네 주제를 알아야지!"

한바탕 호되게 욕을 먹은 후마니는 굳은 표정으로 차에 돌아가 분한 듯 이를 갈았다. 천진팡은 길게 한숨을 내쉬고 다시 웃는 얼굴로 우리 앞에 돌아왔다.

"정말 미안해요. 너무 큰 폐를 끼쳤어요. 오랫동안 날 따르는 앤데, 시간도 늦고 내가 술을 많이 마실까봐 걱정돼서…… 시키지도 않았는데 제멋대로 온 모양이에요."

"좋은 뜻이었으니 너무 뭐라 하지 마. 마음 씀씀이가 갸륵하잖아."

나는 분위기를 수습하려 한마디 보탰다. B형이 이쯤에서 만찬을 마무리했다.

"어떻든 중요한 얘기는 다 끝났으니 앞으로 다 같이 잘해봅시다."

천진팡이 B형과 정중히 악수한 뒤 바로 내게 다가와 '꼭 제대로 사례할게'라고 말하고 우아하게 돌아서서 후마니 차를 타고 돌아갔다.

그녀가 떠나자 B형이 이모님에게 차를 준비시키면서 내게 조금만 더 있다 가라고 했다. 다시 집으로 들어와 무성한 포도넝쿨 아래 앉았는데 갑자기 B형 표정이 싹 바뀌었다. 가식적인 미소가 사라지고 날카로운 눈매에 철두철미한 속내를 드러냈다. 이 나이에 그런 표정이라니, 친한 사이지만 왠지 낯설었다. 그가 내게 담배를 권하며 단도직입적으로 물었다.

"너랑 저 여자, 도대체 무슨 생각이야?"

나는 펄쩍 뛰었다.

"무슨 뜻이야? 내가 저 여자랑 짜고 형한테 사기 친다고 생각하는 거야?"

"아니, 아니. 그게 아니라…… 두 사람 무슨 사이냐고."

나는 너무 억울해서 나도 모르게 목소리를 높였다.

"아무 사이도 아니야! 형 눈에는 모든 사람이 다 불륜으로 보여?"

"내가 보기엔, 네가 그 여자한테 마음이 있는 거 같은데? 눈빛이 완전히 맛이 갔어."

"난 원래 맛 간 인간이야. 지금, 이 자유롭고 편안한 삶을 얼마나 힘들게 얻었는데. 다시는 누군가에게 얽매여 살고 싶지 않아."

B형이 표정을 풀고 씩 웃었다.

"그럼 됐어. 혹시나 해서. 저 여자가 마음만 먹으면 너 하나 속이는 건 누워서 떡 먹기일 거야. 아주 보통내기가 아니야."

묻고 싶지 않지만 또 궁금하기도 했다.

"뭔가 알아낸 거야?"

"당연하지. 오후에 사업 얘기하면서 대충 다 파악했어. 자기 말로는 예전에 광둥에서 의류공장을 운영하다가 지금은 베이징에서 예술 투자를 한다는데, 보나마나 거짓말이야. 말은 번지르르한데 정작 중요한 핵심은 두루뭉술하게 피해가더군. 아마추어는 속일 수 있겠지만 내 앞에서는 어림도 없지. 하지만 상관없어. 이건 그 여자를 투자자로 받아들이는 데 전혀 문제가 되지 않아. 어차피 칼자루는 내가 쥐고 있고 돈을 싸들고 와야 하는 건 그 쪽이니까. 내가 망설인 이유는 그 여자가 이 사업을 어떻게 보고 있는지 몰라서였어. 오늘 보니 도박 기질이 아주 대단해. 딱 보면 알지. 자기 돈은 거의 없고 다 여기저기서 끌어 모은 거야. 그게 얼추 천 만 위안이 넘는 모양인데 겁도 없이 이번 사업에 몽땅 투자하겠대. 너도 알겠지만, 이런 벤처 투자는 아주 위험한 일이야. 투자 규모가 크든 작든 전 재산을 털어 넣는 사람은 아무도 없어. 그리고 대부분 여유자금을 굴리지. 만약 이 일로 손해를 봐서 기반이 흔들릴 사람이라면, 사실 우리랑 같이 사업할 만한 그릇이 아닌 거야. 솔직히 말해줬는데 죽어도 투자하겠단다. 좀, 제정신이 아닌 거 같아."

B형의 말을 듣고 꽤 놀랐지만 더 이상 묻지 않았고, 술이 좀 깬 후에 집으로 돌아갔다. 천진팡은 그 후 며칠 동안 연락이 없었고 나도 가능한 잊고 살았다. 그녀는 어느 날 갑자기 나타난 옛 지인일 뿐, 깊은 우정을 나눈 친구가 아니다. 그녀 일을 조금 도왔지만, 조금 도운 것이 전부다. 그녀와 나의 관계는 이렇게 이성적으로 마무리되는 듯했다. 그녀가 무모한 투자를 고집하더라도 나는 타이르고 충고할 의무도 없고 간섭할 권리도 없다. 그러던 어느 날, 사무실에서 휴대폰을 만지작거리다가 뭘 잘못 눌렀는지 천진팡에게 전화가 걸려버렸다. 통화 연결이 되는 순간, 수화기 너머에서 시끌벅적한 소리가 들렸다. 가만 들어보니 확성기에서 흘러나오는 웅장한 음악 같았다. 천진팡이

조용한 곳으로 이동한 후에야 입을 뗐다.

"어쩐 일이야?"

"아, 특별한 건 아니고."

수화기 너머 소음 때문에 나도 같이 목소리를 높였다.

"B형이랑 하는 일은 잘 되고 있어?"

"아주 좋아. 이미 계약 끝냈어."

그녀는 자신감 넘치는 목소리로 상황을 알려줬다. B형이 내 얼굴을 봐서 특별히 그녀에게 높은 이자를 약속했단다. 지금 그녀는 다른 투자자들과 함께 장쑤에서 정부 관계자를 만나 투자협약식을 진행하고 있다고 했다. 방금 전 부성장副省長급 간부와 악수를 했다고. 나는 그들의 사업 진행이 이렇게 빠를 줄 몰랐다. 이제는 말리고 싶어도 이미 늦었으리라. 나는 축하한다는 짧은 인사말을 건네고 전화를 끊으려 했다.

"걱정 마. 감사 인사는 절대 잊지 않을 거야."

그녀는 벌써 몇 번째 이 말을 강조했고 나는 매우 기분이 안 좋았다. 지금 그녀는 내가 보상을 요구하고 있다고 생각하는 것일까?

8

얼마 뒤, 천진팡이 확실히 사례했다.

그녀는 여름이 시작될 무렵에야 베이징에 돌아왔다. 같은 사업에 참여한 투자자들과 광둥에 갔다가 전혀 갑부처럼 보이지 않는 갑부의 요트를 타고 바다에 나가 며칠 동안 낚시를 했단다. 그래서인지 그녀는 얼굴이 조금 까매졌고 어깨와 팔도 살짝 구릿빛이 됐다. 화가가 그녀가 돌아온 기념으로 식사를 하자며 나와 다른 지인 둘을 불렀다. 그 후 천진팡은 다양한 사람들을 모아 자주 파티를 열었다.

이번에 새로 시작된 방탕한 파티 라이프는 이전과 비교할 수 없을 만큼 화려해졌다. 술과 음식의 종류와 수준이 매우 고급스러워졌다. 천진팡은 호텔 메인 셰프를 회사 만찬에 초청해 많은 손님이 지켜보는 가운데 즉석 프랑스식 철판요리를 선보이고 두세 차례 톈룬왕차오 호텔 탑층 레스토랑에서 손님을 대접했다. 나 같은 글쟁이들은 입을 떡 벌린 채 할 말을 잃을 수밖에 없었다. 파티 주최자이자 주인공인 천진팡은 여전히 당당하고 자신감이 넘쳤으며 무심결에 튀어나오는 그녀의 열정과 에너지는 점점 더 강렬해졌다. 그녀는 신문사 사장이나 갤러리 경영자와 같은 귀빈을 대할 때 예전처럼 겸손한 말투를 유지했지만 언뜻 스치는 오만함을 감출 수 없었다. 그녀의 변화는 B형이 주도하는 투자 사업이 순조롭게 진행되고 있다는 증거였다. 어쩌면 벌써 수익이 눈덩이처럼 커져서 투자자들끼리 앉은 자리에서 분배를 끝냈는지 모른다. 이 무렵 그녀는 누가 봐도 크게 횡재한 사람 같았다.

얼마 전까지 그녀에게 불만이 많던 화가는 태도를 180도 바꿔 나와 단둘이 얘기할 때도 찬사를 늘어놓아 정말 손발이 오그라들 지경이었다. 알고보니 화가의 유럽 전시회 일정이 확정됐단다. 그리고 천진팡이 향후 오 년 간 화가의 작품을 모두 구매하겠다며 계약금까지 줬다고. 그녀가 나를 대하는 태도는 조금 가식적이지만 전과 다름없이 친근했다. 나는 이런 그녀의 변함없는 모습을 보면서 속으로 살짝 비웃었다. 말끝마다 사례를 하겠다고 큰소리치더니, 결국 사업한다는 작자들이 습관적으로 남발하는 공수표였군.

어느 날 우연한 일을 계기로 내 생각이 틀렸음을 알았다. 하루하루 무더위가 익어가던 그때 내 고물 쉐보레가 하루가 멀다 하고 삐거덕거리더니 결국 도로 한가운데서 퍼져버렸다. 자동차 정비소에서 보더니 부품을 여러 개 갈아야 한다고 했다. 나는 은행 출금카드를 들고 현금인출기에서 돈을 찾았다. 평소 조금씩 들어오는 부수입으로 일상적인 지출을 해결했기 때문에 은행카드를 거의 사용하지 않았다. 당연히 출금 내역이나 잔액을 확인할 일도 없었다. 그런데 이날 잔액을 확인하는 순간 깜짝 놀랐다. '0'이 몇 개가 더 붙어 있었다. 대충 봐도 몇 년 치 월급보다 많았다. 신문사 경리가 미쳤을 리 없는데, 라고 생각하는 순간 갑자기 천진팡이 떠올랐다. 내게 원고료를 보내주는 편집자를 통해 내 통장 계좌번호를 알아내는 일은 일도 아니었을 것이다. 그래도 일단 은행 창구에서 정확한 내용을 확인했다. 그녀가 이 돈을 송금한 날은 광둥에서 돌아온 이튿날이었다. 그 무렵 우리는 꽤 자주 만났지만 그녀는 내게 일언반구도 없고 눈치를 챌 만한 어떤 행동도 하지 않았다. 그녀의 '감사 인사'는 대단히 후하고 통이 컸다. 하지만 나는 오래 생각할 것도 없이 바로 마음을 정했다. 그녀가 보낸 돈을 다른 통장에 옮기고 이 통장을 그녀에게 돌려줬다.

물론 나는 그렇게 고상하고 지조 있는 사람이 아니다. 다만 지금까지 유지해온 내 삶의 원칙을 지키기 위해서였다. '뻔뻔하게 얻어먹더라도 절대 브로커는 되지 않겠다.' 내가 꿈꾸는 이상적인 삶은 제비처럼 홀가분하고 자유로운 삶이다. 그래서 어느 누구와도 현실적인 이해관계로 묶이고 싶지 않았다. 나는 이 시대의 '찬란한 성공'이 결국 교묘한 수단으로 남의 몫을 빼앗은 결과임을 잘 안다. 그래서 비록 초라하고 부끄러울지라도 넘어선 안 될 선이 있다고 생각했다. 이전에 천진팡의 뜻을 B형에게 전한 것만으로 이미 내가 정한 한계를 넘어섰다. 또한 이 돈으로 인해 그들과 같은 인간이 되고 싶지 않았다. 인간으로 30년 넘게 살았으면 최소한 똥오줌은 가려야 하지 않겠나.

군이 다른 이유를 말하라면, 조금 더 구체적인 이유가 있다. 바로 천진팡. 나는 그녀와 금전이 오가는 모의작당을 하는 관계로 묶이고 싶지 않았다. 그렇다면 도대체 나는 그녀와 어떤 관계이기를 원하는가? 음…… 그건 아직 모르겠다.

내가 사무실을 찾아가 책상에 통장을 올려놨을 때, 그녀는 한참 동안 나를 뚫어지게 쳐다봤다. 나도, 그녀도 굳게 입을 다문 채 상대방이 먼저 입을 열기를 기다렸다. 그러나 정적을 깬 사람은 후마녀였다. 천진팡 사업이 잘 풀리니 이 친구 신수도 훤해졌다. 이날 그는 개 헷바닥으로 핥은 것 같은 올백 헤어스타일에 크리스찬 디올 슬림 재킷을 입었다. 갑자기 사무실에 들어온 그는 전혀 호의적이지 않은 말투로 대충 아는 척만 하고 과장된 몸짓으로 그녀에게 서류를 내밀며 검토해달라고 말했다. 나는 손가락을 꼼지락거려 화보집 아래로 통장을 밀어 넣고 사무실을 나왔다.

그날 이후, 천진팡은 아무 일 없었다는 듯 내게 자주 연락을 해왔고, 나도 변함없이 그녀가 초대하는 모임에 참석했다. 그녀도, 나도 그 돈에 대해서는 일절 언급하지 않았다. 어떻든 그녀는 최선을 다해 고마움을 표현했다. 그녀 입장에서는 내가 호의를 거절한 점은 안타깝겠지만, 나는 진심이 전해졌으니 그것으로 충분하다고 생각했다. 하지만 그녀는 여기에서 멈추지 않았고 새로운 방법으로 내게 엄청난 충격을 안겨줬다.

6월 중순의 어느 날 정오 무렵 그녀에게 전화가 왔다. 회사에서 만찬이 있으니 퇴근 후 조금 격식을 갖춘 옷으로 입고 오라고 했다. 나는 또 크게 사업을 벌이느냐고 물었다. 그녀는 조금 어색하게 웃으며 자기 생일이라고 했다.

"아, 올해 서른 몇이지? …… 우리 동갑이지?"

그녀가 볼 멘 목소리로 대꾸했다.

"그런 산통 깨는 말을 왜 해?"

"미리 좀 말해주지. 선물 준비할 시간도 없잖아. 빈손에 입만 달고 가게 생겼네."

나는 퇴근하자마자 집에 가서 새 셔츠로 갈아입었다. 요즘 천진팡의 행동 패턴으로 보아 꽤 그럴 듯한 생일 파티를 준비했을 것 같아 평소 잘 입지 않는 정장 바지를 꺼내 입었다. 푸싱루에 들어서기 직전 아파트 입구 맞은편에 있는 꽃집에서 꽃다발을 샀다.

그녀 회사 앞에 도착해 3층 사무실을 올려봤는데 불이 꺼져 있었다. 이때 1층 카페 통유리 안쪽에서 가볍게 똑똑 두드리는 소리가 났다. 천진팡이 창가 자리에 혼자 앉아 있었다. 몸매가 그대로 드러나는 검은색 롱 원피스를 입었는데 허리 아래 곡선이 마치 인어 같았다. 지표면과 거의 평행한 각도로 낮게 깔린 석양이 그녀의 얼굴과 길고 가녀린 목을 금빛 찬란하게 비췄다. 나는 카페 안으로 들어가 그녀에게 꽃다발을 건넸다. 천진팡이 눈을 가늘게 뜨고 잠시 나를 훑어봤다. 그리고 손을 들어 종업원을 불렀다. 여종업원 둘이 식당용 카트를 밀고 와 샐러드, 야채수프, 푸아그라 토스트를 테이블에 올려놓았다. 한 옆에 샴페인이 담긴 얼음통도 준비됐다. 나는 어리둥절한 표정으로 주위를 둘러보며 물었다.

"다른 사람들은?"

"뭐 하러 다른 사람까지 불러? 우리 둘뿐이야. 그동안 손님 접대하느라 늘 정신이 없었잖아. 오늘만이라도 조용히 보내면 안 되겠어?"

"특별 초대라니 몸 둘 바를 모르겠네."

"우리끼리니 그런 가식적인 말은 집어치워. 네가 날 별 볼일 없게 생각하는 거 알아. 생일 핑계를 대면 좀 잘 봐주지 않을까 해서."

나는 크게 한 번 웃고 말없이 식사를 시작했다. 처음 분위기는 그런대로 화기애애했다. 내가 먼저 건배를 청하며 축하 인사를 건넸고 그녀가 답례로 다시 건배를 청했다. 이때 메인 요리가 나왔다. 우리는 동시에 칼을 들고 정성을 다해 스테이크에 집중했다. 잠시 침묵이 이어졌고 나는 문득 그녀의 시선을 느꼈다. 이 자리에 그녀와 나 둘뿐이니, 나밖에 볼 사람이 없었겠지만 문제는 그녀의 눈빛이 평소와 크게 달랐다. 뭔가 중요한 사실을 감춘 채 흥미로운 눈빛으로 이것저것 따져보는 것 같았다.

도대체 무슨 일인데 이렇게 뜸을 들이는 것일까? 이 순간 나는 정말 어이없는 혼자만의 착각에 빠졌다. 설마 내게 사랑 고백을 하려는 것은 아니겠지? 다행히 나는 긴장하지 않고 가만히 그녀를 지켜봤다. 결과적으로 그런 일은 없었지만, 만약 그날 그런 일이 정말 벌어졌더라면 어땠을까? 그 무렵 우리는 이미 애매한 관계였기 때문에 정말 그런 일이 벌어졌다면 너무 불편해서 바로 그 자리를 떠났을지 모른다. 그랬다면 그 후에 더 크게 난감해질 일도 없었을 텐데. 사실 우리 둘 다 법적으로 자유로운 성인이었으니 연애를 한다고 해서 문제될 것은 전혀 없었다. B형이 '그녀는 보통 사람과 다르다'라고 경고했지만 나는 별로 개의치 않았다. 똑똑하다고 자만하는 것이 아니라, 만약 나와 천진팡 사이에 정말 일이 벌어진다고 해도 기껏해야 즉흥적인 하룻밤 사건 정도일 것이다. 그런 불장난에 누가 상처를 주고, 누가 상처를 받겠는가?

하지만 나는 또 한 번 천진팡을 과소평가했다. 그녀는 식사가 끝나도록 별 말이 없었고 나는 하릴없이 담배를 피웠다. 내가 담배를 비벼 끌 때쯤 그녀가 시계를 확인하며 말했다.

"우리 이제 올라가자."

"위에 뭐가 있어?"

나는 또 한 번 어렴풋이 어이없는 생각을 떠올렸다. 천진팡이 웃으며 고개를 끄덕이고 가벼운 발걸음으로 앞장섰다. 그녀를 따라 3층 사무실에 올라가니 어느새 환하게 불을 밝혀 반투명 유리창 너머에서 포근한 오렌지 불빛이 새어나왔다. 그녀가 문을 열며 내게 어서 들어오라고 손짓했다.

어지럽게 널려 있던 가구, 그림, 조각상 등을 한쪽 구석으로 치워 로비가 한층 넓고 깨끗해졌다. 한눈에 휙 둘러보니 제대로 차려입은 남녀 열댓 명이 있었다. 화가와 후마니를 포함해 대부분 자주 보던 사람들이었다. 이들은 로비 한가운데 나무 의자에 앉은 검은 양복 신사 여섯 명을 에워싸고 있었다. 여섯 신사는 모두 서양인인데 두 사람은 바이올린을, 나머지 네 사람은 비올라와 첼로를 들고 있었다. 정확히 현악 6중주 조합이다. 여섯 남자 중 40대로 보이는 머리 숱 적은 남자가 왠지 낯이 익었다. 문득 그가 며칠 전 뉴스에서 본 프랑스 바이올리니스트임이 떠올랐다. 이번에 중국을 방문해 여러 음악 대학에서 순회공연을 펼친다고 했다.

"이쪽은 마젤 파커 선생. 베이징에 도착하자마자 내가 초대했어."

"이름만 들어도 귀족 혈통임이 느껴지네."

나는 공손히 그와 악수를 나누고 쭈뼛거리며 뒤로 물러섰다. 이때 천진팡이 실내악단을 향해 고개를 끄덕이자 연주가 시작됐다. 차이코프스키의 「플로렌스의 추억」이다. 각 악기 소리가 자연스럽게 하나로 어우러져 힘차고 박력 있는 선율을 만들어냈다. 특히 마젤 파커의 주법은 정말 심오하고 풍요롭게 느껴졌다. 나는 10년 넘게 바이올린에 매진했지만 이렇게 눈앞에서 고수의 연주를 구경하긴 처음이었다. 고수의 활 테크닉과 운지법을 보고 있자니 지난날 보잘 것 없던 내 모습이 떠올라 너무 부끄러웠다. 순간 왼쪽 손가락이 부들부들 떨렸다.

「플로렌스의 추억」은 짧은 곡이라 20분도 안 돼 연주가 끝났다. 여음이 사라지자 관객들이 열렬한 박수를 쏟아냈다. 멀리서 관람해야 하는 대극장 교향악 연주와 비교해 실내악은 웅장함이 부족하지만 바로 눈앞에서 생생한 공연 분위기를 느낄 수 있다는 것이 큰 장점이다. 화가는 크게 감동해 힘차게 박수를 치면서 천진팡 옆에 다가서서 '정말 최고의 연주'라며 극찬했다. 그녀는 화가를 내버려둔 채 실내악단 뒤쪽으로 돌아가 통역에게 귀엣말을 했다. 통역이 그녀의 말을 실내악단 연주자들에게 전했다. 마젤 파커가 나에게 시선을 고정시키고 어색하게 씩 웃었다. 그 옆에 조금 젊은 웨이브 금발 머리 연주자가 자신의 바이올린을 내게 건넸다. 나는 얼떨결에 바이올린을 받고 잠시 멍해 있다가 어리둥절한 표정으로 천진팡을 쳐다봤다. 그녀가 환하게 웃었다.

"너, 내 생일 선물 아직 안 준 거 알지?"

그녀는 연주를 들을 준비가 됐다는 의미로 팔짱을 낀 채 가만히 나를 응시했다. 주위에서 지켜보던 손님들은 그녀의 말이 무슨 뜻인지 이해하고 기대에 찬 표정으로 열심히 박수를 쳤다. 대부분 내가 바이올린을 전공했는지 모르기 때문에 놀라워하며 수군거렸고 누군가 내 어깨를 감싸며 나를 실내악단 연주자들 쪽으로 밀었다. 마젤 파커가 나를 보며 몇 마디 중얼거렸고 통역이 바로 그의 말을 전해 줬다.

"이번에도 차이코프스키예요.「현악 4중주 D장조」아시죠?"

비올라 연주자 한 명, 첼로 연주자 한 명은 악기를 내려놓고 내게 바이올린을 건넨 젊은 연주자와 함께 관객 쪽으로 이동했다. 악단 쪽에는 바이올린 둘, 비올라와 첼로 각 하나씩만 남았다. 마젤 파커가 제안한 연주곡은 바이올린 전공자라면 누구나 마음 깊이 새겨지도록 연습하는 곡이다. 아름다운 선율에 비해 난이도가 높지 않아 즉흥 연주에 적합했다. 고교 시절 진판 오케스트라에서 활동할 때 이 곡으로 협연한 것만 열 번 이상이었다.

마젤 파커가 내게 눈짓을 하고 먼저 바이올린을 들어 '안단테 칸타빌레'를 연주하기 시작했다. 차이코프스키의 작품 중 대중에게 가장 널리 알려진 부분이다. 곧이어 그가 아이를 바라보듯 따뜻한 눈빛으로 나를 보며 타이밍을 알려줬다. 하지만 나는 여전히 멍한 상태였다. 귀에 현악기 소리가 앵앵거렸지만 머리는 뒤죽박죽이고 심장은 사정없이 쿵쾅거렸다. 그때 난 정말 쥐구멍에라도 숨고 싶었다. 온 몸에서 땀이 비 오듯 흘러내려 새로 갈아입은 셔츠가 흠뻑 젖어버렸다. 관객들이 다시 수군거리기 시작했다. 아마도 내가 오랫동안 바이올린을 연주하지 않아 많이 손이 잘 움직이지 않고 많이 당황스럽다고 생각하는 것 같았다. 천진팡도 조금 긴장해보였지만 여전히 기대하는 눈빛이었다.

"옛날에 자주 연주하던 곡이잖아……"

그녀의 목소리를 따라 고개를 돌리자 그녀의 붉은 입술, 하얀 이, 입술의 움직임이 슬로우비디오처럼 느릿느릿 움직이며 그녀의 한마디 한마디가 내 귓가에 강하게 꽂혔다. 나는 깊은 무의식 어딘가에서 피가 줄줄 흘러내리는 강한 통증을 느꼈다. 나는 정신적으로 매우 큰 상처를 입었다. 이어진 내 행동은 다른 사람들 눈에 매우 결연해보였을 것이다. 나는 바이올린을 의자에 내려놓고 홱 돌아서서 로비를 떠났다. 1층 카페에 손님이 하나도 없어 종업원들이 카운터 앞에 모여 수다를 떨고 있었다. 계단 입구에서 시원한 밤바람이 불어왔지만 내 정신을 깨우는 데 전혀 도움이 되지 않았다. 내 머릿속은 뚜껑 덮은 솥단지에서 끓는 물처럼 강도 높은 억압을 견디지 못해 끊임없이 몸부림쳤다. 뒤에서 나를 부르는 목소리가 들렸다. 당연히 천진팡이다. 또각또각 하이힐 소리가 이어지더니 잠시 후 건물 밖 가로수 길에서 그녀가 나를 막아섰다. 급하게 나를 뒤쫓아 온 그녀는 입을 반쯤 벌리고 숨을 헐떡거렸지만 눈빛은 여전히 부드러웠다.

"너, 왜 그래?"

그녀가 내 어깨를 어루만지며 나를 달랬다.

"난 이렇게 하면 네가 기뻐할 줄 알았어. 난…… 너에게 진심으로 감사 인사를 하고 싶었어. 절대 빈말이 아니었어."

나는 말없이 눈앞의 그녀를 멍하니 바라봤다. 달이 유난히 휘영청 밝아 반짝이는 달빛이 그녀를 감쌌다. 순간 그녀가 값비싼 보석 조각처럼 고귀하고 아름다워 보였다. 내가 계속 굳게 입을 다물고 있으니 그녀가 침착하게 나를 위로하며 작게 속삭였다.

"오랫동안 연주를 안 했다는 거 알아. 좀 서툴겠지만 그건 전혀 중요하지 않아. 널 비웃을 사람은 아무도 없어. 설사 다른 사람들이 듣기 싫다고 해도 나는 좋아. 정말 좋아. 요즘 왜 그런지 모르겠는데 나이가 들수록 자꾸 어렸을 때가 좋았다는 생각이 들어. 나는 가능한 아름다웠던 지난날을 많이 떠올리려고 해. 그래야 지금까지 고생한 것들이 무의미한 일이 되지 않을 테니까. …… 난 그동안 네가 너무 안타까워서……"

그녀는 말을 하면서 천천히 내 목을 감싸 안았다. 나는 나도 모르게 고개를 떨구었다. 그리고 안식처를 찾듯 계속 고개를 숙이며 그녀 가슴속으로 파고들어갔다. 그녀의 가슴에 완전히 파묻힐 쯤 여인의 향기가 확 풍겼다. 겉은 값비싼 향수와 명품 옷 냄새였지만 곧이어 그녀 특유의 체취가 느껴졌다. 예전에 이미 깊이 경험했던 그 냄새는 세월이 지나도 변하지 않았다. 그녀의 말처럼 우리는 아름다웠던 지난날을 다시 떠올려야 한다.

그러나 내 마음을 휘감은 다정한 감정이 갑자기 연기처럼 사라져버렸다. 나는 사력을 다해 헤엄치는 새우처럼 재빨리 허리를 곧추 세우고 그녀의 손을 뿌리쳤다. 그리고 팔을 쭉 뻗어 그녀가 휘청거릴 정도로 강하게 밀어냈다.

"네까짓 게 뭔데?"

나는 이를 악물고 소리쳤다.

"뭐?"

두 눈이 휘둥그레진 그녀는 놀라고 억울한 표정이었다.

"그러니까"

나는 뭔가를 깨부술 때의 쾌감에 사로잡혀 다시 버럭 소리 질렀다.

"네까짓 게 뭔데!"

그녀는 충격이 컸는지 나를 낯선 사람처럼 바라봤다. 바로 내가 바라던 바였다. 나는 차가운 비웃음을 남긴 채 뒤도 돌아보지 않고 그 자리를 떠났다.

나는 그날 밤 일을 조금도 후회하지 않았다. 그날 매우 피하고 싶지만 반드시 해야 할 일을 한 기분이었다. 일단 나는 자아분석 방식으로 추태의 원인을 생각해봤다. 그날 나는 큰 모욕을 당했다고 생각했고 동시에 아주 이상한 자기혐오를 경험했다. 명성이 자자한 해외 연주자를 불러 공연을 하고 그런 대단한 연주자에게 나 같은 얼치기와 협연을 요청하다니, 실로 호기로운 일이 아닐 수 없다. 천진팡은 이렇게 거액을 들여 도대체 어떤 결과를 원한 것일까? 기껏해야 그녀의 넘치는 사랑과 호의로 의기소침한 얼치기 바이올리니스트를 구제하는 것뿐이다. 이것은 유치한 할리우드 영화에 나오는 뻔하고 상투적인 방법이다. 그녀는 여신 혹은 성모 마리아가 되고 싶었던 모양이다. 하지만 그녀는 나에게 바이올린이 어떤 존재인지 모른다. 언제 발병할지 모르는 맹장염처럼 느닷없이 강한 통증이 밀려왔다.

내게 '아름다웠던 지난날을 다시 떠올려보라는' 그녀의 바람은 아마도 전형적인 중국인 특유의 망상일 것이다. 많은 중국인이 아주 힘든 시련을 겪어야 성공한 사람이 될 수 있고, 동시에 자신의 모든 상황을 컨트롤할 수 있다고 믿는다. 심지어 과거를 바꿀 수 있다고 생각하기도 한다.

절대 네 놈들 뜻대로 되지 않을 것이다! 나는 당당하게 악의적인 생각을 표출했다. 그런데 갑자기 전처 재스민이 생각났다. 그녀가 능력 없는 나를 기꺼이 받아준 것도 혹시 자기희생의 숭고함을 드러내고 싶기 때문이었을까? 그렇게 연기를 하다 지친 것이리라. 내가 이혼에 동의한 것은 사랑하기 때문이 아니라 그 당시 이런 증오와 회한을 미처 의식하지 못했기 때문이 아닐까? 이렇게 생각하니 정말 비참하기 짝이 없었다. 이제 내 인생의 선택지는 단 하나뿐이다. 자포자기.

그날 이후, 나는 천진팡과 연락하지 않았다. 그녀도 마찬가지였다. 우리 사이가 틀어졌다는 소문이 금방 퍼졌고 업계 사람들이 나를 피하기 시작했다. 심지어 내가 그녀에게 소개했던 지인들까지 나를 모른 척 했다. 나는 이 기회에 다시 내 삶을 정리했다. 매일 정해진 시간에 맞춰 출근하고 퇴근해서 집에 돌아와 혼자 밥을 해먹고 시간이 남으면 운동을 하거나 책을 읽었다. 겉만 번지르르한 파티 라이프에서 벗어나자 일단 살이 쏙 빠졌지만 몸이 더 탄탄해지고 심적으로도 훨씬 안정됐다. 지난 과오를 모두 씻어내고 새사람이 된 기분이었다.

시간이 하염없이 흘렀고, 다시 천진팡 소식을 들은 것은 반년이 흐른 후였다. 이미 11시가 넘은 시간이라 씻고 잠자리에 누운 나는 심오하고 난해한 외국 소설을 붙잡고 한창 씨름 중이었다. 이때 휴대폰이 울렸다. 입체현실주의 화가였다.

"잘 시간에 무슨 일이에요?"

너무 오랜만이라 어떻게 인사를 건네야할지 조금 당황스러웠다. 그는 술에 취해 혀가 꼬부라져 있었다. 웅얼웅얼 알아듣기 힘든 말을 계속 반복했다.

"그냥…… 자네랑 얘기 좀 하고 싶어서…… 지금 자네 집 근처야."

그러더니 갑자기 으름장을 놓았다.

"지금 안 나오면 달리는 차 앞으로 확 뛰어들 거야!"

나는 어쩔 수 없이 옷을 주워 입고 밖으로 나갔다. 어느덧 다시 겨울이다. 창안제 가로수길에 늘어선 사시나무는 앙상한 가지를 드러냈다. 그 가지 꼭대기에 뭔가 묵직한 검은 그림자가 얹혀 있다. 가만 보니 날이 저문 후 둥지로 돌아온 까마귀다. 차가운 밤바람과 함께 흩날리는 얼음조각이 내 뺨에 닿는 순간 녹아내렸다. 나는 추이웨이 백화점 부근 사거리에서 화가를 만났다. 그는 전봇대에 오줌을 갈기고 있었다. 그는 나를 발견하고 바지를 추켜올리며 처량하게 느껴렸다.

"동생…… 제기랄. 나, 사기 당했어."

나는 야간 영업하는 백화점 1층 맥도널드로 그를 데려가 커피 한 잔을 먹이고 술이 깨길 기다렸다. 그러나 얼마나 많이 마셨는지 계속 고개를 떨구며 꾸벅꾸벅 졸다가 몇 번이나 테이블에 머리를 박았다. 침이 줄줄 흘러 스웨터 앞부분이 축축하게 젖었다. 연인으로 보이는 옆 테이블 학생들이 우리를 힐끔 힐끔 쳐다보며 킥킥거렸다. 나는 하품을 하다가 짜증이 나서 결국 한 마디 했다.

"이제 좀 그만하시죠. 계속 이러면 나도 별 수 없어요. 어디 정신병원에라도 전화하는 수밖에."

"가지 마. 제발 가지 마."

화가가 두 팔을 허우적거리며 다급하게 날 붙잡았다. 그는 그제야 조금 정신을 차리고 자초지종을 털어놓기 시작했다. 그가 당했다는 사기는 천진꽝이 그의 독일 전시회를 기획한 일이었다. 그녀는 일 년 동안 화가의 애를 태우면서 실질적인 성과는 하나도 없었고 오히려 '기획전시 담보 비용'을 납부해야 한다며 초반에 줬던 작품 계약금을 다시 회수해갔다고. 화가는 기다리다 지쳐 결국 그녀를 찾아가 따졌는데, 돌아온 대답은 독일의 그 문화재단이 망해서 없어졌기 때문에 모든 계약이 무효가 됐다는 것이었다. 화가는 너무 화가 나서 고소를 하려고 공상부工商部에 문의했는데 그 예술투자회사 법인 대표가 천진팡이 아니라 후마니였고 후마니는 이미 도망가 찾을 수 없다고 했다.

들어보니 화가는 이번 일에 실제적인 경제적 손실은 전혀 없었다. 다만 이렇게 나이를 먹고도 사기꾼에게 휘둘린 사실이 너무 부끄러웠다. 예술가들은 원래 자신을 돌아볼 기회가 많은 법이다.

"사실 다 내 탓이지 뭐. 해외 활동으로 더 큰 명성을 쌓고 싶은 욕심 때문에…… 예술 쪽이 원래 이성적일 수가 없잖아. 욕심에 눈이 멀어 제정신이 아니었던 거야. 작은 의심조차 없었으니."

나는 의심스러운 점이 한두 가지가 아니었지만 대충 몇 마디 위로를 건넸다.

"괜찮아요. 별 거 아니에요. 형님은 여전히 그림을 그릴 수 있고 기회는 또 찾으면 되죠."

화가가 머리를 감싸 쥐었다.

"만약 다른 데서 날 선택해줬다면 그 여우같은 년한테 코 꿸 일도 없었겠지. 이 나이 되도록 발전의 기미를 보인 적이 한 번도 없어."

그는 표정을 바꿔가며 아기를 어를 때처럼 머리에서 손을 떼고 진지한 표정을 지었다.

"역시 자네가 현명했어. 자네는 그 여자가 허풍쟁이 사기꾼인 줄 알았던 거지?"

"그건 아니에요."

"자네한테도 돈을 빌려달라고 하던가? 듣자니 돈 빌리러 여러 사람을 찾아간 모양이던데."

"그래서 누가 빌려줬대요?"

"당연히 안 빌려주지. 다들 여우보다 더 여우같은 놈들인데."

나는 가슴이 철렁했다. 만약 그날 천진팡과 연락을 끊지 않았다면 다들 내가 그녀와 한패라고 생각했겠지? 그랬다면 지금 화가가 날 찾아와 하소연을 하는 것이 아니라 사생결단을 내려 했을 것이다. 이렇게 생각하니 갑자기 짜증이 확 올라 화가에게 차갑게 쏘아붙였다.

"그럼, 이제 앞으로는 바보같이 굴지 마세요."

화가의 하소연을 듣고 나니 자연스럽게 천진팡과 B형의 공동 투자 사업이 떠올랐다. 나는 집에 돌아와 B형에게 전화를 해볼까 했지만 이내 생각을 바꿨다. 그리고 이틀 후 신문 기사를 통해 내 추측이 틀리지 않음을 확인했다. EU가 중국 태양광 에너지 산업에 대한 '반덤핑 및 상계관세 조사'를 실시한다는 내용이었다. EU가 중국의 상당수 태양광 에너지 사업자가 정부 보조금을 지급받아 최저 가격으로 EU시장을 독점한다고 판단한 것이다. 그렇다면 곧 중국 사업자에 대한 고액의 징벌적 관세가 부과될 것이다. 기사가 나기 전에 이미 파다하게 소문이 퍼져 큰 파문을 일으킨 모양이었다. 이 파문은 가장 먼저 금융계를 강타했다. 은행과 벤처투자자들이 줄줄이 발을 뺐고 관련 사업을 진행 중이던 각 지방 정부가 사업 중단을 발표했다. 벌떼처럼 모여들었던 개미 투자자들은 하루아침에 알거지가 됐다.

며칠 후, 갑작스런 B형의 전화를 받았다. 그는 쉰 목소리로 다른 설명 없이 가능한 빨리 쓰허위안에 한 번 다녀가라고만 했다. 본채에 들어섰는데 홍목紅木 가구들을 덮어놓은 두꺼운 면포가 눈에 띄었다. 그리고 B형이 일하는 사람들에게 퇴직금을 챙겨주고 있었다. 그 옆에 커다란 여행 가방이 보였다.

"보이지? 이 형님, 이제 튀어야 해."

B형은 담담했다.

"이모님은 내가 보살펴드리지. 돌아올 때 아들이나 안고 와."

나는 분위기가 너무 어색해서 재미없는 농담을 던져봤다.

"그 여자, 나보다 훨씬 빠르던데? 벌써 도망가고 없어. 도망가면서 내 골동품도 몇 개를 챙겨갔더군."

B형이 쓴웃음을 지었다.

"그런 여자들이 그렇다니까. 평소에는 제대로 하는 게 하나도 없는데 큰 위기가 닥쳐서 튀어야 할 때 누구보다 빠르고 확실하지. 젠장, 어떻게 알았지? 내가 먼저 버리려고 했는데. 암튼 그 여자 완전히 망했어. 다 거덜 났어. 어쩌면 옥살이해야 할지도 몰라. 뭐, 일단 피하긴 했지만. 장쑤 투자 사업 건은 내가 사람을 모으긴 했지만 사실 내 돈은 거의 안 들어갔어. 다들 각자 자기가 판단해서 투자한 거니까, 좀 잠잠해지면 난 다시 예전처럼……"

"그런데 왜 도망가?"

"그 사람들 원래 그래. 수익 나눠줄 때는 좋아하다가 지금 본전을 날리니까 죽자고 붙잡고 늘어지지. 대문 앞에 지키고 서서 돈을 내놓으라고 하지 않나, 사람을 시켜 다리를 잘라버리겠다고 협박하지 않나. 세상에 이런 억지가 어디 있어? 투자는 원래 위험을 감수해야 하니 애초에 신중해야 한다고, 내가 몇 번이나 얘기했는데. 자기들이 죽어도 투자하겠다고 매달렸으면서 이제 와서 안면몰수하고 딴소리야."

이놈저놈 욕하는 B형을 보니 지금은 내가 무슨 말을 해도 소용없을 것 같았다. 그가 가방 손잡이를 잡으며 내게 열쇠 두 개를 건넸다.

"이거 이 집 열쇠야. 차도 네가 가져가. 가끔 와서 화단에 물이나 좀 줘. 가능하면 가구도 좀 손질해주면 좋고. 혹시 돈 받으러 온 놈이랑 마주치면, 나 죽었다고 해."

나는 B형의 재규어를 운전해 그를 공항까지 데려다줬다. 그는 차에서 내리기 전에 담배를 꺼내며 내게 불을 붙여달라고 했다. 고개를 돌리고 뻑뻑 담배를 피워댔다.

"그런데 어디로 가려고?"

"미안하지만 정확히 말하긴 힘들고. 원칙이거든. 도망갈 때는 제대로, 도망가는 것처럼 가야지."

나는 한참 망설인 끝에 겨우 입을 뗐다.

"천진…… 아니, 천위첸이 형을 찾아오지 않았어?"

"안 왔어. 문제가 생긴 후 전혀 못 봤어."

B형이 한숨을 내쉬고 나지막이 중얼거렸다.

"만약 내가 사람을 잘못 보지 않았다면, 그 여자 지금 아주 처참할 거야. 다른 사람들은 대부분 여윳돈을 투자했지만 그 여자는 모든 걸 다 걸었거든. 사실 이번 투자 건은 그 여자가 낄 판이 아니었어."

나는 별 다른 대꾸 없이 조용히 담배꽁초를 던져버렸다. B형은 '다시 재기해서 올 테니 기다려'라고 말한 뒤 선글라스를 끼고 고개를 숙인 채 차 밖으로 뛰어나갔다. 공항 고속도로가 단방향 요금제로 바뀐 후 시내로 돌아가는 방향은 늘 꽉 막혔다. 우위안차오도 못 갔는데 아예 멈춰서 꼼짝도 하지 않았다. 앞차 운전자들이 하나둘 차에서 내려 사고라도 났는지 목을 길게 빼고 앞을 살폈다. 나는 옆으로 빠져나가 갓길에서 방향을 돌려 고가도로에 진입했다.

요금소를 빠져나와 몇 킬로미터쯤 갔는데 문득 익숙한 풍경이 눈에 들어왔다. 그곳은 베이우환 외곽에 위치한 '문화 창업 산업단지', 바로 천진팡의 사무실 근처였다. 나는 잠시 멈칫했다가 차를 돌려 산업단지 입구로 들어갔다. 그 작은 3층 건물은 나무 그늘에 가려져 방관

자처럼 우두커니 서 있었다. 3층 사무실에는 불빛 하나 없었다. 나는 그 앞에 차를 세우고 3층으로 올라갔다. 유리문 손잡이에 쇠사슬이 감겼고 그 위에 짧은 문구가 적힌 종이가 붙어 있었다. 천진팡 회사가 여러 달 월세를 내지 않아 사무실 사용권이 취소됐음을 알리는 건물주의 고지였다. 아주 잠시 지난날을 떠올렸다. 이 유리문 안에서 수많은 만찬과 파티가 열렸다. 우리는 쉴 새 없이 떠들며 미친 듯이 먹고 마셨다. 저 안에는 언제나 술이 있고 음악이 있고 근심 걱정이 뭔지 모르는 멋지게 차려 입은 남녀 손님이 가득했다. 나는 천진팡과 재회했던 1년여 시간 동안 그녀가 성공 가도를 달리기 시작해 매일 파티라이프를 즐기고 다시 무너지는 모든 과정을 지켜봤다.

문에 붙은 종이와 쇠사슬을 보고 있자니 예전에 그녀가 갖가지 도움으로 차렸던 옷가게가 생각났다. 겉모습이 크게 달라졌지만 최근 그녀의 행적으로 보아 또 한 번 과거를 되풀이한 것에 불과했다. 그 옷가게에서 나는 그녀를 힘껏 안았다. 그리고 이 건물 앞에서 바보처럼 그녀를 밀어냈다. 그 옛날 나는 그녀의 몸에서 위안을 얻고 마음 깊이 쌓인 분노와 우울을 모조리 그녀에게 쏟아냈다. 지금은 의혹에 휩싸여 1층 카페 종업원의 의심스러운 눈길을 피해, 석양을 방패삼아 쫓기듯 그 자리를 떠났다.

내가 마지막으로 천진팡을 만난 것은 그로부터 약 두 달 후였다.

한 겨울 추위가 맹위를 떨쳤지만 설까지는 아직 여러 날이 남은 때였다. 중국과 서방 국가의 무역 협상은 여전히 교착 상태라 해결의 실마리가 보이지 않았다. 그 영향으로 한 때 주목받았던 성공 신화의 주인공들이 다시 몰락했다. 많은 사업이 하나둘 도피 행렬에 동참했고 B형은 완벽하게 자취를 감췄다. 경제 위기가 심화되자 국가 지도

자들이 나서서 '모두가 힘을 모아 극복하자'라고 호소하기도 했다.

그날 나는 사무실에서 원고 편집을 하다가 전화를 받았다. 처음에는 모르는 전화번호라 부동산 투자나 보험 영업인 줄 알고 받지 않았다. 그런데 몇 분 후 전화벨이 또 울렸다. 나는 매우 짜증나는 말투로 쏘아붙였다.

"누구야?"

"나야."

천진팡이었다. 그녀의 목소리를 듣는 순간 갑자기 가슴이 벌렁거렸다.

"너…… 괜찮아?"

"아니."

그녀가 잠시 숨을 고르고 말을 이었다.

"나, 곧 죽을 거야."

"웃기지 마."

"진짜야. 내가 언제 너한테 거짓말 한 적 있어? 지금, 너 말고 전화할 사람이 없어……"

그녀 목소리가 확실히 심상치 않았다. 나는 그녀에게 어디 있는지 묻고, 바로 반차를 낸 후 차를 몰고 출발했다.

천진팡이 말한 주소는 둥쓰환 마이쯔뎬麥子店 부근의 구식 기숙사형 건물이었다. 워낙 낡은 건물이라 이곳에 사는 사람들은 대부분 베이징에 갓 입성한 젊은이들이었다. 비좁은 흙길 양쪽에 노점이 줄지어 늘어섰고 곳곳에 녹슨 자전거가 어지럽게 널려 있었다. 건물 입구까지 더 가야 하는데 자동차가 지나가기는 무리라 결국 걸어갔다. 계단을 올라갈 때 진한 향수 냄새를 풍기는 두 아가씨와 거의 코앞에서 부딪힐 뻔했다. 엄청나게 큰 인조 속눈썹을 붙인 두 여자가 둥베이 사투리 톤으로 쏘아붙였다.

"오빠, 제대로 좀 보고 다니지?"

천진팡 방은 3층 복도 끝이었다. 문이 잠겨 있지 않아 살짝 밀자 희미한 40와트 백열등 불빛이 새어나왔다. 방안에 가구는 탁자 하나, 참대 하나, 푹 꺼진 소파뿐이었다. 허리를 꼿꼿이 세우고 앉은 그녀 뒤로 황혼 풍경이 더해져 목선이 백조처럼 우아해보였다. 이름을 불렀지만 잠들었는지 대답이 없었다. 조금 더 다가섰을 때 그녀 얼굴에 시퍼런 멍 자국과 부어오른 입술이 보였다. 누군가에게 맞은 것이 분명했다. 소파 아래 고인 핏물이 보였다. 그녀의 왼손을 따라 흘러내린 핏물이 스타킹을 빨갛게 물들였다. 피는 육안으로 확인하기 어려울 만큼 아주 천천히 흘러내렸다. 곧이어 그녀의 손목에 난 상처를 발견했다. 한 뼘 길이였는데 꽤 독하게 그었는지 상처가 깊어 보였다. 그녀는 그제야 내가 온 것을 알고 힘겹게 눈을 뜨고 미안한 표정으로 희미하게 웃었다.

"나 혼자 죽으려고 했는데 근데 내가 생각보다 대담하지가 않네. 피를 보니까 덜컥 겁이 나는데, 무서워서 못 죽겠더라. 미안해…… 너한테 또 폐를 끼쳤어."

나는 가슴이 뭉클해져 말없이 허리를 숙여 그녀를 안았다. 그녀를 안고 밖으로 뛰어나가는데 그녀의 몸이 아주 차갑게 느껴졌다. 그러나 그녀가 아주 강하게 내 목을 끌어안아 두꺼운 겨울 외투를 입었음에도 그녀 손아귀 아래 부분이 은은하게 아렸다. 건물을 내려가 좁은 흙길을 뛰어갈 때 사람들이 놀란 눈과 입을 다물지 못했지만 알아서 길을 터줬다. 무심코 힐끗 돌아봤는데 그녀의 피가 단단한 흙길에 뚝뚝 떨어져 마치 작고 붉은 꽃이 일렬로 늘어선 것 같았다. 오랜 세월이 흘렀지만 천진팡은 여전히 같은 방식으로 이 도시에 자신의 흔적을 남겼다. 그러나 이번 흔적 역시 과거의 그것처럼 순식간에 사라질 것이다.

나는 그녀를 가장 가까운 병원으로 옮겼다. 저녁 식사 시간이 훌쩍 지났을 때 수술을 마친 의사가 내게 '생명에는 지장이 없습니다'라고 말했다. 그리고 병원 직원이 빨리 입원 수속을 하라고 재촉했다. 이것저것 수속을 마치고 나니 날이 완전히 어두워졌다.

입원실에 들어갔다. 그녀 옆 침대에 작은 병원에서 소파 수술을 하다가 출혈이 멈추지 않아 옮겨왔다는 여학생이 누워 있는데 온갖 욕을 섞어가며 아프다고 고함을 질렀다. 천진팡은 굳게 입을 다문 채 눈을 감고 있었다. 얼굴이 투명할 정도로 하얘서 핏줄이 훤히 다 보였다. 하지만 청각은 매우 예민했다. 여학생의 고함 속에서 내 발걸음 소리를 정확히 인지했다. 눈을 뜨고 천천히 나에게 고개를 돌렸다. 그 눈빛이 마치 송곳 같았다.

"고마워."

"아니야."

나는 입술을 우물거리다가 무심결에 속마음을 내뱉었다.

"지난번에 화낸 거…… 정말 미안해. 그렇게 네 호의를 무시하는 게 아니었는데."

천진팡이 힘없이 웃었다. 피를 많이 흘린 탓인지 평소보다 주름이 많아 보였다.

"네가 틀린 말 한 것도 아닌데, 뭐. 나 같은 게 뭐라고……"

"아니야, 사실 나에 비하면……"

"맞아. 너도 좀 별로야. 너나 나나 도토리 키 재기지 뭐."

우리는 마주보며 무기력하게 웃었다. 이때 옆 침대 여학생이 다시 소리를 질렀다.

"아이, 씨! 제기랄! 아이, 씨! 존나, 아파!"

나는 그날 병원 복도에서 밤을 지새웠다. 이튿날 아침, 의사에게 천진팡 상황이 안정적이라는 말을 듣고 나서 회사에 출근했다. 나는 연속 이틀 퇴근 후 병실을 찾아갔다. 그녀는 대부분 반수면 상태였고 깨어 있을 때도 눈을 감고 있었다. 아마도 힘겹게 고통을 견디는 것이리라. 대화할 상황이 아니라 조용히 지켜보기만 했다.

사흘째 되는 날, 다시 병문안을 갔는데 복도 의자에 두 '덩치'가 앉아 있었다. '덩치'라는 표현이 절대 과하지 않았다. 한 명은 남자, 한 명은 여자인데 작고 뚱뚱한 데다 두꺼운 외투를 입고 있어 더 부해 보였다. 오랜 세월이 지났지만 그들이 천진팡 언니와 형부임을 한 눈에 알아봤다. 두 사람 모두 겉모습이 많이 변했다. 쉬푸룽은 예전의 건장한 사내가 아니었다. 굽은 허리에 이빨 몇 개가 빠지고 입술이 푹 꺼져 쭈글쭈글했다. 천진팡 언니의 가장 큰 자랑이던 큰 가슴은 아랫배까지 축 늘어졌다. 세파에 찌든 꾀죄죄하고 무표정한 얼굴을 보니 오랫동안 육체노동에 시달린 것이 분명했다.

내가 두 사람 앞에서 걸음을 멈추자 천진팡 언니가 입을 반쯤 벌리고 뚫어지게 나를 쳐다봤지만 전혀 알아보지 못했다. 결국 내가 먼저 친구라고 말했다. 언니가 처음 내뱉은 말은 이랬다.

"그쪽, 빚 받으러 온 건 아니죠?"

내가 아니라고 대답하자 그녀의 표정이 사나워졌다.

"나쁜 년! 어떻게 가족만 등쳐먹었어?"

두 사람은 나를 붙잡고 이것저것 하소연을 늘어놓기 시작했다. 내가 무슨 능력자라도 되는 줄 아는 모양이었다. 두 사람 이야기를 듣고서야 오랫동안 풀리지 않던 궁금증이 해결됐다.

그녀는 제대로 큰돈을 가져본 적이 한 번도 없었다. 10여 년 전 베이징을 떠난 그녀는 광둥으로 갔다. 그곳에서 옷 공장 여공으로 일하다가 다시 선전으로 갔다. 광둥과 선전에서 지낸 몇 년 동안 여러 번 남자와 동거했고 그때마다 사업에 도전하고 매번 본전을 까먹었다. 사업이 망하면 다시 남자를 구해 빚을 갚고 또 다시 사업 밑천을 뜯어냈다.

"이건, 뭐. 매춘이랑 뭐가 달라?"

고향 마을에도 파다하게 소문이 퍼져 그녀 가족들은 고개를 들고 다닐 수가 없었다. 그런데 언제부터인가 그녀가 확 달라졌다. 고향집에 올 때 고급 승용차를 타고 왔고, 간혹 현장 조사를 한다며 양복과 구두 차림의 말끔한 남자들과 동행했다. 얼마 뒤 그녀는 고향 집을 새로 짓고 언니와 형부 집에 가전제품 일체를 선물했다. 어머니가 돌아가셨을 때는 아주 화려하고 떠들썩하게 장례를 치렀다. 그녀가 늘 현금다발을 갖고 다니니 친척과 지인들 모두 자연스럽게 그녀를 다시 보게 됐다. 모두들 그녀가 이 마을에서 가장 성공한 능력자라고 생각했다.

때마침 이듬해부터 그녀의 고향에 대규모 도시개발 바람이 불었다. 설득과 협박, 패싸움, 분신 위협 등을 수없이 반복한 후에야 어느 산업개발원이 마을 토지를 넘겨받았고 주민들은 얼마간 보상금을 받고 고향땅을 떠나야 했다. 이 보상금이 바로 새로운 문젯거리로 떠올랐다. 이곳 사람들은 대체로 부지런하고 성실해서 가만히 앉아 놀고

먹을 수 없었다. 작은 장사라도 하고 싶지만 요령을 몰라 선뜻 나서지 못했다. 몇몇 젊은이가 도시에 나가 잡화점이나 비디오방을 차렸지만 얼마 못 가 빈털터리가 되어 돌아와 계집질, 도박 등 못된 짓만 하며 놀고먹었다. 바로 이때 천진팡이 다시 나타났다. 그녀는 선전에서 크게 사업을 하는데 자기한테 투자를 하면 연 15퍼센트 이자를 받아 금방 돈을 불릴 수 있다고 했다. 처음에는 다들 반신반의해서 투자하는 사람이 많지 않았다. 그녀의 언니와 사촌들이 일부 여윳돈을 투자했다. 그런데 반 년 만에 정말 약속한 이자가 지급되자 점점 많은 사람이 관심을 보였다. 또 고향 사람 중 하나가 선전에 있는 천진팡 회사를 직접 다녀왔는데 그녀 사무실이 현장縣長 사무실보다 더 크다며 정말 큰 회사의 사장님이라고 떠들었다.

"그때는 그게 다 사기 친 자금인 걸 몰랐지. 이렇게 또 사기로 잡혀 온 줄이야. 애초에 우리한테 준 이자도 다 다른 사람 돈이고, 사무실은 단기 임대한 거고."

그 후로 고향 마을 사람들이 천진팡에게 투자하겠다고 줄을 섰는데 그중에는 기관 고위 간부도 있었다. 그리고 어떤 사립학교 교사가 아들을 천진팡 회사에 취직시켜 일을 배우게 해달라고 부탁했단다. 아마도 아들을 통해 천진팡을 감시하겠다는 뜻이었으리라. 교양 수준이 높은 사람이라 확실히 생각이 깊었다. 하지만 이제 막 전문대를 졸업한 애송이가 그녀의 적수가 되겠는가? 애송이 후마니는 두 달 만에 천진팡에게 넘어가 동업자이자 정부情夫가 됐다.

천진팡은 광둥 일대에서 후마니와 함께 먹고 마시며 2년을 보냈다. 고향 사람들 돈으로 공장에 투자하고 주식도 샀지만 제대로 되는 일이 없고 더 똑똑한 놈들에게 사기 당하기 일쑤였다. 투자자들에게 주는 이자를 거를 수 없으니 모아둔 자금이 점점 줄어들었다. 밑천이 바닥나기 직전, 그녀는 마지막 모험을 걸어보기로 했다. 선전 생활을 정리하고 베이징에서 새로운 인물을 연기하기로 했다. 조금 더 힘 있는 인맥을 이용하면 적은 자본으로 큰 이익을 얻을 수 있으리라 생각했다. 그 이후 그녀의 상황은 내 두 눈으로 직접 확인했다. 그녀는 가식과 위선으로 가득 찬 예술계에 뛰어들었고 B형과 같은 전문 투기꾼들과 어울렸다. 잠시 전화위복에 성공한 것 같았지만 결국 철저하게 무너졌다.

천진팡이 완전히 망하자 후마니가 그녀와 함께 한 것을 뼈저리게 후회하며 뜬금없는 정의감을 발휘했다. 그는 천진팡이 기숙사 건물에 숨어 있는 것을 알고 마을 사람들을 대표해 사기꾼을 응징한다는 명분으로 그녀를 흠씬 두들겨 팬 후 고향으로 돌아가 그녀를 고발했다.

천진팡 언니가 이야기를 마치고 병실 문 앞으로 걸어가 멍하니 창문 너머를 바라봤다. 키가 작아서 좌우를 번갈아가며 까치발을 세워야 했다. 발레무용수처럼 왼쪽 발을 세웠다가 오른쪽 발을 세우기를 반복했다. 문득 천진팡도 안에서 언니를 보고 있을지 궁금했다.

잠시 후 경찰들이 왔다. 둘은 고향 마을 경찰이고, 베이징 경찰 한 명이 따라왔다. 경찰들이 병원 관계자에게 서류를 보여주며 상황을 설명한 후 쉬푸룽을 불렀다. 쉬푸룽과 천진팡 언니가 병실 안으로 들어가 천진팡이 누워 있는 이동 침대를 밀고 나왔다. 복도 끝 출입문 앞에 경찰 승합차가 서 있고, 옆에 들것이 보였다. 천진팡이 들것에 옮겨질 때, 나는 작별인사를 해야 할 때가 왔음을 깨달았다. 그녀 옆에 다가가 잠시 말없이 서 있었다. 그녀는 태양이 눈부신지 얼굴을 찌푸리며 눈을 가늘게 떴다. 나는 어색하게 인사를 건넸다.

"잘 가."

"잘 있어."

그녀의 목소리는 의외로 밝고 무거운 짐을 내려놓은 듯 편안해 보였다. 우리의 작별 인사는 아주 평온하고 쿨했다. 그런데 들것이 승합차 뒤에 실리는 순간, 그녀가 갑자기 상체를 일으키며 내게 한 마디 남겼다.

"난 그저 사람처럼 살고 싶었을 뿐이야."

이것이 그녀가 내게 남긴 마지막 말이다. 나는 넋이 나가 경찰차가 떠나는 줄도 몰랐다. 다시 정신을 차렸을 때는 주변에 아무도 없었다. 내 영혼이 육체를 이탈해 높은 하늘에서 구름 사이로 내가 나고 자라며 수많은 추억을 쌓아온 이 도시를 굽어봤다. 나는 이 도시에서 수많은 영웅이 몰락하고 수많은 여자가 비참해지는 모습을 지켜봤다. 아름다운 꿈에서 깨어나는 순간 청춘도 끝났다. 그러나 사람들이 발산하는 에너지가 끊임없이 이 도시를 맴돌 것이다. 무한 반복되는 오케스트라 합주처럼.

세 남자

광화는 이 달에만 세 남자에게 빠졌다.

물론 그 전에 좋아했던 남자가 없었던 것은 아니다. 반 년 전에는 골목 어귀 자전거 수리점에서 일하는 황군을 좋아했었다. 황군은 키가 작지만 얼굴 윤곽이 반듯하고 잘생겼다. 일할 때 힘을 주느라 이를 악물면 양쪽 입가 근육이 볼록 튀어나왔다. 그녀는 입가 근육이 볼록 튀어나오도록 자전거 수리에 집중하는 그 모습이 너무 좋았다. 그 후에는 담배 가게 류류를 좋아했다. 그는 담배를 팔지만 피우지는 않았다. 그래서 손님에게 돈을 받을 때 절대 가게 안에서 담뱃불을 붙이지 못하게 했다. 그는 가게의 실내 공기를 깨끗하게 유지하는 것이 큰 자랑이었다. 그녀는 그가 이렇게 원칙을 고수하는 모습이 정말 좋았다.

그런데 왜 10월의 세 남자만 특별할까? 이 세 남자가 이전에 좋아했던 남자들과 전반적으로 크게 달랐기 때문이다. 광화가 예전에 좋아했던 남자는 모두 젊은 애들이라 나이가 많아봤자 스물다섯을 넘지 않았다. 이를 악물고 일하는 모습이나 가게에서 절대 담뱃불을 못붙이도록 원칙을 고수하는 모습은 따지고 보면 아직 치기稚氣가 남아 있기 때문이다. 그러나 이 달의 세 남자는 이전 남자들과 달랐다. 세 남자의 외모와 말투는 전혀 다르지만 확고부동한 중심이 서 있었다. 비유컨대 뿌리가 깊고 잎이 무성한 나무가 튼튼하고 안정적인 것과 같다. 담장을 타고 오르는 넝쿨식물이 주는 느낌과 전혀 다르다. 간단히 말해 광화가 드디어 성숙한 남자를 좋아하게 된 것이다. 이것은 그녀에게 매우 기념비적인 변화였다. 대도시 북부에 조성된 신개발지구에 정착한 지 어언 3년, 그녀는 스스로 성장했다는 생각이 들었다. 곧해가 바뀌면, 그녀는 만 스무 살이 된다.

일단 첫 번째 남자부터 얘기해보자. 광화가 그에게 빠진 시간은 새벽 여섯 시쯤이었다. 이 시간에 문을 연 상점은 거리 전체를 통틀어 광화네 매점뿐이다. 그녀는 이른 새벽에 일어나 한동안 침대 위에 멍하니 앉아 있었다. 장사를 안 해도 딱히 할 일이 없다. 그녀는 밖으로 나가 매점 양철 문을 밀어올리고 매점의 오장육부를 당당하게 밖으로 펼쳤다. 배가 고프지는 않은데 목이 말라 콜라 한 병을 땄다. 빨대를 끼우고 단숨에 반병을 빨아들였다. 이때 첫 번째 남자가 대각선 방향 동네에서 걸어나왔다. 그쪽은 새로 지은 아파트라 집값이 만만치 않았다. 그러나 구체적인 가격은 들어본 적도 생각해본 적도 없었다. 20층이 넘는 아파트 여러 동이 새벽이슬로 샤워를 마친 듯 한결 또렷하고 눈부셨다. 동네 사람들 대부분이 아직 잠들어 있을 때라 첫 번째 남자가 이른 아침부터 발걸음을 재촉하는 모습이 유난히 고독해 보였다. 그는 아주 큰 여행 가방을 끌고 걸었다.

광화는 멀리서 걸어오는 남자를 물끄러미 바라봤다. 그는 키는 별로 크지 않은데 머리숱이 아주 많았다. 너무 풍성해서 머리가 몸 전체를 찍어 누르는 느낌이라 키가 더 작아 보였다. 그가 광화네 매점으로 걸어왔다. 매점에 들어온 그를 자세히 보니 얼굴이 까맣고 이마 주름이 칼자국처럼 깊었다. 남자는 우유를 사고 광화에게 전자레인지에 한 번 돌려달라고 부탁했다. 전자레인지가 돌아가는 동안 남자가 말을 걸었다.

"아침에는 따뜻한 우유를 마시는 게 좋아요. 그런 거 많이 마시면 위 망가져요."

그는 광화가 쥐고 있는 콜라 병을 보고 있었다. 광화는 이 말을 듣는 순간 전자레인지 돌아가는 소리가 수백 마리 파리 떼가 윙윙거리는 소리처럼 몽롱하게 느껴졌다. 이전에도 가게에 혼자 있을 때 황군이나 류류가 찾아와 말을 건 적이 있었다. 하지만 그들은 휴대폰에 새로 다운받은 노래나 후난 위성TV의 여자 아나운서가 어떤 남자와 결혼할까에 대해 떠들 뿐 그녀의 위에는 전혀 관심이 없었다.

조금 쌀쌀한 이른 아침이지만 광화는 갑자기 온탕에 들어간 것처럼 온몸이 따뜻하고 편안했다. 말 한 마디가 이렇게 큰 힘을 발휘할 줄은 전혀 생각지도 못했다. 땡 소리와 함께 전자레인지가 멈췄다. 그녀가 우유를 꺼내려는데 또 한 번 남자의 낮은 목소리가 들려왔다.

"조심해요. 뜨거워요."

이 순간, 광화는 이 남자를 좋아하기로 결심했다. 그녀는 새끼손가락을 치켜세우고 검지와 중지로 우유팩을 집어 남자 앞으로 재빨리 옮겼다.

"많이 뜨겁지 않아요."

광화가 뿌듯한 표정으로 답했다. 남자는 두 손으로 우유팩을 감싸고 진맥하듯 온기를 느끼다가 조심스럽게 팩을 열고 후후 불면서 우유를 마셨다. 그의 손은 꽤 크고 두꺼웠는데 아주 유연해서 동작 하나하나가 부드럽게 이어졌다. 그 모습이 고향 마을의 유명한 수공예 전문가 같았다.

"싼우 있어요?"

남자가 담배를 찾았다.

"없어요. 우리 가게에는 중난하이밖에 없어요. 외국담배는 동편 세 번째 건물 담배 가게에 가야······"

"그럴 시간 없는데."

남자가 손목시계를 확인했다.

"비행기 시간이 촉박해서."

광화는 털이 복슬복슬한 남자의 팔을 물끄러미 바라봤다. 그가 다시 팔을 툭 떨어뜨리자 그 손끝이 가리키는 방향을 따라가다 바닥에 내려놓은 여행 가방을 발견했다. 문득 아쉬움이 밀려왔다. 이제 막 그를 좋아하기로 결심했는데 그는 멀리 떠나려 한다. 그가 떠나면 그녀에게는 텅 빈 마음과 그리움만 남을 것이다. 그 괴로운 심정은 정말 말로 다 표현할 수가 없다. 그녀는 1년 6개월 전에 아주 잘생긴 남자를 좋아하게 됐는데 그 상황이 또 한 번 반복되고 말았다. 그때에도 그녀가 좋아하기로 결심하자마자 남자가 멀리 유학을 떠났고 두 번 다시 볼 수 없었다. 광화는 아직 어리지만 좋아했던 남자가 꽤 많아서 아픈 경험이 아주 많았다.

남자가 지폐 두 장을 꺼냈다.

"시간이 없으니, 중난하이라도 주시오····· 두 보루."

"중난하이도 여러 종류가 있는데, 5위안짜리, 10위안짜리······ "

"센 걸로."

팡화가 하얀 뒷목을 보이며 고개를 숙였다. 계산대 밑에서 담배 두 보루를 꺼낸 후 물었다.

"출장 가세요?"

"그래요. 일단 상하이에 갔다가."

"담배는 상하이에도 파는데······ 이렇게 많이 살 필요 없지 않아요?"

사실 담배를 파는 사람이 할 말은 아닌데.

"상하이에 도착하자마자 바로 배를 타고 하이상海上●으로 나가야해서요."

팡화는 먼저 '상하이' 그리고 다시 '하이상'에 간다는 남자의 말이 너무 재미있었다. 그런데 대체 얼마나 나가 있는 것일까? 남자의 흡연량에 따라 기간이 달라진다. 하루에 한 갑을 피운다면 한 달이 지나기 전에 돌아올 것이다. 하지만 하루 한 개비라면? 휴, 너무 길다.

팡화는 우울한 표정으로 다른 질문을 던졌다.

"바다에 나가서 뭘 하는데요?"

"그게 내 일이에요. 화물선을 운전하죠."

남자는 무심한 눈빛으로 별 뜻 없다는 듯이 말을 이어갔다.

"이 가게······ 언제부터 이 거리에 있었죠?"

"3년 됐어요."

"나도 이사 온 지 2년이 넘었는데 왜 아가씨를 처음 보는 것 같

●　상하이上海를 거꾸로 말한 하이상海上은 '바다'라는 뜻이다.

지?"

남자는 혼잣말을 중얼거리며 서둘러 가방 옆 주머니를 열고 담배를 쑤셔 넣은 후 벌떡 일어나 밖으로 나갔다. 팡화가 '안녕히 가세요' 인사를 하려고 했는데 붉은 아침햇살을 향해 걸어가는 남자의 뒷모습이 벌써 저만치 멀어졌다. 인사는 그만두자.

그녀가 그에게 빠지자마자 그는 그녀에게 두 가지 잘못을 저질렀다. 첫째 기약도 없이 순식간에 떠나버렸다. 둘째 팡화를 전혀 기억하지 못했다. 그는 외출을 해도 이쪽으로 물건을 사러 오지 않은 것일까? 그렇다고 해도 이것은 그를 용서할 이유가 못 되지만 그녀는 이미 그를 좋아하기로 결심해버렸으니 어쩔 수 없다. 또 한 번 아픈 상처를 가슴에 묻으며 조용히 그를 보낼 수밖에.

아니면, 그를 좋아하지 말까? 팡화는 자기가 떠올린 생각에 피식 웃었다 '아니면, 하지 말까?'•라는 표현이 너무 웃겼다. 그녀는 이번에 좋아하기로 결심한 시간이 얼마나 되는지 생각해봤다. 딱 우유 한 팩 덥힐 시간이다. 내가 너무 경솔했나? 그냥 놀이라고 해도 이건 너무 심하지 싶다. 너무 대충하면 놀이도 재미없는 법인데.

팡화가 남자 좋아하기 놀이를 언제부터 시작했는지, 그녀 자신도 정확히 기억나지 않았다. 아마도 이 매점 계산대 뒤편에 자리를 잡은 지 얼마 안 됐을 때부터일 것이다. 그때 그녀는 누군가의 손에 이끌려 이 도시에 왔다. 생전 처음 대도시에 발을 내딛었을 때 텔레비전에서 수없이 봐온 화려한 풍경이 눈앞에 펼쳐졌다. 무엇보다 가장 놀라운

• 아니면要不을 거꾸로 말하면, 하지 말까不要?가 된다.

것은 강물처럼 끊임없이 이어지는 차량 행렬과 인파였다. 하지만 곧 현실을 깨달았다. 대도시 안에 있지만 대도시는 여전히 텔레비전으로만 봐야 하는 세상이었다. 매점 카운터를 한시도 비울 수 없어 잠도 바로 그 자리에서 잤다. 딱 한 번 병원에 간 것을 제외하면 매점 주변을 크게 벗어난 적이 한 번도 없었다. 대도시 병원은 온통 핏기 없는 얼굴로 신음하는 사람들뿐이었고 그 외 다른 기억은 없다.

골목 어귀 버스 정류장은 그녀에게 무의미한 존재이지만 텔레비전은 절대 없어서는 안 될 필수품이다. 그녀는 얼마 안 가 거의 모든 텔레비전 프로그램 시간표를 줄줄 외웠고 특히 멜로드라마 재방송은 보고, 보고, 또 봤다. 어떤 남자 주인공이 속눈썹이 제일 긴지, 어떤 악역이 가장 교활한지, 마음속으로 순위를 매기곤 했다.

하지만 광화도 드라마가 가짜 세상임을, 가짜를 연기하고 가짜를 찍는 것임을 안다. 어차피 가짜인 줄 알고 즐기는 것이라면, 조금 더 발전시켜도 되지 않을까? 화면 속의 '가짜'를 일상으로 옮겨보면 어떨까? 이 생각은 확실히 흔치 않은 '발전'이다. 그녀는 그때그때 볼 수 있는 남자가 아주 많기 때문에 가장 눈길이 가는 남자를 골라 상상 속에서 그와 연기를 펼쳤다. 남녀 주인공은 첫눈에 반해 사랑에 빠지고 여러 우여곡절을 겪으며 가슴 절절하게 사랑한다. 이런 상상은 드라마보다 훨씬 더 재미있다. 가장 놀라운 것은 그녀가 상상 속에서 멜로드라마를 찍기 시작하면 눈앞의 도시 풍경이 카메라 렌즈에 담긴 것처럼 아름다운 가짜로 바뀐다. 이 순간만큼은 드라마에 나오는 도시 모습이 현실처럼 느껴졌다.

그녀는 상상 속 드라마의 감독이자 작가이자 여주인공이 되어 한 남자와 사랑에 빠졌다. 그녀가 한 남자를 좋아하는 시간은 길거나 짧거나 매번 달랐지만, 언제나 잘생긴 남자라는 사실은 바뀌지 않았다. 한동안 죽을 것처럼 한 남자를 좋아하다가 얼마 후에 또 다른 남자에게 빠지면, 그 전의 남자는 새까맣게 잊어버렸다. 어차피 가짜이니 양심의 가책을 느낄 필요도 없다. 좋아하는 것도, 버리는 것도 모두 광화 상상 속의 일이니 아주 쉽고 간단했다. 그녀가 내색하지만 않으면 아무도 모른다. 심지어 당사자조차도 그녀를 비난할 수 없다.

이 비밀 놀이는 이렇게 그녀 마음속에만 존재하며 그녀의 일상을 풍요롭게 만들어줬다. 그동안 그녀가 좋아한 남자는 도대체 몇 명일까? 그녀 자신도 잘 몰랐다. 이 얘기를 하기는 조금 부끄러웠다. 가리지 않고 닥치는 대로 먹어치우는 돼지가 된 기분이라, 자신이 천박하게 느껴졌다. 하지만 곧 다시 당당해졌다.

'좋아하는 게 뭐 어때서? 진짜 뭘 어떻게 하는 것도 아니잖아?'

그녀는 조금 우쭐해졌다. 드라마 여주인공은 대부분 일부종사하지만, 그녀의 애정생활은 매우 다채롭고 풍성했다. 양보다 질이 중요하다고? 그건 어디까지나 현실 연애의 원칙일 뿐이다. 어차피 혼자 하는 일인데 많아서 나쁠 것은 없다. 지금까지 광화는 사랑에 미쳐 늘 행복했다. 아마도 경솔한 탓에 그녀의 놀이가 계속 이어질 수 있었을 것이다.

이달의 두 번째 남자는 첫 번째 남자가 떠나고 3일 후에 등장했다. 그는 첫 번째 남자와 달리 저녁 무렵 매점에 들어왔다. 그날은 부슬비가 내린 탓에 가로등이 일찍 켜졌다. 광화가 고개를 갸웃하며 창문을 통해 들어오는 흐릿한 오렌지 불빛을 바라봤다. 이때 광화는 사랑놀이가 잠시 공백기라 삶이 따분하고 무료했다. 첫 번째 남자는 순식간에 스쳐지나갔지만 그가 남긴 후유증 때문에 거리를 돌아다니는 평범한 젊은 남자들은 눈에 들어오지 않았다.

그녀가 투둑, 투둑 빗방울 소리를 들으며 실의에 빠져 있을 때 끼익 소리와 함께 비쩍 마른 키 큰 남자가 들어왔다. 그는 얼굴도 길고, 머리카락도 길었다. 비에 젖은 머리카락이 구불구불 말려 이마에 달라붙었다. 면바지에 주름이 가득하고 옷차림이 전체적으로 꾀죄죄했다. 하지만 그 단정치 못한 차림새가 일부러 연출한 것이 아닐까 싶을 만큼 예술적인 느낌이 강하게 풍겼다. 그녀는 특히 남자가 메고 있는 상자 아닌 상자 같은 물건에 눈길이 갔다. 그 물건도 남자 생김새처럼 길었는데 아래가 넓고 위는 좁았으며 겉감은 검은 방수포였다. 그녀는 본능적으로 그 안에 든 것이 악기일 것이라고 추측했다.

"와인 있나요?"

"어떤 와인이요?"

남자가 목을 길게 빼고 계산대 너머 진열대를 훑었다. 광화네 매점에 있는 와인은 두 종류뿐이었다. 하나는 50위안짜리 국산 와인 창청이고 다른 하나는 들어본 적 없는 외국 브랜드인데 주류를 수입하는 고향 사람이 팔아달라고 부탁한 것이다. 온통 꼬부랑글자라, 그녀는 내키는 대로 비싼 가격을 붙여놓았다. 남자가 외국 와인을 가리켰다.

"저거 주세요."

"백…… 이십……"

광화가 서둘러 말을 돌렸다.

"창청은 50위안밖에 안 해요."

"그냥 주세요."

남자가 돈을 세어 그녀에게 건넸다. 그녀는 역시 가늘고 긴 남자의 손가락에 주목했다. 깨끗하고 동작이 깔끔했다. 그 손가락은 온종일 바쁘게 움직이지만 힘든 일은 전혀 해보지 않았을 것이다. 그 순간 그녀는 꿈틀거리는 마음을 억누를 수 없었다. 그녀의 머릿속에 또 다시 새로운 사랑놀이가 시작됐다. 그러고보니 드라마에서 본 예술가 남자의 이미지가 눈앞의 이 남자와 아주 비슷했다. 그래서 그녀는 마음대로 가격을 바꿨다.

"반값에 드릴게요. 어차피 잘 안 팔리는 물건이니까."

"아, 고마워요."

광화는 남자를 힐끔 쳐다보고 선반에 있는 와인을 꺼냈다. 까치발을 들 때 남자에게 가장 아름다운 곡선을 보여주려 특별히 신경 썼다. 그녀는 이 순간 상대방이 마음속으로 매점 아가씨의 모든 행동을 평가할 것임을 본능적으로 알았다. 와인을 꺼낸 후 마른 걸레로 먼지를 깨끗이 닦아냈다. 그러나 이것은 그녀 혼자만의 착각이었다. 남자는 그녀가 집어든 남자 속옷이었던 새카만 걸레를 보고 눈살을 찌푸렸다. 그녀는 남자의 반응을 눈치 채고 너무 당황해서 하마터면 와인병을 떨어뜨릴 뻔했다. 하늘이 도왔는지 갑자기 쏴아 소리가 들리고 장대비가 퍼붓기 시작했다. 남자의 관심이 걸레에서 멀어지면서 금방 울 것 같은 표정을 지었다.

"여기…… 우산 있어요?"

광화가 천천히 고개를 흔들고 남자를 위로했다.

"일기예보에서 오래 내리지 않는다고 했으니까 조금 기다리면 멈출 거예요."

남자는 등에 맸던 검은 상자를 바닥에 내려놓고 문틀에 기댄 채 명상에 잠기듯 눈을 감았다. 남자가 입을 다물자 원래 켜놓았던 텔레비전 소리가 갑자기 크게 들렸다. 후난 위성TV 프로그램 진행자가 헛소리를 지껄이자 그녀는 잠시 망설이다가 텔레비전을 껐다. 이것은 매우 명확한 의사 표명이다. 그녀는 남자와 대화를 나누고 싶다는 의사를 이렇게 표현한 것이다. 예상대로 남자가 다시 눈을 뜨고 그녀를 쳐다봤다. 빗소리만 남은 가운데 눈이 마주치니 두 사람 모두 어색하기 그지없었다. 결국 먼저 입을 연 사람은 광화였다.

"이 동네에 일보러 오신 거죠?"

"네. 사람 만나러."

"사람 만나러…… 아, 만나서 뭐 하는데요?"

"연주해요."

"그럼, 그 상자에 든 게 바이올린인가요?"

"첼로예요."

"첼로랑 바이올린이랑 뭐가 달라요? 큰 바이올린이 첼로인가요? 바이올린은 본 적이 있는데……"

남자가 부드러운 미소를 지었다.

"그렇게 생각해도 되죠."

"그쪽은 첼로를 연주하는 사람이에요?"

"오케스트라에서 일해요."

"그걸로 먹고 살 수 있어요?"

"10년 넘게 먹고 살았어요."

너 한마디, 나 한마디 주고받다보니 어느새 10분이 흘렀다. 그 사이, 광화는 이 남자에 대해 여러 가지를 알았다. 그는 오케스트라 단원이고 음악 대학을 졸업했고, 지금 시내에 있는 오케스트라 기숙사에서 살고 있다. 그는 본인처럼 첼로를 연주하는 사람 중에 지금 가장 유명한 사람이 요요마라고 했다. 하지만 그는 요요마를 신랄하게 비판했다. 특히 예술적 영감이 영국의 여성 첼리스트만큼 강렬하지 않다고. 안타깝게도 그 영국 여성은 이미 죽었단다. 남자는 말을 할수록 점점 말이 많아지고 말투가 부드러워졌다. 아무리 봐도 원래 조용한 사람 같은데 이렇게 술술 말을 이어가는 것이 놀라웠다. 그가 하는 말은 전부 첼로, 오케스트라, 예술에 대한 것뿐이었다.

광화는 이쯤에서 남자에게 자신을 위해 한 곡 연주해달라고 청할 수도 있을 것 같았다. 아마도 텔레비전에서 첼로 소리를 들어보기는 했겠지만, 그것이 지금 눈앞에 놓인 상자에 들어 있는 그 악기인지는 알 수 없다. 그런데 하필 이때 비가 멈췄다. 남자는 자신이 어쩌다 이렇게 말을 많이 했는지 매우 놀랄 것 같았다. 그는 막 매점에 들어왔을 때처럼 순박하고 수줍은 표정으로 돌아갔다.

"그럼, 이만."

"여기, 와인 가져가세요."

광화는 아무렇지 않은 것처럼 말했다. 그녀는 이렇게 자신을 다독였다. 상상 놀이를 위한 자료 수집이 목적이었다면 훌륭하게 임무를 완수한 셈이다. 그녀는 이미 그에 대해 꽤 많은 것을 알고 있다. 키와 외모, 표정, 말투…… 이름? 그런 것은 크게 필요치 않다.

이 놀이의 다음 과정은 밤에 완성된다. 광화는 매점 양철 문을 끌어내리고 불을 끈 후 계산대 뒤편 침대에 누워 차분하게 마음을 가라앉히고 정신을 집중했다. 머릿속에 이야기가 떠올랐다. 비 내리는 어느 날, 실의에 빠진 낭만적인 첼로 연주자가 그녀 앞에 나타났다. 비 때문에 발이 묶인 그는 조용히 그녀를 위해 연주를 시작했다. 현실에서는 비가 그쳤지만 상상 속의 비는 그치지 않았다. 첼로 연주자는 비를 핑계 삼아 계속 그녀 곁에 머물며 하염없이 연주를 이어갔다. 그녀는 그에게 물었다.

'왜 나를 위해 연주하나요?'

'당신의 운명이 슬프니까요.'

광화는 상상 속 연기 중에 울음을 터트렸다. 그녀는 마음속으로 크게 외쳤다.

'그래서 난 누구보다 음악이 필요해!'

첫 번째 남자가 한순간에 사라진 것과 달리 두 번째 남자는 이후에도 거의 매일 광화 앞에 나타났다. 검은 첼로 가방을 메고 매점 앞을 빠르게 지나가기도 하고 매점에 들어와 양초 같은 물건을 사기도 했다. 그날 남자가 양초를 달라고 하자 그녀는 맞은편 고층 아파트를 내다봤다.

"정전은 아닌데요?"

"쓸 데가 있어요."

두 번째 남자가 힘없이 웃었다. 광화는 비 오는 날 꽤 많은 얘기를 나누며 친해졌다고 생각해 다시 물었다.

"어디에 쓰는 데요?"

"밥 먹을 때."

밥 먹을 때 양초가 필요하다고? 그녀는 전혀 상상할 수 없는 일이라 되묻지도 못했다. 습관적으로 몸을 움직여 마분지로 싸놓은 하얀 양초를 꺼냈다. 남자가 힐끗 쳐다보고 물었다.

"다른 건 없어요?"

"이게 양초잖아요."

"내 말은…… 좀 모양 있는 거 말이에요."

"모양이요?"

팡화는 그제야 그의 말을 이해했다. 이런 맨둥맨둥한 일자 양초가 아니라 예쁜 모양 초. 그녀는 별 생각 없이 중얼거렸다.

"나가서 오른쪽으로 가면 골목 끝에 병원이 있고 그 앞에 수의점壽衣店이 있어요. 거기 양초는 여러 가지 모양이던데. 노수성老壽星도 있고, 반룡蟠龍도 있고……"

두 번째 남자가 어이없다는 듯이 웃었다.

"수의점에 가서 양초를 사라고요?"

팡화는 남자가 나간 후에야 실수를 깨달았다. '밥 먹을 때 쓰는 양초'란 소위 말하는 캔들라이트 디너다. 드라마에서 본 적이 있다. 캔들라이트 디너에는 반드시 음악이 깔리는데, 이 남자는 직접 연주를 하겠지. 그런 사람한테 수의점에 가서 양초를 사라고 했으니, 이 얼마나 바보 같은 짓인가?

팡화는 온갖 상상의 나래를 펼치기 시작했다. 이 상상 속에서 그녀는 당연히 캔들라이트 디너의 주인공이 된다. 맞은편 고층 아파트의 거실 한 가운데에 식탁이 놓여 있다. 창밖에 수많은 야경 불빛이 반짝이는데 실내는 희미한 촛불 하나뿐이다. 저녁 식사는 뭘 먹지? 바오쯔나 튀긴 빵은 절대 아닐 것이다. 그러나 그녀의 상상력은 그렇게까지 치밀하지 않았다. 그저 촛불과 첼로 소리면 충분했다. 그녀 앞에 고상하고 여유로운 예술적 감성이 풍부한 긴 머리 남자가 앉아 있다.

이번 상상 놀이는 너무 재미있고 황홀했다. 그녀는 다음에 두 번째 남자와 다시 얘기하게 되면 조금 더 신중하게 행동하고 절대 실수하지 말아야겠다고 다짐했다. 그래서 두 번째 남자가 다시 매점에 들어와 꽃 가게가 어디 있느냐고 물었을 때, 매우 신중하게 대답했다.

"글쎄요, 저기 버스 종점에 화조花鳥시장이 있다고 듣긴 했는데."

"얼마나 가야 해요?"

"글쎄요. 일곱, 여덟 정거장쯤?"

"그럼, 안 되겠네."

남자가 실망한 표정으로 시선을 떨어뜨렸다. 이런 표정을 짓는 것도 일종의 능력이다. 사소한 아쉬움을 이렇게 큰 슬픔으로 표현할 수 있다니. 이러니 어떻게 가여운 생각이 안 들겠어? 그래서 그녀는 남자가 나가려고 할 때 얼른 소리쳤다.

"다음에는 우리 가게에서 살 수 있어요. 우리 가게도 꽃을 팔 거거든요."

"언제부터요?"

"다음에…… 어떤 꽃이요? 몇 송이나 필요해요?"

"백합. 매일 한 송이면 돼요."

광화는 이 말을 기억해뒀다. 저녁에 담뱃가게 류류가 찾아와 말을 걸 때 다음 번 물건을 들여놓을 때 백합을 같이 갖다달라고 했다. 그녀는 백합 가격과 도매 주문 최소 수량, 보관 기간이 며칠인지 등을 자세히 물어보고 손가락을 꼽아가며 열심히 계산했다.

"한 송이에 8위안이네? 그럼 일단 열 송이만 주문할게."

백합 덕분에 두 번째 남자가 매점에 드나드는 횟수가 확연히 늘고 규칙적으로 변했다. 백합꽃은 가지 끝을 자르고 물을 채운 콜라병에 꽂아 다른 사람이 보지 못하도록 계산대 뒤에 내려놓았다. 두 번째 남자가 와서 찾으면 그때 하나씩 꺼내 줬다. 남자는 꽃을 받고 그녀에게 10위안을 건넸다. 그녀는 손가락으로 동전 두 개를 집어 남자 손에 내려놓았다. 이렇게 거래가 끝났다. 그녀는 그를 상대로 돈을 버는 대신 다른 것을 얻었다.

음악, 촛불, 백합. 이 정도면 바보도 알 것이다. 두 번째 남자가 여자를 만나러 왔다는 것을. 그러나 팡화는 이 현실 사랑의 여주인공을 질투하지 않았다. 오히려 감사했다. 그 여자는 분명히 아주 예쁘고 우아할 것이다. 그러니까 이렇게 나약한 예술가가 끊임없이 노력하는 것이겠지. 이 남자가 그 여자에게 열심히 공을 들일수록 팡화의 상상 놀이가 점점 생생해졌다. 팡화는 그들의 현실 사랑의 최대 수혜자다. 그들의 사랑이 깊어질수록 그녀는 두 번째 남자에게 더 깊이 빠져들었다. 이런 긍정적인 생각은 팡화의 가장 큰 장점이다.

그러나 며칠 후, 두 번째 남자도 갑자기 사라졌다. 일주일이 지나도록 다시 나타나지 않았다. 세 송이 남은 백합은 콜라병 안에서 가장 화려한 시간을 보낸 후 줄기가 힘없이 꺾여갔다. 매점 손님은 결국 스쳐지나가는 사람들이다. 어떻든 이번이 가장 생동감 넘치고 가장 몰입도 높은 상상 놀이였다. 하지만 그녀의 사랑은 이제 한창이라 왠지 마음 한 구석을 도둑맞은 기분이었다.

설마, 놀이의 경계를 벗어나 정말 그를 좋아하게 된 것일까? 팡화는 가슴이 철렁 내려앉았지만 곧 마음을 다잡았다. 안 돼, 절대 안 돼.

바로 그때, 세 번째 남자가 그녀 매점에 등장했다.

세 번째 남자는 그 위세가 앞의 두 남자와 비교도 안 될 만큼 대단했다. 그날 오후 팡화가 할 일 없이 멍하니 앉아 있을 때 끼익 소리가 들리고 매점 앞에 검은 벤츠가 나타났다. 차에서 내린 세 남자는 모두 스포츠머리에 검은 양복 차림이었다. 이들은 차 안의 누군가에게 고개를 숙이고 어깨를 거들먹거리며 길 건너 아파트로 향했다.

벤츠는 계속 광화네 매점 입구를 가로막고 있었다. 시동을 끄지 않아 배기가스 냄새가 점점 심해졌다. 더 중요한 것은 지금 그녀가 맞은편 아파트를 바라보며 상상 놀이를 하고 있다는 사실이다. 이렇게 차가 서 있으면 검은 그림자가 입구 절반 이상을 가려버려 계산대 뒤편에 앉은 광화가 밖을 제대로 볼 수 없다. 평소 같으면 이렇게 차를 세워도 전혀 아무 말 하지 않겠지만 요 며칠은 다르다. 마음이 허전하고 울적하고 짜증난 상태라 이것저것 생각할 것 없이 바로 뛰어나갔다. 그녀는 제멋대로인 덩치 큰 동물을 혼내듯 씩씩거리며 벤츠 앞에 섰다.

"이봐요, 당신 차가 내 가게 문을 막고 있잖아요."

차 안에 두 사람이 있었다. 운전석에 앉은 사람은 역시 스포츠머리고 조수석에 앉은 사람은 대머리였다. 대머리 남자가 말없이 그녀를 보는데, 마치 공기를 보는 것처럼 초점이 없었다. 운전사는 가만히 있고 남자가 벌컥 문을 열고 내려서 어깨를 펴고 당당하게 그녀와 마주 섰다. 광화가 당황해서 잠시 뒷걸음질 쳤지만 다시 항의했다.

"당신들, 계속 이렇게 차 세워놓을 거야? 손님들이 들어올 수가 없 잖아!"

대머리 남자가 갑자기 씩 웃고 차에서 내렸다. 160센티미터가 겨우 넘을까 한 작은 키였다. 남자는 실실 웃으며 벤츠가 서 있는 위치를 확인하고 운전석을 향해 휘휘 손을 흔들었다. 운전사가 한 번에 알아듣지 못해 앞으로 쭉 고개를 내밀고 다음 지시를 기다렸다. 대머리 남자가 귀찮은 동물을 쫓아버리듯 다시 손을 흔들었다. 운전사는 그제야 대머리 남자의 뜻을 이해하고 재빨리 운전석에 앉아 차를 후진시켰다. 크지 않은 매점 입구가 다시 훤히 뚫렸다. 대머리 남자는 차로 돌아가지 않고 팡화네 매점으로 들어가 휙 한 번 둘러봤다. 한쪽 모서리에 놓인 의자를 끌어와 엉덩이를 붙이고 앉아 창밖으로 고개를 돌려 맞은편 아파트를 바라봤다. 그녀는 이미 계산대 뒤편 자리로 돌아가 있었다. 대머리 남자의 뒷모습을 보니 문득 궁금해졌다.

"거기 앉아서 뭐 하세요?"

남자가 간단명료하게 대답했다.

"보는 중."

그녀는 한 번 눈을 흘기고 앉아서 뭘 보든지 말든지 상관 않기로 했다. 남자의 '보는 중'은 꽤 길게 이어졌다. 그는 허리를 꼿꼿이 세워 바르고 단정한 자세로 앉아 있었다. 자세히 보니 뒷목까지 곧게 펴져 있었다. 그는 서 있을 때 아주 작았는데 앉으니 오히려 더 크고 건장해 보였다. 그녀는 따분하고 무료해서 텔레비전을 켜고 일부러 소리를 높였다. 대머리 남자는 별 상관 하지 않았다. 매점에 물건을 사러 들어온 손님이 남자 때문에 깜짝 놀랐지만, 남자는 눈 하나 깜짝 하지 않았다.

그 상태로 해가 저물고 거리에 가로등 불빛이 비추기 시작했다. 팡화는 눈앞에서 거치적거리는 남자의 뒷모습에 점점 익숙해졌다. 아주 이상한 상황이지만 일단 익숙해지니 문득 대화를 해보고 싶다는 생각이 들었다.

"그쪽이 장사를 방해하고 있어요."

남자는 고개도 돌리지 않고 대꾸했다.

"무슨 방해가 됐지?"

"그쪽이 수문장처럼 지키고 있으니 사람들이 무서워서 들어오겠어요?"

"여기가 시야가 탁 트여서 건너편이 잘 보이는데……"

"도대체 뭘 본다는 거예요? 여기 뭐 볼 게 있다고?"

"이 가게, 하루 매상이 얼마나 되오?"

"500…… 아니, 못 해도 600은 돼요."

남자가 말없이 안주머니에서 돈다발을 꺼내 탁탁탁, 여덟 장을 세어 창틀에 올려놓았다.

"내가 여기 하루 빌렸다 칩시다."

광화는 너무 놀라 입이 다물어지지 않았다. 그녀는 주인 몰래 생선을 훔쳐 먹는 고양이처럼 살금살금 창틀로 걸어가 돈을 집어왔다. 이때 그녀는 힐끔 남자 얼굴을 곁눈질을 했다. 표정이 전혀 드러나지 않아 눈, 코, 입 윤곽도 모호했다. 마치 아직 덜 다듬은 석상 같았다. 돈을 받았으니 태도는 당연히 누그러질 수밖에 없다. 그녀는 전혀 다른 말투로 말을 건넸다.

"물 드릴까요?"

"아니."

"배고프지 않아요? 옆에 도시락 집에서 배달도 해주거든요."

"안 먹소."

"담배 드릴까요?"

"아니."

묻는 말마다 아니라고만 하니, 그녀는 무안하고 머쓱했다. 이때 대머리 남자가 뒤늦게 한 마디 덧붙였다.

"고맙소."

이 한 마디로 그녀는 넘치는 관심을 받고 있다는 착각에 빠졌다. 대머리 남자는 저녁 8시가 넘도록 그 자리에 앉아 있다가 갑자기 휴대폰을 꺼내 어딘가로 전화를 걸었다.

"오늘은 여기까지."

매점 앞 벤츠가 부릉 시동을 걸 때 대머리 남자가 벌떡 일어나 밖으로 나갔다. 길 건너편으로 사라졌던 스포츠머리 세 남자가 도로를 가로질러 뛰어와 재빨리 차에 올라탔다.

팡화는 본능적으로 이 남자들이 내일 다시 오리라 생각했다. 남자는 몇 시간 동안 아무 것도 하지 않고 앉아 있기만 했다. 아마도 여기에 온 목적을 이루지 못했으리라. 물론 팡화는 그의 목적이 무엇인지 모른다. 그런데 그날 밤 잠자리에 누웠을 때 이상하게 대머리 남자가 떠올랐다. 그가 800위안을 줬기 때문이 아니라 그녀에 대한 태도 때문이다. 차를 빼라고 하니 차를 빼고, 장사를 망친다고 하니 돈을 줬다. 물이나 담배가 필요한지 물었을 때는 고맙다고 했다. 그는 그녀에게 매우 친절했고 다른 사람의 친절과 확실히 달랐다. 예를 들어 첫 번째 남자와 두 번째 남자는 모두 친절했지만, 그들은 원래 친절한 사람이었다. 그러나 대머리 남자는 아무리 봐도 매점 점원에게 친절할 필요가 없는 사람 같았다. 특별한 친절은 더 감동적인 법이다. 그녀 고향 마을에 생활보호 대상자가 있었는데, 이웃들이 걱정스럽게 밥은 먹었는지, 집은 따뜻한지 물으면 늘 불만스럽게 투덜거렸다. 그런데 어느 날 시찰 나온 간부가 이웃들과 똑같은 질문을 했는데 그 사람이 갑자기 울음을 터트리며 감격스러워했다.

"그 마음 덕분에 배부르고 따뜻합니다."

이것은 천박하고 한심한 생각이지만 상상 놀이에는 전혀 지장이 없었다. 꽝화의 생각이 조금씩 꿈틀거리면서 상상 놀이가 다시 시작됐다. 대머리 남자는 그녀가 이달 들어 좋아한 세 번째 남자가 됐다. 한 달에 세 남자면 조금 많은 것 같지만, 이미 말하지 않았나? 어차피 놀이이니 전혀 상관없다.

세 번째 남자의 행색에 맞추다보니 이번 상상 놀이는 아주 자극적으로 흘러갔다. 그는 무술인으로 범죄조직에 속해 있다. 겉보기에 냉혈한 같지만 따뜻한 마음씨를 지녔다. 어느 날 그 마음을 알아주는 여자를 만났는데, 바로 꽝화 자신이다. 이런 이야기는 1990년대 홍콩 영화의 단골 소재인데, 결말이 대부분 처참했다. 남자 주인공이 여자를 위해 죽거나, 여자 주인공이 남자를 위해 죽거나 둘 중 하나다. 죽고 죽이고, 슬픔과 고통이 난무하는, 그래서 끝내주게 재미있는 이야기. 꽝화는 하룻밤 사이에 다양한 방법으로 몇 번이나 죽었는지 모른다. 차에 치여 죽고, 바다에 빠져 죽고, 폭탄이 터져 죽고…… 어떻게 죽든 그녀의 죽음은 남자 주인공에게 가슴 찢어지는 깊은 슬픔과 고통을 남겼다. 그녀는 세 번째 남자의 무표정한 얼굴이 핏빛으로 물들고 두 줄기 뜨거운 눈물이 흐르는 모습을 상상했다. 순간 그녀의 마음도 찢어지듯 아팠다.

꽝화는 이불을 뒤집어쓰자 눈물이 나려 했다. 갑자기 자신의 슬픈 현실이 떠올랐다. 남의 손에 이끌려 반 강제로 고향을 떠나 이 도시에 와야 했던 그 순간이 생각났다.

'죽고 싶어……'

밤사이 수차례 생사를 오갔지만 아침이 밝으니 그래도 살아야지 싶었다. 살아야 콜라도 마실 수 있고, 살아야 상상 놀이를 계속하면서 좋아하는 남자와 아름다운 꿈을 꿀 수 있지. 지난밤에 잠을 좀 설쳤지만 오히려 정신은 더 맑고 기운이 충만했다. 그녀는 반짝이는 눈빛으로 창밖을 주시했다.

'그 남자는 오후에나 오겠지?'

이때 그녀는 이미 두 번째 남자를 완전히 잊었다. 이럴 때 그녀는 정말 야박하고 냉정했는데, 이 또한 상상 놀이에서만 누릴 수 있는 특권이다.

예상대로 세 번째 남자가 다시 왔다. 어제처럼 오후에, 어제와 같은 차를 타고 대머리를 반짝이며 나타났다. 어제와 달리 매점 안이 깔끔하게 정리돼 있었다. 침대 앞에 네모난 의자, 그 옆에 간이 탁자를 배치하고 그 위에 생수병을 올려놓았다. 그리고 꽃도 있었다. 며칠 전 팔다 남은 백합 세 송이. 이미 시들기 시작해 꽃잎 끝이 누렇게 변했지만, 어쨌든 꽃만큼 훌륭한 장식은 없으니까. 세 번째 남자가 그 꽃을 뚫어져라 쳐다봤다.

"산 것이오?"

팡화가 경쾌하게 대답했다.

"얼마 전에 들여놓은 건데, 팔다가 남은 거예요."

"사가는 사람이 있었소?"

"당연하죠."

세 번째 남자가 '음' 하고 깊은 목에서 끌어올린 묵직한 소리를 내며 가늘게 뜬 눈을 깜빡거렸다. 그리고 당연하듯 의자에 앉아 꼿꼿이 허리를 폈다. 10분 쯤 지났을 때, 남자가 안주머니에서 돈을 꺼내 800위안을 탁자 위에 올려놓았다.

"오늘 사용료, 오늘도 통으로 빌리겠소."

팡화는 남자 뒤에 앉아 태양처럼 빛나는 대머리를 바라봤다. 문득 마음이 따뜻해지고 이 남자와 대화하고 싶은 바람이 점점 커졌다. 안타깝게도 이 남자는 두 번째 남자처럼 말하기를 좋아하지 않고 지나치게 과묵했다. 남자가 말하지 않으면 남자에 대한 상상을 발전시킬 수 없으니 그녀는 더 이상 풍성한 이야기를 만들 수 없다. 다행히 그녀는 전혀 급하지 않았다. 내일도, 모레도, 그녀는 시간이 아주 많았다. 만약 세 번째 남자가 두 번째 남자처럼 여러 번 매점을 드나든다면, 미완의 석상처럼 영원히 입을 다물고 있지는 않을 테니까.

하지만 팡화의 생각이 틀렸다. 세 번째 남자는 그녀의 매점에 오래 드나들 필요가 없었다. 이틀 후, 남자의 목표가 달성됐기 때문이다. 그날, 날이 저물어 어둑해질 무렵 스산한 밤바람이 거리를 휩쓸기 시작할 때 남자의 휴대폰이 울렸다. 그녀는 계산대 뒤편에서 꾸벅꾸벅 졸다가 깜짝 놀라 반사적으로 벌떡 일어섰다. 남자가 침착하게 전화를 받았다.

"잡아놨어?"

수화기 너머에서 뭔가 상황을 보고하는 것 같았다. 세 번째 남자가 만족스러운 듯 미소를 지었다. 이 미소는 그녀가 본 그의 유일한 표정이었다.

"뭘 물어? 당연히 손 봐야지. 아니면 뭐라고 보고해? 그 자식 맷집이 안 좋을 테니 조심해. 괜히 병신 만들었다가 경찰이 끼어들면 골치 아파."

세 번째 남자는 전화를 끊고 천천히 일어나 기지개를 쭉 폈다. 저 사람도 오래 앉아 있는 게 힘들었구나. 어떻든 남자가 홀가분해 보이니 그녀도 기뻤다. 남자가 팔을 쑥 내밀더니 콜라병에 꽂아둔 백합 세

송이를 뽑아들었다. 그리고 녹황색 물을 뚝뚝 떨어뜨리며 매점 밖으로 나갔다.

남자가 꽃을 뽑아들고 나가자 광화도 따라 나가지 않을 수 없었다. 매점 문 앞까지 나간 그녀는 남자의 시선을 쫓아 길 건너편을 바라봤다. 무슨 일인지 왁자지껄 소란스러웠다. 스포츠머리 남자 셋이 장발 남자의 머리카락을 움켜쥐고 아파트 입구를 나선 후 길 한 복판으로 끌고 갔다. 장발 남자는 등에 검은 가방을 메고 있다. 그녀는 그것이 첼로 가방임을 알아봤다. 장발 남자는 그녀가 이달에 좋아했던 두 번째 남자다. 그는 남자들에게 끌려가면서 양 팔을 휘저으며 발버둥 쳤다.

"당신들, 뭐야? 왜 이래?"

스포츠머리 남자 중 한 명이 익숙한 일이라는 듯 자연스럽게 장발 남자의 옆구리에 주먹질을 했다. 장발 남자는 캑캑 거리며 더 이상 말을 잇지 못했다. 스포츠머리 남자들은 두 번째 남자를 길 한가운데까지 끌고 간 후, 넓찍한 길 한복판에서 마구 주먹질을 해댔다. 얼굴에 주먹질을 하고 몸통에 발길질을 하고 무릎으로 아랫도리를 가격했다. 두 번째 남자는 반항을 포기하고 바닥에 엎드린 채 묵묵히 맞았다. 잠시 후 새우처럼 허리를 동그랗게 말고 엉덩이와 허리로 충격이 큰 매질을 막아냈다. 첼로 가방은 그의 발 옆에 나뒹굴었다. 길 양편 몇 미터 떨어진 곳에 자동차 몇 대가 멈춰 있는데 아무도 빵빵 거리지 않고 가만히 매질이 끝나기를 기다렸다.

스포츠머리 남자들의 주먹질이 몇 분 더 이어진 후, 광화 앞에 서 있던 세 번째 남자가 천천히 길 한복판으로 걸어갔다. 그가 걸어가자 스포츠머리 남자들이 뒤로 물러서서 공손히 일렬로 정렬했다. 세 번째 남자가 꽃을 쥐고 흔들며 두 번째 남자 얼굴 앞에 쪼그려 앉았다.

"앞으로 또 야비한 짓 할 거야?"

두 번째 남자가 팔 사이로 내민 얼굴은 피와 온갖 액체로 뒤범벅되어 있었다. 그는 고개를 끄덕이지도 않고 가로젓지도 않았다. 완전히 넋이 나가 모든 표현 능력을 상실한 것 같았다. 세 번째 남자가 손에 든 백합을 흔들며 두 번째 남자를 비웃었다.

"이런 건 뭐 하러 사? 쯧쯧, 쓸데없는 돈지랄은."

세 번째 남자가 백합으로 두 번째 남자의 얼굴을 툭툭 칠 때, 보도블록 끝에 서 있던 평화는 두 번째 남자와 눈이 마주쳤다. 그녀는 깜짝 놀라 무의식적으로 옷깃을 꽉 움켜쥐었다. 너무 당황스러웠다. 그러나 그녀는 시선을 피하지 않고 자신이 좋아했던 두 남자를 계속 지켜봤다. 그 순간 저도 모르게 그녀의 상상 놀이가 시작됐다. 두 남자가 서로 그녀를 차지하려고 이런 상황이 벌어졌다면?

'그럼 난 어떻게 해야 할까?'

그때 세 번째 남자가 백합을 무릎에 걸쳐놓고 곧 시들어 떨어질 꽃잎을 손으로 하나하나 떼어내 한 손에 움켜쥐었다가 두 번째 남자 입속에 쑤셔 넣으려 했다. 스포츠머리 남자 중 하나가 달려 나와 두 번째 남자의 배를 퍽 걷어찼다. 두 번째 남자가 신음하느라 입이 벌어지자 세 번째 남자가 손에 쥔 꽃잎을 통째로 입속에 쑤셔 넣었다. 그리고 벌떡 일어나 입 안 가득 꽃잎을 문 두 번째 남자에게 말했다.

"앞으로 정신 좀 차리라고."

세 번째 남자는 스포츠머리 남자들과 다시 벤츠에 올라탔다. 벤츠는 부릉 하며 자전거 도로를 따라 사라졌다. 사람을 때릴 때는 그렇게 여유롭더니 떠나는 모습은 매우 다급해보였다. 곧이어 도로 양편의 자동차들이 빵빵거리기 시작했다. 두 번째 남자에게 더 이상 길을 막지 말고 빨리 일어나라고 다그치는 것이다. 두 번째 남자는 그들이 바라는 대로 움직이려 했지만 마음처럼 되지 않았다. 보도블록 끝까지 걸어가는 것은 고사하고 몸을 일으키는 것조차 힘들었다.

잠시 후 도로 상황은 다시 정상으로 돌아갔다. 양편에 줄지어 기다리던 차들이 모두 사라진 후, 광화가 도로 건너편에 가봤지만 두 번째 남자는 보이지 않았다. 거리 전체에 그녀만 덩그러니 남겨진 기분이었다.

한바탕 소란이 지나갔다. 하지만 결말만 있을 뿐, 과정은 알 수 없었다. 그로부터 보름 쯤 지났을 때 사람들이 수군거리는 것을 듣고 구타 사건의 내막을 알았다.

어느 덧 11월이다. 북방 도시라 겨울이 빨리 찾아왔다. 가로수는 이미 앙상한 가지만 남았고 온 거리를 뒤덮은 메마른 낙엽이 바람 따라 떠다녔다. 광화는 구타 사건 이후 줄곧 좋아한 남자가 없었다. 그녀는 아직 알 수 없는 두려움 속에 머물러 있었다.

11월의 어느 날, 아주머니 서너 명이 시장에 다녀오는 길에 약속이나 한 것처럼 조미료 사는 것을 깜박해 광화네 매점에 들어왔다. 아주머니들은 누가 먼저랄 것도 없이 경쟁하듯 간장, 소금, 식초 등을 바구니에 주워 담았다.

"2동 5층에 사는 그 여자가 문제였대. 처음 이사 올 때부터 꼴사납게 굴더라니…… 이제 갓 스물 넘은 모양인데 출근도 안 하고 매일 꽃단장하고 나돌아 다니더라고. 엘리베이터에 같이 탔는데 향수를 얼마나 뿌렸는지 냄새가 하루 종일 가더라."

"그 여자 직업이 없는 게 아니라 무슨 오케스트라에서 피리를 분다던데? 매 맞던 남자는 동료인데 진즉에 눈이 맞은 모양이야. 그런데 아주 말도 안 되는 못된 짓을 한 거지. 다른 데서 건축업을 하는 아주 돈 많은 남자를 꼬드긴 모양이야. 그 남자 돈으로 몰래 기생오라비 같은 놈을 키운 셈이지. 돈 많은 남자가 그 사실을 알고 열 받아서 건달들을 데리고 한동안 미행하다가 딱 마주친 거야. 예술 한다는 사람들은 다 그렇게 문란해?"

"예술은 무슨, 천박한 창녀지. 자기들, 그거 모르지? 그 여자한테 남자가 하나 더 있어. 그 남자가 진짜 남편이야."

"뭐? 유부녀란 말이야?"

"그걸 어떻게 알아?"

발언권을 독점한 세 번째 아주머니가 득의양양한 표정을 지었다.

"아파트 입주할 때, 우리 집이랑 그 여자 집 인테리어 업자가 같았거든. 업자랑 같이 그 집에 가서 인테리어 구경을 했는데, 그때 그 여자가 남편과 같이 있었어. 남편은 아주 순박하게 생겼는데 뱃사람이래. 유럽을 오가는 화물선에서 일해서 일 년에 절반 이상 바다에서 산다지? 두 사람 다 지방 출신이라는데, 그 남편은 그 고생해서 집 사고 마누라 생활비 대는데…… 집이고 마누라고 전부 남 좋은 일 시키는 줄은 꿈에도 모를 거야? 그나저나 그 난리가 났으니 앞으로 어찌 될라나 몰라."

"세상에…… 그게 그렇게 된 거였어? 그 여자 양심도 없나?"

"요즘 세상에 그런 인간이 한둘이야?"

아주머니들의 대화는 팡화의 머릿속에서 이리저리 위치를 바꿔가며 마침내 완전한 이야기가 탄생했다. 그녀는 이 이야기를 처음부터 다시 돌아봤다. 하지만 여주인공이 양심 없는 여자도 아니고 남자들이 크게 잘못한 것 같지도 않았다. 그녀의 생각은 전혀 다른 방향으로 향했다. 정말 기막힌 우연이다. 한 여자에 얽힌 세 남자. 팡화가 우연히 만나 좋아한 세 남자가 딱 그 세 남자였다. 그녀는 이 화제의 사건에 직접 참여한 당사자가 된 느낌이 들어 감격스럽기까지 했다. 당장 아주머니들 사이에 끼어들고 싶어 입이 근질근질했다.

"아주머니들이 모르는 게 더 있어요. 그 여자의 첫 번째 남자는 담배를 아주 많이 피우고요, 두 번째 남자는 오케스트라에서 첼로를 연주하고요, 세 번째 남자는……"

그러나 그녀는 결국 입을 열지 못했고 금방 풀이 죽어 우울해졌다. 2동 5층 여자, 팡화는 그 여자가 너무 부러웠다. 자신의 상상 놀이가 다른 사람에게는 현실이었다. 자신은 이 도시에 온 이후로 계속 가짜를 연기하거나 가짜 연기를 구경할 뿐이다.

팡화가 첫 번째 남자를 다시 만난 그날 아침, 마침 첫눈이 내렸다. 말이 눈이지, 사실 얼음 조각이 섞인 겨울비가 휘날리는 상황이라 온몸이 흠뻑 젖어 한기가 뼛속까지 스며들었다. 이날 그녀는 아주 바빴다. 창고에서 석유난로를 끌고 나와 먼저 국물을 만들고 면 삶을 준비를 했다. 국물에 고추, 계란, 다진 고기를 넣었더니 색은 뿌옇지만 눈물이 날 만큼 기막히게 좋은 냄새가 났다. 면은 어제 시장에서 사다뒀다. 건면은 한 근 반만 넣어도 솥 한 가득 불어난다. 고향에서 집집마다 일상적으로 먹던 음식이다. 그녀가 분주하게 움직이고 있을 때 문 열리는 소리가 났다. 그녀는 돌아보지도 않고 툭 한 마디 던졌다.

"왔어요?"

"왔습니다."

등 뒤에서 들린 남자 목소리는 그녀가 기다리는 사람이 아니었다. 얼른 돌아보니 지난 달 좋아했던 첫 번째 남자다. 여전히 거친 얼굴과 두꺼운 머리카락, 헬멧처럼 단단해 보이는 이마, 등 뒤에 여행 가방이 보였다. 그리고 여행 가방 위에 비닐봉지 두 개가 올려져 있다. 그녀의 친근한 인사에 남자도 놀란 것 같았다. 그녀는 부끄러워하며 벌떡 일어나 손에 묻은 물기를 닦았다. 올 사람이 있었다고 해명하려 했지만, 곧 그럴 필요 없겠다 싶었다.

"담배 필요하세요?"

남자가 고개를 끄덕였다.

"싼우는 없어요. 중난하이뿐이에요. 5위안짜리죠? 쎈 거."

남자가 조금 놀랐는지 꼭두각시처럼 어색하게 고개를 끄덕이고 가만히 기다렸다. 남자가 돈을 낸 후 가방을 끌며 돌아서는데 그녀가 갑자기 그를 불렀다.

"저기요."

"무슨 일이오?"

"바다에 나간 지 한 달 만에 돌아왔네요."

"한 달 하고 일주일."

"고생하셨어요."

"이미 익숙합니다."

남자가 순박한 미소를 보이고 건너편 아파트 입구로 걸어갔다. 팡화는 한동안 꿈꾸듯 멍했다. 문득 시간이 반복되는 느낌이었다. 첫 번째 남자가 잠시 등장했다 떠났으니 머지않아 두 번째 남자가 나타나고 세 번째 남자도 곧 오지 않을까? 지난 달 좋아했던 세 남자가 이

번 달에도, 다음 달에도 계속 나타날 것 같았다. 세 남자가 주마등처럼 그녀의 일상에 끝없이 나타날 것 같았다. 세 남자는 한 여자를 사이에 두고 얽힌 사이지만, 팡화는 신경 쓰지 않았다. 그녀에게 중요한 것은 그들을 통해 이 도시를 보다 현실적으로 느끼는 것이다.

하지만 그녀도 이런 일이 불가능하다는 것을 안다. 진눈깨비가 가을바람을 밀어내면서 계절이 완전히 바뀌었다. 그녀가 정신을 차릴 즈음, 다시 문소리가 들렸다. 이번에는 정말 그녀가 기다렸던 사람이다.

이 사람도 남자다. 키는 첫 번째 남자와 두 번째 남자의 중간쯤이고 건장한 체격은 세 번째 남자와 비슷했다. 겉모습만 보면 첫 번째 남자보다 나이가 많은 것 같지만 실제로는 두 번째 남자보다 대여섯 살 많고 세 번째 남자보다 두세 살 어릴 것이다. 그는 여행 가방도 없고, 첼로 가방도 없고, 문 앞을 가로막을 벤츠도 없다. 그는 밤 기차를 타고 이 도시에 돌아왔다. 그의 등에 잠든 아이가 늘어져 있다. 두세 살 쯤 된 아이는 깊이 잠들었는데 숨소리가 왠지 불안해 보였다. 풀무질 하는 것처럼 쌕쌕거리고 낯빛이 푸르스름했다.

"왔어요?"

"응."

"그럼, 면 넣을게요."

"응."

팡화가 일어날 때 남자는 세 번째 남자가 앉았던 의자를 끌어왔고 고개를 축 늘어뜨린 채 솥을 뚫어져라 쳐다봤다. 아이는 아직 남자 등에 엎인 채 몸을 들썩거렸다.

"집에 보리 다 거뒀어요?"

"응."

"우리 부모님한테 돈 보내드렸어요?"

"응."

"둘째 이모부 만났어요?"

"응."

"같이 중의원에 다녀온 거예요?"

"응."

"의원이 뭐래요?"

"응."

"묻는 거잖아요. 의원이 뭐라는데요?"

"선천성 천식이래."

남자가 처음으로 길게 답했다.

"그럼, 뭐 병원이랑 다를 게 없잖아요."

"약 지어왔으니 먹어보고, 안 나으면 그냥 베이징 병원에 가."

"그럼, 좀 지켜봐요."

광화가 아이를 힐끔 쳐다보고 면을 도자기 그릇에 건져 국물을 붓고 남자에게 건넸다. 남자가 아이를 바닥에 내려놓고 계산대 모서리에 기대 앉힌 후 그릇을 들고 기세 좋게 국수를 흡입했다. 두 달 간 정신없이 뛰어다니느라 너무 지쳤고 돈도 많이 깨졌다. 그녀는 옆에 앉아 눈을 내리깔고 잔인하게 자신을 범했던 남자를 바라봤다. 남자는 그녀와 결혼했고 그녀를 데리고 이 도시에 왔고 그녀에게 선천성 천식을 가진 아이를 낳게 했다. 문득 다른 사람 눈에는 자신의 삶이 드라마처럼 보이겠구나 싶었다.

합주

그 2층 방은 어둡지만 따뜻했다. 10제곱미터 크기에 북쪽으로 난 창 하나가 있는데 틈새로 들어오는 바람을 막으려고 왼쪽 절반을 두꺼운 비닐천막으로 가렸다. 이것 때문에 원래 볕이 잘 들지 않는 방이 더 어두웠다. 샤오티가 오후 5시쯤 방에 들어오면 종종 어두컴컴해서 벌써 한밤중 같았다. 동쪽 벽 모서리에 놓인 '싱하이' 피아노, 피아노 악보대에 올려놓은 '산수이' 더블 카세트 녹음기, 문 옆의 서랍장 등이 어둠에 덮였고 창문 아래 스팀, 그 옆에 세워놓은 악보 보면대도 흐릿했다. 펼쳐 놓은 악보는 물을 쏟았는지 꽃송이처럼 말렸다. 전깃줄을 당겨 머리 위에 덩그러니 달려 있는 40와트 백열등을 켠 후에야 방 안 풍경이 제대로 보였다. 가끔 날씨가 아주 좋은 날에는 석양이 길게 드리워 시멘트 바닥에 붉은 빛을 흩뿌렸다. 이때 창 앞에 서면 구구 지저귀며 고요하다 못해 처연하게 하늘을 날아가는 비둘기 떼를 볼 수 있다. 1996년 베이징의 하늘은 이런 모습이었다.

자오샤오티는 이제 열일곱이지만 바이올린 경력 연수가 벌써 두 자 릿수다. 처음에는 오케스트라 바이올리니스트인 어머니가 직접 가르 쳤는데 아들의 남다른 재능을 발견한 뒤로 가정교습을 중단하고 뛰 어난 스승을 찾아다녔다. 그의 스승 중에는 국립관현악단 수석 바이 올리니스트도 있고 명성이 자자한 음악대학 교수도 있었다. 그러나 그의 실력이 향상될수록 어머니의 기대가 점점 높아졌고 더불어 교 육 방식도 더욱 엄격해졌다. 고등학교 2학년이 되자, 어머니는 숙제를 면제해주도록 학교를 설득하고 이 기숙사 건물에 연습실을 얻어 매일 저녁 3시간씩 연습에 매진하도록 했다. 이곳은 오케스트라 젊은 단원 들의 기숙사로 늦은 시간까지 연습하는 사람이 많아서 다른 사람 눈 치를 볼 필요가 없었다.

이 방 주인은 젊은 지휘자인데 갓 서른에 벌써 이마가 훤해졌다. 많 지 않은 머리카락을 길게 길러서 걸음이 빨라지면 마치 혜성처럼 보 였다. 똑똑한 머리에는 털이 안 난다더니, 이 사람은 확실히 계산이 빨랐다. 결혼과 동시에 처가살이를 시작했고 이 방을 몰래 세놓아 돈 을 벌고 있다. 그는 샤오티 어머니와 동료이지만 방값을 흥정할 때 전 혀 물러섬이 없었다. 매일 3시간 사용하는 것뿐인데 월세를 500위안 이나 요구했다. 하지만 샤오티가 사나흘에 한 번씩 찾아가는 음악계 명사들의 레슨비에 비하면 이 돈은 정말 아무것도 아니었다. 그저 어 머니가 샤오티에게 연습을 독려할 때 사용하는 수많은 핑계 중의 하 나일 뿐이었다.

"돈은 크게 중요한 게 아니야. 하지만 시간은 절대 낭비해선 안 돼. 전국 청소년 콩쿠르가 코앞이야. 알지? 이번 콩쿠르가 중앙음악학원 입학에 얼마나 중요한지."

샤오티는 어머니의 독려를 받으며 이곳에서 이미 수많은 저녁 시간을 보냈다. 그는 매일 흐리멍덩한 상태로 이 방에 들어와 습관적으로 불을 켜고 바이올린 연주를 시작했다. 돈트 바이올린 연습곡을 시작으로 바흐 카프리치오, 모차르트, 차이콥스키 등을 손가락에 쥐가 날 때까지 연주했다. 그는 더 이상 못하겠다 싶을 때 적당히 자신을 위로하기 위해 가방에서 말보로를 꺼내 한 대 피웠다. 담배는 현재 그의 삶에 있어 유일한 탈출구다. 아마 부모님도 이미 알고 있는데 모른 척하는 것이리라. 지금 부모님은 아들이 성공적으로 중앙음악학원에 입학해 지금까지 투자한 시간과 돈을 헛되지 않게 하는 일이 무엇보다 중요했다. 이런 대의에 영향을 끼치는 일만 아니라면 어떤 일이든 관대할 수 있었다.

그는 담배를 피울 때 종종 반쪽 창가에 기대 아래층을 내려 보며 복도에 지나다니는 사람을 구경했다. 작지만 건장한 체격의 남자 관악기 연주자가 종소리처럼 우렁찬 목소리로 대화하고, 방금 연주를 마친 여자 현악기 연주자가 블랙 스완을 연상시키는 검은 드레스를 입은 채 서둘러 식당으로 향했다. 아마도 마지막으로 쪄낸 바오쯔를 사수하기 위함이리라. 그는 문득 지독히 외로웠다. 오랜 시간 수없이 반복해온 이 고독, 이제 발버둥 칠 힘도 없다.

그런데 샤오티의 삶에 극적인 변화가 생겼다. 그날이 정확히 언제인지 자신도 잘 기억나지 않았다. 기억을 되짚어보면 시작은 확실히 겨울이었다. 원래 어두운 방이 유난히 더 어둡고 창밖에 북풍이 귀신 울음 소리를 내며 몰아치던 날, 기숙사로 향하는 샤오티도 울고 싶을 만큼 너무 추웠다. 그는 파가니니의 「무궁동」을 몇 번이나 반복한 후 담배를 꺼냈다. 폭풍 같은 연주의 여운으로 손가락이 계속 미세하게 떨려 담배 연기가 추상화처럼 기묘하게 찌그러졌다. 스팀 난방으로 실내 공기가 탁해 머리가 아팠다. 맑은 공기를 쐬러 창문을 여는 순간 불꽃처럼 빛나는 주황빛 물체가 눈에 들어왔다.

홍시다. 바깥 시멘트 창틀에 전혀 생각지도 못한 홍시 세 개가 놓여 있었다. 가로등 불빛을 받아 투명하게 반짝이는 홍시가 마치 살아 움직이는 것처럼 보였다. 샤오티는 왠지 만지면 안 될 것 같다는 생각이 들었다. 그것이 움직이고, 소리를 지르고, 말을 할 것 같았다. 이어지는 생각은 당혹스러움이었다. 이 홍시가 도대체 어디에서 튀어나왔을까? 어제까지만 해도 분명히 없었다. 그렇다면 어제 그가 돌아간 후에 누군가 갖다놓은 것이니, 어제 밤이거나 오늘 오전이다.

이렇게 밝고 선명한 빛은 이 방에 들어온 지 두 시간 만에 처음이다. 갑자기 뇌가 되살아나는 느낌이었다. 그는 이 홍시가 도대체 어떻게 된 것인지 깊이 생각해봤다. 방주인은 절대 아닐 것이다. 그 지휘자가 예전에 쓸모는 없지만 버리기 아까운 압력솥을 저기 서쪽 벽 모서리에 두고 간 적이 있지만, 여기에 언 홍시를 갖다 둘 이유가 전혀 없다. 더구나 왜 굳이 창틀에 내놓는단 말인가? 그렇다면 이 방 열쇠를 가진 제3의 인물이 존재할 가능성이 높다. 이 가설은 다시 지휘자를 향했다. 그가 이 방을 샤오티에게 빌려준 시간은 오후 5시에서 8시까지다. 그렇다면 다른 시간에 또 다른 사람에게 빌려주지 못할 이유가 없다.

제3의 인물이 이 방을 빌린 이유는 십중팔구 연습실로 사용하기 위함일 것이다. 시간을 나눠 공유하는 공간이니 주거 용도는 아닐 것이다. 더구나 이 방에는 잠을 잘 침대도 없다. 오케스트라 단원 중에 과외 교습을 하는 사람이 많아 이곳에 드나드는 학생이 많았고 샤오티처럼 연습실이 필요한 학생도 적지 않았다. 이쯤 되니 그의 추론은 점점 흥미로워졌다. 그렇다면, 홍시 주인은 어떤 악기를 다루는 사람일까? 바이올린이나 첼로 혹은 관현악기일 가능성은 거의 없다. 이런 악기는 모두 악보 보면대가 필요하다. 그런데 창문 앞 악보 보면대에 어제 샤오티가 펼쳐놓은 악보가 그대로였다. 그는 힐끗 곁눈질을 하며 옆을 확인했다. 역시, 뽀얗게 내려앉은 먼지가 깨끗이 사라진 검은 피아노가 은은하게 빛나고 있었다.

이제 보니 그의 룸메이트는 피아노 전공자였다. 크게 대단한 추론은 아니지만 그는 중요한 단서를 잡은 탐정처럼 뿌듯한 미소를 지었다. 그 사람이 몇 살인지, 여자인지 남자인지, 어디 소속인지, 피아노는 얼마나 잘 치는지 등도 궁금했지만 더 이상 추론을 이어갈 단서가 없었다. 오늘의 뜻밖의 발견이 혹독한 연습 중에 잠시 즐긴 게임이라면, 이제 게임을 끝내야 할 시간이다. 그는 창밖으로 담배꽁초를 던지고 다시 바이올린을 들었다.

계속해서 파가니니의 「무궁동」을 연주했다. 수없이 반복했지만 한 번 더 반복했다. 이 곡으로 콩쿠르에 참가하기 위해 익히려면 몇 번을 반복해도 부족했다. 그런데 절반쯤 연주하다 갑자기 멈췄다. 그의 머릿속에 새로운 생각이 떠올랐다. 혹은 새로운 게임일 수도 있다. 만약 이 제3의 인물이 내일도 온다면? 만약 홍시가 줄어들거나 사라진 것을 보면 그 혹은 그녀는 무슨 생각을 할까?

이렇게 생각하니 갑자기 배가 고팠다. 사실 배고플 시간이다. 매일 학교 수업이 끝나면 곧바로 이 방에 와서 저녁 8시까지 연습을 하다가 집에 가야 밥을 먹을 수 있으니 이 시간에 배고픈 것이 당연했다. 그는 다시 창문을 열고 몸을 비틀고 손을 뻗어 홍시 세 개를 하나하나 집었다. 홍시는 껍질이 매끈했지만 얼음처럼 차갑고 단단해서 바로 입에 넣을 수 없었다. 하지만 크게 어려운 문제는 아니었다. 그는 홍시를 스팀 위에 올려놓았다.

오늘 「무궁동」 연습이 끝났고 홍시는 금방 녹았다. 샤오티는 홍시 하나를 들어 이빨로 작은 구멍을 내고 호로록 소리를 내며 빨아들였다. 정말 달고 맛있었다. 첫 번째 홍시가 순식간에 납작해지면서 껍질만 남았다. 곧바로 두 번째 홍시를 집어 들었고, 역시 금방 납작해졌다. 세 번째 홍시는 다행히 살아남았다. 배가 불러서가 아니라 좀 너무했다는 생각이 들었기 때문이다. 깡그리 다 먹어치우는 것은 좀 아니지? 하나 정도는 남겨둬야지. 그리고 세 번째 홍시는 아직 다 녹지 않아 살얼음이 끼어 있었다. 괜히 먹었다가 배탈이 날지도 모른다.

샤오티는 두어 번 트림을 하고 담배를 물었지만 결국 피우지는 않았다. 입안에 맴도는 달콤한 여운을 파괴하고 싶지 않았다. 방을 나서기 전에 가방에서 공책 한 장을 찢어 펜으로 한 자 한 자 적었다.

'미안합니다. 당신 홍시를 먹어버렸어요.'

그는 한 개 남은 홍시를 원래 자리에 되돌려놓고 그 밑에 쪽지를 끼워 넣었다. 그는 기숙사 건물 밖으로 나간 후 저도 모르게 고개를 돌려 창틀에 놓인 홍시를 확인했다. 가로등 불빛이 그의 그림자를 늘였다 줄이고, 줄였다 늘이고를 수없이 반복하는 동안 그의 입가에서 미소가 떠나지 않았다. 집에 돌아온 후에는 다시 일상적인 저녁으로 돌아갔다. 어머니가 오늘 바이올린 연습에서 특별한 깨달음이나 수확이 없었는지 묻고 주말에 레슨 받으러 가야 하니 절대 늦으면 안 된다고 몇 번이나 강조하고 자기 전에 그의 손을 뜨거운 물에 마사지하도록 했다. 이날 샤오티는 왠지 모르게 계속 기분이 좋았다. 오랫동안 그를 휘감았던 깊은 외로움이 한순간에 사라졌다.

　다음날 오후, 샤오티는 연습실에 들어서자마자 날카로운 눈빛으로 변화를 살폈다. 책가방과 바이올린 가방을 내려놓고 작은 방안을 돌았다. 한 바퀴, 두 바퀴, 세 바퀴. 그는 자기도 모르게 경찰견처럼 코까지 킁킁거렸지만 낯선 사람의 향기는 전혀 느껴지지 않았다. 방안의 물건은 모두 제자리에 있었다. 의자와 피아노는 여전히 평행한 위치였고 산수이 카세트 녹음기의 안테나도 어제처럼 사선으로 기울어져 있었다.

　어젯밤에 남겨놓은 홍시 한 개도 창틀에 그대로였다. 유리창 너머로 희미한 석양과 함께 주황색 등불이 비쳤다. 그는 실망스럽게 한숨을 내쉬었다. 아무래도 아무도 안 왔나보다. 그가 어젯밤 나가서 오늘 다시 들어오기까지 이 방은 계속 비어 있었던 것이다. 이 방에는 여전히 그 혼자다. 혹시 제3의 인물이 어제 다른 일이 있어 연습하러 오지 않은 것일까? 아니면 어제로 이 방 사용 계약이 끝났나? 그래서 남은 홍시를 샤오티에게 기념으로 주고 간 것일까?

　그는 갑자기 거부할 수 없는 고독이 밀려와 말보로를 물었다. 그런데 보이지 않는 메마른 손이 목을 조르는 것처럼 숨쉬기가 힘들었다. 그는 잠시 멍하니 창문에 기댔다가 허리를 굽혀 천천히 바이올린 가방을 열었다. 바이올린 턱받침에 두꺼운 굳은살이 밴 아래턱을 올렸다. 시간을 헛되이 흘려보내선 안 된다. 그 시간이 아무리 무미건조하다 해도.

　이날 「무궁동」 연습은 엉망진창이었다. 중요한 부분에서 아티큘레이션이 매끄럽지 못하고 늘 자신 있었던 음정도 불안했다. 만약 어머니가 들었다면 손가락으로 탁자를 두드리며 차갑게 그를 쩨려봤을 것이다. 그러나 그는 고집스럽게 끌고 나갔다. 그 자신도 이 지리멸렬한 바이올린 소리가 싫었지만 왠지 멈추기가 두려웠다.

날이 완전히 어두워진 후에야 여태 불을 켜지 않은 것이 생각났다. 전깃줄을 당기자 창밖의 홍시가 머리 위에 달린 백열등처럼 은은하게 빛났다. 그 아래 끼워놓은 어제 남긴 쪽지가 바람결에 미세하게 팔랑거렸다. 그는 그 홍시를 다시 보자 갑자기 화가 났다. 뜬금없이 억울한 생각이 들었다. 그리고 배가 고팠다.

마지막 홍시도 결국 납작해졌다. 샤오티는 홍시를 먹은 후 어제 남긴 쪽지를 구겨버렸다. 이 홍시는 애초에 불청객이었다. 깨끗이 없애버리면 다시 마음을 가라앉히고 연습에 집중할 수 있겠지. 그는 분풀이하듯 홍시 껍질을 창밖으로 내던지고 구겨진 쪽지로 손을 닦으려다가 멈칫했다.

쪽지에, 어제 그가 남긴 글씨 아래에, 다른 사람의 글씨가 보였다. 가늘고 힘이 없어 금방이라고 획 날아갈 것처럼 연약하고 아름다운 글씨체였다. 하지만 그 문구의 어조는 아주 강경했다.

'정말 싫어!'

문구 뒤에 그린 굵은 느낌표가 매우 강렬했다. 샤오티 머릿속에 가장 먼저 떠오른 생각은 이 글씨의 주인이 여자라는 사실이다. 두 번째 생각은 그녀가 사라진 홍시 두 개 때문에 진심으로 화난 것이 아니라는 것이다. 그녀의 말투는 강력한 항의가 아니라 여자애들 특유의 애교 섞인 삐죽거림이었다. 학교에서 특히 인기 있는 여학생들의 말투와 아주 비슷했다. 남자들이 땋은 머리를 잡아당기거나 짓궂은 농담으로 놀리면, 여자애들이 대부분 얼굴이 빨개지면서 '정말 싫어!'라고 소리를 질렀다. 그런데 잘 들어보면 콧소리가 섞였고 마지막 한 글자는 아주 길게 늘어지고 눈빛도 미묘했다. 아직 능숙하지는 않지만 그 눈빛은 상대의 마음을 설레게 하기에 충분했다. 그러나 그는 학교에서 이런 경험을 해본 적이 한 번도 없었다. 바이올린 연습과 어머니의 엄격한 관리에 갇혀 그는 점점 말을 잃어갔고 그 침묵이 그를 더 외롭고 소심하게 만들었다. 그는 늘 마음속에 하고 싶은 말이 너무 많은데 말할 상대를 찾지 못했다.

이런 상황에서 쪽지에 쓴 글자를 보니 왠지 모르게 흥분됐다. 은밀한 방에서, 은밀한 방법으로 외부 세계와 은밀한 관계를 맺는다니! 그는 '정말 싫어'라는 문구를 되뇌며, 이것을 소리로 바꾸면 어떤 음일까 상상해봤다. 그는 쪽지를 움켜쥐고 성큼성큼 방안을 맴돌았다. 샘솟는 영감에 휩싸여 광란에 빠진 베토벤처럼. 그는 머리카락을 움켜쥐고 괴로워하다가 다시 담뱃불을 붙였다. 한 모금 깊게 빨아들였다가 온 몸을 비워내듯 길게 '후' 하고 내뱉었다.

어떻게 해야 이 관계를 계속 이어갈 수 있을까? 지금 샤오티 머릿속은 온통 이 생각뿐이다. 파가니니는 최초에 「무궁동」을 어떻게 연주하게 됐을까? 어쩌면 생각한 것처럼 그렇게 어려운 일이 아닐지 모른다. 그는 생각을 정리한 후 바이올린을 들고 다시 연주를 시작했다. 방금 전보다 손가락 움직임이 유연해서 음 하나하나가 정확하고 우아하게 이어졌다. 이번 연주는 스스로 생각해도 정말 놀라웠다.

다음 날 오후, 샤오티는 평소보다 30분 늦게 연습실에 도착했다. 그의 손에는 바이올린 가방 외에 묵직한 비닐봉지가 들려 있었다. 그는 창문을 열고 비닐봉지에서 홍시를 꺼내 차가운 창틀에 쌓아올렸다. 하나, 둘, 셋…… 홍시 개수는 세 개가 훨씬 넘었다. 학교 수업이 끝나고 연습실 오는 길에 시장에 들러 과일 가게에서 제일 크고 속이 꽉 찬 홍시 10개를 골랐다. 가격이 만만치 않았지만, 앞으로 2주 정도 담배를 안 피면 된다. 차곡차곡 쌓인 홍시 무더기가 조금 비뚤긴 했지만 피라미드 모양이 됐다. 불빛이 비추자 제법 큰 불꽃이 일렁이는 것 같았다. 그는 일렁이는 불꽃 앞에서 바이올린을 연주하며 또 다른 망설임에 빠졌다. '그녀'에게 다시 쪽지를 남겨야 하지 않을까? 그러니까, 미안하다는 말이라도 해야 하지 않을까? 그녀에게 꼭 홍시를 먹으라고 권하면서 '걱정 말고 먹어요. 실컷 다 먹어요. 안 먹으면 내가 너무 미안하니까요'라고 쓰면 어떨까?

연습실을 떠나는 순간, 결국 이 생각은 머릿속에서 밀려났다. 샤오티는 겨우 열일곱이지만 말이 모든 진심을 전할 수 없음을 잘 알았다. 상대방이 그의 사과를 받아들이든 말든, 그가 사온 홍시를 먹든 말든, 어차피 그들의 관계는 이렇게 단순한 예의 수준을 벗어날 수 없을 것이다. 다시 말해, 구체적인 변명을 늘어놓는 순간 그들의 관계는 깊어지는 것이 아니라 그대로 종료될 것이다. 그는 절대 이렇게 끝내고 싶지 않았다. 그러려면 조용히 홍시를 원래 자리에 놓아두고 상대방이 스스로 생각하고 추측하도록 해야 한다. 만약 상대방도 스스로 생각하고 추측하기 시작한다면 상황이 완전히 달라질 것이다.

샤오티는 기숙사 건물을 나서면서 어제처럼 돌아서서 홍시를 확인했다. 그는 2층 창틀에 타오르는 불꽃같은 홍시를 뚫어져라 쳐다봤다. 개수는 물론 쌓아올린 모양까지 절대 잊지 않겠다는 마음으로. 집에 돌아와 밥을 먹고 씻는데 행동이 매우 빨라졌다. 심지어 말하는 속도까지 빨라졌다. 어머니가 이상하다는 듯이 물었다.

"무슨 좋은 일 있었어? 막히던 부분이 해결됐어?"

그는 이렇다 저렇다 말이 없었다. 사실 어머니에게 말할 수 없는 일이기도 했다. 그는 그저 시간이 빨리 지나가 바이올린 연습실에 들어서는 순간이 빨리 돌아오기를 바랄 뿐이었다.

다음 날, 샤오티는 연습실에 들어서자마자 창가로 달려갔다. 홍시 무더기는 피라미드 모양 그대로인데 자세히 보니 미세한 변화가 있었다. 그는 숨죽인 채 홍시 개수를 셌다. 9개다. 한 번 더 세어봤다. 역시 9개다. 그렇다면 제3의 인물, '그녀'가 홍시를 먹었다는 뜻이다. 그녀의 위는 글씨처럼 여리고 작은가보다. 겨우 하나 먹고 끝이라니. 이것 말고 그가 추측할 수 있는 정보가 또 있을까? 그녀는 개수가 더 많아져 되돌아온 홍시를 발견했을 때 어떤 표정이었을까? 크게 놀랐을까, 아니면 빙그레 웃었을까? 혹시 그녀가 그의 행동을 일종의 '시위'로 생각하지 않았을까? 그렇다면 그녀도 또 다른 '시위'를 보여줄까?

주위를 둘러보던 그는 이 공간의 새로운 변화를 발견하고 놀라움과 기쁨을 감출 수 없었다. 피아노뿐 아니라 창틀, 악보 보면대, 서랍장을 뒤덮었던 먼지도 모두 깨끗이 닦여나갔다. 심지어 스팀 난방기 윗면도 깨끗했다. 전깃줄을 당기자 방안의 모든 물건에 희미한 불빛이 어른거렸다. 방안이 깨끗해지니 공간이 더 넓어 보이기까지 했다. 혹시 이것이 그녀의 '시위'일까? 그녀는 샤오티와 홍시를 공유했듯 깨끗한 공간을 공유하고 싶은 것일까? 만약 이것만으로 그 뜻이 분명치 않다면, 그 뜻을 증명할 또 다른 증거가 있다. 피아노 앞 나무 의자에 놓인 콜라 캔으로 만든 담배 재떨이. 캔 윗부분을 잘라내고 일정한 간격으로 가위질 해 알루미늄을 바깥으로 펼쳐, 꼭 만개한 꽃 같았다. 그녀는 그가 남기고 간 담배 냄새를 맡고 이 선물을 준비했을 것이다. 이것은 애초에 그를 위해 준비한 것이니 며칠 전 홍시와 의미가 크게 달랐다.

두 사람은 만난 적은 없지만 이 연습실을 통해 이미 특별한 감정을 나눴다. 이것은 여지없이 명백한 사실이다.

그렇다면 샤오티는 이제 「무궁동」을 연주하면서 새로운 문제를 생각해야 한다. 그녀는 몇 살일까? 뚱뚱할까, 날씬할까? 어떻게 생겼을까? 그의 머릿속에서 이런 생각이 꼬리에 꼬리를 물고 끊임없이 샘솟았다. 그는 어렸을 때 읽었던 '우렁각시' 이야기가 생각났다. 그녀는 우렁각시처럼 그를 위해 청소를 하고 먹을 것을 준비해줬다. 그녀의 관심과 배려를 크게 느낄수록 그녀에 대한 호기심이 더 깊어졌다. 우리는 만나야 할까? 우리는 만날 수 있을까?

샤오티는 연습을 마치고 평소처럼 가방을 메고 전깃불을 끄고 방문을 나섰다. 그는 문 앞에서 한동안 망설이다가 계단을 내려가지 않고 반대로 반 층 올라가 계단이 꺾이는 어두운 곳에 자리를 잡았다. 그녀를 기다리기로 했다. 딱 한 시간만. 만약 그녀가 그 안에 오지 않으면 바로 집에 돌아가야 한다. 어머니의 관리가 매우 엄격하기 때문에 너무 늦으면 안 된다. 가는 길에 뭘 좀 사먹고 운동장에서 좀 뛰고 왔다고 거짓말을 하더라도 한 시간 이상이면 분명히 어머니가 의심할 것이다. 어쩌면 도둑이 제 발 저리는 것일 수도 있지만.

이곳 복도는 전혀 안락하지 않았다. 무료함을 견디다 못한 성악가들이 화장실과 샤워실에서 뜬금없이 목청 높여 발성 연습하는 소리가 수시로 들려오고 온갖 썩은 내와 똥 냄새가 그의 코를 찔렀다. 3층 복도 끝 방에서 남자 서넛이 모여 포커를 치면서 고래고래 소리를 질렀다. 양고기 샤브샤브를 먹기 딱 좋은 계절을 맞이해 어느 집 문 앞에 저장배추를 준비해놨는데 누군가 배추 두 포기를 슬쩍 해간 모양이다. 배추 주인 여자가 크게 분노해 20분 넘도록 고래고래 소리를 질렀다.

샤오티가 몸을 숨긴 곳에는 온갖 잡동사니가 쌓여 있었다. 낡은 구두, 빈 병이 담긴 마대, 낡은 단문형 냉장고, 무릎 높이의 장아찌 항아리까지. 이 잡동사니들은 매복에 도움이 되는 방패막이지만 냄새가 너무 지독해서 참기 힘들었다. 잠시 후 그는 참다못해 담뱃불을 붙이고 페인트칠이 떨어져나간 벽에 비스듬히 기댔다. 이때 두꺼운 털 카디건을 입은 남자가 계단을 내려오다가 샤오티 입에 물린 담배를 보고 자연스럽게 걸음을 멈췄다. 그리고 못마땅한 듯 묵직하고 짧은 '음' 소리를 내고, 빠른 걸음으로 휙 지나갔다. 다른 사람 눈에는 지금 샤오티가 여자를 쫓아다니며 남의 집 앞을 서성거리는 불량 청소년으로 보일 것이다. 그는 이 상황이 우습기도 하고 황당하기도 했다. 자신은 한 번도 그런 짓거리를 한 적이 없고, 지금도 그런 짓거리가 아니다. 그럼, 지금 이 행동은 뭐지?

계단에 쪼그려 기다리는 시간이 길어질수록 점점 당황스럽고 불안했다. 도대체 무슨 근거로 자신이 떠난 후 그녀가 연습실에 올 것이라고 확신했을까? 다음날 오전일 수도 있는데? 그는 낮에 학교에 가야 하는 고등학생이다. 자기 생활 패턴으로 다른 사람 상황을 추측하는 것은 일방적이고 단순한 생각이다.

사실 지금 그는 당황스러움보다 두려움이 더 컸다. 그녀가 지금 당장 2층 계단 앞에 나타날지도 모른다고 생각하니 심장이 북을 두드리는 것처럼 쿵쾅거렸다. 과연 그녀와 인사할 수 있을까? 인사를 한 후에 또 무슨 말을 해야 하지? 만약 그녀가 먼저 알아본다면 어쩌면 그는 바보처럼 후다닥 도망가버릴지도 모른다. 랜선 연애가 현실에 나오자마자 바로 죽어버리는 것처럼. 샤오티는 자신과 그녀가 서로 마음이 통하는 사이가 됐지만 이 관계가 만나지 않을 때만 유효하다는 사실을 깨달았다. 만약 같은 시간에, 같은 공간에서 마주하게 된다면 완벽한 타인일 것이다.

그는 냉정한 현실을 깨닫는 순간 깊은 절망에 빠졌다. 두어 번 그냥 도망치고 싶다는 생각이 들었지만 가까스로 참아냈다. 그는 초조한 마음으로 시계를 힐끗 쳐다봤다. 벌써 6시 50분이다. 아주 긴 시간이 흐른 것 같은데, 아직 한 시간도 안 됐어? 그래, 딱 한 시간만 채우고 가자. 그래야 자신에게 당당하고, 최소한 잠들기 전에 자신이 쓸모없는 인간이라는 생각이 들지 않을 것이다.

6시 50분에서 7시까지 그 길고도 짧은 10분이 드디어 끝났다. 샤오티는 실망과 홀가분함을 동시에 느끼며 몸을 일으켰다. 어깨로 벽면을 스치며 걸음을 옮기려는데 바로 그때 1층 계단 입구에서 가벼운 여자 발걸음 소리가 들려왔다. 희미했던 발소리가 점점 또렷하고 커졌다. 발소리가 2층 복도 입구에서 멈췄다. 그녀가 살짝 고개를 돌리는 순간, 그녀보다 조금 높은 곳에 서 있던 샤오티와 눈이 마주쳤다.

너무나 갑작스러운 만남이었다. 샤오티가 한 시간 동안 가다듬었던 마음의 준비가 한순간에 물거품이 됐다. 그는 '그녀'라는 강한 빛에 노출된 필름처럼 갑작스럽게 존재가 발각됐지만 동시에 그녀의 존재를 확인할 수 있었다. 예상대로 그녀는 그와 비슷한 나이였다. 그 나이 여학생 치고 조금 나이 들어 보이는 갈색 체크 코트를 입고 코트 앞깃까지 땋은 머리가 늘어졌다. 얼굴이 하얀 편은 아니고 추운 날씨 탓에 광대뼈 위가 빨개졌다. 그녀의 눈빛은 상대방 생각을 모두 간파할 것처럼 날카로웠다. 하지만 그는 그녀의 얼굴을 절반밖에 보지 못했다. 코 아래 부분은 두꺼운 마스크로 가려져 있었다. 감기에 걸렸나? 아니면 요즘 날씨가 건조하고 먼지가 많아서 그런가?

샤오티는 긴장해서 목젖이 파르르 떨릴 뿐, 아무 말도 할 수 없었다. 자기도 모르게 이상한 소리를 낼까봐 입도 뻥끗하지 못했다. 다행히 이 만남은 아주 짧았다. 아마도 그녀는 지나가다 문득 계단 위쪽에서 인기척이 느껴지자 반사적으로 발걸음을 멈춘 것이리라. 그녀는 그를 알아보지 못했다. 그가 삐딱하게 벽에 기대 담배를 피우고 있었기 때문에 고난도 「무궁동」을 연습하는 바이올리니스트라고는 생각지 못했을 것이다. 그녀는 다시 가벼운 발걸음을 옮겨 눈 깜짝할 사이에 그의 시야에서 사라졌다. 잠시 후 철컹 자물쇠 소리가, 곧이어 문이 닫히는 소리가 들렸다. 그리고 조금 후에 그 연습실에서 아름다운 피아노 선율이 흘러나왔다.

샤오티는 피아노에 문외한이라 지금 그녀가 연습하는 것이 무슨 곡인지 잘 몰랐다. 그러나 속도와 음계의 폭으로 보아 난이도가 꽤 높은, 전문 연주가가 현란한 기술을 선보이기 위해 만든 곡이 분명했다. 어쩌면 그녀도 그처럼 곧 열리는 콩쿠르에 출전하려는 것일까? 매년 이 시기가 되면 전국 각지의 수많은 음악 신동들이 베이징에 몰려들었다. 음악대학 혹은 유명 오케스트라 부근 호텔이나 여관에 부모와 함께 머물면서, 음악계의 명사들에게 레슨을 받으려 어마어마한 돈을 갖다 바쳤다. 지난 몇 년 혹은 십수 년 공들여 쌓아온 실력을 이번 콩쿠르에서 유감없이 발휘하기 위함이다. 음악 신동들은 대부분 폐쇄적인 삶을 살기 때문에 서로 교류가 거의 없다. 샤오티도 같은 스승에게 레슨 받는 다른 학생을 전혀 모른다. 하지만 심리적으로는 다른 친구들에 비해 확실히 친근하고 익숙한 느낌이다. 아마도 다들 그와 비슷한 고독을 견디고 있기 때문이리라.

샤오티는 그녀의 피아노 연주를 듣다가 넋이 나가는 바람에 꽤 많은 시간을 흘려보냈다. 그는 연주곡이 끝나고 복도가 갑자기 조용해지자 퍼뜩 정신이 들어 도망치듯 계단을 뛰어 내려갔다. 내일 다시 오면, 창틀의 홍시가 또 하나 줄겠지? 그는 찬바람을 맞으며 집으로 가는 내내 이런 생각에 빠졌다.

샤오티는 다음 날에야 바이올린이 없다는 사실을 알았다. 전날 집에 돌아와 문을 열고 들어서자 식탁에 차려놓은 다 식은 음식이 보였고, 곧바로 어머니 잔소리가 날아왔다.

"왜 이렇게 늦었어? 도대체 어딜 쏘다닌 거야?"

어머니가 식은 음식을 다시 찜통에 넣으며 말했다.

"너, 이 자식, 제정신이야? 콩쿠르가 보름도 안 남았는데 어떻게 그렇게 태평해? 지금 이게 어떤 상황인지 몰라? 만약 콩쿠르에서 입상 못해서 중앙음악학원에 못 들어가면 지난 세월이 다 물거품이 되는 거야! 그럼 다른 학생들이랑 같이 대입시험을 치러야겠지. 음악 말고 다른 대학은 붙은 거 같아?"

'다른 대학에 붙지 못하는 이유가 뭔데? 당신이 바이올린 연습하라고 억지로 교양과목 수업 듣지 말고 숙제도 하지 말라고 해서 그런 거 아니야? 이 도박은 내가 아니라 당신이 결정한 거잖아!'

샤오티는 마음속으로 이렇게 반항했지만 결국 입 밖으로 꺼낸 말은 전혀 달랐다.

"오늘, 연습이 길어졌어요. 몇 군데가 잘 안 풀려서, 계속 반복하느라……"

어머니 표정이 갑자기 온화해졌다.

"그래도, 너무 늦으면 안 되지. 콩쿠르 전에 너무 무리하지 말아야지. 그리고 다른 사람이 연습실 사용하는 거 방해하면 안 되니까."

샤오티는 가슴이 쿵 내려앉았다. 어머니는 그 연습실을 사용하는 사람이 더 있다는 것을 알고 있었다. 오랫동안 자신만 몰랐다니. 그는 조용히 밥을 먹은 후 줄넘기를 들고 운동하러 밖으로 나갔다. 집에 돌아와 씻고 뜨거운 물로 손 마사지를 하고 침대에 누워 마지막으로 CD를 틀고 하이페츠Heifetz와 무터Mutter가 연주하는 「무궁동」을 구분하는 연습을 했다. 이것은 매일 밤 잠들기 전에 치러야 하는 일종의 의식이었다. 그는 멍하니 기계적으로 의식을 치르느라 뭔가 이상한 것을 전혀 눈치 채지 못했다.

다음 날 등교해서 대충 수업을 때우고 집으로 돌아가 바이올린을 챙기려는 순간, 그제야 자기 방 책장 두 번째 칸이 비어 있음을 알았다. 그는 매일 밤 잠들기 전, 늘 같은 자리에 바이올린 가방을 올려뒀다. 다음 날 오후, 집에 들러 최대한 빨리 들고 나갈 수 있도록. 그의 스트라디바리우스는 독일제 최상급 모조품이다. 이게 도대체 어디 갔지? 샤오티는 온몸이 굳고 식은땀까지 났다. 머리를 쥐어짜며 시간을 돌려 한 장면 한 장면 기억을 더듬었다. 어젯밤 잠들기 전, 확실히 바이올린이 제자리에 있는지 확인하지 않았다. 조금 더 시간을 되돌려 집에 들어설 때, 그때도 들고 있지 않았다. 다시 시간을 돌려 기숙사 건물에서 나올 때, 그때도 빈손이었다. 한순간 너무 어이없어 웃음이 났다. 거의 하루가 다 지나도록 바이올린이 없어진 줄도 몰랐다니. 어떻게 어머니도 눈치 채지 못했을까? 이 바이올린은 지금 샤오티 가족에게 가장 중요한 물건인데, 어떻게 아무도 알아차리지 못했을까?

다행히 샤오티는 아직 이성적인 추론이 가능했다. 어제 매복했던 그 기숙사 계단에 바이올린을 놓고 왔을 가능성이 가장 컸다. 어젯밤 정신없이 뛰어나올 때 여학생 문제만 생각하느라 바이올린 챙기는 것을 잊은 것이다. 한마디로 전쟁터에 나가는 병사가 총을 잃어버린 꼴이었다. 그는 집에서 2킬로미터 거리인 오케스트라 기숙사까지 전력 질주했다. 달리는 내내 불안하고 초조해 죽을 것 같았다. 그 기숙사는 매일 수많은 사람이 드나드는 매우 난잡한 곳이다. 그곳에 어울리지 않게 고급스러운 바이올린 가방이 누군가의 눈에 띄지 않았을 리 없다. 혹시 어느 집 아이가 멋모르고 집어가지 않았을까? 만약 폐품 수집하는 사람이 집어갔으면 어쩌지? 어쩌면 값비싼 물건일 줄 알아본 사람이 가져가 바이올린 가게에 팔아버렸을지도 모른다. 만약 끝까지 바이올린을 찾지 못하면 어쩌지? 어머니가 어떤 반응을 보일지는 상상조차 할 수 없었다. 집안 형편이 넉넉한 편이긴 하지만 3만 위안은 절대 적은 돈이 아니다. 더 중요한 문제는 콩쿠르가 바로 코앞이라는 사실이다. 며칠 만에 손에 맞는 바이올린을 찾아내기란 거의 불가능하다.

거리에 행인이 많지 않아 정신없이 뛰어가는 남학생이 눈에 확 띄었다. 한겨울 오후, 샤오티는 온몸이 땀으로 뒤덮였지만 마음은 점점 식어갔다. 그는 허둥지둥 계단을 올라가 잡동사니가 쌓인 그곳으로 시선을 옮겼다. 순간 마음의 온도가 빙점을 찍었다. 바이올린은 그곳에 없었다.

그는 하마터면 그 자리에 주저앉을 뻔했다. 머릿속에서 불난 집에 부채질하는 목소리가 맴돌았다.

'네가 감히 무시했잖아! 허구한 날 쓸데없는 생각이나 하고! 없어졌으니, 차라리 잘 됐지?'

샤오티는 먼 사막을 건너온 낙타처럼 코를 벌렁거리며 크게 호흡했지만 몸 안으로 산소가 들어오지 않는 느낌이었다. 눈앞이 흐릿해진 그는 큰 병을 앓는 환자처럼 휘청거리며 벽을 짚고 천천히 연습실 쪽으로 걸어갔다. 지금 그는 폐쇄된 조용한 공간이 필요했다. 곧 다가올 거대한 위험으로부터 몸을 숨기고 싶었다. 물론 이 방법이 타조가 모래에 머리를 묻는 것처럼 위기를 극복하는 데 전혀 도움이 되지 않는다는 사실을 알지만, 당장은 몸도 마음도 어떻게 할 수가 없었다. 그저 숨고 싶은 생각뿐이었다.

그러나 불과 30초 후, 손바닥 뒤집듯 대반전이 일어났다. 샤오티가 방문을 열자 피아노 위에 당당하게 올라앉은 바이올린 가방이 보였다. 녹음기와 약 45도 각도를 이루는 위치였다. 그는 믿기지 않는다는 듯이 힘껏 눈을 비볐다. 그는 너무 기쁜 나머지 잠시 눈앞이 아찔했다. 동시에 놀라운 초능력이 샘솟아 그가 보지 못한 어젯밤 장면이 머릿속에 떠올랐다.

어둡고 좁은 방 안, 그곳에 있는 사람은 그가 아니라 그녀다. 그녀는 피아노 앞에 바르게 앉아 고난도 연습곡을 연주하고 있다. 가늘고 긴 목, 곧추 세운 허리. 잠시 후 연주가 끝났다. 그러나 그녀는 미동도 없이 두 손을 건반 위에 걸친 채 '계란 움켜쥐는' 기본 손 모양을 유지했다. 공기 중에 남아 있는 여운을 느끼듯 살짝 고개를 갸웃했다. 사실 그녀는 문 밖의 동정에 귀를 기울이고 있다. 그녀는 그가 아직 복도에 서 있는 것을 느꼈다. 그리고 듣고 있었다. 이때 그가 바보처럼 도망치듯 뛰기 시작했고 다다닥 계단 밟는 소리가 울렸을 것이다. 나중에 제3자 관점에 서 보니, 그는 자신이 정말 왜 그랬는지 한심하고 부끄러웠다. 왜 도망가? 뭐가 무서워서? 그는 어제의 자신을 한껏 비난했다.

그때 뜻밖에도 그녀가 벌떡 일어나 문을 열고 쫓아나왔다. 그녀가 그를 쫓아나오다니, 정말 의외였다. 왜 그랬을까? 더 많은 홍시를 돌려준 것이 고마워서? 그에게 콩쿠르에 나가는지 물어보고 싶어서? 아니면 그녀도 그에 대해 알고 싶었을까? 어쩌면 그녀도 그와 같은 마음이었을까? 어린 나이에 이미 익숙해져버린 외로움.

하지만 어제의 샤오티는 결국 도망쳐버렸다. 그리고 오늘 다시 돌아와 머릿속으로 그녀의 행적을 쫓고 있다. 그녀는 2층 복도 입구에서 살짝 고개를 드는 순간 그가 놓고 간 바이올린 가방을 발견했다. 그녀가 계단을 올라가 천천히 바이올린 가방을 들고 연습실로 돌아갔다. 이렇게 하는 동안 그녀의 입 꼬리가 살짝 올라가 있어 행복한 미소를 엿볼 수 있었다. 도대체 어떻게 된 일일까? 그녀가 마스크를 낀 모습 밖에 못 봤는데 그녀의 얼굴 전체가 그의 머릿속에 또렷하고 생생하게 그려졌다. 그녀의 눈빛에 딱 어울리고, 그의 기대와 상상과 딱 맞아떨어지는 청순하고 아리따운 얼굴이었다.

이 모든 장면이 영화처럼 눈앞에 스쳐지나가자 샤오티는 더 이상 침착할 수 없었다. 그는 제 마음에 싹 트는 사랑을 느끼며 그 또래 모든 남자아이가 그렇듯 흥분과 설렘에 휩싸였다. 그는 꼭 뭔가를 하고 싶었지만 뭘 어떻게 해야 좋을지 전혀 생각나지 않았다. 그는 일단 가방을 열고 바이올린을 꺼내 연주를 시작했다. 그러나 이것이 절망과 환희를 맛보게 한 보물 같은 존재임을 전혀 의식하지 못했다. 이날

「무궁동」 연주는 엉망진창이었다. 빨랐다 느렸다, 전체적으로 매끄럽지 못했다. 그는 바이올린을 내려놓고 창문 앞으로 달려가 남아 있는 홍시 개수를 셌다. 하나, 둘, …… 일곱, 여덟. 그녀는 하루에 하나씩만 먹었다. 서두르거나 꾸물거리지 않고 매우 질서정연한 느낌이었다. 그녀도 그처럼 상대방에게 호기심과 관심이 있지만 적어도 그처럼 혼란스럽지는 않은 모양이다. 그는 이런 생각을 하며 대충 담배를 꺼내 불을 붙이고 힘껏 빨아들였다.

담배를 피우고 나자 드디어 뭘 해야 할지 생각이 떠올랐다. 그는 창문을 열고 열심히 담배 냄새를 없앤 후 바이올린 가방을 들고 밖으로 나갔다. 그리고 다시 어젯밤 매복했던 자리에 가서 계단에 퍼질러 앉았다. 그는 다시 그녀를 기다리기로 했다. 그녀가 오면, 그 다음에는? 모른다. 하지만 그녀를 기다리기 위해서라면, 바로 내일이 콩쿠르라도 밤새도록 기다릴 수 있을 것 같았다.

결심이 서자 시간이 더 빨리 흘렀다. 저녁 시간이 되자 위아래 할 것 없이 기숙사 건물 전체가 소란스러워졌다. 하지만 샤오티는 도를 닦는 사람처럼 미동도 하지 않았다. 온갖 소리들이 귀에 들어오기는 했지만 머리까지 방해하지는 못했다. 계단을 오르내리는 사람들이 이상하다는 듯이 그를 쳐다봤지만, 그의 눈에는 아무도 보이지 않았다.

드디어 7시, 어김없이 그녀가 나타났다. 샤오티는 더러운 난간 사이로 그녀를 발견했다. 흔들리는 많은 머리와 두꺼운 마스크로 가린 얼굴. 감기일까, 아니면 추위를 많이 타는 것일까? 더 이상 생각할 것도 없이 그의 두 다리가 이미 움직이기 시작했다. 그러나 입술을 떼는 순간, 무슨 말을 할지 미리 생각해놓지 않았다는 사실이 생각났다. 그는 반사적으로 손을 들어 그녀 앞에서 바이올린 가방을 흔들었다. 그녀는 눈동자만 움직일 뿐 말없이 그를 보며 고개를 끄덕였다. 샤오티의 행동이 바이올린 가방을 찾아줘서 고맙다는 뜻이라면 그녀의 끄덕임은 '별말씀을'일 것이다. 두 사람은 잠시 침묵하며 어색하게 마주서 있었다.

샤오티는 자신이 원망스러웠다. 오랫동안 손가락으로 줄을 퉁겨 소리 내는 것에 익숙해져 대화 능력이 완전히 퇴화해버렸나 보다. 같은 반 녀석들은 어떻게 여자애들한테 말을 걸지? 드라마나 영화에서 번지르르하게 말 잘하는 놈들이 어색할 때 어떻게 하더라? 하지만 이미 일이 벌어졌으니 다 소용없다. 그는 다시 입을 벌렸지만 할 말을 찾지 못해 우물거리기만 했다.

그녀는 그보다 훨씬 차분하고 더 말이 없었다. 그녀는 눈웃음을 짓고 손을 들어 잘 가라고 인사한 후 가볍게 돌아서서 연습실로 들어가버렸다. 잠시 멍해 있던 그는 바로 그녀를 쫓아갔다. 그녀는 연습실에 불이 켠 후 벌어진 문틈 사이로 몇 초간 망설이다가 결국 조용히 문을 닫았다.

아, 오늘 샤오티의 기다림은 이렇게 끝인가? 그는 그럴 수 없었다. 그녀는 정말 그가 이대로 떠나기를 원할까? 그는 그렇게 생각하지 않았다. 그는 아직 끝나지 않았다고 생각했다. 그녀가 문을 닫았다고 그들의 이야기가 끝나는 것은 아니다.

이때 연습실에서 피아노 소리가 들려왔다. 어제 들은 고난이도 연습곡이 아니다. 평이하지만 아름다운 선율, 독일 음악가 요한 파헬벨의 「캐논 D장조」다. 악기를 다루는 사람이라면 누구나 초반에 배우는 곡으로, 대부분 머리와 손가락이 반사적으로 반응하는 곡이기도 하다. 그는 이미 「무궁동」을 능숙하게 연주하는 실력자였지만, 잠시 생각을 가다듬으니 머릿속에 그 기본 악보가 떠올랐다. 아마 그녀도 그처럼 생각에 잠겨 옛 기억을 떠올렸을 것이다. 그녀의「캐논 D장조」선율은 무의식이 연주하듯 가볍고 편안했다. 그 선율에서 그녀의 감동 그리고 기다림이 느껴졌다.

샤오티는 그제야 그녀가 무엇을 원하는지 깨달았다. 그는 서둘러 가방을 열고 바이올린을 꺼내 문을 사이에 두고 그녀와 합주를 시작했다. 이 곡은 다양한 합주를 위한 여러 가지 악보가 있는데 그중에서 가장 기본적인 것이 바로 피아노와 바이올린 합주다. 이 두 악기를 다루는 사람이라면 절대 모를 수가 없다. 그의 바이올린 연주가 더해지자 그녀가 즉각 반응했다. 그녀는 손끝에 힘과 영혼을 실어 그의 연주에 화답했다. 맑고 경쾌한 합주 선율이 긴 복도를 타고 점점 멀리 퍼져나갔다. 잠시 후 옆방에 사는 두 사람이 문을 열고 나왔다. 그러나 그들은 샤오티를 방해하지 않고 가볍게 리듬을 타며 미소를 지었다. 바보 같아 보이지만 소년의 풋풋한 감정을 응원한다는 표정이다.

샤오티는 확실히 바보였다. 그 순간 그는 온 세상이「캐논 D장조」에 뒤덮였다고 생각했다. 그 선율의 절반은 문 너머 그녀의 세상에서 흘러왔다. 그는 어느 때보다 눈빛이 빛나고 손바닥이 뜨겁고 정신이 맑았다. 그리고 강한 자신감이 솟구치면서 자신이 지난 십수 년 동안 왜 그렇게 나약하게 살았는지 개탄스러웠다. 합주가 끝났을 때, 그의 망설임도 연기처럼 사라졌다. 그는 오랫동안 자신을 괴롭혀온 고독을 끊어내려 힘찬 발걸음을 내딛기로 했다.

샤오티가 바이올린을 가방에 넣고 열쇠를 꺼냈다. 몇 번 빗나가다가 겨우 구멍에 끼워 맞추고 오른쪽으로 돌렸다. 철컥. 자물쇠가 열리는 소리가 나자 그는 저도 모르게 숨을 죽였다. 그런데 방 안에서 예상치 못한 반응이 느껴졌다. 의자가 밀려나는 소리에 이어 다급한 발소리가 들렸다. 그리고 그녀가 온몸을 던져 단단히 문을 가로막았다. 문 위에서 먼지가 떨어질 정도로 강한 충격이었다.

두 사람이 문을 사이에 두고 힘겨루기에 돌입하면서 순식간에 대치 국면이 벌어졌다. 한쪽은 들어가려 하고 한쪽은 사력을 다해 막았다. 그는 무의식적으로 힘을 쓰면서도 마음속에 휘몰아치는 당혹감을 주체할 수 없었다. 그녀는 그가 들어오길 바라지 않는다. 그녀는 두 사람의 솔직하고 편안한 만남을 원하지 않는 것일까? 그렇다면 그녀는 그를 싫어하는가? 싫어한다면 그동안 왜 계속해서 호의를 보였는가? 홍시, 콜라 캔 재떨이, 바이올린 가방, 「캐논 D 장조」이 모든 것이 두 사람의 관계를 증명해주지 않았던가? 두 사람의 관계가 이만큼 진전됐는데 그녀는 왜 마지막 순간에 관계를 끊어버리려는 것일까? 그녀는 왜 갑자기 등을 돌리려는 것일까?

당혹감이 지나가자 이번에는 억울함이 밀려왔고 곧이어 분노가 솟구쳤다. 이 분노는 문을 막아선 그녀 때문이 아니라 자신의 삶에 대한 것이지만 결국 그 칼끝이 그녀를 향하고 있었다. 그는 먼저 부모님의 엄격한 통제와 냉정함을 떠올렸다. 학교에서 그는 특기 하나 때문에 친구들에게 따돌림 당해 친구 하나 없는 외로운 아이였다. 고통스러운 바이올린 연습, 그 고통은 자신의 선택이 아니라 주변인들이 강요한 당연한 운명이었다. 그는 그 긴 시간을 참고 견디다가 오늘에서야 겨우 마음을 털어놓을 상대를 만났다고 생각했는데, 그 상대가 아무 이유 없이 자신을 강하게 밀어내고 있다.

샤오티는 분노가 상승하면서 얼굴이 빨개지고 심장이 벌렁거리고 눈물까지 나려 했다. 그는 그녀에게 문을 열어달라고 애원하고 싶었지만 어떻게 말해야 좋을지 한 글자도 생각나지 않았다. 귓가에 웅웅 소리만 들리고 그에게 남은 것이라고는 본능이 발휘하는 거친 힘뿐이었다. 그는 더 이상 생각할 것 없이 온 힘을 다해 문을 밀어냈다. 그 문을 밀어내야 숨 막히는 인생에 한 줄기 빛이 들어올 것 같았다. 남자의 힘은 결국 여자보다 강할 수밖에 없다. 하지만 그는 힘으로 약한 자를 괴롭히려는 것이 아니라 무언가 거대하고 사악한 무리와 맞서고 있다는 생각으로 온 힘을 다했다. 그는 몸을 기울여 어깨를 문에 대고 다리에서 허리를 지나 어깨까지 힘을 끌어 모았다. 하나, 둘, 셋!

문이 소리 없이 스르르, 드디어 열렸다. 샤오티 몸에 불빛이 쏟아졌다. 그 불빛 속에서 그는 가장 먼저 창밖에 빛나는 홍시를 발견했다. 곧이어 건반 뚜껑이 열린 피아노, 그 위에 가지런히 올려놓은 두꺼운 마스크가 눈에 들어왔다. 그리고 중심을 잃은 그녀가 낙엽처럼 힘없이 쓰러지는 것이 보였다. 그녀를 잡으려고 손을 뻗었지만 거리가 한참 멀었다. 그저 바라볼 수밖에 없었다. 그런데 이상했다. 그녀는 넘어질 때 반사적으로 흘러나오는 비명을 지르지 않았다. 더구나 어딘가를 잡거나 몸을 보호하려 팔을 허우적거리지도 않고 강하게 고개를 돌렸다. 샤오티를 등지려 고개를 완전히 뒤로 돌렸다.

하지만 그는 결국 보고 말았다. 흔들리는 땋은 머리 사이로 보이는 그녀의 창백한 얼굴, 마스크를 벗은 그녀의 얼굴은 그가 상상했던 것처럼 맑고 아리따웠다. 그래서 상처가 더 도드라져 보였다. 윗입술에서 시작해 아랫입술까지 수직으로 이어진 이 상처는 한 눈에 봐도 후천적인 사고가 아니라 선천적인 장애의 흔적이었다. 아마도 이 상처를 완전히 없애려면 아주 번잡한 과정을 거쳐야 할 텐데 지금은 그 중간쯤 어디일 것이다. 어쩌면 완전히 흔적을 지우는 일은 불가능할지도 모른다. 의사와 그녀의 부모는 알면서도 그저 묵묵히 의무를 다하는 것뿐인지도.

그녀는 바닥에 주저앉으며 등이 난방 스팀기에 세게 부딪혔지만 소리를 지르지 않았다. 서둘러 한 손으로 입을 누르며 얼굴 아랫부분을 가리고 고개를 홱 돌리며 샤오티를 똑바로 쳐다봤다. 그녀의 눈빛은 담담했지만 그 눈빛이 날카로운 칼처럼 서늘하게 느껴졌다. 오랜 세월 원망과 분노를 수없이 반복하며 만들어진 뼈에 사무치는 '한'일 것이다. 그는 그녀의 시선에서 자신이 용서할 수 없는 가해자가 됐음을 깨달았다. 이 순간 그는 한 없이 작아지는 자신을, 동시에 견딜 수 없는 거대한 삶의 무게를 느꼈다.

샤오티는 홱 돌아서서 그녀를 남겨둔 채 연습실을 뛰쳐나갔다. 이번에는 무의식적으로 바이올린 가방을 집어 들었다. 그러나 이날 합주를 끝으로 두 번 다시 바이올린을 연주하지 못할 것 같았다.

눈 깜빡이지 않기

그날, 천칭평이 그녀의 강아지나 다름없는 우리 세 남자를 한 자리에 소집했을 줄은, 아무도 생각지 못했다. 그녀의 전화를 받았을 때, 분명히 누군가는 탄성을 지르고 누군가는 눈물을 흘리고 누군가는 기뻐 날뛰었을 것이다. 그러나 세 사람 모두 드디어 선택받았다는 성취감과 기대감에 부풀었을 것이다. 모두들 그녀가 자기만 부른 줄 알았으니까. 어쨌든 우리 셋이 그녀 앞에 일렬로 정렬하리라는 것만은 분명했다. 태평양을 건너온 천칭평, 금의환향한 천칭평, 눈앞에서 옥체를 드러내고 침대 위에 가로누운 천칭평을 향해 충성을 맹세할 것이다.

나는 그녀의 전화를 받았을 때, 서랍장 모서리에 바짓가랑이를 비비며 벽 모서리에서 삐걱거리는 침대를 바라보고 있었다. 그 침대 위에서 육감적인 몸뚱이로 교태를 부리던 현재 여자친구 린다이위가 나를 뚫어지게 쳐다봤다. 휴대폰에서 천칭평 목소리가 흘러나왔다.

"와, 꼭 와."

"알았어. 물론이지."

"나, 얼마 전에 이혼했어."

"ㅎㅎㅎ."

침대에 누워 있던 린다이위가 불쑥 끼어들었다.

"미쳤어? 뜬금없이, 왜 날 보고 헤헤거려?"

나는 얼른 손으로 전화기를 막았다.

"아니, 아니야. 당신 어깨가 나와 있잖아. 감기라도 들면 어쩌려고?
내 마음이 아프잖아."

린다이위가 한껏 고무되어 콧소리를 내며 허벅지까지 드러냈다. 수
화기 너머 천칭평이 이상한 낌새를 느끼고 경계하듯 물었다.

"누구? 누구야? 옆에 누구 있어?"

나는 그녀보다 훨씬 더 경계심을 높였다.

"아니, 아무 것도 아니야."

이때 린다이위가 나를 다그치기 시작했다.

"빨리, 빨리 와!"

나는 다시 전화기를 막고 소리쳤다.

"좀 기다려!"

그녀가 팩 토라져 이불이며 베개를 잘근잘근 씹어댔다. 다급해진
나는 얼른 시간과 장소를 확인했다.

"내일 저녁 7시? 싱커 카페? 그래, 알았어. 그럼 만나서 얘기해."

전화를 끊으니 다시 아쉬워졌다. 아랫도리 물건이 커질 대로 커진
상태에서 엉거주춤 침대 앞으로 걸어가 린다이위를 노려봤다. 그녀는
전혀 두려운 기색 없이 반나체 상태로 고개를 쳐들고 물었다.

"누구야? 당신한테 전화 건 사람."

"대학 동창. 밥이나 먹자고."

"다른 때 걸면 누가 뭐래? 왜 하필 지금이야?"

"아직 미국 시간을 못 벗어났대."

"뭔 개뼈다귀 같은 소리야? 미국 시간?"

"미국 시간, 몰라? 시차 몰라? 그걸 모르면 기초부터 얘기해야지. 잘 들어. 지구는 둥글어서……"

하지만 그녀는 핵심을 놓치지 않고 말을 끊으며 끝까지 캐물었다.

"내 말은, 그 미국 시간에서 헛소리 지껄이는 게 누군데?"

"당연히 미국인이지."

"도대체 미국 시간 속에서 당신한테 전화한 그 미국에서 온 동창이 누구냐고!"

나는 괜히 뜨끔해서 더 크게 소리쳤다.

"동창이라니까! 네가 모르는 동창!"

그녀도 더 이상 못 참겠는지 바로 핵심을 찔렀다.

"남자야, 여자야?"

나는 제 발 저린 도둑처럼 고래고래 소리를 질렀다.

"남자, 남자!"

"진짜야?"

"그래!"

"만약 거짓말이면?"

"내 손에 장을 지진다! 됐지?"

그녀는 그제야 말투를 누그러뜨렸다.

"그런데 왜 그렇게 급해? 뭐가 그렇게 급해?"

나는 이 틈에 확 달려들어 그녀의 다리를 들어올렸다.

"급해, 급해! 뭐가 급하냐고? 빨리 넣어야겠다고!"

이 말은 당연히 대충 둘러댄 것이지만 미국 시간은 거짓이 아니다. 천칭핑이 연신 하품을 하며 비행기에서 내린 지 얼마 안 돼 시차 적응 중이라고 했으니까. 그녀가 돌아오자마자 나를 찾다니, 도저히 이 흥분을 주체할 수 없었다. 하지만 지금 눈앞에 있는 여자가 린다이위라는 사실을 확인하는 순간 흥이 깨져 일부러 불을 끄려 했다. 그러자 그녀가 다시 의심을 품었다.

"평소에 꼭 불을 켜고 했잖아. 오늘은 왜 불을 끄려고 해?"

"불을 켜나 끄나 어차피 까만 얼굴이니까 전기나 아끼자고."

그녀가 갑자기 홱 토라져서 관계를 거부했다. 어차피 이렇게 된 거 나도 그냥 벌러덩 누워버렸다.

다음 날, 린다이위가 눈알을 뒤집으며 울고불고 난리를 쳤다. 나는 일단 사랑한다, 너뿐이다, 이제 그만 화 풀어라 등 온갖 말로 그녀를 달랬다. 마음이 복잡하고 심란했지만 그녀와 함께 점심을 먹고 서둘러 수업에 보냈다. 그녀가 나가자마자 방송국 프로그램 원고를 대충 마무리해 넘기고 꽁지 빠지게 달려 나가 택시를 타고 카페로 향했다. 카페 입구에 들어서자 초록색 앞치마를 두른 통통한 아가씨가 다가왔다.

"한 분이세요?"

"아니, 일행이 있어요."

"일행이요? 혹시 저분들 아닌가요? 저 두 분도 일행이 있다고 하셨는데."

"두 사람?"

나는 별 생각 없이 중얼거리며 카페 안을 둘러봤다. 아무리 찾아도 천칭핑은 없고 문득 시선이 멈춘 창가 자리에서 우랴오와 샤오샤오를 발견했다. 두 사람을 보는 순간, 얼마나 놀랐는지 모른다. 놀람은 곧 의혹이 되고, 의혹은 다시 실망으로 바뀌었다. 마치 급하강하는 롤러코스터를 탄 느낌이었다. 나는 그녀가 내게만 연락했다고 착각했던 것이다. 창가에 앉은 저 두 사람도 처음에는 천칭핑이 자기만 부른 줄 알았겠지. 하지만 그들도 나를 발견하는 순간, '역시 너도 왔구나'라는 표정으로 멋쩍게 웃을 수밖에 없었다. 내가 그들과 합류할까 말까 망설이는 사이, 우랴오가 손을 흔들며 터덜터덜 걸어와 나를 사정없이 잡아끌었다.

두 사람과 가까워질수록 시간이 거꾸로 흐르는지 지난 세월이 어제처럼 또렷해지면서 대학 시절 강의실이 눈앞에 떠올랐다. 당혹스러워 어쩔 줄 몰라 하는 마 교수가 강단에 서 있고 학생들 대부분은 나처럼 아무 생각 없이 시커먼 머리를 책상에 처박아 강의실 전체가 황량한 들판 같았다. 그중에 단연 눈에 띄는 한 사람, 천칭핑. 허리를 꼿꼿이 세우고 자신 있게 고개를 쳐든 그녀는 이슬을 머금은 꽃처럼 수많은 벌과 나비를 끌어들였다. 그녀를 에워싼 우리 세 사람. 그녀 뒤에 앉은 우랴오는 그녀의 샴푸 냄새에 한 번 취하고 록펠러와 빌 게이츠에 대해 열변을 토하는 그녀의 모습에 또 한 번 취했다. 샤오샤오는 우직하게 그녀 왼쪽에 앉아 자신이 준비한 학술 논문을 그녀가 잘 볼 수 있도록 도왔다. 청나라 말기의 혼란이 5·4운동을 태동시켰듯. 그녀 오른쪽에 앉은 나는 그녀 말을 듣지도, 보지도 않고 그녀 엉덩이 밑에 손을 쓱 집어넣었다.

186

천칭펑의 다른 두 구애자와 비교하면 나는 목표도, 방법도 매우 단순했다. 수업이 없는 주말이면 천칭펑은 늘 곱게 단장하고 구애자들을 만났다. 먼저 오전에 우랴오를 만나 경제학 토론을 하고, 오후에 샤오샤오를 만나 학술규범을 공부하고 인적 드문 밤이 되면 호숫가 나무숲으로 나를 찾아왔다. 잔잔한 호수에 비친 반대편 탑 그림자가 마치 호수에 내리꽂힌 듯 보였고, 우리 두 사람은 정신없이 이 모습을 그대로 실천했다.

나는 그녀와의 관계에서 적잖은 이익을 얻었지만 한 순간도 우위를 점하지 못했다. 천칭펑은 끝까지 내가 자신의 남자임을 인정하지 않았고 오히려 우리 관계를 외부에 발설하면 더 이상 만나지 않겠다고 협박했다. 나는 우리 관계를 사통私通으로 받아들일 수밖에 없었다. 그녀가 나의 정부情婦가 아니라 내가 그녀의 정부情夫였다. 더구나 우리 관계는 절대 완성될 수 없었다. 그녀는 우랴오와 샤오샤오가 선의의 경쟁을 하며 자신에게 구애를 하고 있다고 공식적으로 인정했다. 그러나 나의 품행은 이미 널리 알려진 터라. 그저 그녀에게 치근덕거리는 성추행범 같은 존재일 뿐이었다. 나는 애초에 그녀의 평가 범위에 들지도 못했다.

그때 아름다운 천칭펑이 어떻게 생각했는지는 알 수 없지만, 나는 한때 그녀가 극단적인 페미니스트라고 생각했다. 나 같은 놈은 그냥 대충 갖고 놀면 그만이고 결국 우랴오와 샤오샤오 중 하나가 그녀의 침대에 오를 진정한 주인공이 되리라 생각했다. 과연 누가 주인공이 될 것인가? 그 결과는 우랴오가 IBM에 먼저 입사 하느냐 샤오샤오가 UCLA의 부름을 먼저 받느냐에 달려 있었다. 이런 상황에서 내가 취할 방법은 그녀와의 관계에서 최대한 많은 이익을 얻어내는 것뿐이었다. 이익을 얻으면 짐승이 되는 것이고, 이익을 얻지 못하면 짐승만도 못한 놈이 되겠지. 어떻든 우리는 서로의 욕구 해소에 도움을 주는 훌륭한 전우였다.

하지만 모두의 예상은 보기 좋게 빗나갔다. 졸업을 앞둔 어느 날, 천칭핑이 쥐도 새도 모르게 미국인 방문 교수를 따라 거대한 보잉 747을 타고 날고 날아, 이 나라를 떠났다. 그 미국인은 꽤 명망 있는 학자이고 연봉이 10만 달러라고 하니 꿈을 실현한 우랴오와 샤오샤오를 둘 다 가진 셈이었다. 심지어 내가 책임졌던 육체적인 부분까지 아주 훌륭했다. 그 미국인이 우리 강의실 건물 화장실에서 소변을 볼 때 옆에서 훔쳐본 학생들의 증언에 따르면 정말 대단했단다. 막강한 무기를 앞세운 제국주의의 침탈이었다. 이렇게 세 남자의 마음을 짓밟고 수많은 동족에게 한을 남긴 채 돌아선 천칭핑은 지성과 미모를 겸비한 성공한 엘리트 여성이자, 육체적으로 강력한 파워를 지닌 여성이 되어 저 멀리 날아갔다. 떠나기 전 인사 한 마디 없었고 떠난 후 편지 한 장 없었다.

젊은이들의 현실은 그들의 기대와 멀어질 때가 많다. 우리 세 사람도 예외가 아니었다. 우랴오는 IBM에 입성하지 못해 의료기기 중개 사업에 뛰어들었다. 샤오샤오는 UCLA의 부름을 받지 못하고 연구소에 들어가 박사 학위를 따고 대학 강의를 시작했다. 나도 그 후로 천칭핑만큼 뛰어난 미인을 만나지 못했다. 만나는 여자마다 매번 단점이 명확했지만 그럭저럭 지내다가 지금은 검은 얼굴 린다이위다.

그런데 우리 모두가 현실에 완벽하게 순응한 지금, 천칭핑이 또 한 번 예상을 뒤엎었다. 그 미국인과 이혼하고 다시 비행기를 타고 날고 날아, 이 나라로 돌아왔다. 그녀가 이번에 우리를 한 자리에 불러 모은 이유가 도대체 뭘까? 설마 가식적인 얼굴로 나타나 정말 옛날 얘기나 하자는 것일까? 그건 원래 그녀 스타일이 아니잖아. 진정한 승리자는 승리를 뽐내지 않는 법이다. 빌 게이츠가 점심으로 햄버거를 즐겨 먹고 소크라테스가 입버릇처럼 '나는 아무것도 모른다'라고 하는 것처럼. 어느 반혁명 방탕자가 '왜 진정한 사랑을 찾을 수 없는가?'라고 처절하게 외치는 것처럼.

좌우지간 우리 세 사람은 모두 강아지처럼 쪼르르 달려왔다. 실패자는 언제나 그들의 약점과 아픔을 아낌없이 드러내야 한다. 빌 게이츠, 소크라테스, 반혁명 방탕자를 빛나게 하는 것은 가난한 자, 어리석은 자, 뭇 여성이니까. 번듯한 양복을 입은 우랴오, 여전히 어눌해 보이는 샤오샤오, 연신 하품만 해대는 나, 크게 실망한 우리 세 남자는 과거의 실망을 다시 곱씹어 눈앞의 실망을 소모시키며 이 실망의 원흉이 나타나기를 기다렸다.

만나기 불편한 사람들이 다시 만났으니 할 말이 없어도 억지로 찾아야 했다. 우리는 한동안 서로 얼굴만 쳐다봤다. 한동안 어색한 눈빛이 오가다가 다 같이 눈을 깜빡였다. 결국 먼저 입을 연 사람은 나였다. 내가 우랴오를 향해 고개를 끄덕이자 그도 살짝 끄덕였다.

"벤츠 타나?"

"부끄럽네. 아직 도요타야."

이번에는 샤오샤오를 보며 고개를 끄덕였다.

"교수 임용 됐어?"

"부끄럽네. 아직 강사야."

두 친구가 잠시 눈빛을 마주친 후 동시에 내게 물었다.

"에이즈 걸렸지?"

"다행히 아직 음성이야."

우리 셋은 크게 부자도 아니고, 큰 명예도 없고, 큰 병도 없었다. 우리는 대략 이런 상황을 바탕으로 잠시 천칭평 얘기를 미룬 채 일부러 옛날 얘기를 꺼냈다. 먼저 신나게 떠들기 시작한 사람은 아직 가짜 부자에 머물러 있는 우랴오였다. 겸손이라고는 눈곱만큼도 없는 그는 중국 정부가 대대적으로 육성하려는 중산층 대열에 합류했노라고 당당하게 선언했다. 일본 자동차, 싼환 부근 아파트, 피에르 가르뎅 양복, 시사 주간지 『포브스』, 남성 패션 잡지 『보그』, 소위 중산층의 상징을 모두 갖췄다고. 오늘날 사회 구조 현실로 볼 때 한 단계 더 올라가는 일은 매우 힘들겠지만 어떻든 나날이 비참해지는 대다수 무리를 확실히 벗어난 것이다. 그는 현재 상황에 매우 만족하는 것 같았다. 물론 현재 부의 수치에는 만족할 수 없겠지만 이 순간만큼은 나와 샤오샤오에 비해 월등한 경제 수준에 충분히 만족해보였고 무엇보다 최근에 큰 횡재가 있었단다. 사스 유행으로 중국 전체가 작은 체온 변화에도 민감해하며 전전긍긍할 때, 그것을 기회 삼아 큰돈을 벌었다. 독일제 디지털 체온계를 수입해 온 국민이 언제 어디서든 전전긍긍하도록 만들었다. 지금 우랴오의 감정은 온도계 눈금 올라가듯 수직상승 상태. 며칠 전, 그는 리이닝厲以寧• 선생의 강력한 호소에 발맞춰 베이징 교외에 작은 빌라를 하나 구입했다. 앞으로 쉬는 날이면 이곳에서 편안한 옷차림으로 강아지 산책을 시키고, 낚시도 하고, 『포브스』와 『보그』를 읽으며 인생을 설계할 것이라고 했다. 이 대목에서 샤오샤오가 학자 입장에서 사회 정의를 지적했다.

• 1930년생으로 중국의 유명 경제학자.

"넌 국난을 이용해 부를 축적했어."

우랴오는 샤오샤오가 세상 물정을 너무 모른다고 생각했다.

"나라가 어지러울 때 누군가 돈을 버는 것은 지극히 당연한 일이야. 하지만 내 사업은 국가와 인민의 걱정을 덜어주기 위한 것이었다고."

우랴오는 곧바로 샤오샤오에게 반문했다.

"그럼, 국가가 어려울 때 넌 뭘 했어?"

샤오샤오는 사료를 뒤져가며 중국의 전염병 역사를 연구했단다. 그 연구 결과를 바탕으로 「사스에 대한 고고학적 비판」이라는 논문을 썼다고.

"부를 축적하지는 않았지만 그게 무슨 소용인데?"

샤오샤오는 할 말이 없어 난감해지자 갑자기 나를 끌어들였다.

"그때, 넌 뭐 했어?"

"난 그때 광동 여자랑 키스 한 번 잘못 했다가, 입은 즐거웠는데 폐가 고통스러웠지. 침대에 누워 죽기만 기다렸어."

"그건 너 답지 않잖아. 침대에 누웠으면 계속 했어야지, 가만 누워 죽기만 기다렸단 말이야?"

나는 발끈했다.

"왜 만날 날 서문경•이랑 한데 엮는 거야?"

샤오샤오가 불쑥 끼어들었다.

"서문경이 어때서? 서문경도 형이상학적인 고뇌가 있는 인간이야. 하지만 해결방법이 없어 형이하학적인 방법으로 감정을 풀어낸 것이

• 중국 고대 소설 『수호전』과 『금병매』에 등장하는 인물, 호색한의 대명사.

지. 서문경은 중국 문학 최초의 잉여인간 캐릭터야. 예전에 「금병매 재고찰」이라는 논문을 봤는데 서문경, 예브게니 오네긴*, 20세기 미국 비트제너레이션beat generation**의 대표주자 앨런 긴즈버그***의 상관관계를 증명하는 내용이지."

다시 우랴오가 이어받았다.

"요즘 학자들 정말 이상한 놈들이네. 성기가 대단하고 상스런 짓을 많이 할수록 형이상학적인 이상을 추구한다고? 어떻게 그런 생각을 하지?"

"사람들은 문란하다고 하지만, 사실 이게 하늘을 대신해 정의를 행하는 거거든. 권력은 총구에서 나온다잖아? 문학도 마찬가지지. 이 부분은 프로이트도 이미 인정했다고."

우랴오는 더욱 신랄하게 비판했다.

"웃기지 마. 성기가 대단할수록 형이상학적인 게 아니라, 형이상학적인 인간이 성기가 대단하다는 걸 증명하고 싶었던 거겠지. 원래 학자들이 그 부분에 좀 약하잖아? 그러니까 이렇게 있는 척이라도 해서 스스로 위안하는 거지."

샤오샤오는 이 말을 듣고 부아가 치민 어린애처럼 얼굴이 새빨개졌다.

"니들이 학술을 알기나 해? 아무 것도 모르는 놈들과는 말을 하지 말아야지. 지금부터 헛소리 지껄이지 말고 입 좀 닫아줄래?"

• 알렉산드르 푸시킨의 운문소설 제목이자 주인공 이름.
•• 패배의 세대라는 뜻으로 제2차 세계대전 이후 과격한 문학운동을 주도했던 젊은 문학가들.
••• 1926~1997년. 미국 시인.

사실 우리는 샤오샤오의 이런 반응이 너무 재미있었다. 불쌍하고, 웃기고, 귀여웠다. 이렇게 고집을 부리며 발끈해야 놀리는 재미가 있지.

"학술계가 아무리 미국과 교류가 많다고 해도 그런 패권주의적 발언은 너무 한 거 아니야? 재야 학자의 말은 전부 다 헛소리란 뜻이야?"

내가 다시 불을 지피려 하자 우랴오가 말렸다.

"이제 그만 해. 그리고 학자들 거시기가 확실히 약한 것 같지는 않아. 내 비서 말이야, 반 년 전에 내가 한 번 들이댔거든. 사실 갓 졸업한 애라 내 의향을 받아들일 배짱이 있을까, 혹시 성희롱으로 고소하는 거 아닐까 걱정했는데, 웬 걸? 그 어린애가 뭐라고 한 줄 알아? '그래요, 좋아요. 대학 때 교수하고도 잤는데 회사에서 사장님과 못 잘 거 뭐 있어요?'"

샤오샤오가 절망적인 표정으로 소심하게 우물거렸다.

"사제 간의 사랑일 수도 있잖아. 루쉰과 쉬광핑처럼."

"사제 간의 사랑? 웃기고 있네. 학생이 선생과 자는 건 학점 때문이고, 직원이 사장과 자는 건 편하게 일하고 돈 많이 받고 싶은 거지. 그냥 한 번 해주고 숫자가 바뀌길 바라는 거야. 어차피 목적이 분명하다면 정확히 계량화하는 게 좋아. 회수에 따라 값을 매겨야지. 이봐 우사장, 외국에 여자 생식기가 몇 번 했는지 재는 기계는 없어? 수입해서 우리 모교 후배들한테 테스트 해보면 어때?"

"넌 어떻게 경제 기본 상식이 하나도 없냐? 만약 기계로 쟀는데 수치가 미친 듯이 올라가면, 성기능이 뛰어난 남자들은 다 망하라고? 그러다 섹시한 여자들이 다 벗기 시작하면 남자들이 줄줄 싸지를 텐데, 그럼 우리 회사에서 수입한 성기능 개선제는 어떻게 팔아먹으라고?"

"뭐? 너희 회사에서 그런 형이하학적인 정력제도 수입해?"

"이 나이에 벌써 정력제를 먹으려고? 너한테는 별 효과 없어."

"뭐, 지금은 아직 멀쩡해. 다만 봄날은 아주 짧은 법이거든. 그 소중한 시간은 눈 깜짝할 사이에 지나갈 텐데, 이 부분은 영원히 내 인생에서 아주 중요하거든."

"좀 가져다주지."

"혹시 파란색 그거야?"

이 말에 우리는 다함께 웃음을 터트렸다. 이 웃음으로 의기투합한 덕분에 분위기가 화기애애해졌다. 웃음소리가 너무 컸는지 20대 초반으로 보이는 옆 테이블 젊은이들이 힐끔거렸다. 이 와중에 샤오샤오는 계속 물을 마시고 침을 삼켰고 너무 자주 눈을 깜빡였다. 아무래도 옆 테이블 젊은이들이 자기 학교 학생들이라고 생각해 난감해하는 것 같았다. 나와 우랴오는 계속 그를 놀리자는 눈빛을 주고받았다.

"샤오샤오, 넌 왜 그렇게 학문에 매달리는 거야? 그게 너한테 무슨 도움이 되는데?"

샤오샤오는 테이블을 갉아먹기라도 할 것처럼 깊이 고개를 숙인 채 기어들어가는 목소리로 웅얼거렸다.

"난 돈도, 섹스도 좋아하지 않아. 학문은 내 인생의 이상향이야."

우랴오가 테이블을 두드리며 탄식했다.

"그 이상이 널 망가뜨리고 있잖아."

"왜? 학문 연구가 뭐가 나빠?"

"당연히 학문 자체는 나쁘지 않아. 하나 없는 게 있어서 그렇지."

"뭐가 없어?"

나는 최대한 진지한 표정으로 정색했다.

"구멍!"

"구멍? 무슨 구멍?"

나는 엄지와 검지를 이어 붙여 동그라미를 만들었다.

"이거 말이야. hole!"

"무슨 뜻이야?"

"우랴오는 돈을 좋아해. 돈에는 구멍이 있어. 그래서 옛날에는 돈을 공방孔方*이라고 불렀잖아. 나는 여자를 좋아해. 여자는 구멍이 세 개잖아. 그런데 학문에는 구멍이 있어? 있어? 구멍이 없는 물건은 오묘한 이치가 없는 거야. 그래서 '자고로 서생은 아무 짝에도 쓸모없다'라는 말도 있잖아."

"그러네, 정말 그러네! 구멍이란 게 정말 오묘해. 구멍 있는 물건은 삶의 활로가 되고 구멍 없는 물건은 삶을 절망으로 이끌지. 바둑에서도 '구멍이 없으면 들어가지 말라'고 하잖아. 하긴, 구멍이 없으면 우리가 무슨 수로 뚫고 들어가겠어?"

이때 샤오샤오가 드디어 작성한 듯 냉정한 독설을 내뱉었다.

"그건 아메바들의 논리지."

나와 우랴오는 샤오샤오에게 의외의 일격을 당하고 놀란 눈으로 잠시 서로를 바라보다가 온몸을 들썩이며 미친 듯이 웃기 시작했다.

"샤오샤오, 샤오샤오, 넌 정말 재밌는 녀석이야."

"지난 몇 년 동안, 더 재미있어졌어."

• 엽전을 말한다. 공孔은 구멍, 방方은 네모. 옛날 동전에는 네모난 구멍이 있었다.

샤오샤오가 무안한 표정으로 대꾸했다.

"그냥, 별 뜻 없이 한 말이야. 너희를 비꼬려는 건 아니니까 그렇게 흥분할 필요 없어."

"학문이란 게 원래 다 의미 없는 말인데, 네가 말하니까 왠지 의미도 있고 재미도 있는데?"

한바탕 웃고 떠들었더니 분위기가 더 화기애애해졌다. 나는 문득 고개를 숙이고 시계를 확인했다. 벌써 7시 반인데 천칭펑은 왜 안 나타나는 것일까? 그녀에게 꼭 하고 싶은 말이 있다. 차마 입이 떨어지지 않을 것 같지만 꼭 해야 할 말이다. 우랴오와 샤오샤오를 보니 그들 역시 웃음기가 사라지고 뭔가 말 못할 고민이 가득한 표정이다. 이번에도 내가 먼저 말을 꺼내야 할 분위기였다. 나는 차 한 모금을 마시고 목을 가다듬은 후, 개회 선언하듯 본론을 끄집어냈다.

"우리가 오늘 이런 잡담이나 하자고 온 건 아니잖아? 사람을 만나러 온 건데, 그 사람은 왜 안 오는 거야?"

그러나 두 사람은 계속 침묵을 지켰고, 우랴오가 한참 후에야 겨우 입을 열었다.

"차가 막히는 모양이지."

"아니면 시차 때문에 늦을 수도 있고."

이후로 우리는 아무 말도 하지 않았다. 누군가 먼저 말해주기를 바라지도 않았다. 잠시 후 우랴오가 옷매무새를 정리한 후 휴대폰을 꺼내 전원을 껐다 켰다. 띠리링. 메뉴판을 만지작거리는 샤오샤오는 글자를 전혀 모르는 사람처럼 쉴 새 없이 페이지를 넘기고 또 넘겼다. 촤륵촤륵. 나는 두 사람을 지켜보며 손가락으로 유리컵을 두드렸다. 틱틱톡톡.

우리 테이블에 띠리링, 촤륵촤륵, 틱틱톡톡 소리만 2분 가까이 이어졌다. 샤오샤오는 우랴오의 교활함을 싫어하고 우랴오는 나의 방종을 경멸하는 것이 분명하고 나는 샤오샤오의 고지식함이 아주 짜증난다. 나는 샤오샤오의 촤륵촤륵이 제일 거슬렸는데 우랴오의 띠리링이 가장 먼저 멈췄다. 나와 샤오샤오는 우랴오가 무슨 말을 하려는 줄 알고 틱틱톡톡, 촤륵촤륵을 바로 멈추고 엄숙한 표정으로 그를 주시했다. 우랴오가 판사봉을 휘두르듯 휴대폰을 테이블에 '탁' 내려놓았다.

"천칭핑이 이혼하고 돌아왔어. 다들 알지?"

"알긴 알지. 먼저 자백했으니까."

"우리 세 사람이 한달음에 달려 나온 건 아직 미련을 못 버렸다는 뜻이겠지? 그렇지?"

"그렇겠지. 뭐, 사마소司馬昭• 셋이 모인 거지."

"그래, 이건 확실히 쉬운 문제가 아니야. 과거에도 지금과 똑같았어. 그때 우리 중 아무도 천칭핑을 차지하지 못한 이유가 뭘까 생각해봤어. 누군가는 그 미국 놈이 끼어들었기 때문이라고 생각하겠지만, 그렇지 않아. 잘 생각해봐. 그때 우리는 그 미국 놈이 나타나기 전에 전쟁을 끝내야 했어. 왜 우리는 서로 공격하지 않고 눈치만 봤을까? 그러다 결국 미국 놈한테 선수를 뺏긴 거잖아."

"이봐. 먼저 말해두겠는데, 자꾸 우리, 우리 하지 마. 우린 전우가 아니라 정적이야."

• 『삼국지』에 등장하는 위魏나라 대신 사마의司馬懿의 둘째 아들. 자신을 견제하는 황제 조모曹髦를 폐위시키고 조환曹奐을 허수아비로 옹립하고 전횡을 휘둘렀다. 스스로 황제에 오르지는 않았지만 그 야심을 이미 천하에 드러낸 것임.

우랴오가 무릎을 치며 대꾸했다.

"그래, 맞아! 바로 그거야! 사실 우리 세 사람은 모두 천칭펑을 차지할 자격이 있어. 문제는 각자의 장점을 내세우느라 바빴고 연합 작전은 꿈도 못 꾸고 끊임없이 서로를 견제했다는 거야. 천칭펑 입장에서 생각해봐. 이놈도 괜찮고 저놈도 괜찮으니 계속 망설이며 시간만 질질 끌었던 거야. 결국 어느 날 나타난 미국 놈이 어부지리로 횡재한 거지. 우리 셋이 천칭펑을 놓친 일은 위, 촉, 오가 죽어라 싸우다 결국 진晉나라에 천하를 바친 꼴이었어."

"무슨 헛소리야? 이 일에 연합 작전이 웬 말이야? 우리는 사랑을 쟁취하려는 거지, 돌아가며 한 여자를 어쩌려는 게 아니야."

"그래서 내가 말하는 협동은 난이도가 아주 높아. 두 사람이 고매한 인품을 발휘해 스스로 물러나는 거야. 나머지 한 사람을 위해."

"그야말로 개소리네. 그래, 좋다. 그럼 누가 고매한 인품을 발휘할 건데? 우리 중 교양이 가장 훌륭한 사람은 샤오샤오지. 샤오샤오 네가 할래?"

샤오샤오는 무표정에 무응답으로 일관했다. 나는 다시 우랴오에게 물었다.

"그럼, 넌 어떡할래? 네가 발휘할래?"

"넌, 정말 대화가 안 되는 놈이구나. 뭐, 듣기 싫으면 듣지 마. 난 샤오샤오랑만 얘기하는 거니까 신경 쓰지 말라고."

샤오샤오가 긴 침묵 끝에 입을 열었다.

"샤오마, 남의 말 끊지 말고 일단 좀 들어봐. 우랴오가 이렇게 말하는 걸 보니, 뭔가 생각이 있는 모양인데."

"그래, 어디 말해봐. 해보라고."

"사실 내 방법은 아주 간단해. 위대한 성현의 지혜를 빌리는 거거든. 먼저 샤오 교수님한테 하나 물어보지. 사회계약론이 인간은 모두 이기적이고 자원이 유한하다는 전제하에 만들어진 거 맞지?"

"맞아. 존 로크와 루소가 그렇게 말했지."

"어때? 나 아직 쓸 만하지? 사실 내가 융통성은 더 뛰어나지. 예전에 우리는 천친핑을 두고 경쟁할 때 무언의 신사협정을 맺었어. 지금은 그 협정을 한 단계 발전시켜서 민주적으로 투표를 하는 거야. 셋 중 천칭핑에게 가장 어울리고, 그럴 만한 자격이 있는 사람을 뽑는 거야. 나머지 둘은 선거 규정을 준수해 불평불만 없이 물러서야 해. 뭐, 여유가 있으면 축하해줘도 좋고. 하지만 절대 고집을 부리거나 방해하면 안 돼. 두 사람 생각은 어때?"

"으하하, 예전에는 신사협정, 지금은 투표, 어째 점점 지식인스러워지네?"

"지식인처럼 하는 게 나빠? 들어보니 꽤 합리적인 방법 같은데?"

"지식인인지 아닌지가 뭐가 중요해? 어떻든 이 방법은 매우 효과적이고 사나이 우정도 지킬 수 있어. 우리가 지나온 시간이 얼마야? 그 우정이 망가지면, 그거야 말로 가장 슬픈 일이지. 샤오마, 너도 잘 생각해봐. 그 시절 누가 너한테 돈 빌려줬지? 나야. 그때 누가 네 철학사 레포트 대신 써줬지? 샤오샤오잖아. 넌 우리 우정이 무너져도 아무렇지 않아?"

"그때 내가 너희 도와준 것도 적지 않을 텐데? 너 예전에 무슨 컴퍼스 사업한다고 할 때, 돈만 받아 챙기고 물건이 준비 안 돼서 건달처럼 생긴 둥베이 출신 물리학과 애가 때려죽인다고 쫓아왔었지? 네 온몸의 근육이 비명을 지를 때, 널 구해준 게 누구더라?"

"그래서 하는 말이잖아. 세상 모든 일은 '화합'이 중요한 거야. 가화만사성 몰라? 사랑을 위해서, 우정을 위해서, 무엇보다 아주 효과적이잖아. 현실적으로, 우리 이 방법뿐이지 않아?"

"그래, 좋아. 투표. 그래서 어떻게 뽑을 건데? 후보자 지명하면 돼? 내가 생각하는 최고의 후보자는 마샤오쿤 동지야. 마샤오쿤 동지는 매사에 전투적이고 일평생 프롤레타리아 로맨티스트였거든."

우랴오가 피식 비웃었다.

"지랄하네. 제발 좀 진지할 수 없어?"

"그러니까 나한테 기대하지 말고, 어디 니들도 후보자 추천해봐."

"그래, 그래. 너는 원래 제멋대로니까. 양아치한테 정의를 따르라고 강요할 수야 없지. 그럼 각자 자신을 추천하는 것으로 하지. 추천을 했으면 다음에는 사심 없이 사실에 입각한 평가를 해야겠지. 참석자 여러분, 이 평가는 당연히 한층 더 높은 민주적 소양이 필요합니다."

"나는 나를 추천하는데 뭐, 난 특별한 장점은 없어."

"이게 무슨 추천이야? 그래, 네 소양이 그렇지 뭐."

"그럼, 어디 네가 한 번 높은 민주적 소양을 발휘해봐."

이때 줄곧 말이 없던 샤오샤오가 갑자기 고개를 번쩍 들더니 진지한 표정으로 나와 우랴오를 빤히 쳐다봤다.

"나, 한 마디 해도 돼?"

"되고말고. 드디어 소양이 높은 분이 납셨네. 샤오샤오 동지의 발언을 환영합니다."

샤오샤오는 한참동안 우리를 물끄러미 바라보기만 하고 말을 꺼내지 못했다. 그는 물을 마시고 입을 오물거렸다. 몇 번을 벼르고 벼르다 겨우 한마디 내뱉었다.

"난 그동안 결혼 안 했어."

"하하하."

나와 우랴오는 잠시 서로에 대한 공격을 멈추고 동시에 테이블을 두드리며 박장대소했다.

"샤오샤오, 그 말을 왜 하는 거야? 너만 결혼 안 한 것도 아니잖아. 나도 결혼 안 했어. 우랴오, 넌 했나?"

우랴오가 말없이 왼손을 펼쳐 비어 있는 약지를 보여줬다. 그 역시 독신이란 뜻이다. 이때 우랴오가 갑자기 백금 반지를 낀 다른 두 손가락을 살짝 흔들었다. 이것은 자신은 우리 둘과 달리 '다이아몬드' 독신이란 뜻이다. 그런데 손가락을 흔들 때 손가락 모양이 이상하게 구부러져 나와 샤오샤오를 욕하는 것처럼 보였다.

"봐, 보라고. 돈 있는 놈이나 없는 놈이나 결혼이 좋을 게 없다는 건 다 알거든. 돈 있는 놈은 부자만의 즐거움이 있는 거고, 돈 없는 놈도 없는 나름대로 즐거움이 있거든. 하지만 결혼하는 순간 모든 즐거움이 사라지지."

샤오샤오는 망연자실한 표정으로 답답해했다. 어떤 말로 자신의 뜻을 전달해야 할지 고민하는 것 같았다. 그는 잠시 생각한 후 다시 말했다.

"난 그동안 연애도 안 했어."

"하하하."

나와 우랴오는 다시 테이블을 두드렸다. 우랴오가 이번에는 손바닥을 쫙 펼치고 가볍게 흔들었다. 부질없다는 뜻이다. 그리고 내가 다시 부연 설명했다.

"샤오샤오, 그 말은 또 왜 하는 건데? 물론 우리 둘은 거의 쉴 틈이 없었지. 하지만 넌 문학도이기도 하니 잘 알 거야. 남녀 간의 감정에는 여러 종류가 있어. 정신적인 위로일 수도 있고 육체적인 위안일 수도 있어. 순수 문학처럼 순수한 사랑은 하나뿐이겠지? 우리는 다른 여자와의 관계에서는 순수한 사랑을 찾지 못했어. 이 관점에서 보면 나와 우랴오도 숫총각인 거야."

우리의 반격에 답답해진 샤오샤오는 눈만 깜빡거리다 약한 불에 은근히 쪄내는 게처럼 서서히 얼굴이 새빨개졌다. 우리는 아무 말 못하는 샤오샤오를 보며 다시 웃음을 터트렸다. 그때 그가 아주 결연한 말투로 제법 길게 항변했다.

"내 말은, 나는 그동안 다른 어떤 여자도 가까이 하지 않았다는 거야. 나는 천칭펑에게 떳떳하다고."

우리는 그가 이렇게 직접적으로 표현하는 말을 들어본 적이 없기에 꽤 놀랐다. 우랴오가 이번에는 두 손을 내저으며 어깨를 으쓱했다. 미국인이 즐겨 사용하는 이해할 수 없다는 뜻의 제스처다. 나도 할 말이 있었는데 우랴오가 먼저 말을 시작했다.

"샤오샤오, 네가 왜 그런 말을 하는지, 정말 모르겠다. 그러니까 네 말은, 너는 아직 숫총각이니까 천칭펑을 사랑할 자격이 더 크다는 거야? 그것 때문에 네가 특권을 누려야 한다는 거야? 아니면 그 이유 때문에 우리가 널 불쌍히 여기고 너에게 양보해야 한다는 거야? 이거 너무 황당한 논리 아니야? 내가 간부 선발할 때 당원 우선이라는 말은 들어봤어도 사랑에 숫총각 우선이라는 말은 들어본 적이 없거든. 학문에 매진하는 건 좋은데, 동자신童子身●을 수련하려는 건 아니지?"

• 불교의 개념으로 동정을 지닌 몸을 유지한 채 수련하는 것.

마음만 급한 샤오샤오는 얼굴이 하얗게 질린 채 양볼을 씰룩거리고 거친 숨을 몰아쉬며 머리를 쥐어뜯었다.

"그런 뜻이 아니야."

이번에는 내가 이어받았다.

"샤오샤오 말이 절대 그런 뜻일 리 없지. 우랴오, 다른 사람을 함부로 판단하는 건 부끄러운 짓이야. 샤오샤오 말의 뜻은, 아마도 우리한테 감동적인 이야기를 들려주고 싶은 걸 거야. 이 이야기는 20세기 초 문인과 학자들 사이에 있었던 일이지. 옛날에 린후이인이라는 하얗고 여리고 예쁜 신여성이 있었어. 당연히 많은 남자가 따랐지. 시인 쉬즈모가 그녀에게 다가갔지만 사랑을 이루지 못했어. 그 후에 철학자 진웨린이 도전했지만 역시 실패했어. 그런데 쉬즈모는 외로움을 견디지 못해 돌아서서 바로 암캐로 소문난 류샤오만을 만나 아쉬움을 달랬어. 하지만 진웨린은 정말 진실한 사람이었어. 그는 사랑을 신성하게 받들며 끝까지 기다렸어. 린후이인이 다른 남자와 결혼한 후에는 이웃으로 살면서 평생 그녀를 지켰어. 그는 죽을 때까지 결혼하지 않고, 여자도 가까이 하지 않았어. 샤오샤오는 이 이야기를 통해 우리에게 진웨린이 쉬즈모보다 훨씬 위대하고 형이상학적이고 순문학에 가깝다는 사실을 말하고 싶은 거야. 그래서 하늘도 감동해 그에게 한번 기회를 준 거잖아. 그가 쉬즈모보다 린후이인을 더 사랑했으니까. 샤오샤오가 추구하는 사랑은 이렇게 절절하고 깊은 사랑이야. 안 그래? 샤오샤오, 네 마음에 담긴 뜻이 이런 거 아니야?"

샤오샤오는 조금 진정된 듯 보였다. 그는 고개를 저을까 말까 고민하느라 파킨슨병 환자처럼 고개가 삐딱해졌다.

"온전히 그런 뜻은 아니야."

"전혀 아닌 것도 아니지? 우리, 좀 솔직하게 말하는 게 어때?"

샤오샤오가 다시 침묵하자 우랴오가 말했다.

"샤오샤오, 그건 아니지. 그런 뜻이 조금이라도 있었으면 오늘 이 자리에는 왜 나온 거야? 그런 뜻이라면 홀로 자연에 파묻혀 구슬픈 눈물을 흘리며 하염없이 기다리고 또 기다려야지. 만약 천칭펑 옆에 들러붙어 뭔가 실질적인 관계를 만들려는 거라면, 절절하고 위대한 사랑이 아니잖아? 나오지 않으면 사랑을 놓칠까 걱정이고, 나오면 더 이상 깊고 위대한 사랑이 되지 않을 테고. 사랑지상주의 타이완 학술계 입장에서 보면 이런 궤변이 없을 걸?"

샤오샤오는 이 말을 듣고 기분이 상했다. 다른 사람이 자신의 위대한 사랑을 궤변이라고 말한다면 누구라도 화가 날 것이다. 샤오샤오는 화를 낼 때도 귀엽고 재밌다. 처음 보는 사람은 그가 화난 것을 모를 수도 있다. 표정도 그대로이고 말없이 가만히 앉아 있지만 불안한 사람처럼 손가락으로 계속 옷자락을 쥐어뜯곤 했다. 눈빛이 흐리멍덩해서 도무지 뭘 보는지 알 수 없다. 결국 유리잔에 시선이 꽂힌 채 정신이 들락날락하고 주위에서 뭐라고 하든 상관없이 자기 생각에만 빠져들었다.

입 세 개 중 하나가 빠졌고, 이제 우랴오가 말할 차례였다. 그는 한창 흥이 오른 상태라 아주 적나라하고 뻔뻔하게 떠들었다.

"난 다른 문제는 말하고 싶지 않고 오직 사랑에 대해서만 얘기하지. 하지만 사랑의 의미에 대해서만 떠드는 게 무슨 소용이야? 사랑이 밥 먹여주나? 여러분, 이 나이면 이제 인생의 쓴맛 단맛 다 보지 않았어? 물론 숫총각은 예외겠지만."

"왜 굳이 샤오샤오를 몰아붙여?"

"그렇다고 내 말이 틀린 것도 아니잖아?"

샤오샤오가 우랴오를 쳐다보지도 않아서 다시 내가 대답했다.

"기본적으로는 문제가 없지."

"사랑이 밥 먹여주지 않는다는 사실을 인정했으니 바로 경제 문제로 넘어가지. 샤오샤오, 너도 굳이 정치경제학적 관점을 회피할 필요 없잖아?"

나는 샤오샤오 안색을 살피며 말했다.

"한 번만 더 샤오샤오 끌어들이면 진짜 화낼 거야."

"알았어, 알았어. 그럼 사람 얘기 말고 일에 대해 얘기하지. 일에 대해서만 얘기할게. 너희도 생각해봐. 지난 몇 년 천칭평이 어디에서 살았지? 미국이야. 그리고 누구랑 살았지? 교수님이지. 미국 교수는, 다른 건 말할 것도 없고 돈이 아주 많지. 1년 연봉이 최소 10만 달러고 가외 수입도 만만치 않아. 그럼 천칭평이 어떻게 살았을까? 자동차와 마이 하우스는 기본이고 루이비통 핸드백에, 샤넬 옷으로 치장했을 거야. 원래 사람이 검소하다 사치하기는 쉬워도, 사치하다가 검소하게 살기는 어려운 법이지. 천칭평이 다시 결혼 상대를 찾는다면 반드시 그런 생활을 뒷받침할 사람이어야 하겠지? 그렇지 않으면 삶의 질이 떨어져 하루아침에 백조가 미운오리새끼가 되고, 자이언트판다가 돼지새끼가 되는 셈인데, 그녀가 행복할 수 있을까? 만에 하나 그녀가 그런 삶을 받아들인다고 해도 우리 마음이 행복할까? 천칭평을 깊이 사랑하는 남자라면 당연히 그녀가 행복하길 바라지 않겠어?"

"그러니까 네 말은, 천칭평을 거둘 수 있는 사람이 너밖에 없으니, 우리 둘은 그냥 옆에서 지켜보기나 하라는 거야?"

"그렇지. 옆에서 지켜보는 것만으로 부족하다면, 나와 천칭평을 축복해주면 돼. 너희는 그럴 자격이 있어. 이렇게 말하면 너무 얄미워 보이려나? 내 말은, 앞에 두 분이 훌륭한 인재인 건 분명한데, 안타깝게도 가진 게 넉넉하지 않다는 거지. 샤오샤오는 한 달 월급이 여전히 3000위안 수준일 텐데, 듣자니 대학도 곧 개혁에 들어가 강사부터 정리한다지? 샤오마, 넌 아직 월세 살지? 천칭핑이 너희처럼 싸구려 택시를 타고, 싸구려 고기를 먹고 싸구려 옷을 입었으면 좋겠어? 이 일은 아주 간단해. 다만 현실이 가혹할 뿐이지. Money is not only money, money is all."

"맞는 말이야. money is all. 그런데 우랴오, 네가 놓치고 있는 게 하나 있어. 예전에 천칭핑은 돈 많은 양놈에게 달라붙어야 했지. 하지만 지금은 옛날의 천칭핑이 아니야. 내가 알기로 미국에서 이혼하면서 재산분할 할 때 여자가 재산의 절반을 받는다더군. 그리고 천칭핑은 미국에서 자기 일이 있었어. 그 대단한 여자가 겨우 푼돈이나 받았을 거 같아? 지금 천칭핑은 이미 부자야. 이미 부자인 여자는 돈 많은 남자한테 달라붙을 필요가 없어. 자기 능력으로 영계를 키우겠지."

이때 샤오샤오가 갑자기 정신이 돌아왔는지 고개를 번쩍 들고 한마디 내뱉었다.

"난, 그녀 돈은 한 푼도 쓰지 않을 거야."

"난 쓸 거야! 마누라한테 얻어먹는 밥이 세상에서 제일 맛있는 법이거든."

"흐흐흐. 그거 아주 재미있네. 어떤 여자가 널 키우겠냐? 네가 뭐가 대단해서? money is all. 이 말은 단순히 돈만 있으면 뭐든 살 수 있다는 뜻이 아니야. 잘 들어. 경제적인 성공은 그 사람의 가치를 보여주는 상징적인 척도야. 여자들은 능력 있는 남자를 좋아해. 현대 사회에서 남자의 능력을 단적으로 보여줄 수 있는 게 뭐겠어?"

나는 비아냥거리며 대꾸했다.

"어떻게든 중산층이 돼야겠구나?"

"당연하지. 천칭펑이 아직 리자청이나 쩡셴쯔•는 모르니까."

"저런, 위태로운 중산층이여."

하지만 우랴오는 여전히 자신만만했다.

"천칭펑도 그렇게 대단하지 않아. 내가 볼 땐 소자본가 정도야. 기껏해야 다른 여자들보다 야심과 물질에 대한 욕망이 조금 큰 정도지."

이때 샤오샤오가 진리를 수호하는 열사처럼 정의감을 불태우며 외쳤다.

"천칭펑을 함부로 말하지 마!"

깜짝 놀란 우랴오가 크게 당황해 할 말을 잃었다. 빨갛게 충혈된 샤오샤오 눈을 보니 금방이라도 폭발할 것 같아 서둘러 분위기를 수습했다.

"아니, 아니, 화내지 마. 우랴오, 우리 이제 너무 직접적인 표현은 삼가자고. 어떻든 우린 아직 우정을 지켜야 하잖아."

샤오샤오 고함에 놀란 우랴오는 이제 함부로 그를 건드릴 수 없었다. 그는 순수하고 고지식한 사람이 화를 내면 더 무섭다는 사실을 잘 알기에, 갑자기 화살을 내게 돌렸다.

"내가 좀 과했어. 그게 현실을 얘기하다보니 그렇게 됐어. 그건 그렇고, 샤오샤오는 지금 추구하는 삶의 방향이 있는데, 넌? 넌 허구한 날

• 대표적인 홍콩 재벌.

생각하는 게 두 가지뿐이잖아. 첫째는 여자, 둘째는 여자랑 하는 거. 자고로 구멍이 있어야 맛있는 찐빵 아니겠어?"

"맞아, 맞아. 난 한심한 놈이야. 하지만 너도 인생이 아주 다채롭다는 사실을 인정해야 해. 이 세상에는 돈 구멍 말고도 오묘한 구멍이 아주 많아. 그렇지? 그렇지 않으면, 네가 여기 뭐 하러 나왔겠어? 그러니까 우리는 나무만 보지 말고 숲을 봐야 해. 이 일은 돈만으로 판단할 수 없다고. 우랴오, 네가 우리보다 돈이 많은 건 분명하지만, 우리는 네가 갖지 못한 것을 갖고 있어."

우랴오가 흥미롭다는 듯이 눈빛을 반짝였다.

"자세히 듣고 싶군."

나는 다시 시계를 확인했다. 8시 15분 전이다. 도대체 천칭핑은 왜 안 오는 거야? 그녀가 안 오니 일단 얘기를 할 수밖에. 나는 팔꿈치를 테이블에 올리고 턱을 유리컵 위에 올렸다.

"옛날 얘기 하나 하지. 그 옛날 서문경이 반금련에게 눈독을 들이고 왕파에게 다리를 놓아달라고 부탁했어. 그때 왕파가 여자를 따르게 하려면 다섯 가지가 필요하다고 말했지."

"그 다섯 가지가 뭔데?"

우랴오가 당장 검증에 응하겠다는 듯이 적극적인 자세로 물었다.

"서문경도 똑같이 물었고 왕파는 이렇게 대답했지. 그 다섯 가지는 반려등소한潘驢鄧小閑이오."

나는 손가락으로 하나씩 꼽으며 말을 이었다.

"'반'이란, 반안潘安*의 용모란 뜻이지. 이 조건은 우리 셋 다 기본은

---

* 위진 시대 사람으로 '미남자'의 대명사.

208

되는 거 같아. 나는 눈이 작지만 눈썹이 진하고, 우랴오는 호리호리하고 길쭉한 얼굴이고, 샤오샤오는 피부가 하얗지. 두 번째 '려'는 생식기가 낙타처럼 크다는 뜻이지. 우리는 다 같은 황인종이고 자기 능력은 자기가 제일 잘 알겠지. 그런데 나머지 세 가지는, 우리가 각각 하나씩 나눠 갖고 있어. 세 번째 '등'은 등통鄧通●의 재산인데, 우랴오가 돈이 제일 많지. 네 번째 '소'는 성격이 좋아야 한다는 뜻인데, 샤오샤오가 인품이 가장 훌륭하지. 다섯 번째 '한'은 여유인데, 부끄럽지만 이건 역시 나뿐이지. 내가 다른 건 다 없는데 남는 건 시간뿐이잖아? 이렇게 보니, 우린 여전히 삼분천하일세. 각자 한 자리씩 차지하고 있으니 누가 누굴 얕잡아볼 상황이 아니야."

"삼국시대는 결국 막을 내리고 진나라가 통일할 거야. 또 예전처럼 아무 것도 안 하고 가만히 있으려고? 그러다 결국 누구 좋은 일 시키려고?"

"내가 볼 땐, 각자의 장점이 너무 뚜렷해. 지금 상황만으로는 우열을 가리기 힘들어. 다른 방법을 생각해야 해. 당연히 신사협정에 입각해야겠지. 새로운 방법은 각자 최선을 다해 자신의 장점을 극대화하는 거야. 우랴오는 '등'을 갖췄잖아? 천칭핑이 돈을 써야할 때 우랴오를 찾아가면, 우랴오는 최선을 다해 돈을 써주면 돼. 샤오샤오는 '소'를 갖췄으니 천칭핑이 생리통, 두통으로 괴롭거나 일이 잘 풀리지 않아 화가 날 때 찾아가면 되겠지. 샤오샤오는 당연히 모든 것을 참고 견디며 몸과 마음을 다해 그녀를 위로할 수 있겠지? 나는 '한'밖에 없으니 천칭핑이 할 일 없고 심심할 때나 특별히 하고 싶은 게 있을 때

●　한나라 효문제의 총애를 받아 역사상 손꼽히는 부자가 됐다.

당연히 몸과 마음을 다 바쳐 성심성의껏 보살피는 거지. 이 방법, 여러분은 어떻게 생각하시는지?"

샤오샤오가 콧방귀를 뀌고 홱 고개를 돌렸다. 상대할 가치도 없다는 뜻이다. 우라오는 미친 듯이 웃었다.

"개소리 지껄이고 있네. 아주 말은 번지르르 하지. 꿈 깨! 나는 돈 쓰고 샤오샤오는 욕받이 하고 너는 아무 것도 안 하고 있다가 네 잇속만 차리려고? 넌 우리가 그렇게 바보로 보이냐?"

"흐흐흐, 궁여지책 아니냐? 다른 방법이 없잖아. 보아하니, 둘 다 희생정신이 없구먼."

이 방법은 결국 한바탕 웃음으로 끝났고, 분위기는 다시 화기애애해졌다. 이쯤 되니 민주적인 방법은 전부 다 물 건너 간 것 같았다. 이때 우라오가 다시 의견을 내놓았다.

"추천이고 뭐고 어차피 다 안 될 것 같으니, 완전히 다른 방법을 생각해보지."

"뭔데?"

"돌아가며 한 명씩 천칭펑에게 대시하는 거야. 한 사람이 대시하는 동안, 나머지 둘은 절대 방해하면 안 돼. 능력 있는 사람이 천칭펑을 차지하는 거지. 한 사람이 한 달이면 충분하겠지?"

"개소리 지껄이고 있네. 그럼 첫 번째 대시한 사람이 성공하면, 다음 사람은 어쩌라고? 너무 불공평하잖아."

"그건 간단히 해결할 수 있어. 다 방법이 있다고. 아주 공평한 페어 플레이."

우라오가 방법을 얘기하려는 순간, 문득 카페 입구에서 두리번거리는 누군가가 내 눈에 거슬렸다. 나는 불안한 마음에 목을 길게 빼고 카페 입구를 바라봤다. 내가 고개를 돌리자 우랴오와 샤오샤오도 자석에 끌리듯 같이 고개를 돌렸다. 세 사람 머리통이 거의 동시에 농구공 튀듯 위로 쑥 올라왔다. 덕분에 입구에서 두리번거리던 사람이 우리를 발견하고 곧바로 우리 쪽으로 걸어왔다. 이 사람이 등장하자 우랴오는 입 꼬리가 귀에 걸릴 것처럼 함박웃음을 지었다. 샤오샤오도 미소를 감추지 못했지만 우랴오처럼 대놓고 좋아하지는 않았다. 웃음을 참으며 입을 오물거렸다.

나는 너무 놀라 넋이 나가버렸다. 찬물을 뒤집어쓴 것처럼 오싹했고 서리 맞은 가지처럼 기운이 쭉 빠졌다. 와야 할 사람은 안 오고, 오지 말아야 할 사람이 하늘에서 뚝 떨어졌다. 지금 눈앞에 나타난 사람은 바로 내 동거녀 린다이위다. 뜬금없이 흰색 옷을 입어 검은 피부와 선명하게 대비됐다. 꼭 오계백봉환烏雞白鳳丸● 같았다. 나는 어안이 벙벙한 표정으로 축구공, 얼룩말, 자이언트판다 등등 흑백이 뒤섞인 것들을 떠올렸다. 하지만 현실은 바뀌지 않았다. 눈 깜짝할 사이에 그녀가 내 눈앞에 와 있었다. 우랴오는 벌써 자리에서 일어나 빈 의자를 끌어와 친절하게 자리를 권했다. 도대체 누구네 형수라는 건지, 형수 소리가 자동으로 나왔다.

"형수, 어서 와요."

린다이위가 그를 힐끗 한 번 쳐다보고 테이블을 빙 돌아 내 옆에 와 앉았다. 우랴오는 이 모습을 보고 더욱 기뻐했다. 남의 불행이 곧 나의 기쁨이라는 듯이 큰 목소리로 직원을 불러 물과 메뉴판을 요청했다. 그 사이 린다이위가 목소리를 낮춰 내게 물었다.

● 중국의 한약으로 골프공 크기의 알약은 까만색인데 비해 포장지가 보통 하얀색이다.

"이 사람들이 당신 동창이야? 왜 만날 이런 정신병자들과 어울리는 거야?"

나는 그녀의 날카로운 공격에도 정신이 돌아오지 않았다. 참담하고 고약한 향수와 립스틱 냄새 때문에 그녀를 볼 수도 없고 숨을 쉬기도 힘들었다. 나는 입술에 침을 바르며 눈만 끔뻑이다가 한참 후에야 겨우 입을 뗐다.

"맞아. 내가 정신병자니까."

린다이위는 내 철학적인 답변에 황당한 표정을 지으며 내 이마를 만졌다.

"어디 보자. 왜 또 어디가 정상이 아닌가?"

나는 얼른 고개를 돌리면서 샤오샤오를 힐끗 쳐다봤다. 그는 부드러운 미소를 지었다. 미소. 그 미소는 얼핏 단순해 보였지만, 한편으로는 많은 의미가 담긴 것 같았다. 곧이어 린다이위가 내 가슴을 더듬었다.

"내가 준 옥 목걸이는? 설마 또 깨뜨린 거야?"

나는 정말 울고 싶었다. 눈물은 나지 않았지만 목소리가 푹 가라앉았다.

"여긴 어떻게 온 거야?"

"수업 끝나고 집에 갔는데 열쇠가 없어서. 당신은 기다려도 안 오고. 한 시간쯤 기다리다 어제 당신이 이 카페에서 친구 만난다고 했던 게 생각나서 찾아와봤지."

"기억력 정말 끝내주는군. 정말 대단해. 자, 열쇠. 빨리 가지고 가."

이때 우랴오가 끼어들었다.

"어떻게 방금 온 사람을 그냥 가라고 해? 잠깐 앉으세요. 형수님 이름이?"

린다이위는 그를 거들떠보지도 않고 내 옆에 찰싹 붙어 앉았다. 나는 어색하게 웃으며 대답했다.

"형수라니, 가당치도 않아. 린 씨야."

"린 씨! 린 씨, 좋지요. 한 눈에 봐도 베이징 사람은 아닌 것 같은데?"

"강남에서 배 타고 오셨지."

우랴오가 손발을 들썩거리며 호들갑을 떨었다.

"배! 배 타는 거 좋죠. 멋진 풍경도 볼 수 있고."

린다이위가 이때를 놓치지 않고 불쑥 물었다.

"비행기 타고 오신 분이 누구예요?"

나는 두 사람을 보면서 '그래, 날 죽여라'라는 표정으로 자포자기했다. 그저 두 사람이 기사도를 발휘해주길 바랄 뿐이었다. 하지만 우랴오는 신난 표정으로 나를 향해 고개를 흔들었다. 감히 그런 명예를 탐하지 말라는 뜻이리라. 그리고 린다이위 뒤통수에 대고 크게 외쳤다.

"비행기 타고 온 사람? 있죠, 있죠. 일단 좀 앉아서 차 좀 드세요. 금방 올 겁니다."

나는 린다이위가 '비행기 타고 온 대단한 사람을 내가 왜 만나요?' 하고 말해주길 바랐다. 그러나 그녀는 전혀 생각지 못한 말을 내뱉었다.

"온종일 정신없어서 아직 밥도 못 먹었어."

우랴오가 다시 불쑥 끼어들었다.

"그럼, 앉아서 식사하세요. 우리도 아직입니다. 얘기가 길어지는 바

람에 배고픈 것도 잊었네요. 같이 식사나 하죠. 같이 먹어요. 드시고
싶은 거 다 시키세요. 오늘은 제가 사겠습니다."

우리는 각자 음식을 주문했다. 우랴오는 식욕이 돋는다며 혼자 피
자 한 판을 시켰다. 샤오샤오는 무표정한 얼굴로 마카로니 샐러드를,
배고프다고 난리 치던 린다이위는 깜찍한 사이즈의 디저트 두 개와
작은 해물스프를 주문했다. 나는 온종일 고생이 많았지만 입맛이 없
어 샤오샤오를 따라 마카로니 샐러드를 주문했다. 그나마도 한두 입
먹다가 도저히 넘어가지 않아 포크를 내려놓았다. 우랴오는 두툼한
도우에 치즈와 햄을 올린 피자가 나오자 술을 주문했다. 가볍게 맥주
한 잔이 아니라 무려 양주를 시켜 우리 모두에게 권했다. 린다이위는
당연히 거절했는데 의외로 샤오샤오가 맥주를 주문해 마셨다.

"어차피 술은 내가 제일 잘 마시지만. 샤오마, 넌 나랑 같이 위스키
마실 거지?"

난 속이 부글부글 끓어 바로 술잔을 들어 속을 씻어 내렸다. 스트
레이트로 두 잔을 마셨더니 얼굴이 전기장판처럼 뜨겁게 달아올랐다.
린다이위가 밥도 안 먹고 찬 술을 마신다며, 위장으로 술을 데우겠다
며 또 잔소리를 해댔다. 나는 술기운을 빌려 처음으로 그녀에게 한 소
리했다.

"도대체 어떤 작자가 술을 데워 먹었어? 어떤 작자야?"

그녀는 놀랍고 당황스러웠지만 화 낼 상황이 아니라 일단 마음에
새기고 꾹 참으며 스프를 떠먹었다. 나는 이렇게 그녀를 화나게 만들
어 쫓아버릴 생각으로 일부러 미안하다는 말을 하지 않았다. 네 사람
이 밥을 먹는데, 셋은 입을 꾹 다물고 우랴오 혼자 잘난 척 하느라 바
빴다. 대충 식사가 끝나자 나는 서둘러 린다이위를 보내려 했다.

"당신 먼저 집에 가 있는 게 좋겠어."

우랴오가 하필 이때 직원을 불러 차를 주문했다.

"밥도 먹었겠다, 뭐가 그렇게 급해?"

린다이위가 미간을 찌푸리자 샤오샤오가 좋은 말로 분위기를 수습했다.

"밥 먹고 바로 차 마시면 안 좋아요. 위장에 무리를 주면 안 되니 조금 기다렸다 마시세요."

린다이위 마음에 꼭 드는 말이었다. 우랴오가 얼른 분위기를 이어받았다.

"자자, 어서 앉아요. 조금 기다렸다 차 마시고 집에 가도 안 늦어요."

두 녀석이 하는 짓을 보니 점점 맥이 빠지고 시계를 보니 점점 희망이 사라졌다. 나는 다시 술 한 잔을 들이켜고 고개를 푹 숙였다.

'아, 천칭핑! 만약 차가 밀리는 거라면 좀 더 꽉 막혀버려라. 만약 시차 적응이 안 돼 늦는 거라면 그냥 계속 자버려. 나중에 미국 시간에 맞춰 다시 만나면 되니까.'

한 번 고개를 숙인 후, 도저히 다시 들 수가 없었다. 카페 입구에 또 한 사람이 나타날까봐, 상황이 더 시끄러워질까봐 두려웠다. 하지만 신이 난 우랴오는 열심히 이 자리를 떠들썩하게 만들었고 어느새 린다이위도 그 분위기를 즐기고 있었다. 샤오샤오는 여전히 차분하게 혼자만의 생각에 빠져 있었다. 우랴오가 히죽거리며 샤오샤오에게 말을 걸었다.

"한 사람 더 와서 이제 두 사람 남았네."

린다이위는 밥도 먹고 술도 먹어서인지 말씨가 부드러워졌다.

"그 말은 계산이 안 맞는데요?"

"나는 연애 중인 사람들이 전혀 다른 세상에 속해 있다고 생각하거든요. 그러니까 우리 클럽에 포함되지 않아요."

"이게 무슨 모임인데요? 독신 클럽?"

"단순히 독신 클럽은 아니고, 모임 이름이…… 좀 말하기 그래요."

"말하기 이상해도 어쨌든 이름이 있을 거 아니에요?"

우랴오가 갑자기 몸을 홱 돌리며 내 어깨를 툭 쳤다.

"정말 좀 그렇지? 애매하지? 샤오마, 안 그래?"

나는 눈을 치켜뜨며 대충 얼버무렸다.

"하하."

이때 린다이위가 갑자기 짧은 감탄사를 내뱉었다.

"아! 당신들 혹시……"

"혹시? 혹시 뭐요?"

"설마 동성애 클럽은 아니죠?"

샤오샤오가 풋, 웃음을 터트리며 물었다.

"우리가 그렇게 보여요?"

"왜 아니겠어요?"

"어디가요?"

"말 안 할래요. 말하다보면 정말 뭐든 비슷한 구석이 있을 거 같거든요."

"그게 무슨 논리예요? 말이 안 되잖아요."

"그렇죠. 동성애 자체가 이성의 테두리 밖에 있으니까."

이번에는 우랴오가 큰 소리로 끼어들었다.

"우리는 그렇다 쳐요. 하지만 샤오마가 어떤지는 본인이 더 잘 알지 않아요? 그렇게 말하면 샤오마까지 동성애자가 되잖아요."

린다이위가 아무 것도 모른다는 듯이 반문했다.

"내가 뭘 알아요?"

그러더니 갑자기 놀란 표정을 지었다.

"아니, 아니지. 양성애자도 있다던데. 당신 혹시? 그래? 그런 거야?"

나는 확 짜증이 치밀었다.

"그래. 맞다, 맞아. 됐냐?"

그녀가 벼락이라도 맞은 것처럼 소리를 질렀다.

"정말이야? 절망이야?"

"그래, 진짜다. 하지만 걱정 마. 매일 자기 전에 아주 깨끗이 씻으니까."

그녀는 자신이 더러운 하수구에 빠졌다는 사실을 도저히 받아들일 수 없는지 머리카락이 뒤엉킬 정도로 머리를 마구 흔들며 간간이 '아, 아' 하고 탄식했다. 나는 듣다못해 테이블을 쾅 치고 일어섰다.

"열 받지?"

그녀가 눈물까지 뿌렸다.

"내가? 내가?"

"당신 지금 엄청나게 바보 같은 거 몰라? 동성애는 개뿔, 동성애자가 나 동성애자요 말하는 거 봤어?"

그녀는 얼굴이 시뻘겋게 달아올랐다.

"도대체 나한테 왜 그런 식으로 말하는 거야? 어젯밤부터."

"왜? 이상해?"

"무슨 귀신에 씌기라도 했어? 왜 나를 못 잡아먹어서 안달이야? 내가 뭘 어쨌다고?"

우랴오가 내 팔을 잡아당기며 린다이위 편을 들었다.

"샤오마, 너 이렇게 하면 안 돼. 와이프한테 이렇게 함부로 하면 되 겠어?"

샤오샤오도 한 마디 거들었다.

"남녀 사이는 화목하되 자기 입장을 지키며 서로 이해하고 배려해 야 해."

"그래, 알았어. 그럼 일단 집에 가서 이해하고 배려하자고."

여기 앉아 죽을 때를 기다리느니 차라리 집에 가는 게 낫다. 내가 린다이위를 잡아끌고 가려고 막 일어서는데 맑은 향기가 풍겨왔다. 고개를 숙이고 있어 늘씬한 두 다리가 먼저 보였고 천천히 시선을 올 리자 희고 부드러운 가슴이 보였다. 그리고 고개를 번쩍 드는 순간, 하마터면 기절할 뻔했다. 이 순간이 절대 오지 않기를 바랐는데. 쥐구 멍에라도 숨고 싶었지만 숨을 곳이 없었다. 천칭펑이 하필 이 순간에 눈앞에 나타나다니.

좋아, 동지들, 우리 모두 좀 웃자. 그리고 생각 좀 해보자. 잘 모르 겠지만 어떻든 일단 다시 앉아야겠지. 그래, 드디어 천칭펑이 나타났 어. 우리는 언제까지나 변함없이 그녀를 에워싸야 해. 그녀는 우리에 게 아주 특별한 존재니까. 그녀가 어디에 있든 우리 셋은 그녀에게 중 독돼 있다는 사실을 상기하며 자신의 존재를 인지해왔고, 오랜 시간 이 흘렀지만 이 중독 증상은 조금도 약해지지 않았다.

나, 샤오샤오, 우랴오는 멍한 표정으로 그녀를 쳐다볼 뿐 아무 말 도 하지 못했다. 린다이위는 천칭펑 앞에서 자신이 한없이 작아지는 동시에 강한 적개심을 느꼈을 것이다. 그녀도 모든 상황을 눈치 챘으리라. 하지만 현실을 인정하고 싶지 않은지 내게 의문 가득한 눈빛을 보냈다. 이런 상황에서 여자들의 눈빛은 정말 무섭다. 그저 한 번 노려봤을 뿐인데, 그녀의 의문은 어느새 분노로 바뀌었다. 천칭펑이 의자에 앉아 우리 셋을 천천히 훑어봤다. 그녀가 누구를 제일 먼저 봤는지는 모르겠다. 우리는 조용히 그녀의 첫 마디를 기다렸다. 아마도 '내가 돌아왔어. 세월은 유수와 같이 흐른다더니, 정말 그래. 지난 추억이 너무 소중하더라'라고 말하겠지. 그러나 그녀의 첫 마디는 린다이위를 향한 것이었다.

"우리 처음 만나죠? 늦어서 미안해요."

린다이위는 천칭펑을 마주하자 당황스러움을 감추지 못하며 우물쭈물했다. 표범에게 먹이를 뺏긴 들개가 분노 대신 납작 엎드리는 것처럼 비굴해보였다. 나는 문득 린다이위가 불쌍해졌다. 무슨 말이라도 하려고 그녀를 쿡쿡 찔렀는데 돌아온 것은 원한에 가득한 눈빛뿐이었다. 아, 정말 '사랑이 무엇이냐'고 세상에 묻고 싶다. 그녀는 불과 일 분 전까지 나를 사랑했을 것이다. 이렇게 생각하며 그녀의 눈빛을 보니 더 무서웠다.

우랴오와 샤오샤오는 서서히 정신을 차리는 모양새였다. 한쪽은 자신만만한 표정이고, 다른 한 쪽은 그윽하고 애절한 눈빛을 발사했다. 대학 시절에도 딱 이런 모습이었다. 천칭펑의 깊은 신비주의는 여전했다. 아름답고 근엄한 미소를 지으며 말을 아꼈다. 우리가 먼저 재잘거리기를 기다리는 것 같았다. 나는 다시 린다이위를 쳐다봤다. 얼굴 옆선이 초등학생이 만든 목각 인형처럼 투박했고 눈빛은 초점이 없었다. 이 순간 나는 더 이상 상대하지 말자는 생각이 들었다. 더 이상 비굴하게 천칭펑을 받들지 말자. 그녀의 몸과 행동이 여전히 아름답고 우아했지만, 여전히 그녀에게 중독돼 있지만.

린다이위가 뭐라고 웅얼거리는가 싶더니 화장실에 간다며 다른 사람들을 쳐다보지도 않고 사라졌다. 그럼, 이제 누구라도 얘기 좀 해봐. 동지들, 누구든 얘기 좀 해보라고. 우리 이렇게 모여서 계속 눈만 깜빡이고 있을 수 없잖아? 하지만 나는 아무 말도 하고 싶지 않았다. 천칭핑도 당연히 먼저 말하지 않을 것이다. 이미 유리한 입장이니 굳이 상대에게 빌미를 제공할 이유가 없다. 이것은 기본적인 대화의 기술이다. 샤오샤오, 제발, 제발 너라도 좀. 입 꼬리가 아래로 처지고 부들부들 떨리는 것을 보니 하고 싶은 말이 많은데 차마 입이 떨어지지 않는 모양이군. 그렇다면 우랴오, 가장 자신감 넘치는 사람이 먼저 말해보라고.

결국 역시 우랴오였다. 앞장서서 어려움을 해결하는 용기, 역시 중산층다웠다. 그런데 뜻밖에도 그의 첫 마디는 천칭핑이 아니라 우리에게 하는 말이었다.

"천칭핑이 돌아온 걸 보니, 시간이 정말 빠르다는 말이 실감나네."

일단 우랴오가 시작했고 다음은 샤오샤오가 이어갔다.

"평소에는 하루가 일 년처럼 긴데, 이런 순간에는 정말 눈 깜짝할 새라는 생각이 들어."

그는 깊은 한숨을 내쉬며 한 마디 덧붙였다.

"이게 바로 백년보다 긴 하루겠지."

천칭핑이 나를 빤히 쳐다봤다. 내가 말할 차례라는 뜻이리라. 하지만 나는 이제 그녀의 뜻대로 움직일 생각이 없었다. 고개를 돌리고 술 한 잔을 입에 털어 넣고 양치하듯 우물거렸다. 그녀는 너그럽게 웃었다. 아마도 내가 남들과 다르다는 사실을, 내가 다른 남자들과 달리 그녀와 가장 가까이 살을 맞댄 사이임을 과시하려 한다고 생각한 모양이다.

"나도 같은 생각이야. 이 나이가 되면 다들 그런 생각이 드나봐. 그동안 다들 어떻게 지냈어? 우랴오는 요즘 기분이 아주 좋은 거지? 듣자니 사업이 꽤 잘 되는 모양이던데?"

우랴오가 기다렸다는 듯이 가슴을 쭉 펴고 대답했다.

"뭐, 그럭저럭, 그런대로 괜찮은 편이야."

샤오샤오는 모든 원한을 내려놓은 피해자처럼 담담하게 말했다.

"괜찮아, 좋아."

나는 술을 머금고 목을 젖힌 후 입을 벌리며 '아아' 소리를 냈다.

"뭐 하는 거야? 너 오늘 왜 이렇게 이상해?"

나는 술을 삼키고 그녀에게 되물었다.

"내가 뭐가 이상해? 난 늘 지극히 정상적이었어!"

"이봐, 마 선생. 이건 상인론常人論•이 아니야."

우랴오가 나를 제지하고 천칭핑에게 내버려두라는 뜻으로 고개를 끄덕였다. 어차피 지금 상황에서 나를 대화에 끼어 넣기는 힘들다고 생각했을 것이다.

"그래. 그때 내가 그냥 떠나버려서 너희가 많이 원망했을 거라는 거 알아. 샤오마는 워낙 솔직한 성격이라 낯부끄러워서 말 못하는 다른 사람들과 다르다는 것도 알고."

나는 더 삐딱하게 대꾸했다.

"무슨 말씀을, 당치 않아요. 내가 무슨."

• 여기서 상인은 언제나 상식과 도리를 잘 지키는 사람을 의미한다.

우랴오가 잽싸게 끼어들었다.

"아니야, 아니야. 원망 같은 거 절대 없어."

샤오샤오는 어떤 치욕이라도 감당할 수 있다는 표정이었다.

"나도 아니야."

"우리끼리인데 예의 차릴 거 없어. 그때 내가 너무 했다는 거 나도 잘 알아. 정말 많이 후회했어."

우랴오가 격의 없이 진심을 털어놓았다.

"그렇게 생각하지 마. 천칭펑, 난 널 충분히 이해해. 사람은 누구나 높이 올라가고 싶은 법이거든. 더 나은 삶을 마다할 사람이 누가 있겠어?"

"너희가 원망 안 해도 난 미안해. 미국에서도 너희 생각 많이 했어. 그래서 돌아오자마자 다 같이 한 번 보고 싶었어."

샤오샤오가 숨을 고르고 진심을 드러냈다.

"널 다시 만나 너무 기뻐. 정말이야."

두 사람이 밀고 당기며 감정을 부추기는 모습을 보고 있자니 갈수록 가관이라 나도 모르게 웃음을 터트렸다. 천칭펑은 내 태도가 영 마음에 안 드는지, 이제 나를 거들떠보지도 않았다. 그녀는 샤오샤오, 우랴오 두 사람과 한 마디씩 주고받으며 의리를 과시했고 나는 인상이나 쓰며 귓구멍이나 파도록 내버려뒀다. 세 사람의 이야기는 사과와 용서로 시작해 빠르게 흘러가는 세월에 대한 한탄으로 이어졌다.

"이제 나도 늙은 거 같아."

"무슨 소리야? 내가 보기에는 점점 더 젊어지는 거 같은데? 미국에서 유전자변이 식품을 먹어서 그런가?"

"겉모습이 아니라, 내 마음이 늙어버린 것 같아."

"유일하게 시간을 되돌릴 수 있는 게 사람의 마음이야."

"너희는 어때? 너희도 늙은 것 같지 않아?"

"성숙한 거지."

"초심을 잃지 않았다는 증거야."

이렇게 몇 마디 오간 후, 두 녀석도 따분하고 지루했는지 동시에 이상한 동물을 보는 것 같은 눈빛으로 나를 쳐다봤다. 나는 말없이 눈만 끔뻑거렸다. 이때 천칭평이 갑자기 뭔가 떠오른 표정으로 물었다.

"맞다, 방금 전 그 여자는 누구 여자친구야?"

우랴오가 기다렸다는 듯이 나를 가리켰다.

"얘!"

"왜 그렇게 호들갑이야? 내가 네 딸을 건드린 것도 아닌데, 내가 시치미 뗄까봐 걱정이야?"

"우랴오, 딸이 있어?"

"헛소리야!"

"헛소리지, 헛소리고 말고. 그런데 뭐 찔리는 거라도 있는 모양이지? 아니면 그렇게까지 흥분할 거 없잖아?"

"둘 다 그만해. 내가 물어본 이유는, 그 여자 화장실 간 지 20분도 넘었는데 아직도 안 돌아오잖아."

당연한 것을 뭐 하러 묻나? 화나서 가버렸겠지. 린다이위가 울면서 거리로 달려 나가는 모습이 눈앞에 그려졌다.

"그걸 내가 어떻게 알아? 여자들은 화장실 가면 원래 오래 걸리지 않아? 여자 신체 구조를 몰라서 그 이유는 모르겠지만."

샤오샤오가 또 사람 좋은 척했다.

"쓸데없는 소리 하지 말고 어서 가서 찾아봐."

나는 어쩔 수 없이 화장실 앞으로 갔다. 아무도 없는 것 같아 직원에게 물어봤다.

"저기요, 혹시 이쪽으로 흑모란• 한 송이가 날려 오지 않았나요?"

"네? 어떤 흑모란 말씀인지?"

"새하얀 옷을 입은 흑모란이요."

"아, 혹시 말레이시아인 비슷하지 않나요? 아래로 내려갔어요."

"얼마나 됐죠?"

"십 분쯤이요."

나는 카운터에서 전화를 빌려 말레이시아인 린다이위에게 전화했다. 그녀가 경계하는 목소리로 받았다.

"누구세요?"

"나야, 나. 왜 먼저 간 거야?"

그녀가 버럭 소리를 질렀다.

"너 자신한테 물어봐!"

"내가 뭘 어쨌는데? 어디 가는 거야?"

"죽으러 간다!"

나는 미안한 마음에 겸연쩍게 웃으며 그녀를 달랬다.

"허허, 에이, 곱게 죽어주면 누구 좋으라고?"

"꺼져! 네가 어떤 놈인지 아주 잘 알겠어. 망할 놈의 개자식! 이제 날 속이기까지 해? 비행기 타고 온 사람이 남자라며? 그 여자는 뭔데? 그 여자 앞에서 너, 아주 가관이더라? 네 꼴을 보고 있자니 토 나오겠더라!"

• 흑진주처럼 검으면서도 아름다운 것을 비유하는 말.

그녀가 이렇게 막말을 한 것은 처음이었는데, 난 또 한 번 기름을 붓고 말았다.

"어라? 사람 말도 할 줄 아네?"

"개자식! 헛소리 그만 해! 이제 끝이야!"

보아하니 이번에는 제대로 화가 난 것 같았다. 하지만 뭐 크게 놀랄 일은 아니다. 여자들은 늘 이렇게 요란하게 이별을 통보했다. 그녀가 내게 상처를 준 첫 여자도 아니고, 이번이 여자에게 상처받는 마지막도 아닐 것이다. 내가 그녀에게 잘못한 것은 인정하지만 내가 감정적으로 자책할 필요는 없다고 생각했다. 나는 이 세상에 나에게 무조건 당당하고 떳떳한 사람은 없다고 본다. 이미 습관이 된 지 오래라, 전혀 아무렇지 않았다. 카운터 앞 거울에 비친 내 얼굴을 보면서, 내가 언제부터 이렇게 웃지도 울지도 못하는 애매한 표정으로 살아왔나 싶었다. 이 표정은 내 얼굴에 점점 더 깊이 각인되어 마치 원래 내 피부인 것처럼 도저히 떼어낼 수 없었다.

나는 수화기를 내려놓고 카페 테이블로 돌아갔다. 세 사람은 내 모습에 적잖이 당황했다. 공허한 내 마음에 갑자기 약탈과 파괴 욕망이 솟구쳤다. 나는 이 상황을 더욱 당황스럽게 만들어 세 사람이 황당해 미치는 꼴을 보고 싶었다. 천칭평이 아무 것도 모르고 나를 보며 걱정스러운 표정으로 물었다.

"괜찮아? 여자친구는 어디 갔어?"

나는 의자에 털썩 주저앉았다. 오늘 저녁 이 카페에 온 이후로 가장 편안한 자세였다.

"피곤하다고 먼저 돌아갔어. 더 이상 신경 쓸 거 없어. 우리 얘기나 하자고. 얘기 계속해봐."

천칭핑은 앞에 하던 얘기를 다시 꺼냈다. 이번 이야기는 지루하고 겉만 번지르르한 감정 타령에서 벗어나 문학적으로 한 단계 발전시켰다. 그녀는 마치 인터뷰하는 성공한 커리어우먼처럼 진지해졌다.

"두서없이 말이 좀 많았지? 얘들아, 내가 지금 제일 두려운 게 뭔지 알아?"

"바퀴벌레? 쥐? 생리통?"

"아니, 아니야. 샤오마, 장난치지 마. 사실, 난 지금 눈을 깜빡이는 게 제일 두려워."

"눈을 깜빡이는 게 무섭다고? 왜?"

"내가 눈을 깜빡이는 사이에 시간이 훅 지나가버리니까. 일 년, 이 년, 오 년…… 그 긴 시간이 눈 깜빡할 사이에 지나가버렸어. 너희 혹시 현미경으로 미생물 관찰해본 적 있어? 미국에서 그 일을 했는데, 이 일을 하면서 가장 중요한 게 바로 눈을 깜빡이지 않는 거야. 눈을 깜빡이는 사이 렌즈 아래 유리 슬라이스에서 천지가 개벽할 어마어마한 변화가 일어날 수 있거든. 그 짧은 시간에 에이즈 바이러스가 림프 세포에 침투하고 아메바가 둘로 나뉠 수도 있어. 생각해보면, 인간의 삶도 이렇지 않아? 눈 깜짝할 사이에 중관춘*이 실리콘밸리가 됐고 이제 베이징 길을 하나도 모르겠더라. 우린 어느새 이렇게 늙어버렸고. 이 모든 것이 정말 눈 깜빡할 사이에 변해버렸어. 그래서 난 눈을 깜빡이는 게 무서워. 내가 눈꺼풀 몇 번 부딪히는 사이에 내 인생이 완전히 뒤바뀔까봐, 이 세상이 완전히 다른 세상으로 변해버릴까봐."

* 중국 경제 개발 과정 중, 전자 제품 전문 상가에서 중국의 '실리콘밸리'로 급성장한 중국 IT 산업의 중심지.

"저런, 그랬구나. 네 말을 들으니 눈 깜빡이는 게 정말 무서운 일이네."

"나도 눈 깜빡할 사이에 세상이 변하는 게 무서워. 하지만 내가 눈을 깜빡일 수 있는 건 축복이기도 해."

"무슨 뜻이야?"

"천칭핑 말처럼 눈을 깜빡이는 사이, 우리는 시간의 터널을 지나게 돼. 눈 한 번 깜빡였을 뿐인데 세상이 변해버리지. 하지만 다른 각도에서 보면 어떨까? 눈을 깜빡이는 건 사진기 셔터를 누르는 것처럼 인생이 바뀌는 그 순간의 마지막 장면을 찍는 거야. 이 장면은 내 기억 속에 각인돼 영원히 지워지지 않는 불변의 사진으로 남을 거야. 눈을 깜빡이는 순간 어쩔 수 없이 시간이 지나가버리겠지만 그 순간을 우리 마음속에 영원히 가둬둘 수 있어. 만약 이 사진이 없다면, 우리 인생은 정말 무의미하고 허무해질 거야."

천칭핑이 감탄사를 연발하며 샤오샤오의 심오한 인생관에 찬사를 보냈다.

"정말 그러네. 샤오샤오, 정말 대단해."

하지만 난 지겹고 짜증나 미칠 지경이었다. 오늘 우리가 모인 목적은 사랑 혹은 섹스인데 이 두 사람은 철학 토론을 벌이고 있으니. 우랴오 입장도 나와 비슷했다. 상황이 이대로 흘러가면 샤오샤오에게 유리해질 것이 뻔하니까. 다행히 천칭핑이 구체적인 문제로 화제를 돌렸다.

"눈 깜빡 할 사이에 흘러간 지난 몇 년 중, 만약 깜빡하기 직전 기억에 저장된 불변의 사진이 있다면, 어떤 장면일까?"

"네가 먼저 말해봐. 네 사진은 어떤 장면인데?"

"당연히 미국으로 떠나던 순간, 공항이겠지. 공항 터미널에 사람이 바글바글하고 활주로에 수많은 비행기가 늘어서 있었어. 그중 가장 돋보이는 건 당연히 보잉 747이었지. 편명은 Z-743. 그런데 지금은 그 마지막 장면에 비행기가 있었는지 없었는지 가물가물해. 있다면 나는 아직 땅 위에 있을 것이고, 없다면 나는 이미 하늘을 날고 있는 거겠지."

그녀가 우리에게 질문을 돌리자 우랴오가 가장 먼저 대답했다.

"난 IBM 입사시험장 앞. 그때 네가 나를 데려다줬어. 그게 우리의 마지막 만남이 됐지. 시험장 안에도 밖에도 입사지원서를 든 사람이 엄청 많았어. 그런데 그 장면에 네가 있었는지 가물가물해. 만약 네가 있으면 내가 시험장에 들어가기 전이겠고, 없으면 내가 시험에 떨어진 후겠지."

이번에는 샤오샤오 차례다.

"나는 우리 과 사무실, 책상 앞에 늘 비실비실하던 여교수가 앉아 있었어. 그날이 우리의 마지막 만남이었어. 그 장면에 네가 있는지 없는지 희미해. 만약 있다면 내가 유학 결과 통지서를 받으러 가는 길이겠고, 없으면 내가 연구생 추천서를 받으러 가는 길일 거야."

천칭펑이 살짝 실망한 표정으로 말했다.

"어째 내 모습이 다 희미하네."

"너무 양심 없는 거 아니야? 네 사진 속에는 아무도 없잖아."

"그럼, 샤오마, 너는? 네 사진 속에는 내가 있어?"

"없어."

"희미한 그림자도 없는 거야? 그럼 네 마지막 장면은 뭔데?"

"아주 캄캄한 세상. 눈앞에 작은 그림자가 어른거리고 먼 곳은 그

낭 온통 새카매. 그리고 내 뒤통수에 아주 크고 시커먼 기둥이 서 있어."

"혹시 야밤에 호수에 빠졌던 그날 아니야?"

천칭핑이 키득키득 웃었다. 나와 그녀만 아는 사실이 있다. 그녀는 내 마지막 장면 속에 시각적으로는 존재하지 않지만 촉각적으로 그녀의 존재가 명확히 느껴졌다. 그날 밤 그녀는 내게 미국 교수를 따라 미국에 간다고 말했다. 또한 우리가 호숫가에서 아름다운 마지막 사랑을 나눈 날이기도 하다. 샤오샤오가 머리를 긁적이며 중얼거렸다.

"난 줄곧 샤오마가 현실주의자라고 생각했는데."

"어쨌든 나도 눈 깜빡이는 게 좋지는 않아."

"어째서?"

"난 과거의 삶도 싫고, 미래의 삶도 싫어. 난 그냥 삶 자체가 싫어."

중산층 사고방식에 빠진 우랴오는 나를 전혀 이해하지 못했다.

"그럴 리가. 너무 과한 말 아니야?"

"역시 현실주의자."

"나는 과거에 늘 미래의 삶을 기대했는데, 막상 그 미래에 와보니 과거가 너무 빨리 지나가버렸다는 생각이 들었어. 정말 눈 깜짝할 사이야. 어쩌면 그래서 나도 삶을 싫어하게 됐는지 몰라."

그녀가 여기까지 말하고 잠깐 실례한다며 화장실에 갔다. 우랴오가 길게 한숨을 내쉬었다. 머리 아픈 토론에서 드디어 벗어났다는 뜻이리라. 그는 잠시 침묵하며 생각에 잠겼다가 갑자기 흠칫하더니 나와 샤오샤오에게 바짝 다가앉았다.

"좋은 생각이 떠올랐어."

"무슨 생각?"

"신사협정을 위한 공평한 페어플레이 방법. 들어봐. 천칭평이 오기 전에 한 사람이 한 달씩 대시해서 능력껏 도전해보자고 했잖아. 그런데 먼저 대시하는 사람이 절대적으로 유리하고 뒷사람이 절대적으로 불리한 게 문제였지. 그래서 이 문제를 해결할 방법을 제안할게. 간단한 몸 풀기 게임을 해서 순서를 정하는 거야."

"어떤 게임?"

"눈싸움! 누가 가장 오래 버티는지 겨루는 거야. 가장 마지막에 눈을 깜빡이는 사람이 첫 번째로 대시하고, 가장 먼저 눈을 깜빡이는 사람은 맨 나중이 되는 거지. 누가 끝까지 이 악물고 버틸 수 있는지, 인내력과 의지력을 겨루는 거지. 어때?"

샤오샤오가 잠시 생각한 후 대답했다.

"그것도 한 방법이긴 해."

"말도 안 돼. 이건 내가 절대적으로 불리해. 난 눈이 작아서 버티기 힘들다고."

"네가 지금 이것저것 따질 입장이야? 사실 넌 참가 자격도 없어. 너, 방금 그 여자랑 헤어졌어? 헤어지고 싶어도 이렇게 빨리는 불가능하겠지. 우리가 그래도 지난 세월 쌓아온 우정을 생각해서 끼워준 거야. 네 마음이 갸륵해서 그나마 참가 자격을 준 거라고."

가만 생각해보니 이 방법도 재미있을 것 같았다.

"그래, 그렇게 해. 다들 갑자기 상황이 불리해져도 어쩔 수 없는 거야."

사람 좋은 샤오샤오가 날카로운 눈빛으로 우랴오에게 경고했다.

"눈꺼풀에 손을 대면 절대 안 돼. 이런 짓은 네가 잘 하지."

이번에는 우랴오가 나에게 경고했다.

"더러운 방법으로 상대방을 방해하면 절대 안 돼. 이런 짓은 네가 잘 하지."

"언제 시작할 거야?"

"천칭핑이 돌아와 의자에 앉자마자."

우리는 합의를 끝내고 각자 준비 태세에 돌입했다. 나는 안구 운동을 시작했고 우랴오는 힘을 비축하려는 듯 미친 듯이 눈을 깜빡였다. 샤오샤오는 가지고 있던 안약을 꺼내 눈에 떨어뜨렸다. 직업과 준비 상황으로 보면 샤오샤오가 가장 유리해보였다. 잠시 후 천칭핑이 돌아오자 우랴오가 조용히 말했다.

"어서 준비해, 준비하라고."

우리의 시선이 그녀의 발걸음에 집중됐다. 5, 4, 3, 2, 1. 그녀의 엉덩이가 의자에 안착하는 순간, 게임이 시작됐다. 다들 온몸의 기운을 끌어 모아 버티기에 돌입했다. 우리 셋 모두 갑자기 입을 다물자 천칭핑이 어리둥절한 표정으로 우리를 쳐다보다가 여섯 개의 눈동자가 이글거리는 것을 발견했다. 그중 동그란 두 개는 샤오샤오이고, 삼각형 모양 두 개는 우랴오이고, 아무리 힘을 줘도 부릅뜰 수 없는 가늘게 찢어진 두 개는 나다.

"무슨 일이야? 너희 눈 왜 그래?"

"우리 지금 간단히 게임 중이야."

"무슨 게임?"

"눈 깜빡이지 않기."

"왜?"

"방금 전에 눈 깜빡이는 것에 대해 심도 깊은 토론을 했잖아. 과거를 기념하고 미래를 기대하고 지금 스쳐가는 시간을 붙잡는 일에 큰 흥미가 생겼거든. 그래서 이 게임을 해보기로 했지. 지는 사람이 주말에 밥을 사기로 하고."

천칭핑이 까르르 웃었다.

"너희 정말 유치해. 그런데 듣고보니 재미있겠어. 나도 같이 할래."

"넌 해도 소용없어."

"왜? 다 같이 과거를 기념하고 미래를 기대하고 지금 스쳐가는 시간을 붙잡는 거잖아."

우리는 눈꺼풀에 온 힘을 모으느라 더 이상 왈가불가할 상황이 아니었다.

"그럼, 나도 지금부터 시작한다."

이때부터 네 사람은 눈꺼풀을 정지시켰다. 가끔 눈동자를 굴리며 살아 있음을 표현했다. 이 게임은 정말 힘들었다. 눈 깜빡임이 숨쉬기나 방귀처럼 인간의 기본적인 생리현상임을 새삼 깨달았다. 시작한 지 얼마 지나지 않았는데 눈이 시렸다. 나는 머릿속에 물고기와 새를 떠올리는 데 집중했다. 눈꺼풀이 없는 동물들을 떠올리면 왠지 더 힘이 날 것 같았다. 이때 천칭핑이 다시 운을 떼웠다.

"그냥 앉아 있으려니 좀 지루하네. 우리 게임 하면서 얘기 좀 하자."

보아하니 그녀는 이 게임이 별로 힘들지 않은 모양이다. 눈이 커서 그런가? 혹시 구조상 쌍꺼풀이 내부에서 눈꺼풀을 받쳐줘서 쉬운가? 어쨌든 그녀가 신나게 이야기를 시작했고 우리는 그녀 얘기를 받아줘야 했다.

그럼 이제 무슨 얘기를 해야 할까? 옛날 얘기, 인생 얘기는 이미 다 했다. 평소대로라면 이제 침대 얘기를 할 차례지만 지금 셋 다 여유가 없었다. 눈을 부릅뜬 채 대화를 강요당한 입장이니까. 그나마 우랴오가 조금 쓸 만한 말을 했다.

"견제하기 시작하면 에너지 소모가 더 커져."

그래서 나는 오직 게임에만 집중하고 누가 이길 것인가는 생각하지 않기로 했다. 어쨌든 승부가 나면 홀가분해질 테니까. 물론 나는 지고 싶지 않지만, 이것은 신사협정에 근거한 게임이다. 누가 더 신사적인지를 겨루는 게임이니 결국 가장 바보스러운 사람이 될 것이다. 우랴오와 샤오샤오도 비슷한 생각이겠지. 우리 셋은 결의에 찬 표정으로, 관자놀이에 힘줄이 튀어나올 정도로 눈을 부릅떴다.

천칭평은 우리와 입장이 달랐다. 그녀는 늘 칼자루를 쥐고 있어 필사적일 이유가 없으니 그저 놀이를 즐기기만 하면 된다. 그녀는 매우 여유로워 보였다. 심지어 너무도 아무렇지 않은 표정으로 '사랑'이란 주제를 들먹였다. 그녀가 사랑이 어쩌고저쩌고 떠들다니, 나는 너무 놀랍고 기가 막혔다.

"그럼, 우리 이제 사랑에 대해 얘기해볼까?"

우랴오가 갑자기 큰 충격을 받았는지 뜬금없이 재채기를 시작했다. 재채기는 한참 이어졌다. 이 순간 그에게 큰 위기가 찾아왔고 우리는 인간의 표정이 이렇게 기괴할 수 있다는 사실을 처음 알았다. 입이 벌어지면서 콧대가 위로 올라올 때, 필사적으로 위아래 얼굴 근육이 따로 놀았다. 위쪽은 철판처럼 단단하게 굳었고 생리현상에 내맡긴 아래쪽은 엉망진창으로 일그러졌다. 말, 노새, 낙타 같은 구유 동물이 재채기 하는 모습과 비슷했다.

샤오샤오는 평소와 다름없이 침착함을 유지했다. 그는 필사적이고 간절할수록 더 차분해졌다. 표정은 고요한 물처럼 평온했지만 속에서는 광풍이 몰아칠 것이다. 이렇게 학문과 교양을 갈고 닦아 고수가 된 남자는 사정을 할 때도 아무 소리도 내지 않을까?

하지만 나는 그녀가 '사랑'을 언급하는 순간 불뚝 화가 치밀었고 툭 까놓고 말해야겠다는 생각이 들었다.

"사랑에 대해 말하자고? 도대체 무슨 말을 듣고 싶은데? 우리가 누굴 사랑했는지 듣고 싶어? 이건 우리가 할 수 있는 말 중에 가장 쓸데 없는 말 아니야? 천칭핑, 너처럼 똑똑한 애가 이런 쓸 데 없는 말을 좋아한단 말이야?"

천칭핑은 내 공격적인 태도에 놀란 듯 뒤쪽으로 고개를 돌렸다.

"샤오마, 너 오늘 왜 이렇게 시비조야? 도대체 뭣 때문에 그래?"

"아, 미안, 미안. 게임에 집중하느라 눈을 부릅뜬 거잖아. 화난 것처럼 보일 수도 있겠네."

우랴오가 재채기를 멈추려 코를 틀어막고 말했다.

"힘들어? 그럼 억지로 버티지 마."

"우리 지금 누가 더 고통을 참고 억지로 버티는지 내기하는 거 아냐?"

"내가 말하고 싶은 건 구체적인 사랑이 아니라 추상적인 사랑이야. 너희, 우리 삶에서 추상적인 사랑이 차지하는 부분이 얼마나 될 것 같아?"

"도대체 무슨 논리야? 사랑을 어떻게 구체적인 것과 추상적인 것으로 나눠? 사랑은 원래 추상적인 거야. 구체적인 건 사랑이라고 부르지 않아."

"그럼, 구체적인 사랑은 뭐라고 불러?"

"생물학에서는 교배, 기상학에서는 운우雲雨•, 역사학에서는 양무

운동."

천칭핑도 살짝 기분이 언짢았다.

"너 정말 왜 그래? 왜 자꾸 대립각을 세워?"

나는 대화 주제를 명확히 분석한 것뿐인데, 그녀의 반응을 보니 묘한 쾌감이 느껴졌다.

"우린 원래 생각이 잘 안 맞았어. 하지만 다른 부분에서는 잘 맞았지. 안 그래?"

"다른 부분?"

우랴오가 눈치 없이 되물었다. 천칭핑의 큰 눈이 살짝 가늘어진 것을 보니 확실히 화가 난 모양이었다. 나는 다시 그녀를 도발하려다 아니다 싶은 생각이 들었다. 두 녀석 앞에서 우리의 교배, 운우, 양무운동이 얼마나 훌륭했는지 까발릴 수는 없으니까. 내가 목구멍까지 올라온 말을 삼키는 순간 우랴오가 천칭핑에게 물었다.

"먼저 추상적인 사랑과 구체적인 사랑이 어떻게 다른지부터 말해봐."

"한 마디로 말하긴 힘들어. 구체적인 사랑은 네가 사랑하는 어떤 사람이고, 추상적인 사랑은 네가 어떤 사람에게 느끼는 사랑의 감정이랄까? 이렇게 말하니 더 이상하네. 중언부언이 돼버렸어."

이때 샤오샤오가 불쑥 끼어들었다.

"내 생각에는, 구체적인 사랑은 대상이 있고 추상적인 사랑은 대상이 없어. 그렇지 않아?"

"그래, 맞아. 바로 그거야. 역시 샤오샤오야."

● 글자 뜻풀이만 보면 '구름과 비'이지만 남녀의 육체관계를 비유하는 말. 운우도雲雨圖, 운우지락雲雨之樂, 운우지정雲雨之情, 운우지몽雲雨之夢 등의 표현이 있다.

.

"대상이 없다고? 왠지 발뺌하는 분위기인데?"

다들 난감한 표정으로 나를 쳐다보고 사람 좋은 샤오샤오까지 목소리를 높였다.

"샤오마, 너 정말 왜 이래?"

이번에는 우샤오가 한 글자 한 글자 힘주어 말했다.

"게임을 하는 동안에는 그렇게 말하는 게 좋지 않을 텐데?"

그는 나를 외면하고 나머지 두 사람에게 말했다.

"얘 말 신경 쓸 거 없어. 원래 구체적인 인간이잖아. 추상적인 사랑은 우리끼리 얘기하자고."

"너희, 지금 몇 살이야? 이 나이에 사랑 토론을 한다고? 웃기지 않아?"

샤오샤오가 진지한 표정으로 대꾸했다.

"제발 그런 식으로 말하지 말아줄래? 샤오마, 너 이러는 거 굉장히 유치해."

"맞아. 추상적인 사랑이 뭐가 어때서? 이건 세상 모든 사람에게 필요한 거 아니야?"

"추상적인 사랑, 대상이 없는 사랑? 도대체 그게 어떤 건지 제대로 생각이나 해봤어? 도대체 대상이 없는 사랑이 뭐야? 대상이 없다는 건 구체적인 뭔가가 아니라는 거지? 그럼 결국 세상의 모든 것이라는 뜻이네? 그러니까 대상이 없는 사랑은 모든 이성 혹은 순수한 이성에 대한 사랑이군? 홍젠•이 '결국 다 생식기의 충동적인 욕망이야'라고

• 중국의 저명한 문학가이자 학자인 첸중수錢鐘書의 소설 「웨이청圍城」의 주인공. 이 작품은 중국 지식인 계층의 다양한 군상에 대한 풍자를 통해 당시 현실 사회의 결점과 모순을 드러내고자 했다.

한 거 몰라? 중산층은 이런 게 필수던가?"

"넌 왜 그렇게 중산층에 적대적이야?"

"적대적이라니, 그럴 리가 있나! 내 말은, 중산층은 이 사회의 남성 생식기와 같은 존재야. 손오공의 여의봉처럼 자유자재로 늘었다 줄었다 할 수 있는 강력한 무기잖아. 우리 모두가 우러러보는 존재지!"

천칭펑도 한 마디 했다.

"그렇다면 추상적인 사랑에 대한 적대감도 거둬줄래? 네 말대로 중산층에 속한 것이니까 편견을 갖지 말라고."

"인류 공통의 가치야."

"알았어, 알았다고. 그런데 그 토론이 무슨 의미가 있어? 지금 내 눈이 부들부들 떨리고 관자놀이가 폭발할 지경이야. 곧 눈동자가 찢어질 것 같다고, 미치겠네."

"왜 의미가 없어?"

세 사람이 동시에 반문했고 나는 크게 외쳤다.

"사랑에 구멍이 있어?"

"뭐? 구멍?"

천칭펑이 어리둥절한 표정을 지었다.

"그래. 구멍, hole!"

나는 우랴오를 똑바로 쳐다봤다.

"방금 전에 얘기 했던 거잖아? 구멍 있는 물건만이 삶의 활로가 된다! 사랑에 구멍이 있어? 사랑은 인생의 막다른 골목이야."

"내가 그런 말을 했다고? 무슨 항문외과 의사가 하는 말 같은데?"

"부인하시겠다? 그래라. 그럼 너희끼리 토론 잘 해봐. 난 추상적인 사랑에는 전혀 흥미 없어."

"내 생각엔, 너 눈 때문인 거 같은데? 도저히 못 참겠어서 일부러 어깃장 놓는 거지? 너, 여전하구나. 초조하면 괜히 심술부리고, 얼토당토않은 막말이나 지껄이고."

"흐흐흐, 역시 넌 나를 잘 알아."

나는 눈꺼풀을 까뒤집는 시늉을 하고 입을 다물었고 세 사람끼리 추상적인 사랑에 대해 토론을 시작했다. 졸졸 작은 시냇물이 흐르고 멀리서 낙타 방울 소리가 들려오는, 대략 그런 분위기였다. 샤오샤오와 우랴오도 지루한 것이 분명했지만 천청핑이 무슨 속셈인지 알 수 없으니 눈을 깜빡이지 않으려고 필사적으로 버티는 것처럼 마지못해 그녀를 상대하는 것 같았다. 나는 테이블에 엎드려 가만히 세 사람 눈을 지켜봤다. 샤오샤오는 눈에 힘을 주느라 코를 씰룩거렸고 우랴오는 빨갛게 충혈된 눈동자가 당장이라도 빠져나와 찻잔에 골인할 것 같았다. 신기하게도 천청핑은 오랜 시간이 지났는데 눈 한 번 깜빡이지 않은 것은 물론이고 지친 기색 하나 없었다. 그리고 일부러 할 말을 만들어가며 끊임없이 이야기했다.

"구체적인 사랑은 순식간에 지나가버리지만 추상적인 사랑은 오랫동안 우리 마음에 간직할 수 있어. 마음속에!"

나는 눈꺼풀이 블랙홀로 변해 내 머리통 전체를 집어삼키는 기분이었다. 여유 넘치는 천청핑의 두 눈을 보니, 점점 자신이 없어졌다. 곧 마지막 방어선이 무너질 것 같아 얼른 옆 테이블로 고개를 돌렸다. 이때 우리 옆 테이블에 특이한 젊은이들이 앉아 있었다. 이렇게 훌륭한 근육들이 한 자리에 모인 모습은 난생 처음 봤는데 정말 장관이었다. 이 젊은이들은 보디빌더가 틀림없다. 하나같이 우람한 체격에 손바닥만 한 쫄티를 입었고 각 잡힌 몸에 윤기가 좌르르 흘렀다. 작은 산처럼 불끈 솟은 가슴 근육과 빨래판 같은 왕王자 복근은 정말 압권이었다. 이 근육들이 여기에서 뭘 하는 것일까? 그들은 빨래판처럼 크고 두꺼운 스테이크를 먹으며 근육에 대해 토론 중이었다.

"성룡? 에이, 아니지. 성룡은 가슴 근육이 타원형이잖아. 딱 봐도 아시아 스타일을 못 벗어났잖아. 그냥 연예인 몸매지, 그게 어디 제대로 된 근육이야? 그냥 새가슴이지."

"성룡이 아니라 쳐도, 이소룡은 괜찮지 않아?"

"안 돼. 너무 말랐어. 성룡은 그래도 새가슴이라도 되지, 이소룡은 말라비틀어진 새가슴이야."

"네 말대로 하면 중국인 근육은 영 가망이 없잖아."

"내가 언제 그렇게 말했어? 다만 지금까지 너무 먼 길을 돌아왔다는 뜻이야."

"그럼, 도대체 어떤 근육이 진짜 근육이야?"

"아널드 슈워제네거를 보라고. 오십이 넘었는데 아직도 가슴 근육이 어마어마하게 크고 두껍잖아."

"서양 문물을 너무 숭배하는 거 아니야? 슈워제네거 근육이 크긴 크지. 하지만 아직도 탄탄한지 어떻게 알아? 어쩌면 여자들 뽕브라처럼 조작된 걸 수도 있어."

"인정할 건 인정해야지. 근육만큼은 서양을 숭배하고 배우지 않을 수 없어. 슈워제네거의 거대한 가슴 근육이면 이소룡을 압사시켜버릴 테니까."

"난 너의 그 부분이 정말 마음에 안 들어. 단순히 근육 모양만 보면 안 돼. 유명한 서양 근육질들이 대부분 약골이라는 말 못 들었어? 근육촉진제를 너무 많이 맞아서 고환이 땅콩만 해졌다잖아."

나는 근육들을 뚫어져라 쳐다보면서 그들의 토론을 들었는데, 꽤 흥미로웠다. 그래, 우리 인생에는 이렇게 추상적인 사랑과 근육이 공존해야지. 그런데 이 순간 문제가 생겼다. 갑자기 왼쪽 눈에 경련이 일어 심하게 떨리기 시작했다. 눈을 깜빡이지 않도록 코를 잡아당겨 눈꺼풀을 아래로 늘였다. 이때 서양의 거대 근육을 추종하는 근육남이 나를 주시했다. 그는 잠시 나를 노려보다가 벌떡 일어섰다.

"이봐, 누굴 꼬나보는 거야?"

"내가 꼬나봐? 당신을?"

가만 생각해보니 지금 내 눈 상태가 매우 기형적이니 누가 봐도 도발한다고 느낄 만했다. 하지만 나도 기분이 몹시 안 좋은 상황이라 피하지 않고 계속 그를 주시했다.

"그냥 보는 게 아닌데? 지금 내 앞에서 이소룡 흉내라도 내겠다는 거야?"

"이소룡?"

내 허벅지만큼 두꺼운 근육남의 이두박근과 덥수룩한 겨드랑이털이 내 눈앞을 어지럽혔다.

"그래, 이소룡! 아니면 그 손, 왜 계속 코를 만지작거려? 그게 이소룡 흉내 아니야? 아직도 이렇게 삑 하면 주먹질이나 하는 사람들이 있다니까. 근육을 무시하고, 우람한 근육을 보면 이소룡이 러시아 거구를 쓰러뜨리던 게 생각나나?"

나는 술기운을 빌려 용감하게 대꾸했다.

"내가 내 손으로 내 코 만지는 게 뭐가 문제야? 네 어미를 만진 것도 아니고."

하지만 말이 끝나기도 전에 숨이 탁 막히고 발이 허공에 붕 떴다.

그가 내 멱살을 잡고 의자에 앉아 있던 나를 끌어올렸다. 엘리베이터를 탈 때처럼 순간적으로 무중력을 느꼈고, 그제야 정신이 번쩍 들었다. 아무래도 이 근육 덩어리는 현지화 근육과 서양화 근육의 논쟁으로 기분이 상해 화풀이 상대가 필요했던 모양이다. 내 두 다리는 실험용 개구리처럼 힘없이 흔들리며 간간이 움찔거렸다. 개구리답게 두 눈이 툭 튀어나왔다. 오랜 시간 깜빡이지 않은 눈은 평소보다 몇 배 커졌고 흥분과 충격으로 머리에 피가 몰리자 두 눈이 순식간에 새빨갛게 부어올랐다. 이 눈은 서양화 근육을 추종하는 근육남을 더욱 자극했다. 그는 나를 끌어당겨 말처럼 단단한 뺨 근육을 가까이 대고 위협적으로 중얼거렸다.

"이 자식, 아직도 꼬나 봐?"

나는 이 상황에서도 눈을 깜빡이지 않았다. 샤오샤오는 놀라서 굳어버렸고 그나마 정신이 있는 우랴오는 '참아요, 참아요'라며 근육남을 달래는 척 하면서 가까이 다가와 내 눈을 감시했다. 그는 나를 들어 올린 근육남의 팔을 쓰다듬으며 머리를 굴렸다. 하지만 강철처럼 단단하고 나무 기둥처럼 우람하고 유약을 바른 것처럼 번쩍이는 팔뚝 앞에서 뭘 할 수 있겠나? 우랴오가 이 팔뚝에서 나를 꺼내주리라는 기대는 애초에 없었다. 기껏해야 부드럽게 달래는 정도겠지. 그는 근육남 팔뚝을 몇 번 쓰다듬고 찬사를 쏟아냈다.

"정말 천생 장사십니다."

"개소리! 이건 후천적인 노력의 결과야. 물론 과학적인 식이조절도 필요하지."

"정말, 대단해요. 대단해!"

우랴오는 찬사를 이어가면서 고소하다는 눈빛으로 나를 힐끗 쳐다봤다. 이때 나는 목이 조여 눈이 뒤집힐 것 같았다. 온 힘을 다해 목구멍을 넓히는 동시에 천천히 흘러내리는 눈꺼풀과 사투를 벌이느라 녀석을 신경 쓸 여력이 없었다. 얼핏 뭔가 의견을 구하는 말이 들렸다.

"흥정해야겠지?"

"무슨 흥정? 근육 덩어리 값을 치르라고?"

근육남이 노발대발하며 멱살을 더 강하게 비틀었다. 내 사지가 강하게 요동치자 깜짝 놀란 카페 손님들의 시선이 내게 집중됐다.

"아니, 아니. 근육 값이 아니라, 저쪽에 값을 치르라고. 이봐요, 얼마면 이 녀석을 놔주겠어요?"

"뭐요?"

우랴오 말은 확실히 근육남의 관심을 사로잡았다. 그는 나를 위아래로 훑으며 대답했다.

"흥정이란 게 좀, 돈 얘기를 하는 게 좀 그런데…… 그쪽이 먼저 얘기해보시지."

"그럼, 내가 먼저 말할 테니, 적다고 화내지 마쇼. 이백, 됐죠?"

"아니, 아니."

근육남이 손목을 비틀어 내 몸뚱어리를 흔들었다.

"이 사람 몸값이 이백밖에 안 되나? 너무 싼 거 아뇨?"

"그쪽은 잘 모르겠지만, 나는 이 녀석을 잘 알죠. 뭐 하나 제대로 하는 게 없는 녀석인데 값이 나가겠어요? 이백이면 체면치레에 충분하죠. 뭐, 그쪽이 알아서 결정해요. 시간 끌다 죽기라도 하면 이백 값어치도 없어요."

"안 돼, 안 돼. 말 나온 김에 조금 더 쓰시지? 우리 밥값 계산하는 걸로. 이 인간이 분위기를 깨서 저녁 식사를 망쳤으니, 당연히 배상해야지?"

"좋아요, 얼마로 할까요?"

"스테이크 네 개에, 맥주 여덟 병, 총 삼백육십."

"그럼, 그렇게 합시다. 가져가요."

근육남이 왼손으로 돈을 받고 오른손 힘을 풀었다. 그대로 바닥에 엉덩방아를 찧은 나는 눈앞이 어질하고 별이 보이는 것 같았다. 잠시 숨을 고르는 동안 눈앞에 흩날리던 눈발이 점점 사람 형태를 갖췄다. 나는 넋 나간 표정으로 천장을 올려보며 다시 눈을 부릅떴다. 이 모습을 본 근육남이 재미있다는 듯이 씩 웃으며 내 앞에 쪼그려 앉았다.

"이것 보게나. 이 사람, 아직도 꼬나보네?"

우랴오도 허리를 굽히며 내 얼굴을 살폈다.

"친구, 눈 좀 깜빡여 보시지? 그래야 이 일이 해결되지."

근육남이 손가락 두 개로 강아지 다루듯 내 턱을 살살 긁었다.

"정말 재밌는 사람이네. 도대체 이 눈은 왜 이 모양이야? 이렇게 사람을 꼬나보면 되겠어?"

그의 말이 끝나기 전에 나는 번개처럼 입을 쭉 내밀어 손가락 두 개를 물고 집게처럼 단단히 힘을 줬다. 손가락은 짜고 말랑해서 전병 같았다. 아무리 우람한 근육 덩어리라도 결국 약점은 있기 마련인가 보다. 근육남이 악을 쓰며 아프다고 소리를 지르자 친구 둘이 달려와 내 입을 벌리려 했다. 내가 고개를 흔들며 위협적인 눈빛으로 웅얼거렸다. 우랴오가 내 말을 해석했다.

"이 친구 말은, 아마도 자기를 건드리면 손가락을 더 세게 물어뜯겠다는 뜻일 겁니다."

"안 돼, 안 돼. 난 바벨을 들어야 한다고!"

우람한 근육남이 매우 당황했다. 그 모습을 보니 눈앞의 거대하고 단단한 팔뚝이 한없이 약해보였다.

"그럼, 혹시 흥정을 다시 하시겠소?"

이때 우랴오가 슬쩍 끼어들었다. 근육남이 대답할 사이도 없이 내가 턱에 힘을 주자 우드득 소리가 났다. 근육남이 부들부들 떨면서 바닥에 무릎을 꿇었다.

"알았소, 알았어. 이 삼백육십 돌려줄 테니 손가락 좀 놔요."

"친구 생각은 어떠신지?"

우랴오가 내게 묻자 나는 필사적으로 손가락을 문 채 고개를 세게 흔들었다. 그 바람에 근육남도 온몸을 크게 비틀었다. 강철처럼 단단한 사람이라도 이 상황에서는 꼭두각시가 될 수밖에 없다.

"아무래도 안 되겠네요. 사실 이 친구가 양아치 프롤레타리아라 돈에는 별 관심이 없는데 분을 못 참아요. 아무래도 그쪽이 진심으로 사과해야 할 것 같네요."

근육남이 긴가민가할 때 내가 다시 힘을 주자, 그가 곧바로 바닥에 엎드려 굽실거리며 애원했다.

"형님, 정말 짱입니다. 제가 잘못했습니다. 됐습니까?"

나는 충분히 만족해서 가볍게 입을 풀고 피 섞인 침을 뱉어낸 후 우랴오에게 한마디 했다.

"강함을 이기는 약함의 위대함이 어떤 것인지, 제대로 봤지?"

"그래, 너 짱이다, 짱이야."

주변 사람들도 대단하다며 혀를 내둘렀다. 그런데 찬사가 가라앉기도 전에 다시 사건이 일어났다. 근육남 표정이 사납게 바뀌더니 왼쪽 주먹으로 큰 포물선을 그렸다. 휙 바람소리와 함께 나를 향해 날아온 위대한 주먹이 내 왼쪽 눈을 강타했다. 나는 쿵, 우둑 소리를 마지막으로 눈앞이 캄캄해졌다. 내 몸이 미끄러지듯 바닥을 쓸며 나뒹구는 순간, 근육남이 고함을 내질렀다.

"개자식, 죽여버릴 거야!"

곧이어 천칭핑의 비명이 들렸다.

"911! 아니, 빨리 110 불러!"

나는 정신을 차리자마자 어마어마하게 큰 여섯 개의 눈동자와 마주했다. 보아하니, 이런 사태가 벌어졌는데도 게임은 아직 끝나지 않은 모양이다. 하지만 두 남자 선수는 이미 한계에 다다른 것 같았다. 우랴오는 눈꼬리를 계속 실룩거렸고 샤오샤오 눈은 새빨갛게 충혈돼 토끼눈 같았다. 신기하게도 천칭핑은 아무렇지 않아 보였다. 그녀도 오랫동안 눈을 깜빡이지 않았는데 한없이 여유롭고 편안해보였다. 마치 기인 같았다.

"괜찮아?"

그녀가 내 이마를 어루만지며 물었고 나는 고개를 흔들었다. 저금통 안에 동전이 짤랑거리듯 머리가 윙윙거렸다. 근육남 주먹이 내 머리에 어마어마한 충격을 준 것이 틀림없지만 그녀를 안심시켜야 했다.

"괜찮아."

"이런, 이런."

샤오샤오는 일이 벌어지는 동안에는 찍 소리 없더니 일이 끝나고서야 입을 열었다.

"예전에도 걸핏하면 말썽을 일으키더니, 이 나이 먹고도 아직 못 고쳤어?"

"이게 바로 내 마음이 아직 젊다는 증거 아니겠어? 애석하게도 몸이 안 따라주고 나쁜 놈들을 만나 이렇게 됐지만."

"그만 해. 네가 누구랑 싸워서 이기는 걸 본 적이 없지만. 아, 이것도 알려줘야지. 넌 오늘 게임에서도 졌어."

"내가 왜 져?"

나는 용수철처럼 튀어오르며 소리쳤다.

"나는 눈 안 깜빡였어."

"그래, 그래. 네 마음과 의지는 확실히 그랬어. 하지만 객관적인 조건이나 상황이 선수의 실력 발휘를 방해하기도 하지. 너, 아직 못 느끼나 본데 네 왼쪽 눈, 뭐가 보여?"

나는 그제야 주위를 둘러봤다. 확실히 오른쪽 눈만 보이고 왼쪽은 새카맸다. 정말이네. 우랴오가 기쁨을 감추지 못하며 말했다.

"넌 눈을 깜빡이지 않았지만 주먹에 맞아 왼쪽 눈이 부어오르는 바람에 위아래 눈꺼풀이 붙어버렸어. 완전히 딱 달라붙어서 틈이 전혀 없어."

"그래? 그렇단 말이지?"

나는 비틀거리며 일어나 반짝이는 그릇에 내 얼굴을 비춰봤다. 정말 그랬다. 하지만 끝까지 물고 늘어졌다.

"아니지 않아? 이건 눈을 깜빡인 게 아니잖아."

"왜 아니야? '눈을 깜빡인다'의 정의가 뭐겠어? 위아래 눈꺼풀이 붙는 거잖아."

"그렇게 정의하면 안 되지. 그럼 자는 건? 자는 것도 눈을 깜빡이는 거야?"

"자는 건, 아주 길게 눈을 깜빡이는 것이라고 볼 수 있어. 눈 깜짝할 사이에 세상이 변했다. 자고 일어나니 세상이 바뀌었다는 말은 철학적으로나 수사학적으로 볼 때 같은 의미야. 하지만 어쨌든 너는 이미 졌어. 샤오마. 부디 패배를 부인하지 마. 아니면 우리 투표라도 할까? 샤오마가 졌다고 생각하는 사람 손들어봐."

우랴오는 이미 손을 들었고 샤오샤오가 내 눈치를 보며 천천히 손을 들었다. 천천핑은 미국식으로 어깨를 으쓱하며 투표권을 포기했다.

"좋아. 다수 의견에 따라 우리 게임조직위원회는 샤오마 선수의 패배를 공표합니다. 샤오마 선수는 안타깝게 금메달을 놓쳤지만 훌륭한 체육정신을 발휘했으므로 영광스러운 패배라 하겠습니다. 우리는 샤오마 선수에게 페어플레이상을 수여하도록 하겠습니다."

"닥쳐."

나는 화가 나지만 눈을 깜빡였다는 사실을 인정하고 받아들였다. 우랴오 눈은 온종일 설사에 시달린 항문처럼 지쳤지만 기분이 아주 좋아보였다.

"그럼, 이제 어떻게 할래? 계속 남아서 경기를 지켜볼래, 아니면 빨리 가서 치료를 받을래? 내 생각에는 먼저 몸을 챙겨야 할 것 같은데? 운동선수들이 부상을 방치했다가 선수 생명이 끝나는 경우가 많거든."

"됐어, 됐어. 난 그딴 게임 안 할 거니까. 너희랑 이러는 거 정말 재미없어."

"재미없긴 재미없지. 솔직히 나도 재미없어."

나는 윙윙거리는 머리를 감싸 쥐고 주위를 돌아봤다. 카페에 손님은 거의 없고 직원들만 남아 우리 테이블을 쳐다보고 있었다. 손님들은 방금 전 소동이 벌어졌을 때 다 나간 모양이었다. 벽에 걸린 시계를 보니 벌써 11시가 넘었다. 내가 정신이 몽롱했던 시간이 짧지 않았던 모양이다. 세 사람은 벌써 세 시간 넘게 눈 깜빡이지 않기 게임을 하고 있다. 정말 대단하다.

아무래도 난 먼저 가봐야 할 것 같았다. 가방을 들고 비틀거리며 밖으로 나가려는데 발이 족쇄에 묶인 것처럼 꼼짝도 하지 않았다. 그 바람에 상체만 앞으로 기울었다. 미처 반응할 사이도 없이 몸이 고꾸라지는데 누군가 나를 잡아줬다. 천칭핑이다. 그녀가 두 손으로 내 어깨를 감싸 쥐는 순간, 나는 그녀의 가슴에서 풍겨오는 체취를 흠뻑 느꼈다. 크리스찬 디오르 향수도 그 익숙하고 황홀한 체취를 가리지 못했다. 이 여자는 늘 이렇게 나를 벅차오르게 한다.

"안 되겠다. 이 상태로 어떻게 혼자 가겠어? 내가 데려다줄게."

이 말에 우랴오와 샤오샤오가 어안이 벙벙해졌다. 두 사람은 뚫어져라 그녀를 바라봤고, 우랴오가 다급하게 그녀를 제지했다.

"그, 그럼, 지금 안 가면 되잖아. 샤오마 조금 더 쉬었다 가."

천칭핑이 시계를 확인하고 고개를 흔들었다.

"아니야. 시간도 늦었어. 나도 시차 적응이 안 돼서 아직 좀 피곤해. 집에 가야겠어. 샤오마, 우다오커우五道口에 살지? 내가 가는 길에 데려다주면 돼."

우랴오는 이 갑작스러운 변고에 크게 당황했다.

"아니, 아니야. 그럼, 다 같이 가자. 내가 데려다줄게. 내 차로 가면 돼."

"그럴 필요 없어. 너희 집 어딘데? 너 젠궈먼 쪽에 살잖아? 요즘에 쓰환 도로 공사하더라. 네가 우리 데려다주려면 길을 엄청 돌아가야 하는데, 너무 멀어. 동선으로 따지면 네가 샤오샤오를 데려다주고 내가 샤오마를 데려다주는 게 가장 효율적이야."

우랴오가 반박하려 했지만 천칭펑이 먼저 선수 쳤다.

"오늘은 여기까지 하자. 오랜만에 옛 친구들을 만나서 정말 기뻤어. 귀국해서 좀 외로웠는데 오늘은 기분 정말 좋다. 우리 우정, 계속 이렇게 유지하자."

"그럼, 그래야지."

우랴오는 힘없이 대답하다가 갑자기 고개를 번쩍 들었다.

"그럼, 우리 게임은? 게임 아직 안 끝났는데?"

"그냥 작은 놀이인데 뭘 그렇게 죽자 사자 해?"

천칭펑이 못마땅한지 눈을 동그랗게 뜨고 눈꺼풀에 힘을 줬다.

"놀이는 그냥 놀이로 끝내야지. 그 놀이하다 큰일 날 뻔했는데 아직도 놀이 타령이야? 그렇게 하고 싶으면 너희끼리 계속 해. 각자 집에 가서 계속 하면 되겠네. 못 버텨서 눈 깜빡이면 상대방한테 전화해서 패배를 인정하라고. 그럼 됐지? 신사라면 스스로 규칙을 준수해야지. 신사협정이 너희 스타일이잖아!"

"스스로, 그래 스스로."

우랴오는 더 이상 할 말이 없었다. 더 이상 게임을 고집하면 이상해 보일 테니 그만 포기해야 했다. 천칭펑이 나를 부축하며 물었다.

"그럼, 우리 먼저 갈까?"

전화위복을 맞이한 나는 싱글벙글 하며 그녀의 부름에 답했다.

"갈까?"

두 녀석은 말없이 멀뚱멀뚱 바라볼 뿐이었다. 게임 때문이 아니라 넋이 나가서 눈 깜빡이는 것을 잊은 모양이다. 그렇게 삼십 초쯤 지난 후 천칭펑이 다시 말했다.

"그럼 우리 먼저 간다?"

"간다?"

두 녀석이 계속 말이 없어 나는 천칭펑 손을 잡고 발걸음을 옮겼다. 두 걸음 걸었을 때 갑자기 천칭펑이 발을 멈추고 돌아섰다.

"깜빡 잊었네. 너희한테 말할 게 있었는데."

"뭔데?"

"이번 귀국, 약혼자랑 결혼식 올리려고 온 거야. 그 사람도 대학 방문교수거든. 다들 결혼식에 와야 해."

나는 이 말을 듣자마자 날카로운 웃음을 터트렸다. 목이 아픈 것도 모르고 온 힘을 다해 웃었다. 코미디, 정말 코미디가 따로 없다. 더 웃긴 것은 우랴오와 샤오샤오 두 동지의 반응이다. 두 사람은 수천 년 전부터 그 자리에 있었던 석상처럼 단단히 굳어버렸다. 한참 후에야 부스럭부스럭, 석상이 조금씩 움직이기 시작했다. 우랴오는 공허한 쓴웃음을 지었고 샤오샤오는 머리카락이 쏟아져 얼굴이 보이지 않을 정도로 고개를 푹 숙였다. 우리 셋의 고심과 노력은 또 한 번 물거품이 됐다. 방금 전 그토록 기뻐 날뛰었는데, 불쌍한 우랴오와 샤오샤오. 두 사람은 이 잔인하고 준엄한 현실을 받아들여야 한다. 이것은 매우 난감한 과정일 것이다. 난감한 현실이 다시 반복되면, 그 난감함은 두 배로 늘어난다. 난감함이 극에 달하니 아무 말도 안 나오고 그저 웃음만 났다.

"하하하, 하하하, 하하하!"

우리는 웃음의 주인공이 되어야 비로소 그래도 삶이 재미있다는 사실을 깨닫는다.

천칭펑은 우리 반응에 어리둥절해졌다. 아마도 그녀는 자리를 파하는 순간에 이 소식을 전해야겠다고 미리 생각해뒀을 것이다. 어쩐지 그녀도 난감해보였다. 언제나 익숙했던 유리한 고지에서 내려온 것이 후회스러운지 두 눈을 동그랗게 뜨고 우리를 주시했다. 내 오른쪽 눈은 거리낄 것 없이 자유로웠고 내 왼쪽 눈은 아예 맘 편히 잠들었다. 우랴오와 샤오샤오는 인생의 유머를 도저히 받아들일 수 없는지 눈 깜빡이는 것조차 잊었다.

누군가는 침묵으로 감정을 폭발시키고, 침묵 속에 절망하고, 난감함에 넋을 잃어 의기소침해진다. 그 난감함이 무르익으면 결국 감정이 대폭발을 일으킨다. 샤오샤오가 이 대폭발의 주인공이다. 그는 줄곧 깊은 침묵으로 감정을 숨겨왔다. 추상적인 사랑을 운운하며 학자의 자존심을 지켜왔지만, 더 이상 아무 것도 숨길 수 없었다. 그는 천칭펑으로 인해 세상이 얼마나 불공평한지 새삼 깨달았다. 천칭펑의 마지막 말을 계기로 방아쇠를 당긴 듯, 수도꼭지가 열린 듯 그의 감정이 분출됐다. 이 감정은 짓궂은 남자아이가 소변을 뿌리듯 아주 높고 멀리 날아가 천칭펑 가슴을 적셨다. 샤오샤오는 갓 태어난 아기처럼 으앙 울음을 터트리며 갓 태어난 강아지처럼 천칭펑 발밑에 엎드렸다. 그리고 어미젖을 빨며 위대한 모성을 느끼는 갓 태어난 새끼 양의 눈빛으로 그녀를 바라봤다. 천칭펑은 크게 당황했다. 아마도 이렇게 강렬하고 맹목적인 감정을 마주하게 되리라고는 상상도 못했을 것이다. 그녀는 그동안 우리 셋을 각각 유약하고, 가식적이고, 섹스밖에 모르는 놈이라고 생각했을 것이다. 그래서 늘 우리 앞에서 자신감이 넘쳤을 것이다. 하지만 지금은 어찌할 바를 몰라 안절부절 하며 '왜 그래?'라는 말만 계속 반복했다.

"취했어. 취해서 그래."

역시 우랴오는 현실주의자 중산층답게 빠르게 현실을 인정하고 받아들였다. 그 역시 지치고 힘들었지만 얼른 달려가 샤오샤오 허리를 붙잡고 마대를 옮기듯 끌어냈다.

"샤오샤오가 평소에 술 한 방울 입에 안대잖아. 그래도 그렇지 겨우 그거 마시고 이렇게까지 취할 줄은 몰랐네. 정신 좀 차려, 샤오샤오! 흥분하지 말고. 응?"

샤오샤오는 엉엉 울기만 했다. 그가 하염없이 눈물을 흘리며 치마 아래로 매끈하게 뻗은 천칭핑의 다리를 끌어안고 볼을 비비적거렸다. 나는 웃음을 멈추고 허리를 굽혀 샤오샤오 손가락을 하나하나 떼어 놓은 후 천칭핑을 돌아봤다.

"어서 가자."

천칭핑이 두어 걸음 뛰어가다가 두려운 눈빛으로 한 데 뒤엉킨 세 남자를 돌아봤다. 샤오샤오는 여전히 엉엉 울며 고함을 지르고 버둥거렸다. 마치 이상세계의 파멸을 온몸으로 표현하는 것 같았다. 나와 우랴오는 각각 샤오샤오의 상반신과 하반신을 짓눌렀다. 도살장에 끌려가지 않으려 발버둥치는 소를 다루듯 온힘을 다 해야 겨우 제압할 수 있었다.

"너 혼자 가능하겠어?"

"불가능해."

우랴오가 퉁명스럽게 대답했다.

"그래도 어쩔 수 없어. 난 가봐야 하니, 천천히 움직여봐."

나는 샤오샤오 등을 짚고 일어섰다.

"맞다. 네가 이겼어."

"뭘 이겨?"

"눈 깜빡이지 않기 게임 말이야. 샤오샤오가 눈 감으면서 소리치는 거 못 봤어? 확실히 감았지? 감정이 폭발하는 순간 자동으로 끝났어. 신사협정에 의거해 네가 첫 번째야. 하지만 오늘의 일 뒷수습도 우승자의 몫이네."

나는 벌떡 일어나 천칭핑 손을 잡았다.

"우리 먼저 가자. 여기는 우랴오가 정리할 거야. 고, 고, 고!"

등 뒤에서 우랴오 목소리가 들렸다.

"등신 같은 놈, 제기랄, 무슨 일이 이렇게 개떡 같아?"

이미 개떡 같은 것을 어쩌겠는가? 나는 택시 뒷좌석에 눕다시피 늘어졌고 내 옆에 천칭핑이 있다. 그녀의 손이 내 가랑이 사이에 와 있는 것은 그녀 스스로 움직인 것이니, 신사답지 못하다고 나를 탓하지 마시라. 이미 개떡 같은 것을 어쩌겠는가?

천칭핑의 이런 행동은 전혀 예상하지 못했지만 나는 매우 자연스럽게 받아들였다. 어쩌면 그녀는 이런 상황을 미리 계획했는지도 모른다. 문득 수년 전 대학 시절로 돌아간 것 같았다. 그녀의 목적도 그 시절을 재현하는 것이 아니었을까? 그녀의 의도가 그렇다면 지금 우리는 그냥 마음 가는 대로 움직이면 그만이다. 이것은 신사협정에 어긋나는 행동이 아니다. 그녀에게 사랑한다는 말만 하지 않으면 된다. 그래서 나는 그 시절처럼 그녀의 엉덩이 밑으로 손을 쓱 밀어 넣었다. 내가 자연스럽게 화답하자 그녀가 만족스러운 한편 야릇한 표정을 지었다. 그리고 살짝 아쉬움을 드러냈다.

"샤오샤오가 이렇게 변할 줄은 몰랐어."

그는 우리 중 현실을 받아들이기가 가장 힘들었으리라.

"네가 이혼하고 돌아왔으니 우리 셋 중 한 명과 진정한 사랑을 시작하려는 줄 알았을 거야. 그 녀석은 너에게 순정을 바칠 수 있는 사람은 자기뿐이라고 믿었거든."

정말 황당무계한 생각이지만 천칭핑이 어깨를 으쓱하며 대꾸했다.

"세상에는 끝까지 이해할 수 없는 사람이 많아."

그래, 나도 끝까지 이해할 수 없는 사람이 있어. 바로 너, 천칭핑. 하지만 그녀의 한결같은 생리 구조는 끝없이 연구할 가치가 있다. 그래서 나는 그녀의 치맛자락 안으로 손을 밀어 넣었다.

"이번 결혼 상대는 어떤 사람이야?"

"이번에도 미국인이야. 미국 영감."

천칭핑이 까르르 웃으며 말을 이어갔다.

"그것도 너희가 가장 싫어하는 부류지. 해외 한학자*야."

"우리가 언제 해외 한학자를 싫어했어? 네 논조는 좀 문제가 있는데?"

나는 과장스럽게 눈살을 찌푸렸다.

"그 영감이 도대체 누군데? 전 남편보다 잘 생겼나?"

"겉모습은 지극히 평범해. 나이든 백인이 전부 다 숀 코너리 같다고 생각하면 오산이야. 그리고 그 사람은 예전 미국 대통령 레이건과 공통점이 있어."

"그럼 아주 훌륭한 거 아니야? 레이건이 예전에 헐리웃……"

"내가 말한 공통점은 알츠하이머야. 지금 진행 속도가 빨라지고 있

---

* 중국의 역사와 고전을 연구하는 서양 학자.

어. 그래서 가능한 빨리 결혼식을 올리려고 해. 그렇지 않으면 그 사람이 내가 누군지 알아보지 못할지도 모르니까."

"결혼식을 언제 치를 계획인데?"

"두 달 안으로. 마침 그 사람도 베이징에 있으니까. 그 사람, 전 남편의 스승이야. 아마 학교 다닐 때 그 사람 이름 들어본 적이 있을 거야. 울지경덕."

당연히 들어봤지.

"명청 색정소설의 대가, 그 사람이라고? 네 전 남편보다 훨씬 대단한 사람이잖아! 축하해. 학문적으로 엄청난 발전을 이룩했군. 그런데 그 영감이 완전히 바보가 되면, 그러니까 포유동물의 교배 방식까지 완전히 잊어버리면 말이야. 그 사람 연구 자료를 네가 다 관리해야 하는 거 아니야?"

"미국에 있을 때 일 년 반 동안 그 사람 조수로 일했어. 학문을 위한 희생과 봉사이니, 충분히 가치 있는 일이야."

우리는 뒷좌석에 나란히 앉아 신나게 웃고 떠들었다. 차창 밖으로 스쳐지나가는 가로등 불빛을 멍하니 바라보던 중 한창 흥청거리는 칭화대학 부근 번화가를 지나쳤다. 제법 학자 티가 나는 대학생들이 그 옛날 우리처럼 삼삼오오 어울려 거리를 배회했다. 모직 스커트에 블라우스를 받쳐 입은 여학생도 있고 대충 차려입은 별 볼일 없는 젊은 이도 많았다. 울긋불긋 물들인 머리에 길고 뾰족한 구두를 신은 젊은 이들이 주변의 시선을 아랑곳 하지 않고 도로 난간을 따라 걷다가 으슥한 골목으로 들어가 현재의 임무를 충실히 수행했다. 집 근처에 도착한 택시가 서서히 속도를 줄였다.

"아저씨, 저쪽 앞으로 조금 더 가주세요."

천칭평이 자기 집으로 가는 골목을 가리켰다. 나는 고개를 돌려 그녀를 쳐다봤다. 그녀의 큰 눈이 헤드라이트 불빛처럼, 일말의 흔들림 없이 아주 밝게 빛났다. 그녀의 집은 방 두 개짜리 신축 고층 아파트였다. 아마도 귀국하기 전 지인에게 부탁해 사놓았을 것이다. 택시에서 내린 후, 그녀가 불 꺼진 8층 베란다를 가리켰다. 나는 일부러 모르는 척 물었다.

"울지경덕 선생은 여기 안 살아?"

"그 사람은 학교 숙소에 있어. 이 집은 있는 줄도 몰라."

그녀는 나를 부축해 엘리베이터를 타고 자연스럽게 집으로 들어갔다. 집안에 가구는 많지 않지만 사람을 불렀는지 집안이 아주 깨끗했다. 나는 자연스럽게 냉장고를 열고 콜라를 꺼내들고 소파에 앉았다. 일단 술을 좀 깨야할 것 같았다.

"눈 괜찮아? 약 발라야 하는 거 아니야?"

나는 괜찮다고 말하면서 그녀의 눈을 한참 동안 주시했다.

"왜? 뭐가 이상해?"

"넌 안 이상해? 너, 왜 지금까지 계속 눈을 안 깜빡여? 게임은 벌써 끝났는데?"

"그랬나?"

그녀가 고개를 갸웃거리며 이리 저리 주변을 둘러봤다.

"잊고 있었나봐. 그런데 이상하긴 하네. 눈이 전혀 힘들지 않아. 그냥 자연스럽고 편안한 느낌이야."

"그럼 뭐, 자연스럽게 돌아오겠지."

나는 담뱃불을 붙이고 콜라 캔에 재를 떨었다.

"일부러 눈을 깜빡이는 건, 추파를 던지거나 결막염에 걸렸거나 둘 중 하나지."

그녀가 잠깐 앉았다가 욕실에 들어가 물을 틀었다. 나는 콜라 캔 하나를 더 꺼내 부어오른 눈에 갖다 댔다. 찬 기운이 눈동자까지 파고들었다. 나는 현재 상황을 명확히 파악하고 지금 나의 당면 과제를 확실히 인식해야 한다. 답은 이미 나왔다. 발기, 충분히 가능하다. 얻어맞긴 했지만 다행히 그 부분은 멀쩡하니까. 내가 유일하게 불굴의 의지를 발휘할 수 있는 부분이기도 하다. 이 불굴의 정신이 곧 나의 삶에 큰 감동과 보상을 안겨주리라. 하지만 나는 큰 보상을 바라지 않는다. 인생에서 겪어야 할 죗값과 보상은 대부분 이유가 없으니까. 가끔은 그저 귀두, 작은 거북 머리만으로 간단히 넘겨야 할 때가 있다. 모든 상황에서 항상 대뇌를 풀가동할 필요는 없다.

나는 욕실 문 앞으로 살금살금 걸어갔다. 반투명 유리 앞에서 한쪽 눈만으로 희미한 욕실 불빛과 수증기 사이로 어른거리는 그녀의 신체 곡선을 찾으려 최선을 다했다. 볼륨감 넘치는 유려한 곡선은 여전했다. 뜨거운 열기와 비누거품이 더해져 따끈해진 육체가 내뿜는 향긋한 체취까지 느껴졌다. 그 느낌이 점점 강렬해져 눈앞이 어질했다. 나는 과감하게 욕실 문손잡이를 돌렸다. 하지만 그녀는 더욱 과감하게 욕실 문을 잠그지 않았다.

끝까지 가야 해, 끝까지. 두 걸음이면 된다. 지금이 바로 이두박근을 테스트할 순간이다. 지난 몇 년의 노력이 결코 헛되지 않았구나. 최소한 백인 영감보다는 훌륭하지 않겠어? 나는 온 힘을 다해 천칭평을 안아 올리고 침대로 걸어갔다. 그녀가 눈을 동그랗게 뜨고 물었다.

"그동안 여자를 안을 일이 꽤 있었겠지?"

"그건, 본 경기를 위한 워밍업이었지. 중국 남자의 체면을 구길 수 없잖아?"

"됐어. 어떻게 말해도 떳떳할 수 없어. 편협한 민족주의로 포장하지 말라고."

"그래, 그래. 역시 단순해야 해. 나도 백인 퇴역 노장들을 내 경쟁상대로 삼고 싶지는 않아."

"말에 가시가 있다? 왜 꼭 그렇게 얘기해? 제발 좀 솔직해줄래?"

그녀가 내 어깨에 손을 올리며 웃었다.

"맞다, 그거 알아? 너 오늘 여배우처럼 근사했던 거?"

"또 무슨 소리를 하려고?"

그녀는 나에게 떠밀려 침대에 누우며 머리맡 무드 등을 켰다.

"그래, 맞아. 오늘 너희 앞에서 좀 가식적으로 연기했던 건 사실이야. 결국 연극은 실패했지만. 하지만 내가 달리 뭘 할 수 있었겠어? 세상에는 진실을 밝히는 게 무의미한 일도 있어. 하지만 결국 밝혀야겠지?"

"아니, 아니. 내 말은 그게 아니라……"

무드 등 불빛에 한층 발그레해진 그녀의 얼굴을 보니 갑자기 흥분돼 목소리까지 떨렸다.

"네 눈, 네 눈 말이야. 어떻게 웃을 때도 그렇게 동그랄 수가 있어?"

"그랬나? 난 전혀 모르겠는데. 나 지금도 눈 안 깜빡이지?"

나는 그녀의 눈을, 그녀도 나를 뚫어지게 쳐다봤다. 그녀의 눈은 깊이를 알 수 없는 우물 같아서, 계속 들여다보고 있으면 빨려 들어갈 것 같았다. 나는 갑자기 흠칫 했다. 발밑에서부터 서늘한 한기가 올라왔다.

"혹시 미국에서 안구 질환 치료 받은 적 없었어?"

"아까 게임할 때, 중간에 갑자기 그 사건이 벌어지는 바람에 좀 놀랐거든. 그래서 신경에 문제가 생겨서 일시적으로 눈꺼풀 기능이 멈췄나?"

"그럴 수도 있고. 네가 눈 감빡이는 게 두렵다고 했었잖아. 지금은 걱정 안 해도 되겠네. 당분간 시간이 순식간에 지나가는 일은 없을 테니까. 축하해요. 아름다운 아가씨. 당신의 청춘은 영원할 겁니다. 그런데, 눈이 건조해서 시큰할 텐데, 괜찮아?"

"전혀, 액체 분비물이 계속 잘 나오나봐."

"그래? 원래 그랬어?"

내 손이 천천히 그녀 몸을 더듬어 내려가자 그녀가 흐느적거리며 몸을 비틀었다. 그런데 그녀의 눈빛은 여전히 강렬해서 사납고 무섭게까지 느껴졌다. 나는 의식적으로 그녀의 눈을 보지 않고 그녀의 몸에 집중했다. 하지만 이것은 매우 안타까운 일이다. 육체만 탐닉하는 섹스는 외과 수술 같아서 감동과 환희를 전혀 느낄 수 없다. 다른 사람도 아니고 천칭평과 그런 관계를 가질 수는 없다. 그래서 다시 고개를 들고 그녀의 입술을 찾았다. 하지만 그녀의 두 눈은 공포, 그 자체였다. 내 눈앞에 빛나는 그녀의 두 눈은 어마어마하게 컸다. 일말의 움직임도 없이 부릅뜬 두 눈에 위압감이 흘러넘쳤다. 나비 날개의 위장 무늬처럼 자신을 보호하려는 것일까? 나는 나도 모르게 눈을 감아버렸다. 하지만 아무래도 아닌 것 같았다.

"왜 그렇게 눈을 부릅뜨고 있어? 그렇게 눈을 부릅뜨고 키스하는 여자는 한 번도 본 적이 없어."

"그건 잘못된 남성중심주의야."

그녀가 내 어깨를 감싸 안았다.

"그래, 알았어. 눈 감을게."

나는 다시 그녀와 얼굴을 맞대고 키스를 하며 천천히 눈을 떴다. 하지만 또 다시 동그란 눈과 마주쳤다. 작은 흔들림조차 없이 부릅뜬 눈동자가 코앞에 다가와 있었다.

"눈 감는다고 했잖아! 왜 아직도 부릅뜨고 있어? 설마 내가 잘 못할까봐?"

"아니야, 아니야."

그녀가 안절부절못하며 크게 당황한 모습을 보였다.

"안 감는 게 아니라 감기지가 않아. 눈꺼풀을 움직일 수가 없어."

"그게 말이 돼? 죽어도 눈을 감지 못한다는 말은 들어봤어도……"

나는 그녀 눈을 향해 후 하고 바람을 불었다.

"다시 감아봐."

그녀가 입술을 오물거리고 미간을 찌푸리며 안간힘을 썼다. 관자놀이에 핏줄이 씰룩거리기까지 했다.

"안 돼. 정말 이상해. 왜 안 감기지?"

"어떻게 안 감길 수가 있어?"

나는 팔꿈치로 바닥을 딛고 상반신을 일으켜 그녀의 눈꺼풀을 살살 문지르며 자세히 들여다봤다. 언제 봐도 흑백 구분이 또렷하고 섬세하고 사랑스러운 맑고 아름다운 눈동자다. 자신의 감정을 잘 표현하고 남의 감정까지 좌우지하는 눈동자다.

"진정해. 마음을 가라앉히고 편안하게 천천히 눈을 감아봐. 너무 힘쓰지 말고 마음속으로 푸른 하늘에 흰 구름이 떠가고 밥 짓는 연기가 모락모락 피어오르고 엄마가 밥 먹으라고 아이를 부르는 모습을 생각해봐. 그래, 그렇게, 너무 긴장하지 말고, 모든 것을 내려놓은 노인처럼 편안하게 눈을 감아봐."

나는 최면을 걸듯 그녀의 눈앞에서 두 손을 천천히 흔들었다. 천칭펑의 얼굴 근육이 조금씩 풀어지고 이마 앞으로 떨어진 젖은 머리카락도 힘없이 축 늘어졌다. 하지만 소용없었다. 두어 번 길게 심호흡을 한 후 다시 긴장하면서 입 꼬리에 힘을 주고 말했다.

"안 돼. 안 돼. 내 눈이 내 눈이 아닌 거 같아."

"어떻게 네 눈이 아닐 수 있어? 지금 다 보이잖아. 이게 몇 개야?"

나는 가운데 손가락을 치켜세우며 물었다.

"Fuck you! 장난하지 마. 보이는 건 보이는데, 내가 어떻게 움직일 수가 없어."

나는 다시 몸을 굽혀 그녀의 눈동자를 자세히 들여다봤다. 그 아름다운 눈동자가 꿈쩍도 하지 않고 작은 흔들림 하나 없이 나를 노려봤다. 나는 그녀의 눈동자를 조금 더 깊이 들여다보려 했지만 보이지 않는 얇은 막이 내 눈빛을 밀어내는 것 같았다. 그녀 말대로 그녀의 눈동자는 그녀의 것이 아닌 것 같았다. 그저 그녀의 머리뼈에 깊이 파인 구멍 자리를 빌려 들어온 외부인 같았다. 각기 따로 움직이는 서로 다른 존재 같았다.

"어떻게 해? 나 눈을 감을 수 없어."

천칭펑 목소리에 슬픔이 배어나왔다.

"어떻게 된 거지? 도대체 왜 이러는 거야?"

"괜찮아, 괜찮아. 조급해 하지 마. 천천히 기다리자."

나는 손가락으로 그녀의 얼굴을 쓸어내리고 입술을 만지작거리며 그녀를 안심시켰다.

"우리 다른 방법을 써볼까? 자자, 내 손으로 네 눈을 감겨줄게. 아주 천천히. 넌, 눈이 감기면 그 상태를 유지하기만 하면 돼."

"그래, 알았어. 해 봐."

그녀가 살짝 고개를 치켜들었다. 나는 죽은 사람 눈을 감기듯 손바닥을 펼쳐 이마에서부터 시작해 눈꺼풀 아래까지 천천히 쓸어내렸다. 그러나 손바닥을 떼자마자 그녀의 큰 눈동자가 보였다.

"안 돼, 안 되잖아. 이것도 안 돼."

그녀는 침대보를 벅벅 긁으며 초조해했다.

"이러지 마. 천칭평!"

나도 답답하고 짜증이 나서 담배를 물었다.

"혹시, 나한테 장난치는 거 아니야? 나 놀리는 거……"

"말도 안 돼! 내가 그렇게 할 일 없어 보여? 너희처럼 할 일 없는 놈들이나 무슨 눈 깜빡이지 않기 게임이나 하는 거지."

그녀가 노발대발하며 벌떡 일어나 산발한 머리카락을 휘날리며 무섭게 나를 다그쳤다. 나는 바로 꼬리를 내렸다.

"제발, 제발 화내지 마. 사랑하는 나의 여신님, 이 경솔한 노예의 실수를 부디 용서해주세요. 난, 절대 그런 뜻이 아니야. 그냥 방법을 바꿔보려는 거야. 네가 스스로 통제할 수 있다는 암시를 주고 싶었던 거라고."

"알았어. 이해했어."

천칭평이 다시 자리에 누워 멍하니 천장을 바라봤다.

"그런데 이제 어쩌지? 다 안 되잖아. 난 갑자기 무서워졌어. 넌 안 무서워? 생각해봐. 만약에 영원히 눈을 감지 못하면."

"겁먹을 거 없어."

나는 다시 의욕적으로 방법을 제안했다.

"그럼 우리 다시 한 번 해볼까? 이번에는 내가 네 눈꺼풀을 꽉 잡고 있을 게. 눈을 감은 상태가 고정될 때까지 한참 잡고 있는 거지. 넌 힘을 빼고 편안히 있어. 그냥 가만있으면 돼."

나는 이대로 실행했고 그녀도 잘 협조했다. 눈꺼풀을 가볍게 잡아 끌어당겼는데, 별 다른 문제는 없었다.

"어때? 감겼지? 눈앞의 어둠을 되찾으니, 마음이 밝아지지 않아?"

"그래, 맞아. 이제 된 거 같아. 눈꺼풀을 놔 봐."

내가 손을 떼는 순간 눈꺼풀이 스프링처럼 튕겨 올라가 다시 눈이 번쩍 뜨였다. 그녀의 눈은 전보다 훨씬 크고 밝게 빛났다. 마치 레이저처럼 강렬한 눈빛이었다. 우리 둘 다 당황해서 잠시 할 말을 잃었다. 어떻게 이럴 수 있지? 설마 아주 개떡 같은 일이 벌어지는 것은 아니겠지? 나는 다시 담배를 물고 일부러 그녀 얼굴을 피했다. 뭔가 깊이 생각하고 고민하는 척했지만 이미 인내심의 한계를 느끼기 시작했다. 그리고 일이 크게 꼬였다는 생각이 들었다. 나는 영원히 감기지 않는 눈을 보려고 여기까지 온 것이 아니다. 나는 그저 아마추어 여성 생리학자일 뿐이다. 그래, 그거다. 나는 고개를 휙 돌려 천칭평 가슴을 주시했다.

"내가 보기엔, 네 눈이 감기지 않는 이유는 네가 너무너무 눈을 감고 싶어하기 때문일 거야. 온 신경이 눈에 가 있단 말이지. 모든 일은 너무 신경을 쓰고 조급해할수록 잘 안 되는 법이잖아. 너도 잘 알지?"

"알아."

그녀의 대답이 너무 기계적이라 제대로 들었는지는 알 수 없다. 나는 그녀의 가슴에 손을 얹으며 말했다.

"그냥 해야 할 일을 하자. 강도 높은 흥분과 피로감으로 모든 문제를 잠시 잊는 거야. 그러면 오히려 저절로 좋아질 수도 있어. 안 그래?"

그녀는 잠시 말없이 나를 응시하다가 겨우 입을 뗐다.

"그래, 알았어."

나는 담뱃불을 비벼 끄고 다시 오늘의 본론으로 돌아가 용감하고 힘차게 전진했다. 천칭평은 먹잇감을 노리는 들고양이처럼 두 눈을 동그랗게 뜨고 위에서 나를 찍어 누르며 내 입술을 물어뜯었다. 그녀의 눈동자가 너무 크고 눈빛이 너무 강렬해서 나도 모르게 눈을 감아버렸다. 우리는 쉬지 않고 온 힘을 다해 움직이고 또 움직였다. 자리를 바꿔 내가 위에서 그녀를 찍어 눌렀지만 역시나 눈을 감지 않을 수 없었다. 기분이 아주 이상했다. 분명히 내가 하고 있는데 남에게 당하는 기분이었다. 온몸이 뜨거워졌지만 왠지 부끄럽고 미안한 기분이 들었다.

"우리, 불 좀 끄자."

"내 눈이 그렇게 무서워?"

"아니, 아니야. 그냥 그 시절로 돌아가고 싶어서. 희미한 달빛뿐이던 그 호숫가의 밤이 생각나서."

나는 다짜고짜 불을 끄고 다시 그녀를 안고 달리기 시작했다. 그녀는 위 구멍을 닫기 어려운 대신 아래 구멍은 아주 쉽게 열었다. 덕분에 고속도로를 질주하듯 모든 과정이 순조로웠다. 우리의 관계는 여전히 빈틈없이 완벽했다. 머리맡에 달빛이 비치는 것을 느끼며 나는 점점 절정으로 치달았다. 비 오듯 땀이 쏟아지고 숨소리는 점점 크고 거칠어졌다. 역시 온몸으로 흥분을 발산하는 그녀를 보자 갑자기 주체할 수 없을 만큼 강한 힘이 솟구쳐 물살을 거슬러 올라가듯 더 힘차게 밀어붙였다. 깊은 가슴에서 흘러나온 노래처럼 쉴 새 없이 오르내리는 그녀의 신음소리가 사방에 울려 퍼졌다. 그러나 이 순간 내 눈에 들어온 달빛은 하나가 아니라 세 개였다. 하나는 창밖에, 나머지 두 개는 침대 바로 위에. 달빛이 아니라 헤드라이트 불빛처럼 눈부셨다. 나는 너무 놀라 눈을 감아버렸다. 그녀의 눈을 피해 그녀 안으로 더 깊이 파고들었다. 머릿속으로 끊임없이 주저하는 사이, 그녀에게 점점 더 깊이 빠져들었고 드디어 무아지경으로 날아올랐다. 일이 끝난 후, 나는 그녀에게 가벼운 입맞춤 한 번 없이 바로 그녀를 등지고 앉아 담뱃불을 붙였다. 그녀가 잠시 숨을 고른 후 뒤에서 내 어깨를 감싸 안았다.

"가지 마."

"안 가. 걱정 마."

등불 아래 퍼지는 담배 연기가 꼭 무대장치처럼 몽환적이었다.

"내가 언제 간다고 했어? 이 늦은 시간에 내가 어딜 가겠어?"

"그럼, 됐고."

천칭평이 내 등에 찰싹 붙었다.

"나, 무서워."

"눈은, 좋아졌어?"

"그대로야. 안 감겨."

"괜찮아, 걱정 마. 좀 이따 피곤해서 잠들면, 저절로 해결될 거야."

사실 나도 걱정스러웠다. 만약 계속 눈을 감지 못하면 어떻게 잠을 자겠어? 갑자기 눈 깜빡임 기능이 사라진 인간이 하루아침에 물고기나 새처럼 뜬눈으로 잠들 방법을 알 수 있을까? 하지만 나도 더 이상 방법이 없다. 나는 더 이상 애 쓰거나 고민하지 않기로 했다. 그저 그녀를 안고 토닥일 수밖에.

"자자, 그냥 자자. 내일이면 괜찮아질 거야."

"응, 그래."

그녀의 목소리가 파르르 떨렸다. 아무래도 내가 먼저 잠들었다. 하지만 깊이 잠들지 못하고 계속 꿈을 꿨다. 자동차 헤드라이트, 태양 두 개, 쌍발 엽총에 쫓겨 쉬지 않고 뛰어다녔다. 얼마나 지났을까? 헤드라이트가 꺼지고 태양이 진 후 쌍발 엽총이 발사되는 순간, 탕 소리와 함께 잠이 깼다. 왼쪽 눈이 너무 아팠다. 힘겹게 오른쪽 눈을 떴는데 천친펑이 하얗게 질린 얼굴로 침대 가장자리에 앉아 위스키를 마시고 있었다. 그녀가 고개를 돌렸는데, 이렇게 큰 눈은 정말 처음이었다. 영화에 나오는 외계인처럼 얼굴의 절반 이상이 눈으로 채워진 것 같았다. 그녀의 눈은 더 이상 빛나지 않았고 많이 건조해보였다.

"안 돼."

그녀가 흐느껴 울며 떨리는 목소리로 말했다.

"눈이 감기지 않으니 잠을 잘 수도 없어."

나는 불을 켜고 시계를 확인했다. 새벽 3시가 조금 넘었다.

"그래도 이렇게 많이 마시면 안 되지."

그녀 손에 들린 술병을 뺏었는데 거의 빈 병이었다. 나는 마지막 남은 한 모금을 입에 털어 넣었다.

"제기랄, 도대체 어떻게 된 거야?"

"내가 어떻게 알아? 난, 난, 도저히 잠들 수가 없어!"

그녀가 갑자기 벌떡 일어나 날카롭게 소리쳤다. 유리창이 파르르 떨릴 정도로 날카로운 목소리였다.

"도대체, 너희 왜 그런 바보 같은 게임을 했던 거야?"

"그만, 그만, 진정해."

나는 마음을 가라앉히고 술병을 바닥에 내려놓았다.

"난 아무 문제도 없는데? 너만 안 감기는 거잖아."

"내 눈이 왜 안 감기는 건데? 왜 안 감기느냐고!"

그녀가 신경질적으로 소리치며 자기 머리카락을 쥐어뜯다가 갑자기 벽에 머리를 박으려 했다. 나는 얼른 그녀를 침대로 끌어와 앉혔다.

"그럼, 우리 좀 무식한 방법을 써볼래?"

나는 주방으로 뛰어가 플라스틱 집게를 가져왔다.

"이걸로 눈꺼풀을 집자, 어때?"

그녀가 거친 숨을 몰아쉴 뿐, 특별히 거부하지는 않았다. 나는 집게를 벌려 그녀의 위아래 눈꺼풀을 동시에 집어 고정시켰다.

"안 돼! 소용없어!"

그녀가 갑자기 고함을 지르며 거칠게 발버둥쳤다. 나는 그녀에게 몇 번 얻어맞으며 겨우 그녀를 진정시켰다.

"집게로 안 되면 스테이플러로 박아버리지 뭐!"

천칭평이 슬픔에 못 이겨 목 놓아 울기 시작했다. 그녀의 두 눈이 부들부들 떨렸다. 병아리가 달걀 껍데기를 뚫고 나오기 직전처럼 눈꺼풀이 파르르 떨렸다. 딸깍, 딸깍. 양쪽 눈을 집었던 집게 두 개가 연달아 튕겨 나가고 그녀의 눈이 다시 커졌다. 당당하게 움켜쥔 주먹만큼 컸다. 그녀는 의외로 차분했고 입을 굳게 다물었다. 나는 가만히 그녀를 응시하다가 다시 누우려고 몸을 돌렸는데, 이때 그녀 목소리가 들렸다.

"너무 무서워."

"뭐가? 그냥 잠시 눈이 안 감기는 것뿐이야."

"단순히 안 감기는 게 아니야. 이건 정말 무서운 일이야."

그녀가 내 손을 너무 세게 움켜쥐는 바람에 손톱이 살을 파고드는 것 같았다.

"지금, 시간의 흐름이 느껴지지 않아."

"뭐?"

"그러니까, 내 눈앞에 시간이 멈춘 것 같다고. 보이는 건 전부 다 보이는데, 움직임이 전혀 느껴지지 않아."

"그게 무슨 소리야?"

나는 손가락을 세워 그녀 눈앞에 흔들었다.

"보여. 손가락은 잘 보여. 그런데 사진을 보는 것처럼 움직임은 느껴지지 않아."

나는 손을 내렸다.

"손이 사진에서 사라졌네."

그녀가 한숨을 내쉬었다.

"망했어. 시간이 흐르는 게 느껴지지 않다니, 꼭 호박 안에 박제된 기분이야. 손가락 하나 까딱하지 못할 것 같은 기분…… 주변의 모든 것이 돌처럼 굳어버린 것 같아."

그녀의 말이 조금은 이해가 됐다. 눈을 깜빡일 수 없어 시간이 멈추고, 급기야 시간이 사라져버린 느낌. 이것은 과학적인 관점이 아니라 인생철학으로 이해해야 한다. 이렇게 생각하니 그녀가 너무 안쓰러웠다. 나는 이마에 키스를 하며 그녀를 위로했다.

"괜찮을 거야. 그건 그냥 기분일 뿐이야. 이 시계 초침 소리 들리지?"

"시계 바늘이 바뀌는 건 보이는데 째깍째깍이 아니라 한 데 뭉쳐진 소리야. 초 간격이 없어."

"그렇게 큰 문제는 아닐 거야. 세상이 멈추면 멈추라지."

그리고 가만히 그녀 눈을 들여다보는데 눈동자 깊은 곳에서 작은 빛이 반짝거렸다. 이 빛이 점점 가까워지고 많아지면서 그녀의 눈이 촉촉해지고 눈물이 흐르기 시작했다. 한 방울, 두 방울, 나중에는 비 오듯 줄줄 쏟아진 눈물이 두 뺨, 입 꼬리, 목, 가슴을 타고 하염없이 흘렀다. 잠시 후, 그녀의 상반신과 침대보 한쪽이 흠뻑 젖었다. 왜 갑자기 눈물을 흘리지? 궁금하던 차에 그녀가 고백하듯 이야기를 시작했다.

"난 울어본 지가 언제인지 기억도 안 나. 아마도 여덟 살 이후로 울어본 적이 없을 거야. 다들 나한테 이상하다고 했지. 너도 그렇게 생각해? 내가 이상해?"

"그랬구나. 그동안 안 울었던 거 지금 울었잖아. 아가씨, 봐봐. 지금 이렇게 많이 울었잖아. 다 울었으니 이제 됐어. 진즉에 흘려버렸어야 했는데 못 흘린 눈물들, 그거 다 흘려버리고 나면 이제 제대로 잘 수 있을 거야."

천칭핑은 한동안 조용히 눈물을 흘렸다. 그것은 고통의 눈물, 시련의 눈물, 상실의 눈물, 비난과 멸시로 인한 눈물, 사랑의 기쁨과 슬픔으로 인한 눈물이 모두 포함돼 있을 것이다. 아마도 최근 몇 년 동안은 사랑으로 인한 눈물이 가장 많았으리라. 한 사람이 몇 년 동안 흘려야 할 눈물의 양이 도대체 얼마나 될까? 아무리 큰 물항아리도 한 사람의 고통, 시련, 기쁨과 슬픔, 사랑의 눈물을 모두 담아내지는 못할 것 같다. 나는 옆에서 계속 그녀의 어깨를 두드리며 위로의 말을 건넸다.

"예쁜 아가씨, 이제 됐어. 그만 울어."

"뭐라고 했어?"

"예쁜 아가씨."

"사랑해."

천칭평의 느닷없는 한 마디에 나는 돌처럼 굳어 손가락 하나 까딱할 수 없었다.

"샤오마, 사랑해. 그때도, 지금도, 넌 언제나 나한테 최고였어."

"나도 사랑해, 예쁜 아가씨."

우리는 마치 오래 전에 이미 약속했던 것처럼 담담하고 자연스럽게 말했다. 하지만 나는 알고 있다. 오랫동안 갈망했으나 들을 수 없었던 그 말을 이제야 겨우 들었는데, 나는 그 말을 받아들일 수가 없다. 나는 살포시 그녀를 안았다. 눈물이 어찌나 콸콸 쏟아지는지 눈물 자국도 안 남았다. 문득 그녀와 내가 아주 먼 존재처럼 느껴졌다. 가까이 있지만 하늘 끝에 서 있는 느낌이다. 지난 몇 년 동안 나도 눈물을 흘린 적이 거의 없었다. 나는 그럴 때마다 감상주의에 빠지지 않고 오히려 더 열심히 육체관계를 했고 그 안에서 삶의 균형을 찾으려 했다. 어쨌든 그녀와 나는, 그때는 하나가 될 수 있었지만 지금은 전혀 다른 부류가 돼버렸다. 물론 나는 아직도 그녀를 안고 싶고 그녀가 울 때 옆에 있어줄 수 있지만, 딱 거기까지다. 그 이상은 함께 할 수 없다.

시간이 계속 흐르고 그녀의 눈물도 계속 흘렀다. 그녀는 한참 후에야 겨우 진정됐다.

"이제 좀 괜찮아."

"그래? 다행이네."

"그런데 머리가 너무 아파. 몸에 힘도 없고."

"지금은 어때? 눈 감을 수 있겠어?"

그녀가 애를 써봤지만 소용없었다.

"안 돼."

"그럼, 병원에 가보자."

"아니야, 괜찮아."

"가보자. 그냥 놔뒀다가 잘못되면 어쩌려고?"

나는 그녀를 안심시키고 자리에서 일어나 왕진 서비스를 하는 개인 진료소에 전화를 걸었다.

"너무하네. 이 늦은 시간에 전화하고 싶어요?"

짜증 섞인 중년 여성의 목소리다.

"늦은 시간인가요? 미국은 지금 대낮인데."

"그럼 미국 병원에 전화하세요."

"환자가 미국 시간에 있긴 한데, 중국에 와서 병이 걸려서요."

"외국인이에요? 어디가 아픈데요?"

"눈이 안 감겨요."

"눈이 안 감겨? 직접 보지 않아 확실하진 않지만, 보통 원인은 둘 중 하나죠. 신경계 교란이거나 정신적인 문제. 어떻게 다른지 알아요? 뭐, 상식적으로 생각하면 돼요. 정신적인 문제가 신경계 교란을 일으키고, 신경계 교란이 정신적인 문제를 일으키죠."

"정말 대단하네요. 지금 빨리 와주시겠어요? 환자가 미치려고 하거든요. 주소 알려드릴게요. …… 좋아요, 알았어요. 20분 후에 집 앞에 나가 있을게요. 혹시 길이 엇갈리거든 그냥 바로 올라와도 돼요. 환자가 집에 있으니."

침대로 돌아오니 천칭펑이 등을 돌리고 누워 꼼짝도 하지 않았다. 탈수 증상이 심해 기절한 건지, 뜬 눈으로 잠든 건지, 아무튼 전혀 움직이지 않았다. 이대로 죽어버린 것은 아니겠지? 불현듯 떠오른 생각에 등골이 서늘했지만 왠지 이대로 있으면 안 될 것 같았다. 나는 천천히 옷을 입고 현관으로 걸어갔다. 문 앞에서 힐끔 뒤를 돌아보는데 마침 그녀 목소리가 들렸다.

"샤오마, 어디 가?"

"의사 데리러, 집을 못 찾을 거 같아서."

"다시 돌아올 거지?"

"그럼."

이 말을 마지막으로 문을 나섰다. 나는 계단으로 내려와 밖으로 나갔다. 어둠이 가장 짙은 시간이었다. 줄지어 늘어선 가로등을 보는데 갑자기 너무 외로웠다. 거리에 차는 하나도 없지만 수많은 발자국이 선명하게 떠올라 눈앞을 어지럽혔다. 나는 담뱃불을 붙이고 목적 없이 빠르게 걷기 시작했다. 천칭펑의 아파트에서 점점 멀어졌다. 이번에는 내가 그녀를 버렸다. 홀로 대혼란의 어둠을 지나기 전 잠시 한 지점에서 대기해야 하는데, 바로 그때 시간이 멈춘다.

5년 사이·상
-장례이 구하기

이 이야기는 내가 최고 학부에 들어가기 전에 있었던 일이다. 그때 나는 미래에 대한 꿈도 희망도 없이 온종일 빈둥거리며 그저 성공한 동네 건달이 되고 싶었다. 감히 나를 꼬나보는 녀석이 있으면 가차 없이 구둣발로 머리통을 짓밟아줘야지. 하지만 하루도 학교를 빠질 수 없으니 당최 영웅의 기상을 발휘할 기회가 없었다. 사실 땡땡이 칠 용기도 없는데 동네 건달은 무슨…… 내가 사는 부대 공동체에서 가장 유명한 건달은 루파오란 녀석이다. 이 녀석이 유명한 이유는 제 아버지를 패기 때문이다. 그것도 하루가 멀다 하고 죽도록 두들겨 팼다.

우리 동네 사람들은 서로 잘난 척을 할 때면 루파오를 거론했는데 대부분 일고의 가치도 없다고 말했다.

"제 아비를 때리는 게 뭐가 대단해? 이 몸은 이미 다섯 살 때부터 그랬는데."

그 시절에는 아랫도리를 내놓고 다닐 나이의 사내아이들이 가게 앞을 지날 때마다 빽빽 소리를 지르며 떼를 썼다.

"사탕 사줘! 사탕 사줘!"

아버지들은 처음에 점잖게 아이를 달랬다.

"안 돼. 안 돼."

그러면 아이들은 고사리 손을 움켜쥐고 더 크게 고함을 지른다.

"나빠, 나빠, 때찌, 때찌!"

이럴 때 아버지들은 보통 허허 웃는다.

"어린놈이 어른을 때리네? 이놈, 아주 크게 되겠어. 좋아, 기분이다. 풍선껌 사주지!"

루파오는 순수한 동심과 따뜻한 온정이 빚어낸 이 아름다운 모습을 수염 덥수룩한 나이까지 이어갔다. 물론 상황이 조금 바뀌기는 했지만. 그는 주로 정체를 알 수 없는 요상한 여자들을 집에 데려와 대문을 박차며 고래고래 소리쳤다.

"영감탱이! 집 비우고 당장 나가! 훔쳐보면 가만 안 둬!"

그의 아버지는 매번 다른 부모들처럼 말했다.

"이런, 짐승만도 못한 놈! 너 죽고 나 죽자!"

이쯤 되면 루파오 특유의 건달 행동이 나왔다. 일단 고개를 절레절레 흔들며 쪼그려 앉아 구두를 벗어 마구 휘둘렀다. 구두는 정확히 그의 아버지 대머리를 강타했다. 한 번으로 안 되면 두 번, 두 번으로 안 되면 세 번, 아무튼 아버지가 바닥에 주저앉을 때까지 계속 휘둘렀다. 그의 아버지는 복도까지 슬슬 기어나가 지나가는 사람들에게 울며불며 호소했다.

"누가 좀 도와줘요."

한 번은 이웃 사람이 이렇게 말했다.

"차라리 공안에 신고하……"

이 말이 끝나기도 전에 루파오가 팬티바람으로 달려나왔다. 한 손에 구두를 들고, 다른 한 손에 브래지어를 든 채 사납게 으르렁거렸다.

"누구야? 어디 신고만 해봐!"

이웃 사람들이 꽁무니를 빼자 루파오가 다시 구두로 아버지 머리통을 후려쳤다. 열 받은 직장 상사가 책상을 내려치며 고함을 지르는 것처럼.

"누구든! 신고만 해봐!"

한 번은 루파오에게 원한 맺힌 작자가 칼을 들고 달려왔다가, 문 앞에서 그가 제 아버지 머리통을 휘갈기는 것을 보고 바로 돌아서서 이렇게 말했단다.

"저런 후레자식이 무슨 짓이든 못하겠어? 상종을 말아야지."

어쨌든 나는 이름난 건달이 될 가능성이 거의 없었다. 이런 바람조차 이룰 수 없었으니, 그 당시 내 삶은 온통 패배주의에 젖어 있었다. 나는 여름날 저녁 무렵에 운동장을 어슬렁거리다 동네 건달들에게 가장 인기 있는 힐튼 담배를 샀다. 아는 사람들 눈을 피해 몰래 담배를 피우면서 지나가는 여자들을 몰래 훔쳐봤다. 사실 이백도 평생 이렇게 살지 않았나?

그 무렵 나처럼 자포자기한 젊은이가 많았는데, 그중 가장 친했던 녀석이 장레이다. 장레이는 이 무리에서 가장 부유한 가정환경을 자랑했다. 그 녀석 집에는 소니 프로젝션 텔레비전, 보스Bose● 스피커, 파나소닉 비디오가 있었다. 집으로 친구들을 불러 다 함께 포르노를 볼 수 있는 더할 나위 없이 훌륭한 조건이었다. 그 집에서 처음 야동을 보던 날, 나는 너무 흥분해서 말까지 더듬었다.

"드, 들었어? 소리가 너무 생생해. 바로 옆에서 진짜 하고 있는 거 같아."

장레이가 자신감 넘치는 표정으로 손을 흔들었다.

"이건 아무 것도 아니야. 앞으로 어떤 텔레비전이 나올지, 너희는 상상도 못할 걸? 입체 영상! 포르노 영상을 트는 순간, 발가벗은 여자가 딱! 나타나는 거야. 바로 눈앞에 있는 것처럼."

장레이는 신나게 온갖 과학지식을 늘어놓았다.

"더 발전하면 어떻게 되는지 알아? 터치 시뮬레이션 시스템이라는 건데, 이 거실에 우리 눈앞에 발가벗은 여자가 등장하는 건 물론이고 손을 대면 진짜 사람을 만지는 거랑 똑같아."

장레이는 아무 것도 없는 눈앞으로 손을 뻗어 뭔가를 잡는 시늉을 했다.

"진짜 육체야. 진짜 육체!"

"그럼, 포르노를 틀기만 하면 그 여자랑 진짜 할 수 있는 거야?"

"그렇지! 그렇다니까! 그때가 되면 힘들게 여자 꼬드길 필요가 없는 거야. 집에 가서 텔레비전을 켜고 바닥에 누워서 열심히 하면 되는 거야. 진짜처럼!"

그런데 그가 텔레비전 화면을 보더니 실망한 표정으로 중얼거렸다.

"안 되겠다. 포르노 영화 안에 다른 남자가 있잖아. 더구나 몸이 엄청 좋잖아. 우리가 어떻게 저런 남자를 이기겠어?"

• 미국 오디오 음향기기 전문 제조사.

과학기술에 대한 상상의 나래는 이렇게 우울한 현실을 상기시키며 막을 내렸다. 나와 장레이는 시대를 잘못 타고난 것이 개탄스러울 뿐이었다. 장레이는 종종 포르노 영화를 보고 난 후 가방에서 위스키를 꺼냈다. 우리는 돌아가며 하늘을 우러러보며 병나발을 불고 너바나 Nirvana●의 연주를 들으며 바닥에 널브러졌다.

우리랑 자주 어울리던 녀석 중에 포르노 영화가 필요 없는 녀석이 하나 있었다. 우리 모두가 동정남 처지일 때 가장 먼저 이상을 실현한 주인공, 바로 가오페이다. 그는 확실한 섹스 파트너가 있었는데, 그것도 무려 두 명이었다. 우리에게 자랑하려고 지갑에서 사진까지 꺼내 보여주곤 했다.

"자, 이게 첩 1호."

그리고 다른 사진을 한 장 더 꺼냈다.

"이건 첩 2호."

과연 첩 1호가 예쁠까, 첩 2호가 예쁠까? 나와 장레이는 사진을 들여다보고 서로 시선을 교환했다. 도저히 누가 예쁘다고 말할 수 없는 상황이었다. 아니, 누가 누구인지 구별하기조차 힘들었다. 똑같은 사람이 옷만 바꿔 입은 것 같았다.

"이건, 같은 사람이잖아."

가오페이가 신비로운 미소로 음흉함을 극대화했다.

"쌍둥이야."

"그럼, 두 사람은 아니지. 완전히 똑같은데."

나는 가오페이가 쌍둥이와 어떻게 관계를 하는지 궁금했다.

● 1990년대 미국 얼터너티브 문화의 상징적인 존재였던 록밴드.

"그럼, 쌍둥이와는 어떻게 해? 따로따로? 아니면 동시에?"

가오페이는 내 질문에 혀를 내둘렀다.

"당연히 따로따로지. 세상에 그렇게 음탕한 자매가 어디 있어?"

"따로 만나도 그렇지. 너도 여자들한테 사진을 줬을 거 아냐. 쌍둥이들이 사진을 맞춰보면 바로 들키는 거잖아."

가오페이의 음흉한 미소가 신비로움을 더했다.

"나도 쌍둥이인 척 하면 돼."

"도대체 왜 한꺼번에 두 여자를 만나? 네가 루파오도 아니고."

우리는 위스키를 마시면서 마뜩찮은 마음으로 가오페이에게 물었다. 가오페이가 간드러진 여자 목소리를 흉내 냈다.

"내 피부가 백옥처럼 희고 부드럽잖아."

"윽, 게이 같아."

"내가 근육남이잖아. 여기 가슴 근육."

"그렇게 둥그스름한 건 근육이 아니야."

가오페이가 추파를 던지듯 눈을 찡긋하며 대꾸했다.

"내가 거시기가 두 개거든. 이제 됐냐? 됐어?"

우리는 살짝 실망스러웠다.

"우리도 합치면 두 개다, 뭐."

하늘을 원망한다고 무슨 소용 있습니까? 당신의 꿈을 실현하고 싶다면 주저하지 말고 전화하세요. 01096168을 눌러 퀴즈쇼에 참여하세요. 많은 상품이 준비돼 있어요. 여자도 많고, 엉덩이도 많고, 유방도 많고, 뭐든 다 있어요. 어서 전화하세요.

그날 저녁, 성적 욕망에 굶주린 우리는 잘난 척하는 가오페이를 쫓아버리고 바닥에 널브러져 싸구려 양주 냄새를 내뿜었다.

"01096168에 전화하자."

장레이가 벌떡 일어나 앉았다.

"여자 꾀러 가자."

"여자를 꽤?"

"그래! 건달도 못 되는데 여자 하나 못 꾀면, 진짜 실패한 인생이 될 거야."

나도 일어나 앉았다.

"그럼, 시단으로 갈까? 아니면 동물원 쪽?"

"아무 데도 안 가. 그냥 우리 동네에서 꾈 거야."

나는 다시 벌러덩 누웠다.

"그럼 너 혼자 가."

"넌? 왜 안 가?"

"한 다리 건너면 다 아는데. 내일이면 우리 아버지 귀에 이런 말이 들어가겠지. 축하합니다. 아드님이 건달이 되셨더군요."

장레이가 자세를 바꿔 쪼그려 앉더니 취한 눈으로 나를 뚫어지게 쳐다봤다.

"네가 왜 여자를 못 꾀는지 알겠다."

"왜?"

"건달이 못 되니까. 건달은 다 여자가 있거든."

여자를 못 꾀니까 건달이 되지 못한다. 건달이 못 되니까 여자를 꾀지 못한다. 나는 내 나이 열여섯에 순환논리가 무엇인지 알았다. 그리고 순환논리의 오류를 벗어나는 방법은 아주 간단했다. 술병을 내려놓고 장레이와 함께 밖으로 나갔다.

우리는 사탕을 우물거리며 운동장으로 뛰어갔다. "단결력을 높이고 엄숙하면서 활기차게"라는 구호 아래 앉아 황혼이 대지를 집어삼키는 모습을 지켜봤다. 이 시각, 운동장에서 볼 수 있는 사람은 대략 이런 부류다.

첫째, 마오 주석. 거대한 동상이다.

둘째, 할아버지와 할머니. 퇴직한 노인들은 주변을 아랑곳하지 않고 방귀를 뀌어댄다.

셋째, 개. 할아버지와 할머니를 뒤따라가며 방귀를 흡입한다.

넷째, 소녀들. 배드민턴을 친다.

다섯째, 아줌마. 소녀와 함께 배드민턴을 친다.

여섯째, 멍청한 어린놈들. 우리보다 두세 살 어린, 환상적 리얼리즘에 심취할 나이다.

위의 여섯 부류가 서로 교류할 가능성은 지극히 낮다. 예를 들어 노인들은 개하고만, 소녀는 아줌마하고만 얘기할 것이고, 마오 주석은 누구하고도 말하지 않는다. 교류 단절은 여자를 꾀는 데 매우 불리한 조건이다. 우리는 실패한 건달이라 교류할 수 있는 대상은 멍청한 어린놈들뿐이었다. 녀석들을 한참 주시하던 장레이가 열서너 살쯤 돼 보이는 녀석을 불렀다. 건군절建軍節에 집집마다 사과를 선물했었는데, 녀석 아버지가 총무처에서 일했던 것 같다.

"거기 너, 이리 와봐."

지목당한 아이가 깜짝 놀라 멈칫 했다가 다가왔다. 그런데 아이가 다가올수록 우리가 더 놀랐다. 보통 사람들처럼 똑바로 앞을 보고 걷는 것이 아니라 게처럼 옆을 보면서 옆으로 걸었다. 이 동작이 매우 익숙한 듯 정확하고 안정적이었다. 얼핏 보면 농구 게임의 수비수 같았다. 나와 장레이는 눈빛을 마주치며 낮게 중얼거렸다.

"제기랄."

녀석이 가까이 온 후에야 자세한 사정을 알게 됐다. 녀석 눈동자가 비정상이었다. 왼쪽 눈동자는 왼쪽 끝으로, 오른쪽 눈동자는 오른쪽 끝으로 치우쳐서 똑바로 정면을 볼 수 없었다. 만약 똑바로 걸어 다니면 분명히 전봇대에 부딪힐 것이다. 아이는 우리가 돈을 뺏거나 때리려는 줄 알았는지, 우리 앞에 오자마자 환상적 리얼리즘에 입각한 허풍을 시작했다.

"둥쓰6가랑 전시관 쪽이 다 우리 형제들이에요. 13이리와 26사냥꾼, 들어봤어요? 큰 칼로 잘라낸 손가락뼈가 하루에 200개가 넘는데요."

나는 씩 웃고 담뱃불을 붙이며 대꾸했다.

"그래? 그건 완전히 육손 수술 전문 의사인데?"

장레이도 낄낄 웃으며 녀석에게 별칭을 붙여줬다.

"게 소년!"

"에?"

게 소년은 기세가 푹 꺾여 코를 훌쩍거렸다.

"형님, 저 돈 없어요."

"돈은 필요 없어. 같은 동네 사는 형제끼리 돈을 달라고 하면 안 되지."

나는 시멘트 계단을 툭툭 두드리며 앉으라고 말했다. 게 소년이 벌벌 떨면서 나와 장레이 사이에 앉았다. 장레이는 녀석에게 담배를 권했다.

"자, 피워."

게 소년은 뜻밖의 총애에 황송해하며 완벽하게 등진 양쪽 눈동자를 깜빡거렸다. 그 눈으로 좌우 양쪽에 앉은 나와 장레이를 동시에 바라봤다.

"고맙습니다, 형님. 고맙습니다, 형님."

이때 장레이가 게 소년의 목을 한쪽으로 돌리며 말했다.

"너, 아는 여자 있어?"

게 소년은 담배 덕분에 더 힘이 났는지 더 열심히 환상적 리얼리즘 허풍을 떨었다.

"둥쓰10가랑 전시관 쪽에 여자들 엄청 많아요. 한마디로 여자들 집합소예요. 8계랑 16원앙, 들어봤어요? 완전히 떡 치는 기계예요. 하루에 200번이니까 하루 종일 다리 오므릴 시간이 없대요."

장레이는 철저히 리얼리즘을 기반으로 게 소년을 위협했다.

"헛소리 그만 해. 사실만 얘기하라고."

게 소년이 억울한 표정을 지었다.

"형님, 어떻든 아는 누나를 확실히 데려올 수 있어요."

"좋아, 믿지. 누나든 딸이든 다 좋은데. 우리가 오래 못 기다린단 말이지. 아주 급해. 그래서 네가 우리를 도와줘야겠는데."

"저기 여자애 둘 데려와."

장레이가 배드민턴을 치고 있는 두 소녀를 가리켰다.

"안 돼요. 못 해요."

장레이가 녀석 눈앞에서 담배를 흔들며 다시 위협했다.

"못 한다는 말 한번만 더 해봐."

게 소년이 어기적어기적 걸어가다가 휙 돌아서서 울상을 지었다.

"형님, 제가 20위안 드릴게요."

"돈은 필요 없다니까. 빨리 가!"

게 소년이 진짜 울음을 터트렸지만 우리는 전혀 봐주지 않았다. 녀석을 몇 번 쥐어박으며 계속 독려했다. 게 소년이 왼쪽 눈으로 소녀들을 보면서 동시에 오른쪽 눈으로 멀리서 걸어오는 또 다른 소녀들을 보고 훌쩍이며 되물었다.

"어느 쪽이요?"

어느 쪽? 그래, 이왕 부르는 거 잘 골라보자. 우리는 한참 살펴보다가 고개를 흔들었다.

"오우, 제기랄!"

"아직 발육이 덜 됐어."

"혹은 발육이 비정상적이거나."

"저기 봐."

한참 집중하던 장레이가 무릎을 치며 외쳤다.

"저기, 빨리 쫓아가!"

"엥? 전부 함량 미달인데?"

나는 장레이 손가락을 따라 고개를 돌렸다. 오, 세상에! 내가 본 스무 살 이하 여자 중에 가장 예쁜 여자였다. 짧은 단발머리, 가는 허리, 긴 다리, 봉긋한 가슴과 엉덩이의 그녀는 베네통 종이봉투를 흔들며 걸어왔다. 그 뒤에 말총머리를 흔들며 따라오는 여자애가 있는데 아직 초등학생 같았다.

"저 여자. 저 여자 불러와."

장레이가 서둘러 담뱃불을 비벼 끄고 다시 하나 꺼내는데 게 소년이 활짝 웃으며 대답했다.

"이번엔 문제없어요. 아주 간단해요. 내 친구한테 말하면 바로 돼요."

게 소년이 운동장 저 편에 모여 있는 꼬마 녀석들을 향해 소리쳤다.

"이리 와봐!"

잠시 후 피부가 까맣고 건강해 보이는 녀석이 괴성을 지르며 달려왔다.

"어빠, 어빠!"

이 녀석은 한 손에 왕잠자리를 잡고, 다른 한 손은 주먹을 꽉 쥐고 우리 앞으로 달려왔다.

"얘는 야바에요."

"어빠, 어빠."

"저 여자들, 하나는 애 큰 누나고, 그 뒤는 애 작은 누나에요."

"어빠, 어빠."

"야바, 누나들 불러와. 여기 형님이 얘기하고 싶어한다고 전해. 형님, 혹시 전할 말씀 있으세요?"

이때 게 소년은 마치 포주라도 되는 양 우쭐했다.

"벙어리가 무슨 말을 전해? 빨리 데려오기나 해!"

이때 우리는 눈앞에서 경악스러운 장면을 목격했다. 야바가 '아' 하고 소리치며 정신을 집중하듯 발로 땅을 굴렀다. 그리고 손에 쥔 잠자리를 재빨리 입속에 집어넣고 주먹 쥔 손을 쫙 펼쳤다. 그 안에 있던 딱정벌레 두 마리도 입속에 털어 넣고 우걱우걱 씹어 삼킨 후 전속력으로 달려 나갔다. 장레이는 토할 것 같았다.

"빌어먹을! 어떻게 요즘 애새끼들은 죄다 유전자 돌연변이야?"

"야바는 어려서부터 말을 못했는데 벌레를 먹으면 자기 병이 낫는다고 생각하거든요."

"하루에 몇 마리나 먹는데?"

"7, 80마리쯤?"

"아예 개구리가 되겠군."

우리는 멀리서 아주 못생긴 놈이 아주 아름다운 여자에게 달려가는 모습을 지켜봤다. 야바가 가로수 아래 서서 다짜고짜 '어빠, 어빠'를 수없이 반복한 후 다시 혼자 돌아왔다. 키 큰 미녀와 소녀가 몇 마디 주고받더니 우리 쪽으로 걸어왔다.

"여자가 온다, 여자가 온다!"

장레이가 옷깃을 매만지고 바르게 앉아 긴장한 표정으로 담배를 피워댔다. 50미터, 30미터, 20미터, 오, 예! 그녀가 드디어 우리에게 왔다. 우리는 고개를 들고 멀뚱멀뚱 쳐다볼 뿐 자리에서 일어서지도 못했다. 그녀는 키가 정말 컸다. 175센티미터가 넘는 것이 분명했다. 학처럼 길고 곧은 다리, 새하얀 얼굴, 사슴처럼 큰 눈망울. 우리가 침을 꿀꺽 삼킬 때 그녀가 입을 뗐다.

"너희, 내 동생 친구니?"

이 말은 매우 실망스러웠다. 그녀는 우리를 멍청한 꼬마 녀석과 어울리는 별 볼일 없는 무리라고 생각하는 것 같았다.

"친구라면 서로 도와야 해. 이 녀석이 벌레 먹는 나쁜 습관 고칠 수 있도록 도와줘."

그제야 정신을 차린 장레이가 건달처럼 거들먹거리며 담뱃재를 털고 일어섰다.

"무슨 소리야? 우리가 배워야지. 네 동생은 익충이야."

미녀가 깔깔 웃자 나는 정말 넋이 나가는 것 같았다.

"잠자리도 익충인데? 얘가 진짜 익충이면, 해로운 구더기 같은 걸 먹어야지."

장레이가 기회를 놓치지 않고 대화를 이어갔다.

"광둥에서는 러우야 炒芽•라고 하지."

미녀가 다시 웃음을 터트렸다.

"장난치지 마."

장레이는 점점 분위기를 주도하기 시작했다.

"예전에 모델이었어?"

"내가 그렇게 늙어 보여? 지금 준비 중이야."

장레이가 다시 대꾸하려는데 미녀가 갑자기 몸을 돌리더니 방긋 웃으며 고개를 돌렸다.

"그럼 재미있게 놀아. 난 가봐야 해서."

장레이가 얼른 쫓아 나섰다.

"내가 데려다 줄게."

미녀는 딱히 거절하지 않았고 장레이는 맹수가 남긴 음식을 얻어먹으려 몰래 뒤를 쫓는 승냥이 같았다. 우쭐한 그는 신나게 그녀를 쫓아가다 문득 고개를 돌리고 입을 벙긋벙긋 했다. 아마도 이런 뜻이리라.

"형님이 먼저 답사하고 올게."

여자를 꾀는 일은 장레이에게 이렇게 쉬웠지만 내게는 정말 어려웠다. 나는 그대로 계단에 앉아 나를 둘러싼 게 소년, 야바, 열두 살쯤 돼 보이는 소녀를 바라봤다. 나는 다시 패배주의에 빠져 하릴없이 담

• 식용 구더기를 이용한 요리.

배만 피워댔다. 한쪽 눈알을 굴려 내가 기분이 안 좋다는 것을 안 게 소년이 불안해하다가 다른 쪽 눈으로 뭔가 새로운 것을 발견했는지 야바를 향해 신나게 외쳤다.

"무당벌레, 무당벌레!"

게 소년의 시선이 향한 화단 아래에 알록달록한 칠성무당벌레 여러 마리가 줄지어 기어가고 있었다. 야바가 번개처럼 달려가 벌레를 잡자마자 알초코렛처럼 입속에 털어 넣고 맛을 음미했다. 나는 두 녀석이 너무 혐오스러워 고개를 돌리다가 소녀와 눈이 마주쳤다. 고집스런 표정에 공허한 눈빛, 이미 세상의 허무함을 다 알아버린 애어른 같았다. 소녀는 버러지를 먹는 버러지 같은 동생을 보고도 별 일 아닌 듯 아무렇지 않은 표정이었다. 그렇게 한참 동생을 지켜보다가 무심하게 중얼거렸다.

"오늘 저녁 안 먹어도 되겠네."

소녀는 나와 눈이 마주쳤을 때도 무표정을 유지하며 내게 작고 하얀 손을 내밀었다.

"담배 좀 줘요."

나는 담뱃갑을 내밀며 한 번 흔들었고 소녀가 익숙한 듯 담배 한 개비를 뽑아갔다. 소녀는 얇은 입술을 오물거리며 진한 연기를 내뱉었고 작고 깜찍한 콧구멍으로 연기를 내뿜었다. 단순히 담배 피는 흉내를 내려는 줄 알았는데 이렇게 대담하고 능숙할 줄이야! 한평생 피워온 것처럼 자연스러웠다.

"요즘에 힐튼 맛이 이상해졌어. 냄새도 구려졌고."

소녀의 목소리는 생각보다 걸걸했다.

"담배에 대한 조예가 아주 깊군."

"보통 외국 담배는 안 피워요. 난 원엔 피워요."

"넌, 몇 살 때부터 피웠어?"

"여덟 살."

"부모님이 뭐라고 안 해?"

"청소년기에 담배를 피우면 문제아인데, 난 아직 청소년이 아니니까."

"너희 부모님은 정말 생각이 트인 분들이구나."

"트이고 말고 할 게 있나요? 내가 담배를 핀다고 엄마 아빠가 죽기라도 한 대요?"

"그동안 동네에서 널 본 적이 없는 거 같은데? 새로 이사왔어?"

"원래 칭허清河 2포병대 마을에 살았어요.

"너희 집 형제가 꽤 많네."

"가족계획 정책도 우리 집은 어쩌지 못했죠. 더 큰 문제는 전부 다 정상이 아니라는 거죠. 나는 골초고 동생은 벌레를 먹고."

"네 언니는? 겉보기엔 지극히 정상이던데?"

소녀가 목소리를 살짝 낮췄다.

"언니는 자해가 취미예요. 거의 매일 밤 그 짓을 해요. 혼자 있을 때 칼로 손가락에 상처를 내거나 밧줄로 다리를 칭칭 묶어서 살을 괴사시키거나."

나는 그렇게 예쁜 여자가 그런 취미를 즐긴다는 사실을 도저히 믿을 수 없었다.

"도대체 왜?"

소녀가 더 작은 목소리로 대답했다.

"언니 말로는 굶주려서 그렇대요."

이때 저녁 바람이 불어오자 소녀가 흠칫 떨었다. 한여름이고 한낮의 열기가 아직 다 식지 않아 한기를 느낄 일은 전혀 없었다. 어쩌면 소녀가 짙은 풀 향기에서 느껴지는 강한 우울함을 느꼈는지 모른다. 나도 그렇고, 사춘기 아이들은 종종 이런 자극을 느낀다. 그렇다면 소녀는 이미 사춘기가 시작된 것이리라.

"하나 더 줘요."

소녀가 담뱃불을 붙이고 내게 말했다.

"머리 땋은 게 느슨해졌는데, 좀 조여줄래요?"

나는 난생 처음 여자 머리카락을 만져봤다. 상대가 이미 담배에 찌든 열두 살짜리 어린애였지만 손끝으로 느껴지는 감촉은 한없이 부드럽고 자극적이었다. 소녀의 귓바퀴와 목선에 난 잔털이 부드럽게 반짝이며 파르르 떨리다가 겁에 질린 새끼고양이처럼 납작 엎드렸다. 나는 넋이 나간 멍한 표정으로 소녀의 머리카락을 매만졌지만 좀처럼 조여지지가 않았다. 한참 끙끙대다 겨우 임무를 완수했다.

"내 머리를 땋아준 사람은 오빠가 처음이에요."

소녀가 손가락에 담배를 끼운 채 머리카락을 만지작거렸다. 소녀의 말을 듣는 순간, 나는 차가운 가을 호수에 빠진 것처럼 온몸의 감각이 깨어났다.

우리는 "단결력을 높이고 엄숙하면서 활기차게" 구호 아래 앉아 손으로 스위치를 돌려 밝기를 조절하는 전등처럼 서서히 어두워지는 저녁 하늘을 바라봤다. 보통 이 시간이 되면 장레이와 식당 매점에 가서 양꼬치에 맥주를 마시곤 했다. 하지만 장레이는 아직 감감무소식이다. 보아하니 일이 아주 순조롭게 진행되는 모양이다. 아마도 오늘은 나랑 같이 싸구려 쾌락을 즐길 일이 없으리라. 아, 정말 어이없는 세상이다. 꼭 얼굴에 철판을 깔고 여자 꽁무니를 쫓아가야 원하는 보상을 얻을 수 있단 말인가?

나는 소녀가 열두 개비째 힐튼을 피우기 시작할 때, 집에 돌아가려고 자리에서 일어나 엉덩이를 털었다. 화단을 지나 가로수길에 접어들 무렵, 내 뒤를 졸졸 따라오는 소녀를 발견했다.

"넌 집에 안 가?"

"집에 가도 할 일이 없어서……"

"난 볼 일이 있어."

"그럼, 가보세요."

소녀가 획 돌아서서 토끼처럼 경쾌하게 뛰어갔다. 소녀는 화단을 가로지른 후 농구장 불빛 아래로 사라졌다.

나는 군인 매점에 들러 담배 한 갑을 사고 동네를 한 바퀴 돌았다. 그리고 혼자 식당에 가서 양꼬치에 맥주를 마셨다. 혼자 먹으니 맛이 없었지만 왠지 집에 들어가기는 싫었다. 벌써 9시가 훌쩍 넘었다. 장레이 집 앞을 지나가다 올려보니 녀석 방에 불이 꺼져 있었다. 나는 담배를 피우며 생각 없이 걷다가 다시 운동장으로 돌아갔다. 운동장에 들어서자마자 세 아이들이 불나방처럼 달려들었다. 게 소년이 가장 먼저 달려왔다.

"형님, 형님, 큰일 났어요."

뒤이어 소녀가 심각한 표정으로 말했다.

"도대체 어디 갔었어요?"

"어빠, 어빠."

"무슨 일인데?"

"아까 같이 있던 그 형님이요, 두들겨 맞았대요."

"누구한테 맞았는데?"

게 소년이 한껏 목소리를 높였다.

"루파오, 루파오요!"

"젠장! 루파오? 도대체 어쩌다 루파오 심기를 건드린 거야?"

"우리 언니 따라 갔잖아요. 오늘 루파오가 문 앞에서 우리 언니를 기다리고 있었는데, 그 오빠를 보고 다짜고짜 신발을 벗어서 때리기 시작했대요. 순식간에 곤죽이 됐죠."

"제기랄!"

"형님, 어떻게 해요?"

"뭘 어떻게 해? 지금 어디 있는데?"

"루파오가 얘기 좀 해야겠다면서 그 형을 끌고 갔대요."

상황이 생각보다 훨씬 심각했다. 장레이 인생은 이미 끝장났을지도 모른다. 난 방법이 없어 두 손을 놔버렸는데, 게 소년이 더 듬직하게 나섰다.

"지금 뭐 하는 거예요? 어쨌든 우리가 구해야 하잖아요?"

구한다고? 나는 머릿속이 복잡했다.

"그래, 구해야지. 그런데 어디로 가야 하지?"

"당연히 루파오 집으로 가서 그놈을 손봐야죠."

게 소년이 환상적 리얼리즘 허풍을 시작하려는 모양이다. 아니나 다를까, 녀석이 양 옆으로 치우진 눈알을 열심히 굴리더니 침을 튀겨 가며 열변을 토했다.

"우리 형님들이 없어서 너무 안타깝네요. 아니었으면 식칼 삼십 개를 휘두르면서 루파오 손가락 하나하나마다 삼십 조각을 내줬을 텐데. 그리고 해자 쪽에도 잘 아는 삼촌들이 있는데 다들 엄청난 형님들이었죠. 문화대혁명 때 시단 수영장을 차지하고 앉아서 수영장을 피로 물들였대요. 원샷원킬!"

나는 녀석을 상대하기 싫어 소녀를 한쪽 옆으로 끌고 가서 물었다.

"네 언니는?"

"그 일이 벌어지고, 언니도 어디 갔는지 몰라요. 하지만 찾을 수는 있을 것 같아요."

"일단 네 언니부터 찾아보자."

나는 소녀를 따라 군인 클럽으로 향했다. 쉴 새 없이 나불거리는 게 소녀와 야바가 내 뒤를 따라왔다. 나는 걸음을 멈추고 뒤돌아섰다.

"너희는 왜 따라와?"

"우린 계속 함께였잖아요. 정의를 위해 함께 싸워야죠!"

솔직히 나는 장레이를 꼭 구해야 한다는 생각이 없었다. 그런데 게 소녀가 더 적극적으로 나서니 나도 어쩔 수 없이 정의감을 표현해야 했다. 녀석은 뒤에 따라오면서 루파오를 혼내줄 방법에 대해 주저리주저리 떠들었다.

군인 클럽 뒤편에 허름한 주차장이 있는데, 우리는 그 주차장 잡초 덤불 사이로 들어갔다. 소녀가 담배 연기를 내뿜으며 말했다.

"언니는 여기 죽치고 있을 때가 많아요."

달빛과 클럽 조명 덕분에 거대한 나무 창고 입구 앞에 쪼그려 앉은 사람이 보였다. 바람이 불자 여자의 머리카락이 살짝 흔들렸다. 순간 나도 모르게 온몸이 부르르 떨렸다. 한 걸음 한 걸음 다가갈수록 아름다운 곡선이 뚜렷해졌다. 소녀의 언니, 장레이가 쫓아갔던 바로 그 미녀다. 그녀는 벽 모서리에 웅크려 앉아 두 손으로 턱을 받치고 있었다. 얼굴은 잘 보이지 않았지만 실루엣만으로도 눈을 뗄 수 없었다.

그런데 어느 순간 턱을 받친 그녀의 손 안에 뭔가 반짝이는 물건이 보였다. 조금 더 가까이 다가갔을 때, 그것이 면도칼임을 알았다. 그녀는 면도칼을 뚫어져라 응시했다. 집안 대대로 내려오는 골동품 가보 혹은 연인에게 선물 받은 사랑의 증표를 바라보는 눈빛이다. 잠시 후 그녀가 입을 벌리고 혓바닥을 내밀어 사탕을 핥듯 면도칼을 핥았다. 혀끝이 칼날에 닿는 순간 상처가 나고 혀끝에서 피가 흘러 바닥으로 뚝뚝 떨어졌다. 나는 너무 놀라 할 말을 잊은 채 그 자리에 우뚝 서 있었다. 그녀가 인기척을 느끼고 고개를 돌렸다. 나를 알아보고 생긋 웃는데 이빨 사이사이가 새빨갛게 물들었다. 이번에도 게 소년이 나보다 용감했다.

"아까 형님이 맞았대요."

소녀가 마치 낯선 사람을 대하듯 딱딱한 말투로 물었다.

"루파오한테 끌려갔다는데, 어디로 갔는지 알아?"

미녀가 관심 없다는 듯이 대꾸했다.

"나랑 상관없는 일인데, 왜 나한테 물어?"

나는 목이 멘 것처럼 아무 말도 하지 못했다.

"찾고 싶은 사람이 있으면, 그 사람 집으로 가야지. 난 그런 일에 신경 쓸 기분이 아니야."

바로 돌아서서 떠나려는데, 문득 땅바닥에 붉은 꽃밭이 펼쳐진 것 같았다. 우리는 모두 운동장으로 돌아갔다.

"형님, 이제 어떻게 해요?"

나는 그제야 정신을 차렸다. 시계를 보니 10시 조금 전이었다. 어떻든 장레이를 찾긴 찾아야 한다.

"너희는 여기서 기다려. 일단 도서관에 가서 친구들을 데려와야겠어."

게 소년이 갑자기 투지를 불태우며 날뛰었다.

"나 패싸움도 해봤어요. 내가 벽돌을 모아올게요."

소녀는 조용히 내 뒤를 따라왔다. 나는 밤이 깊어 더욱 짙어진 나무 그림자 사이를 지나 마을 밖으로 나간 후, 옆 동네 의대 도서관으로 갔다. 내가 아는 녀석들은 대부분 이 도서관 영상실에서 미국 영화 보는 것을 좋아했다. 나는 소녀에게 도서관 밖에서 기다리라고 한후 관리인에게 열람증을 보여주고 안으로 들어갔다. 먼저 영상실에 가봤지만 시간이 늦은 탓인지 아무도 없었다. 녀석들이 위층 열람실에 올라가 의대생들처럼 공부할 리는 절대 없다. 강한 확신에도 불구하고 나는 위층에 올라가 정기간행물실을 한 바퀴 돌았다. 이때 낯익은 목소리가 들렸다.

"매독 3기! 이것 봐. 다 짓물렀어. 이런 게 매독 3기야."

"뜨거운 물에 덴 것 같아."

소리를 따라 가보니 두 녀석이 영문 의학 잡지를 펼쳐놓고 진지하게 여성 음부 사진을 연구하고 있었다. 두 녀석이 나를 보고 소스라치게 놀랐다.

"너, 뭐야? 여기 왜 왔어?"

이 둘은 옆 동네 녀석들인데 예전에 같이 오락실에서 초등학생 돈을 뺏은 적이 있었다. 뚱뚱한 놈은 쑨량이고, 마른 놈은 슝웨이다.

"일이 좀 있는데."

"무슨 일?"

두 녀석은 심심해 죽겠던 차에, 이때다 싶어 정의롭게 나섰다.

"장레이가 맞았대."

"그래서? 잘 됐네! 쌤통이다!"

쑨량이 손뼉을 치며 좋아했다.

"그 녀석 진즉부터 패주고 싶었어."

"아니, 그게 아니라. 난 장레이를 구하려고 해."

쑨량이 잠깐 멍한 표정을 지었다가 갑자기 투지를 불태웠다.

"네 일이 곧 내 일이지!"

슝웨이도 거들었다.

"누가 감히 장레이를 팼어? 우리가 가만있을 수 없지."

이렇게 해서 나는 정의감에 눈이 먼 두 녀석을 끌고 나갔다. 하지만 녀석들에게 상대가 루파오라는 사실을 말하지 않았다. 말하는 순간 녀석들이 바로 줄행랑을 칠 테니까.

도서관을 나오자마자 담배를 문 소녀를 본 쑨량이 감정사 말투로 속삭였다.

"네 거야? 성깔 있어 보이는데?"

그는 두 눈의 초점을 코끝에 모으며 친구의 여자를 훑어봤다. 나는 이런 사소한 문제에서도 인생이 정말 어이없고 황당하다는 생각이 들었다. 전부 다 밝은 곳으로 데려가 쑨량이 말하는 '내 거'가 아직 제대로 발육도 안 된 꼬마라고 말해주고 싶었지만 혹여나 이 멍청한 놈이 나를 순정파라고 생각할지도 모른다는 생각이 들었다. 괜히 녀석이랑 사실 여부를 따질 필요가 없다. 나는 멋대로 지껄이는 두 녀석과 줄담배를 피우는 소녀를 데리고 운동장으로 돌아와 게 소년, 야바와 합류했다. 쑨량이 그럴 듯하다는 표정으로 게 소년을 훑어보며 말했다.

"네 똘마니야? 딱 봐도 장군감인데?"

쑨량과 슝웨이는 관우처럼 진지하고 근엄한 표정으로 옆 동네 건달 두목이라도 되는 양 거들먹거렸다. 게 소년과 야바는 잔칫날이라도 되는 것처럼 신나보였다. 아마도 자기들이 진짜 건달이 됐다고 생각하는 모양이었다. 게 소년이 우리에게 벽돌을 나눠줬다.

"저기 교회 뒤 공사장에서 몰래 가져왔어요."

이 벽돌 가격은 대략 8편分● 정도 할 것이다. 쑤량은 이 사실이 매우 만족스러웠다.

"아주 훌륭해. 형제들, 아주 제대로인데? 지난번에 옆 동네 꼬마들이 문제가 생겼다고 해서 갔는데 그 녀석들은 준비가 전혀 없어서 그 자리에서 바로 싸움이 날 뻔했지."

슝웨이가 벽돌 무게를 가늠하며 물었다.

"장레이는 어느 정도야?"

"가보면 알겠지."

우리는 상쾌한 밤바람을 맞으며 루파오 집 방향으로 발길을 재촉했다. 행인들은 대부분 우리를 보고도 못 본 척했다. 그런데 어떤 할머니가 부드럽게 말을 걸어왔다.

"왜 여태 집에 안 들어갔어? 텔레비전 안 봐?"

"안 봐요."

"몇 학년인고?"

"고1이요."

"고등학교 가면 남학생이 여학생보다 공부를 잘한다지?"

"맞아요. 여자애들은 만날 배 아프다고 하거든요."

루파오 집 앞 복도에 도착한 후 쑤량을 돌아보며 말했다.

● 중국의 화폐 단위로 위안의 1/10.

"이 집이야."

쑨량이 호수를 확인하고 심각한 표정으로 고개를 끄덕인 후 게 소년에게 일렀다.

"너희 둘은 한명씩 골목 입구를 지키면서 망을 봐. 조금 있다 싸움이 시작되면 경비 중대 병사들이 달려올 테니 바로 휘파람 불어."

게 소년이 주먹으로 가슴을 탕탕 쳤다.

"나 혼자 양쪽 골목 다 볼 수 있어요."

"훌륭한 재능이네. 휘파람은 불 수 있어?"

게 소년이 야바를 가리켰다.

"얘가 잘 해요."

이 말이 끝나자마자 야바가 입을 쩍 벌리더니 동물원에서나 들을 법한 날카로운 새소리를 냈다. 다들 깜짝 놀라 귀를 틀어막았다.

"얘가 왜 말을 못하는지 이제 알겠네. 기본적으로 사람 성대가 아닌 거야."

쑨량이 잠시 소녀를 응시하다가 마지막으로 한 마디 했다.

"여자는 여기 있어."

나는 루파오 집 앞 낮은 계단에 올라서서 문을 두드리기 전 마음을 가다듬었다. 루파오 집은 1층이었다. 힐끗 뒤를 돌아보자 쑨량과 슝웨이가 벽돌을 들고 날카로운 눈빛으로 여유롭게 지켜보고 있다. 드디어 문을 두드렸는데 대답이 없었다. 나는 다시 뒤를 돌아봤다. 쑨량과 슝웨이는 여전히 벽돌을 들고 날카로운 눈빛으로 여유롭게 서있었다. 나는 조금 더 세게 문을 두드리며 크게 소리쳤다.

"야! 이 겁쟁이야, 문 열어!"

소리를 지르며 문득 뒤를 돌아봤는데 쑨량과 슝웨이, 두 겁쟁이 녀석이 이미 사라지고 없었다. 재빨리 복도 끝으로 달려가니 두 녀석이 쏜살같이 도망가는 모습이 보였다. 쑨량이 필사적으로 뛰면서 슝웨이에게 한 마디 했다.

"벽돌을 왜 들고 있어?"

두 녀석은 벽돌을 풀밭에 집어던지고 사라졌다. 게 소년이 어리둥절하며 물었다.

"형님들, 왜 도망가요?"

야바가 소리를 지르며 날뛰었다. 야바의 날카로운 새소리에 이어 소녀가 손가락을 가볍게 튕기자 담배꽁초가 바람을 가르고 희미한 불빛으로 크게 포물선을 그리며 날아가 정확히 쑨량 목덜미에 떨어졌다. 정신없이 뛰어가다 뜨거운 불 맛을 느낀 쑨량이 팔짝팔짝 날뛰며 소리를 질렀다. 꼭 꼬리를 밟힌 도마뱀 같았다. 어쩔 수 없이 그들과 함께 도망치려는데 루파오가 이미 식칼을 들고 눈앞에 나타났다.

"어이, 꼬마. 이리 와봐."

"어이 꼬마, 너 말이야."

"어이 꼬마, 빨리 안 와?"

"어이 꼬마, 들어와."

루파오는 하얗고 뚱뚱한 상반신을 드러낸 상태였다. 가슴 털이 겨드랑이 털보다 풍성했는데 아마도 직접 다듬는 것 같았다. 그는 만사 귀찮은 표정으로 낡은 식칼을 들고 있었다. 칼날 군데군데 이가 나갔는데 돼지 뼈를 자르다 그랬는지, 사람 뼈를 자르다 그랬는지 알 수 없다. 나는 등골이 서늘해진 상태로 그의 집에 들어갔다. 문 앞에서 조용히 벽돌을 내려놓으려는데 그가 큰 목소리로 중얼거렸다.

"그냥 들고 있어. 내가 그깟 벽돌을 무서워할 거 같아?"

나는 결국 도시락 배달원처럼 두 손으로 벽돌을 받쳐 들고 집안으로 들어갔다. 집안 풍경은 지극히 평범했다. 이 동네 다른 집과 전혀 다르지 않았다. 국산 유명 브랜드 가구, 일본 전자제품, 자이언트 산악자전거가 눈에 띄었다. 루파오가 허리를 굽히고 그 유명한 구두를 벗었다. 나는 별 생각 없이 그를 따라 신발을 벗으려 했다.

"벗지 마. 네가 신발 벗어서 뭘 어쩔 건데?"

그는 한 손에 식칼을 들고 다른 손에 구두를 들고 절뚝거리며 나를 데리고 거실로 들어갔다. 나는 거실 소파 옆에 널브러져 있는 노인을 발견하는 순간 더 큰 공포에 휩싸였다. 두 눈을 감은 채 다리가 뻣뻣하게 굳은 것 같았다. 흐트러진 머리카락이 축 늘어졌고, 여름인데도 털 조끼를 입고 있었다. 나는 크게 당황했지만 루파오는 친한 친구에게 말하는 것처럼 툭 내뱉었다.

"뭘 멍청하게 서 있어? 빨리 와서 안 도와?"

그는 두 손을 노인 겨드랑이에 끼워 넣고 온힘을 다해 노인을 끌어 들였다. 나는 얼른 벽돌을 내려놓고 노인의 발을 들어 올렸다. 우리는 힘을 합해 하나, 둘, 셋 구령과 함께 노인을 소파 위에 올렸다. 노인은 소파에 눕자마자 정신을 차렸다. 그는 머리를 감싸 쥐고 들릴 듯 말 듯 한 목소리로 중얼거렸다.

"이렇게 불행할 수가!"

"어디 또 지껄여봐!"

루파오가 힘껏 구두를 휘둘러 노인의 머리통을 가격했다. 픽 소리가 북소리보다 컸다. 아마도 노인의 귀에는 천둥소리처럼 들렸을 것이다. 아니면 너무 많이 맞아 습관이 돼서 아무 느낌이 없는지도 모른다. 하지만 워낙 강하게 맞은 탓에 고개가 홱 돌아가면서 다시 소파에 널브러졌다. 하지만 노인은 입을 다물지 않았다.

"누가 좀 도와줘요!"

루파오가 불쌍하다는 표정으로 말했다.

"도와줄 사람 없어."

그리고 다시 퍽퍽, 구두를 휘둘렀다. 노인은 계속 소리를 지르다가 잘못해서 혀를 깨물었다. 그는 아야야 하며 입을 감싸고 더없이 불쌍한 표정으로 애원했다.

"네 아비 꼴을 좀 봐라."

루파오가 구두를 노인 입 앞으로 내밀었다.

"물어."

노인이 음식 투정하는 아이처럼 고개를 돌렸다.

"안 물어?"

루파오가 차분하게 타이르는 말투로 위협했다.

"그럼, 이제 입 다물고 있어."

루파오가 다시 내 쪽으로 칼을 돌렸다. 나는 당황해서 아무 말이나 내뱉었다.

"물게요, 물어요."

루파오가 너그러운 마음으로 치매 환자를 돌보는 간병인처럼 부드러운 미소를 지었다.

"물라는 게 아니야."

"그럼?"

"손을 자르라고."

"잘라요? 무슨 손을?'

"아, 그걸 정해야 하나? 너 왼손잡이야?"

"아니요."

"그럼, 오른손으로 벽돌을 들고 날 때리려고 했으니까, 오른손 잘라."

이런 상황을 어느 정도 예상하기는 했지만 너무 무섭고 떨려서 꼼짝도 할 수 없었다. 루파오가 나를 뚫어지게 봤고, 나도 그를 보기는 했지만 감히 눈을 마주치지는 못했다. 하나뿐인 오른손을 자르면, 앞으로 많은 일을 할 수 없다. 컴퓨터도 못하고 피아노도 못 치고 농구도 못 한다. 하지만 루파오가 부드러우면서 단호한 말투로 계속 재촉했고, 나는 거절할 이유를 찾지 못했다. 잠시 대치 국면이 이어지는데 갑자기 노인이 크게 울부짖기 시작했다.

"아들아, 이건 범죄야."

"얘가 제 손으로 자를 거야. 자기가 자르는 건 범죄가 아니야. 물론 나도 아니고. 여기 범죄를 저지르는 사람은 아무도 없어."

"아들아, 제발 큰일을 벌이면 안 돼!"

루파오가 뭔가 이상했는지 노인을 째려봤다.

"뭐야? 누구 말하랬어?"

노인이 영리하게 반항하는 아이처럼 구두를 가로채고 루파오를 노려봤다. 구타 도구를 이미 제 손에 넣었으니 어쩔 수 없으리라 생각하며. 그러나 루파오는 한심하다는 듯이 고개를 흔들며 다른 쪽 구두를 벗어 노인의 머리를 후려쳤다. 퍽, 퍽, 두 번. 루파오가 노인을 때리면서 다시 나를 다그쳤다.

"안 잘라? 안 자를 거야?"

나는 식칼을 손에 쥐는 순간, 내 손을 자르는 것 말고 다른 선택이 있음을 깨달았다. 루파오를 찌르는 것. 그러나 노인이 내 마음을 눈치

챘는지 진심으로 간곡히 나를 타일렀다.

"애야, 절대 일을 크게 만들면 안 돼!"

사실 나는 그럴 용기도 없었지만 이 말을 들으니 더 움츠려 들었다. 이때 누군가 문을 두드렸다. 루파오가 고개를 갸웃했다.

"뭐야? 또 누구야?"

그는 구두를 쥐고 성큼성큼 문 쪽으로 걸어갔다. 뒤에 남은 나와 노인은 눈이 마주쳤지만 차마 입을 떼지는 못했다. 잠시 후 루파오가 어이없다는 듯이 고개를 흔들며 돌아왔다.

"제기랄, 어떻게 된 게 개나 소나 다 건달이 되겠다고 난리야?"

그 뒤에 세 사람이 따라오는데 바로 소녀, 게 소년, 야바다. 소녀는 여전히 차갑고 도도한 표정으로 담배를 피워댔고 게 소년은 흥분한 채 옆으로 걸었다. 야바는 고개를 젖히며 손에 쥔 지렁이 두 마리를 입속에 넣고 국수 가락을 흡입하듯 호로록 삼켰다. 셋 다 워낙 특이한 꼬마들이라 루파오도 어찌할 바를 몰랐다.

"젠장, 너희들 뭐야?"

게 소년이 신바람 나게 외쳤다.

"너 혼내주러 왔다."

소녀가 게 소년을 막아섰다.

"저쪽으로 가 있어."

소녀가 나를 힐끗 쳐다볼 때 눈이 마주쳤는데, 그 눈빛이 온 집안을 냉동실로 만들어버릴 만큼 차가웠다. 이때 노인이 끼어들어 루파오에게 말했다.

"화풀이 하려거든 이 애비만 때리면 돼."

하지만 소녀는 겁 없이 루파오를 직접 상대했다.

"우리 얘기 좀 해요."

당연히 루파오는 소녀의 제안을 거들떠보지도 않았다.

"그러지 말고 네 언니나 오라고 해. 왜 만날 날 피하는 거야?"

"그건 내 알 바 아니고. 난 지금 그쪽이랑 얘기하고 싶어요."

"나랑 얘기하고 싶으면 나중에 브래지어나 차고 다시 와."

이 말에 게 소년이 혀를 두르며 감탄했다.

"우와! 진짜 건달 말투야! 진짜 건달이야!"

"그땐 너무 늦어요."

"뭐가 그렇게 급해?"

"아저씨 지금 몇 살이에요?"

"스물아홉이다. 왜?"

그는 자기도 모르게 소녀의 질문에 순순히 답했다는 사실이 살짝 쪽팔리고 짜증났다.

"십 년이 지나면 아저씨는 서른아홉이죠. 그때 우리는 스물여섯, 스물셋, 스물둘이겠네요. 십 년이 더 지나면, 아저씨는 거의 쉰이고 우리는 서른이 조금 넘었겠죠. 그때도 아저씨가 우리를 때릴 수 있겠어요?"

루파오가 미친 듯이 웃었다.

"너무 멀리 내다보는구나?"

"그러니까, 아저씨는 오늘 둘 중 하나를 선택해야 해요. 첫째, 우리를 하나도 남김없이 다 죽여버린다. 둘째, 오늘 일은 없었던 것으로 하고 우리를 보내준다. 그렇지 않으면 십 년 후 혹은 이십 년 후에 아저씨가 바로 이렇게 될 거예요."

소녀가 노인을 가리키며 말을 이었다.

"아마 아저씨도 옛날에 이 할아버지한테 많이 맞았겠죠?"

노인은 옛 기억이 떠올라 저도 모르게 소리쳤다.

"그러네! 내가 그때 왜 저 녀석을 때려죽이지 않았을까!"

루파오가 버럭 화를 내려는데 소녀가 손바닥을 펼치며 말을 이어 갔다.

"흥분하지 마세요. 제발 이성적으로, 잘 생각해보세요."

노인이 한동안 참회의 눈물을 펑펑 쏟은 후 루파오 바지를 잡고 애원했다.

"정말 맞는 말이야. 아들아, 나중에 나처럼 된 후에 후회해봤자 소용없어. 아직 늦지 않았으니 마음을 돌리렴. 젊어서 사람을 때리면 늙어서 반드시 맞게 돼 있어. 난 바보처럼 실수를 저질렀지만 넌 절대 그러면 안 돼."

루파오가 노인을 걷어차며 소리쳤다.

"제기랄, 당신이 언제부터 내 생각했어?"

노인이 억울하고 안타까워했다.

"언제나, 항상 걱정했어."

루파오가 사납게 분노했다.

"개소리 지껄이지 마! 허구한 날 밖에서 타자수며 비서며 계집질하느라 바빴으면서 이제 와서 내 생각을 했다고?"

"내가 아들이 둘도 아닌데 널 생각하고 걱정하는 게 당연하지. 그 구두, 누가 사준 건지 잊었니? 넌 어려서부터 이상하게 큰 구두를 좋아했어. 그래서 해마다 네 생일에 꼭 구두를 사줬잖니."

루파오가 창틀로 고개를 돌렸다. 그곳에 육군 병사들이 훈련할 때 신는 부츠, 모피 등산화, 명품 CAT 구두 등 구두 여러 켤레가 줄지어

놓여 있었다. 이 구두들은 십 년 이상 그의 손발을 거치며 노인의 머리에 수많은 발자국을 남겼을 것이다. 루파오는 구두를 쭉 훑어보고, 노인을 보고, 또 우리를 하나하나 쳐다보고, 마지막으로 거실 벽 한 가운데 걸린 중년 부인의 사진을 응시했다. 그는 병아리가 부화할 때 갑자기 계란 껍데기가 깨지는 것처럼 느닷없이 눈물을 터트렸다. 그리고 비통하게 울부짖었다.

"엄마, 왜 이렇게 일찍 갔어요!"

"그래. 세상에 우리 둘뿐이니 서로 굳게 의지하며 살아야 해."

"그래서 당신이 만날 밖에 나가 계집질 한 거잖아!"

"그때 난, 너한테 새엄마를 찾아주고 싶었어."

"그래서 내가 이렇게 개새끼가 된 거야!"

"그건, 네 잘못이 아니야. 다 내 탓이지. 내가 널 제대로 돌보지 못했어."

루파오의 목소리가 비통하고 애절하게 변했다.

"아빠!"

노인은 만감이 교차하는 표정으로 아들의 애칭을 불렀다.

"파오파오泡泡儿!"

"난 이미 엉망진창이 돼버려서 아마 이 버릇을 고치기 어려울 거예요. 앞으로 또 아빠를 때릴지도 모르니, 특별히 안전모를 준비해야겠어요. 혹시 내가 때리면 빨리 안전모를 쓰세요."

"괜찮다. 이미 익숙해졌어. 한두 대쯤 맞지 않으면 오히려 두통이 생긴다니까."

두 사람은 이렇게 한 마디씩 주고받다가 결국 얼싸안고 울음을 터트렸다. 루파오는 엉엉 울면서 구두를 쥐고 제 머리를 때렸다.

"나쁜 놈! 나쁜 놈! 나쁜 놈!"

노인이 버둥거리며 루파오의 품에서 빠져나와 그의 손을 붙잡고 벽에 걸린 아내 사진을 보며 말했다.

"파오파오 엄마, 우리 애가 이렇게 컸어!"

제기랄, 낼모레 서른인데, 이제 컸다고? 나도, 세 꼬마들도 세상에서 이렇게 웃긴 말은 들어본 적이 없었다. 우리는 서로 시선을 마주치며 미친 듯이 웃고 싶은 충동을 느꼈다. 이 세상은 온통 혈육의 정 투성이다. 텔레비전 드라마, 연극 무대, 따분한 소설, 심지어 성공한 건달의 집도 예외가 아니다. 이야기가 시작될 때는 전혀 그런 징조가 없다가 갑자기, 아무 이유 없이, 느닷없이 혈육의 정이 튀어나온다. 정말 거지같이 웃긴 상황이다. 우리는 너무 웃고 싶지만 차마 웃을 수 없었다. 너무 웃고 싶지만 지금은 웃을 수 없기에 억지로 입을 오므려야 했다. 루파오가 한참 눈물을 흘린 후에야 우리에게 시선을 돌렸다.

"제기랄, 아직도 안 가고 뭐 해?"

우리는 그제야 벽돌을 집어 들고 쏜살같이 밖으로 뛰어나갔다. 게 소년이 문을 나서기 전에 이렇게 말했다.

"이렇게 됐으니, 나중에 아저씨가 늙어도 안 때릴 게요."

루파오는 말이 없고 노인이 엉뚱한 말을 늘어놓았다.

"얘들아, 열심히 공부해야 한다!"

우리는 밖으로 나오자마자 깔깔거리며 웃기 시작했다.

"방금 전에 꼭 연극하는 거 같지 않았어? 설마 사기 치는 건 아니겠지?"

소녀가 처음으로 즐겁고 신나게 활짝 웃었다. 배꽃이 눈앞에서 꽃망울을 터트린 것처럼 아름답고 감동적이었다. 소녀와 내가 막 담뱃불을 붙이는 순간, 갑자기 장레이가 등장했다. 얼마나 맞았는지 눈두덩이 빨갛게 붓고 코뼈도 비뚤어진 것 같았다. 아직도 멈추지 않은 코피가 입술을 타고 내렸고, 이마에 신발자국이 선명했다. 그는 식칼을 들고 이를 갈며 으르렁거렸다.

"루파오, 이 개자식, 죽여버릴 테다!"

나는 그의 어깨를 두드리며 무덤덤하게 말했다.

"됐어. 우리가 이미 다 손봤어. 저 소리 안 들려? 혼꾸멍이 나서 아직도 울고 있잖아."

이날 나는 건달의 개과천선이 세상에서 가장 바보 같고 가장 시시한 일이라는 사실을 알았다. 더불어 건달이 되는 것도 아주 재미없고 시시하게 느껴졌다. 건달이 되는 꿈에 흥미를 잃은 나는 학교로 돌아가 열심히 공부했고, 드디어 최고 학부에 진학했다.

5년 사이·하
-우리 모두 마이클 조던에 열광했다

나는 대학 4년을 아주 우수한 성적으로 멍청하게 보냈다. 나는 강의실에서 학문에 헌신하겠다고 말했다. 학생회의에서 이상에 헌신하겠다고 말했다. 사회활동에서 시장경제의 물결에 헌신하겠다고 말했다. 자원봉사자 협회에서 자선 활동에 헌신하겠다고 말했다. 그리고 여자친구 귓가에 오직 당신을 위해 내 모든 것을 바치겠다고 속삭였다.

이중 4년간 이어진 것은 여자친구에 대한 헌신뿐이다. 총 넷, 그러니까 일 년에 한 명씩 헌신한 셈이다. 그런데 그렇게 헌신하고서야 알았다. 어떤 단체, 어떤 조직, 어떤 사람도 진심으로 나의 헌신을 받아들이지 않는다는 것을. 이 세상에는 헌신하고 싶어 안달난 사람이 더럽게 많기 때문이다. 울며불며 헌신하겠다고 몰려드는 사람들 물결 속에 나 하나쯤 더해지든 빠지든 티도 안 난다. 결국 그 안에서 살아남는 사람은 아무도 없다.

4년째 되던 해, 딱 맞춰 깨달음을 얻은 덕분에 긴박한 상황을 놓치지 않고 이 무의미한 헌신을 아주 깔끔하게 마무리지었다. 여자친구 자궁에 이 코미디 같은 세상에 헌신하려는 태아가 들어앉았다. 나는 수업이 없을 때마다 방송국 편집 작업에 헌신해 자금을 모았고 여자친구가 잠시 산부인과 수술대에 헌신하도록 했다. 물론 그 전에 그녀에게 영원히 헌신하겠다고 단단히 맹세해야 했다. 하지만 대학을 졸업하던 그해 여름, 과감히 셋방을 정리하고 어렵게 찾은 직장에 사표를 냈다. 휴대폰을 정지시키고 그녀를 기차에 태워 보내며 이별했다. 극적으로 걸음을 멈춘 덕분에 결혼생활에 헌신하는 인생의 내리막길 앞에서 돌아설 수 있었다.

나는 갈 곳이 없어 어쩔 수 없이 나고 자란 마을로 돌아갔다. 당시 나는 번지르르한 말, 경박한 웃음, 가식적인 태도가 특징인 여피족 yuppie•으로 낙인찍혀 있었다. 나는 점잖은 척 체면을 차리느라 예전에 난잡하게 어울려 놀던 친구들과 연락을 끊었다. 나중에 건너 건너 친구들 소식을 들었는데 뜻밖에도 대부분 그럴 듯한 길을 걷고 있었다. 쑨량은 인민해방군 중위, 슝웨이는 국가기관 소속 탁구 선수가 됐다. 가장 놀라운 사람은 장레이다. 작은 사기업 사장님이 된 그는 중고 뷰익을 몰고 다니다가 여러 번 음주 단속에 적발됐는데 조사를 받을 때마다 담당 경찰에게 이렇게 말했단다.

"이게 다 사업의 일환 아닙니까?"

"요즘 남자들이 얼마나 힘듭니까?"

가장 유명했던 건달 루파오는 큰 구두, 그 아버지와 함께 마을에서

• 도시 주변을 생활 기반으로 삼고 전문직에 종사하면서 신자유주의를 지향하는 젊은 이들.

완전히 사라졌다. 그들이 살던 집은 여전히 비어 있단다. 들리는 소문에 이민을 갔다는 말도 있고, 루파오가 제 아버지를 때려 죽였다는 말도 있었다.

이 무렵 건달들이 가장 사랑했던 힐튼이 담배 판매대에서 자취를 감췄다. 그래서 방송국에서 밤샘 작업할 때 늘 일본 담배 마일드세븐을 피웠다. 나는 담배를 문 채 택시에서 내렸다. 천천히 동네 입구를 통과하며 멀리서 우리 집 창을 바라봤다. 창문은 어두웠고 집 앞 주차장은 비어 있었다. 부모님은 그 나이 어른들이 좋아하는 배기량이 큰 혼다를 타고 교외로 놀러간 모양이다. 지금 집에 들어가면 딴 세상에 온 것처럼 몽롱해져 그대로 쓰러질 것 같았다. 그리고 다시는 깨어나지 못할 것 같았다. 그래서 책과 CD플레이어를 넣은 가방을 문 앞에 내려놓고 어슬렁어슬렁 운동장으로 걸어갔다.

나는 "단결력을 높이고 엄숙하면서 활기차게" 구호 아래 앉아 마오 주석과 은퇴한 노부부와 배드민턴 치는 소녀들을 지켜봤다. 마오 주석은 여전히 택시를 잡는 자세였고 노 간부들의 은퇴는 끊임없이 이어졌다. 그들은 영원히 시원하게 방귀를 뀔 자격이 있었고 소녀들은 늘 보모와 함께였다. 새로 등장한 멍청한 꼬마 녀석들의 나이키 운동화 스타일은 예전 우리 때랑 크게 달랐다. 한참 앉아 있다보니 갑자기 식당 매점에서 팔던 양꼬치와 맥주가 생각났다. 일부러 찾아갔는데 매점이 사라지고 원저우 사람이 운영하는 '간부 발마사지 클럽'으로 바뀌었다. 교관 이상은 20퍼센트 할인해준단다. 그 옛날처럼 풀이 죽어 다시 운동장으로 돌아갔는데 어디서인가 쿵쾅대는 요란한 음악소리가 들렸다.

운동장 옆 가로등 불빛이 휘황찬란했다. 그 밑에 느닷없이 택시 한 대가 멈추고 열예닐곱 살쯤 된 아이들이 우르르 내렸다. 다들 마대자루처럼 통이 넓은 바지에 'LA 레이커스' '휴스턴 로케츠'라고 인쇄된 박스티를 입고 차이나칼라 셔츠를 걸쳤다. 허리에 닳아빠진 낡은 금속 체인을 걸었고 운동선수들이 훈련 용품을 싸들고 다니는 큰 가방을 둘러멨다. 머리카락은 빨강, 노랑, 초록이 뒤섞여 알록달록했다. 그중 빨강머리 여자애가 휴대용 CD 플레이어를 들고 있는데, 그것이 바로 요란한 음악의 근원지였다.

방송국에서 일할 때 종종 동료들과 음악자료실에서 도시락을 먹거나 수다를 떨었던 경험 덕분에 지금 흘러나오는 음악이 에미넴이라는 것을 알았다. 토플 공부를 해본 적이 없어 빠르게 지껄이는 가사 중에 알아들은 말은 'fuck'뿐이다.

아이들이 독버섯처럼 알록달록 선명한 색감을 뽐내며 운동장으로 걸어왔다. 나는 곧 그들이 누군지 알았다. 게 소년의 독특한 걸음걸이 덕분에 한눈에 알아봤다. 게 소년은 놀랍게도 소형 스쿠터를 운전해 택시 뒤를 따라왔다. 그는 시야를 확보하기 위해 영화에 나오는 백 년 전 시골 소녀가 나귀를 타고 가는 것처럼 비딱한 자세로 앉아 한 손으로 운전대를 잡았다. 게 소년이 브레이크를 잡으며 옆으로 다리를 쭉 뻗고 스쿠터가 옆으로 쓰러지기 전에 안전하게 뛰어내렸다. 그는 친구들을 향해 힘차게 달려와 CD 플레이어를 든 여자애 옆에 서서 나란히 걸었다. 곧이어 여자애가 전매특허 동작을 선보였다. 라이터에서 솟구친 강한 불꽃에 자연스럽게 담뱃불을 붙였다. 나는 가까워지는 아이들을 가만히 지켜봤다. 아이들은 내 쪽을 힐끔 쳐다봤지만 전혀 신경 쓰지 않고 농구장에서 걸음을 멈췄다. 그중 하나가 이렇게 중얼거렸다.

"저 인간은 왜 저기 앉아 있는 거야? 여기 우리 자리인 거 몰라?"

"가서 쫓아버려."

"내버려 둬. 신경 쓰지 마. 우리 할 일이나 해. 대회가 얼마 안 남았어. 괜히 문제 일으키지 마."

다들 여자애 말에 따랐다. 조금 어색했지만 "단결력을 높이고 엄숙하면서 활기차게" 몸을 풀고 음악소리를 더 높였다. 게 소년이 갑자기 전기에 감전된 것 마냥 몸을 부르르 떨며 중얼거렸다.

"이건 남미 비트인데?"

다른 아이들이 꽤 그럴 듯하게 아메리칸 브레이크 댄스를 선보이기 시작했다. 로봇 혹은 우주인처럼 삐걱거리다가 바닥에 머리를 박고 팽이처럼 몸을 돌렸다. 그중 가장 열심인 사람은 건장한 청년이 된 야바였다. 왕잠자리가 그려진 티셔츠를 입은 그는 땀을 뻘뻘 흘리며 쉬지 않고 어빠, 어빠라고 중얼거렸다. 게 소년의 장기는 역시 입에서 나왔다. 환상적 리얼리즘 허풍만 잘 떠는 줄 알았는데 리드미컬한 비트박스가 일품이었다. 비트박스는 힙합 음악의 핵심이다.

"에이-요, 무대 아래 멍청이, 지금 가면 안 돼. 내 막말 무서워하지 마. 두리번거리지 마, 돌아보지도 마. 제발 우리를 무시하지 말고 같이 고개를 끄덕여. 다 같이 음악에 맞춰 고개를 끄덕여. 한 번 더 끄덕여. 넌 곧 땀을 흘릴 거야. 이제부터 내가 cram man의 진수를 보여주지. 내가 1초에 88글자를 지껄이면 넌 놀라 자빠지겠지. 잘 들어봐. 전시관 가까이, 위취안 산에서 멀리, 내 랩은 유일무이, 끝없는 마력에 빠져……"

그가 랩을 하면서 격렬하게 몸을 부르르 떨었다. 꼭 고장 난 전기장난감이 제멋대로 움직이는 것 같았다. 그 모습이 족히 2분은 웃을

314

수 있을 만큼 웃었다. 문득 내 학창시절을 떠올려보니 나도 저렇게 친구들과 록큰롤을 따라하곤 했다. 장레이 집에서 오디오를 틀어놓고 머리에 빨간 띠를 묶고 빗자루를 기타 삼아 고래고래 노래를 따라 불렀다.

"하지만 수없이 반복한 후에야 알았지. 끝없이 허무한 세상을."

그때는 정말 너무 허무했다.

미친 듯이 춤추는 아이들에게 빠져 들어 나도 모르게 자세를 고쳐 않는 순간, 담배를 피던 여자애가 나를 주시했다. 그 애는 그 옛날 그 소녀가 분명했다. 무표정한 얼굴로 줄담배를 피우던 그녀는 자해광 언니가 있고 루파오에게 조목조목 도리를 설명했다. 나는 한동안 멍해 있다가 소녀의 시선을 느끼고 부드럽게 미소 지었다. 그녀가 폴짝폴짝 뛰어왔다.

"우등생!"

"내가 언제부터 우등생이 됐어?"

소녀가 두 눈을 동그랗게 뜨고 되물었다.

"몰랐어요? 오빠가 대학 합격한 후로 우리 동네 부모들이 죄다 오빠를 본받아야 한다고 떠들고 있어요."

"별 대수롭지 않은 일이건만."

"이것 봐! 완전히 지식인 말투잖아!"

마침 바람이 불어와 허리를 쭉 펴며 몸을 풀고 담배를 꺼내 그녀에게 건넸다. 그녀가 힐끗 한 번 보고 거절했다.

"내 거 피워요."

소녀가 내민 담배는 값이 꽤 나가는 국산 위시였다.

"수준이 높아졌는데?"

"아빠 건데, 몰래."

소녀의 빨강 머리카락이 가녀린 어깨를 뒤덮고 하늘거렸다. 그때 내가 저 머리카락을 묶어줬지. 그녀가 내뿜는 담배 연기 사이로 빨간 입술, 하얀 이, 차가운 눈빛이 어른거렸다.

"네 언니는?"

"프랑스에요."

"외국에 살아?"

"내일 오후에 돌아와요."

알고 보니 소녀의 언니는 모델이 아니라 스튜어디스가 됐단다. 면도칼을 가지고 비행기를 탈 수 없을 텐데, 그럼 허기질 때 뭘 핥을까?

"넌? 어느 학교 다녀?"

그녀는 어느 대학 부설 예과반에 다닌다고 했다. 그곳 학생들은 영어 하나만 공부해서 영어권 삼류 대학에 유학 가는 것이 목표란다. 소녀뿐 아니라 게 소년과 야바도 같이 뉴질랜드 유학을 준비하고 있단다. 사실 야바는 영어 공부도 필요 없다. 뉴질랜드 잠자리와 바퀴벌레는 여기보다 크고 실할 테니, 배고플 일은 없겠네. 여기까지 물어보고 나니 더 이상 할 말이 없었다. 잠시 멍하니 있다가 다시 할 말을 찾았다.

"그런데, 너희 여기서 뭐 하는 거야? 브레이크 댄스를 추려면 JJ DISCO에 가야지."

"아, 우리 지금 연습 중이에요. 방송국 청소년 댄스 대회에 나갔는데, 거기에서 상 받으면 무용대학에 입학시켜주거든요. 그럼, 외국 유학 안 가도 되니까."

"상 받았어?"

"이제 막 예선 시작했어요. 지역 예선, 전국 예선, 결선까지 가야죠. 2000명 중에 10명 뽑는 거니까, 엄청 어려운 거죠."

"그 대회, 어느 방송국에서 하는 거야?"

대답을 들어보니 마침 내가 편집 일 했던 방송국이었다. 게다가 댄스 대회 주최팀이 내가 일했던 프로그램 팀 바로 옆방이다. 그 팀에는 유난히 뚱보가 많아 사진을 인쇄하고 서류를 복사하고 전화로 도시락을 주문할 때, 답답하도록 느렸다. 나는 그중 한 명과 알 파치노와 로버트 드니로 중 누가 더 섹시하게 늙었는지 열띤 토론을 벌였다. 그래서 그녀에게 댄스 대회에 도움을 주겠다고 말했다. 나는 할리우드 영화 광팬인 뚱보에게 전화를 걸어 아이들 신분증 번호를 알려줬다.

"예선은 내가 관리하니까 문제없이 통과하겠지만, 결선은 무용대학 전문가가 심사하기 때문에 나도 어쩔 수 없어."

"물론이지. 어쨌든 한 고비는 통과한 거잖아."

그리고 몇 마디 더 나누다가 결국 알 파치노보다 로버트 드니로가 조금 더 낫다고 인정했다. 키가 조금 더 크니까. 전화를 끊자마자 그녀가 내 팔에 매달려 기뻐했다.

"오빠, 고마워요."

"고맙긴, 뭘. 오빠로서 당연히 해줄 일이지."

나도 기분 좋게 웃었다. 소식을 들은 나머지 아이들은 당장 춤 연습을 때려치우고 농구를 시작했다. 아이들의 박스 티셔츠가 펄럭거리고 나이키 농구화에서 끽끽 소리가 났다. 나와 소녀도 농구장으로 달려가 같이 즐겼다. 게 소년과 야바가 나를 알아보고 반갑게 달려와 인사했다. 우리는 돌아가며 3점 라인에서 공을 던졌다. 게 소년은 정면을 볼 수 없어 옆으로 골대를 보며 공을 던졌고 야바는 신체 조건이 뛰어나고 슛 자세도 완벽해서 골 적중률이 매우 높았다. 나는 고등학교 때부터 대학교 1, 2학년 때까지 나름 주전 공격수였지만 지금은 체력이 급격히 떨어져 던지는 공마다 소변 줄기 끊어지듯 힘없이 떨어졌다. 소녀는 차가운 눈빛에 담배를 물고 두 손으로 링을 향해 공을 던졌지만 대부분 노골이었다. 게 소년이 재빨리 공을 가로채고 갑자기 친구들과 말다툼을 벌였다. 논쟁의 핵심은 코비 브라이언트와 빈스 카터 중 누가 기술적으로 더 뛰어난 선수인가였다.

"카터는 정말 예술이지. 점프력이 어마어마해서 남들 머리 위에서 내리꽂는 덩크슛이 압도적이었어. 정말 대단한 기술이지."

"카터는 중요한 순간에 걸핏하면 쓰러져서 기회를 날렸어. 사실 오닐이 없었으면 아무 것도 아니었지."

아이들은 한참 논쟁을 벌이다가 나를 돌아보며 고견을 구했다.

"형님, 말씀 좀 해주세요. 형님 생각에는 누가 더 훌륭해요?"

나도 몇 년 전에는 NBA에 심취했지만, 농구를 안 하게 되면서 중계도 거의 보지 않았다. 코비 브라이언트와 빈스 카터, 신발 가게에 붙은 광고에서 본 적은 있지만 경기 뛰는 모습은 한 번도 보지 못했다. 나는 잠시 넋 놓고 있다가, 문득 아주 오래전에 봤던 NBA 경기 장면이 떠올랐다.

"마이클 조던, 내 생각엔 역시 조던이 최고야."

아이들이 매우 실망했다.

"젠장, 조던이 도대체 언제 적 사람이에요? 지금 마흔도 넘었지 않아? 점프도 못할 텐데. 벌써 몇 년 전에 은퇴했잖아요."

"내가 본 건 조던 경기밖에 없어서."

"형님, 뒷물결이 앞물결을 밀어낸다는 세상 이치도 몰라요?"

"미안. 요즘 선수들은 잘 몰라서."

다행히 이 아이들은 내 체면을 지켜줬다. 특히 게 소년이 내 편이 돼줬다.

"하지만 인정할 건 인정해야지. 조던은 NBA 역사상 가장 뛰어난 슈팅가드였어."

"그렇지. 그때는 기숙사 방마다 조던 브로마이드가 걸려 있었어."

아이들이 다시 신나게 떠들기 시작했다. 자기들도 조던의 멋진 플레이 영상을 봤다며 그의 특기인 더블클러치 슛 동작을 흉내 냈다.

우리는 한참을 떠들다가 편을 나눠 3대 3 농구 시합을 하기로 했다. 나, 게 소년, 소녀가 한 편, 야바와 나머지 두 노랑머리가 한 편이 됐다. 나는 경기를 시작한 후에야 게 소년과 소녀가 전혀 도움이 안 된다는 사실을 알았다. 두 사람은 정신없이 소리나 지르고 의미 없이 팔을 휘두를 뿐이었다. 소녀는 담배를 물고도 쉴 새 없이 소리를 질렀다. 말은 청산유수인데 몸은 제자리만 맴돌았다. 다행히 저쪽 편 두 노랑머리도 요란하기만 한 빈 수레였다. 패스는 그럴싸한데 골대에 들어가는 슛은 하나도 없었다. 결국 이 시합은 나와 야바, 두 사람의 경쟁으로 좁혀졌다. 야바는 확실히 뛰어난 고수였다. 내가 야바 나이일 때보다 훨씬 빠르고 점프가 높아 번번이 공을 뺏겼다. 하지만 이 나이에는 대부분 얍삽한 능구렁이가 되기 마련이다. 느리고 점프도 안 되지만 적당히 상대를 속이고 반칙이라고 하기 애매한 동작으로 상대를 방해했다. 다행히 야바가 성격이 순해서 내 꼼수를 보고도 화내지 않았다. 대신 더 속도를 높여 나를 떼어냈다. 서서히 공이 익숙해지자 내 주특기인 3점 슛이 위력을 발휘하기 시작했다. 은퇴 직전의 마이클 조던처럼 체력의 한계를 정확한 장거리 슛으로 보완했다. 물론 조던만

큰은 아니지만 꽤 높은 적중률이었다. 특히 정면 슛은 거의 다 명중했다. 슛이 들어갈 때마다 야바를 제외한 모두가 환호성을 질렀다.

"할배 조던이 날아올랐다!"

아이들이 할배 조던을 연호할 때마다 기분이 좋기도 하고 슬프기도 했다. 은퇴 후, 슈트를 입고 골프를 즐기는 전형적인 미국 중년 아저씨가 된 조던은 더 이상 젊은이의 우상이 될 수 없었다. 조던은 다시 복귀해 수많은 3점 슛을 꽂았지만 2년 후 다시 은퇴해 완전히 코트를 떠났다.

내가 3점 슛 라인 밖으로 도망가 계속 장거리 슛 작전을 고수하자 야바가 드디어 불만을 터트렸다. 그가 3대 3 농구에서 3점 슛만 쏘면 재미가 없다는 의미로 한참 동안 어빠, 어빠 떠들었다. 지금 아이들이 연호하는 조던은 확실히 시시하다. 조던의 농구는 서커스 농구가 아니다. 그래서 나는 야바가 잠시 한눈파는 사이에 안으로 파고들어 고교시절 농구장을 들썩이게 만들었던 그 모습을 떠올리며 젖 먹던 힘을 다해 점프했다. 아직까지 이렇게 높이 뛸 수 있다니, 나 스스로도 놀라왔다. 대학에 입학한 후 이렇게 높이 뛰어본 적이 없는데. 손을 뻗으면 바로 링이 닿을 것 같았다. 야바가 뒤늦게 뛰어올라 나를 막으려 했지만 너무 늦었다. 나는 여유 있게 공중에서 손을 바꿔가며 소위 해설자들이 말하는 페이크 동작을 위해 허리를 한껏 비틀었다. 내 손을 떠난 공은 야바 손끝을 지나 결국 골대에 빨려 들어갔다. 이때 기분은 정말 끝내줬다. 한창 시절 첫 덩크슛을 넣었을 때만큼이나 감격스러웠다. 아이들이 감전된 사람처럼 입이 찢어져라 환호성을 질렀다.

"와아아!"

하지만 착지하면서 두둑 소리가 들리는 순간, '망했다'라는 생각이 스쳤다. 아래를 보니 확실히 망했다. 내 발 밑에 야바 발이 있었다. 오른발이 안으로 확 꺾였다. 통증을 느끼기도 전에 다리에 힘이 풀렸고, 통증을 느꼈을 땐 이미 엉덩방아를 찧은 후였다.

"형님, 빨리 신발 벗어요. 빨리요!"

게 소년은 능숙하게 나를 부축했다.

"아, 착지하면서 다른 사람 발 밟으면 백 퍼센트 접질리죠. 게다가 농구화도 아니잖아요."

나는 바로 신발을 벗었지만, 차마 발 상태를 확인하지는 못했다. 게 소년의 목소리는 계속 흥분 상태였다.

"야바, 가서 바 아이스크림 두 개 사와."

야바가 100미터 달리기 하듯 전속력으로 매점을 향해 달려갔다. 내가 이를 악물고 일어나려 하자 소녀가 내 어깨를 잡고 일으킨 후 내 팔을 자기 어깨에 올렸다.

"무겁지 않아?"

통증 때문에 목소리가 저절로 가라앉았다. 소녀가 나를 부축하느라 고개를 숙인 채 대꾸했다.

"혼자 냉장고도 옮겨봤는데요, 뭐."

"네가 냉장고를 옮길 일이 왜 있어?"

"예전에 밖에 나가 살았었거든요."

나는 절뚝거리며 "단결력을 높이고 엄숙하면서 활기차게" 구호 아래 계단까지 갔다. 소녀가 먼저 앉은 후에 내가 앉을 수 있도록 도와줬다. 나는 계단에 앉아 발목을 움직여봤다. 송곳으로 찌르듯이 아팠지만 다행히 뼈는 괜찮았다. 그제야 마음이 놓여 소녀와 이런저런 얘기를 나눴다.

"왜 밖에 나가 살았어?"

"오빠도 밖에 나가 살았잖아요."

"나는 대학에 간 거잖아."

"내 남자친구도 대학생이었어요."

"그렇게 급했어?"

"시간이 날 안 기다려주더라고요."

소녀가 피식 웃고 말을 이었다.

"캐나다 사람인데 교환학생으로 일 년 있다가 돌아갔어요. 그리고 다시 오지 않았어요. 음, 나중에 외국에 나가더라도 캐나다는 안 가려고요. 그 감정은 그냥 일 년짜리였던 거죠. 시간이 지나 감정놀음이 끝났으니 다시 들어와 사는 거죠."

"그 남자가 돌아갈 때까지 같이 살고 그냥 헤어지게?"

"이미 헤어졌다니까요. 같이 사는 동안 즐거웠으니 원망 같은 건 없어요. 사실 걔네 집 형편이 별로라서 아마 제대로 된 일도 찾기 어려울 거예요. 아마 중고 쉐보레를 타고 점보 햄버거에 엄청 큰 콜라를 먹으면서 대충 살다가 점점 그저 그런 백인 뚱보 아저씨가 되겠죠. 그때가 되면 난 절대 그 남자를 사랑하지 않을 거예요. 그러니까 지금은 그냥 현재 감정을 마음껏 즐기는 거죠. 헤어질 때가 되면 그냥 쿨하게 각자 길을 가면 돼요."

"처음에 그 사람 뭐가 좋았는데?"

"에미넴처럼 문신이 있었어요."

"그게 다야?"

"여러 이유 중 하나죠."

나는 담뱃불을 붙이고 소녀에게도 권했다. 베트남 전쟁 영화를 보면 부상당한 미국 병사가 진흙탕에 누워 가장 먼저 한 행동이 바로 담배 피우기였다. 나는 계속 그녀와 얘기했다.

"생각보다 재밌는 사랑을 했네."

"뭐, 순탄치 않은 운명이겠지만 그냥 운명에 맡기는 거죠."

"그 외국 프롤레타리아 말고 다른 남자친구는 없었어?"

"운명의 진흙탕이 아주 많았죠. 순리대로 가는 거라고 했잖아요. 그냥 봐서 좋으면 사귀고 투닥대기도 하고. 그러다 감정이 없어지거나 여행계획이 어그러지면서 헤어지기도 하고."

"남자친구를 그렇게 많이 만났으면 임신 걱정도 있었을 텐데?"

소녀가 뒷주머니에서 콘돔을 꺼내 보이며 방긋 웃었다.

"항상 갖고 다녀요. 그리고 남자친구한테 분명히 말해요. 콘돔을 끼든지, 거시기를 묶든지 선택해."

나는 정말 미친 듯이 웃었다. 지금까지 이렇게 천진난만하고 꾸밈없이 순수한 여자애는 만나본 적이 없었다. 나는 시원하게 담배 연기를 뿜어냈다. 이 순간만큼은 일본 만화와 힙합 음악을 즐기며 자란 행복한 소년이 된 기분이었다. 1985년 이후에 태어나 인생의 굴곡이라고는 전혀 느껴보지 못한 것처럼.

소녀가 몸을 숙이고 담배를 한 모금 빨아들였다가 내 발목 상처에 연기를 뿜었다. 발목 위로 들풀 향기를 머금은 청량한 가을바람이 스쳐가는 것처럼 상처 부위가 시원했다. 그녀의 가느다란 머리카락과 귓불을 가만히 응시하는데 농구장 조명 때문에 거의 투명에 가까웠다.

"남자친구가 네 머리카락을 묶어준 적 있어?"

소녀가 빨강 머리카락을 가리켰다.

"이 색은 있어요. 오빠가 대학에 간 후에 이 색으로 물들였거든요."

이때 야바가 아이스크림을 한 아름 들고 달려왔다. 게 소년이 농구공을 집어던지고 아이스크림 두 개를 들고 왔다.

"발목에 올려놓으세요. 아니면 모세혈관 파열돼서 심하게 부을지도 몰라요."

나는 다시 내 발목을 살펴봤다.

"이미 부었어."

아이들이 왕만두처럼 부어오른 내 복사뼈를 보고 일제히 탄식했다.

"그래도 올려놔요. 붓기 빼는 데도 도움이 되니까요."

그리고 아이들은 봉지를 뜯고 신나게 단팥 아이스크림을 핥았다. 나도 아이스크림을 먹으며 농구장 조명을 응시했다. 야바가 갑자기 풀밭으로 달려가 벌레를 잡아왔다. 게 소년이 먼저 하나 먹고 일어섰다.

"똑바로 걷는 연습을 하려고요."

그는 똑바로 걷기 위해 정면으로 천천히 발을 내딛었다. 걸으면서 요령까지 설명했다.

"곁눈질만 잘하면 돼요. 지금은 매일 20보씩 걷고 있는데 내년에는 보통 사람처럼 걸을 거예요."

이때 나는 곁눈질로 운동장 저편에 여러 사람이 나타난 것을 발견했다. 그들은 아직 농구장에 있는 두 노랑머리를 에워쌌다. 처음에는 서로 아는 사이인 줄 알았는데, 몇 마디 주고받고 다시 우리 쪽으로 걸어왔다. 무리를 이끌고 온 소년은 귀걸이를 하고 열일곱 여덟 쯤 돼 보였다. 그는 다짜고짜 소녀에게 말했다.

"너, 이리 좀 와."

소녀는 그를 쳐다보지도 않았다.

"내가 왜?"

"그냥, 얘기 좀 해."

소녀가 어깨를 으쓱하고 담배를 문 채 고개를 숙이고 동네 입구 쪽으로 걸어갔다. 귀걸이 소년 무리는 모두 타이트한 나시티를 입었고 한여름에 장화를 신고 계속 지포라이터를 켰다 껐다 반복했다. 게 소년이 꽤 긴장한 표정으로 목소리를 낮추고 속삭였다.

"타이핑루 고등학교 애들이에요."

내가 고등학생 때, 타이핑루 고등학교는 가장 유명한 건달 집합소였다. 이 학교 학생들은 대부분 근처 공장 노동자의 자녀인데 우리 동네 애들한테 자주 싸움을 걸어왔다. 나는 소녀를 향해 크게 외쳤다.

"가지 마. 우리 얘기 아직 안 끝났잖아."

귀걸이 소년이 고개를 홱 돌리고 무섭게 노려봤다. 나도 그를 똑바로 쳐다보며 담배 연기를 내뿜었다. 그는 꽤 억울한 표정이었다. 소녀가 내 앞으로 통통 뛰어왔다.

"괜찮아요. 그냥 나랑 친구 하고 싶다는 건데요, 뭐. 벌써 보름 넘게 따라다녔거든요."

그녀는 다시 담배를 물고 저쪽으로 걸어갔다. 나는 그들이 멀리 가로등 밑에 서서 이야기하는 모습을 지켜봤다. 얘기가 잘 안 되는지 귀걸이 소년의 움직임이 점점 커졌다. 손짓발짓이 의사 전달에 효과적이긴 하다. 하지만 소녀는 삐딱한 자세로 주구장창 담배만 피웠다. 꽤 먼 거리였지만 그녀의 무표정이 눈앞에 선했다.

잠시 후 소녀가 고개를 숙이고 돌아서자 귀걸이 소년이 다급하게 그녀 팔을 잡고 거칠게 끌어당겼다. 소녀가 그를 무시하고 다시 돌아서자, 그가 또 그녀를 끌어당겼다. 그는 그녀를 끌어당겨 제 앞에 세

워두고 말없이 뚫어져라 쳐다보기만 했다. 이때 게 소년이 벌떡 일어섰다.

"개자식!"

그는 쏜살같이 달려가 귀걸이 소년 무리에 뛰어들었다. 막 참견하려는 순간, 무리 중 하나가 발을 걸어 게 소년을 넘어뜨렸다. 야바가 어빠, 어빠 괴성을 지르며 달려갔다. 야바의 입가에는 아직 삼키지 못한 곤충 날개가 묻어 있었다. 그는 워낙 거구라 눈 깜짝 할 새에 상대편 두 놈을 제압했다. 그러나 나머지 아이들이 벌떼처럼 달려들어 그를 쓰러뜨렸고 귀걸이 소년은 그를 꼼짝 못하게 하라고 명령했다. 야바는 처음에 발버둥을 쳤지만 수많은 주먹질과 발길질을 막아내느라 미처 반격할 여유가 없었다. 주먹질이 오가는 동안 소녀는 옆에서 담배를 피우며 차가운 눈빛으로 쳐다보기만 했다. 눈앞에서 맞고 있는 아이를 전혀 모르는 사람처럼.

나는 농구장에 남아 있던 두 노랑머리 아이들을 찾았지만 5년 전 그 녀석들처럼 이미 사라지고 없었다. 나는 어쩔 수 없이 직접 나섰다. 다리를 절뚝거리며 가로등 쪽으로 걸어가는데, 문득 그 옛날 물불 안 가리고 루파오 집으로 향하던 내 모습이 떠올랐다. 다친 발목은 얼음찜질을 한 후 통증이 더 심해졌다. 하지만 상대에게 얕보일 수 없어 최대한 똑바로 걸으려 이를 악물고 참았다. 하지만 그럴수록 더 아팠다. 그렇게 힘들게 걸어갔는데 녀석들은 나를 쳐다보지도 않았다. 다들 게 소년과 야바를 때리느라 정신이 없었고 그중 귀걸이 소년이 가장 악랄했다. 주먹질을 멈추는 순간 실연의 아픔이 찾아올까봐 두려운 것일까? 나는 녀석들 옆에 서서 점잖게 타일렀다.

"이런, 그만 해."

녀석들은 내 말을 듣고도 전혀 아랑곳 하지 않았다. 그래서 나는 허리를 굽혀 긴 머리카락 하나를 움켜주고 확 잡아당겼다. 머리카락을 잡힌 녀석은 전혀 아무렇지 않은 표정이었다. 잠시 후 드드득 소리와 함께 머리카락이 통째로 떨어져나갔다. 녀석은 그제야 소리를 빽 지르며 돌아섰다.

"그만 하라고 했지."

아이들이 그제야 손을 멈추고 나를 향해 돌아섰다. 귀걸이 소년이 얼굴을 일그러뜨리며 소리쳤다.

"넌 뭐야? 죽고 싶어 환장했어?"

나는 일단 녀석의 따귀를 갈겼다.

"죽일 수 있을 거 같아? 어디 해봐!"

그가 달려들려고 하자 내가 다시 따귀를 갈겼다. 정신이 멍할 만큼 아주 강하게. 지금 다리를 다친 상태라 녀석이 진짜 달려들면 바로 넘어질 것이고 그땐 도망치고 싶어도 불가능하다. 이때 나머지 녀석들이 조용히 귀걸이 소년을 팔을 잡아당기며 나를 향해 턱짓을 했다. 저 사람 우리보다 나이가 훨씬 많아, 대략 이런 뜻인 것 같았다. 귀걸이 소년이 나를 노려봤다.

"이건 당신이랑 상관없는 일이야."

"심심해서 재미있는 일을 찾는 중이거든."

"원하는 게 뭐야?"

"원하는 거 없는데? 너, 내가 누군지 알아?"

귀걸이 소년이 피식 비웃었다.

"제기랄, 내가 그걸 알아야 해?"

내가 다시 손을 들어 올리자 녀석이 반사적으로 얼굴을 감싸며 뒤로 물러섰다.

"내가 누군지 몰라?"

귀걸이 소년은 확실히 기가 죽었다.

"당신이 누군데? 왜 우리 일에 끼어드는 거야?"

"됐다. 내가 누군지 알면 뭐 하겠냐. 빨리 꺼져."

나는 더 이상 녀석들을 상대하지 않고 게 소년과 야바를 챙겼다.

"너희, 괜찮아?"

게 소년이 벌떡 일어서서 입가에 묻은 피를 슥 닦아냈다.

"형님, 저 녀석들 패줘요."

"저런 놈들 패서 뭐해? 괜히 문제 일으키지 마."

귀걸이 소년이 쭈뼛거리며 다가와 갑자기 버럭 소리를 질렀다.

"당신, 우리 큰 형님이 누군지 알아?"

"누군데? 너네 큰 형님이 누구야?"

귀걸이 소년이 자랑스럽게 외쳤다.

"우리 큰 형님은 큰 찻집을 운영하는 장레이 사장님이야!"

나는 녀석 말을 듣자마자 큰 웃음을 터트렸다. 장레이 녀석, 정말 어이없군. 성실한 민영 사업가라고 떠들더니 뒤에서 이런 멍청한 녀석들 모아서 형님 놀이를 하고 있었다니. 그 옛날 성공한 건달이 되지 못해 한이라더니 이제 와서 실컷 즐기는 모양이었다.

"낡은 뷰익 타고 다니는 그 장레이 말하는 거야?"

귀걸이 소년은 허를 찔린 듯 당황했다.

"내가 전화하면 바로 달려오실 거야."

"그 차면 한 서너 명은 데려올 수 있겠네. 그럼 지금 당장 네 큰 형님한테 전화해."

귀걸이 소년은 이제 완전히 꼬리를 내렸다. 벌벌 떨면서 내 눈빛을 피했다.

"빨리 걸어. 빨리!"

그는 주저주저하며 휴대폰을 꺼내 버튼을 눌렀다. 내가 손을 내밀자 바로 휴대폰을 넘겼다. 수화기 너머에서 장레이 목소리가 들렸다.

"또 뭐야? 어디서 사고 쳤어?"

"장레이, 큰 형님이 되셨다면서?"

장레이가 잠시 멈칫했다가 뒤늦게 반응했다.

"젠장, 제기랄! 왔으면 왔다고 말을 해야 할 것 아니야!"

"너, 도대체 언제 큰 형님이 됐냐?"

"무슨 그런 농담을, 우리가 지금 나이가 몇인데?"

"너도 아는구나? 우리가 나이 먹은 거. 허튼소리 그만하고 똑바로 말 해."

"이게 다 너희가 모두 떠나서 그런 거 아니야! 아무도 없는데, 내가 어쩌겠어?"

"그래, 됐다, 됐어. 요즘 장사는 어때?"

"그럭저럭 괜찮아. 그래도 꽤 전문적이거든. 너 궁푸차* 전문가 알아? 텔레비전 다도 프로그램에 자문 역할을 하는 사람인데, 그 사람 만나기로 했거든."

"그 얘기는 나중에 하고, 지금 네 동생이 날 때리려고 하는데 어쩌지?"

"제발 그만 놀려. 바꿔줘. 내가 얘기할게."

---

* 중국 다도의 한 종류.

귀걸이 소년이 휴대폰을 받자마자 장레이가 고함을 질렀다.

"눈깔이 삐었어? 손가락 두 개 잘라서 들고 와!"

귀걸이 소년의 얼굴이 하얗게 질렸다. 이 거리의 형제들 사이에서 장레이의 존재는 강간, 인신매매, 밀수, 마약 등 못할 것이 없는 대단한 건달일 것이다. 어쩌면 평범해 보이는 중년 남자를 고용해 녀석의 아빠인 척하고 거리에서 마구 두들겨 팰지도 모른다. 구타 도구는 틀림없이 구두겠지? 이런 생각을 하니 나도 모르게 웃음이 났다. 이때 귀걸이 소년이 식은땀을 흘리며 더듬거렸다.

"혀, 형, 형님……"

하지만 나 자신을 돌아봐도 웃기긴 마찬가지이니 장레이를 비웃을 자격이 없지 싶었다.

"됐어, 됐어. 너희는 내 후배기도 하지 뭐. 아직 세상을 모르니 당연하지. 어쨌든 난 일찌감치 손 씻은 사람이니 너희가 손가락 자를 필요는 없어. 손가락 없으면 거시기도 못 만지잖아?"

나는 절뚝거리며 다시 운동장으로 돌아왔고 게 소년과 야바가 바로 뒤따라왔다. 소녀는 나와 눈이 마주치자 입을 오물거렸고 나도 입을 삐죽거렸다. 소녀가 다시 어깨로 나를 부축하며 천천히 걸었다. 그녀의 빨강 머리카락이 내 뺨을 간질였다.

"저 녀석들 좀 멍청하네."

"그래서 갖고 놀기 재밌잖아요. 거스를 수 없는 운명이라고 생각했겠죠."

그녀가 사춘기 소녀 특유의 밝은 미소를 지었다.

나한테 제압당한 귀걸이 소년 무리는 숨소리도 못 내고 조용히 서 있었다. 우리가 어느 정도 멀어졌다고 생각했는지 그중 한 녀석이 이렇게 중얼거렸다.

"저 사람, 혹시 그 전설의 루파오 아니야?"

소녀와 아이들은 돌아가며 나를 부축해 우리 집까지 와서 내 가방을 들고 다시 동네 입구로 나갔다. 나는 택시를 세우고 천천히 올라탔다. 소녀, 게 소년, 야바가 밖에 서서 손을 흔들었다.

"언제 다시 와요?"

소녀가 담배를 꺼내며 물었다. 그리고 아주 환한 미소를 지었다.

"너 출국하기 전에."

게 소년이 옆으로 서서 내게 감사의 눈빛을 보냈다.

"형님, 고맙습니다."

"고맙긴."

소녀가 한 번도 무표정한 적이 없었던 것처럼 순수하고 밝은 미소로 창문 앞에 다가와 입에 문 담배를 건넸다. 나는 담배를 받아 한 입 피웠다.

"잘 가요."

"잘 있어."

택시가 빠르게 떠나갔다. 소녀가 준 담배를 피우다보니 눈앞이 뿌옇게 변했다. 마치 내 손가락 위에서 세월이 멈춘 것 같았다. 5년. 나는 5년 만에 드디어 건달 세계의 경계를 뛰어넘었다. 이제 이 재미있는 세상에서 더 이상 두려울 것이 없었다.

거북이도 쥐를 문다

신문사 건물이 갑자기 정전되는 순간, 샤오마는 컴퓨터 앞에 앉아 『베이징청년보』를 읽고 있었다. 이 지역 신문사에서 실습을 시작한 지 벌써 세 달이 넘었는데 아직까지 다른 신문을 뒤적이는 업무에서 벗어나지 못하고 있다. 하루에 열댓 개 신문을 샅샅이 훑고 기사 내용을 하나하나 정리해 만든 자료는 지면 편집자가 뉴스총론을 구성할 때 사용됐다.

그는 온종일 하품을 달고 살아야 할 만큼 지루한 업무를 계속 하느라 작은 직업병이 생겼다. 비몽사몽 상태에 빠지는 순간 저도 모르게 이 사이를 뚫고 나온 침이 신문지상 누군가의 얼굴에 툭 떨어지곤 했다. 혹시 누군가 볼까봐, 샤오마는 사무실에서 늘 마스크를 끼고 일했다. 하지만 마스크를 한다고 침이 사라지지는 않는다. 이것은 그의 배설 습관과 아주 비슷했다. 매일 아침 온 힘을 다해 쥐어짜도 안 나오다가 화장실 없는 곳에만 가면 갑자기 급해졌다. 그는 몇 년 째 제멋대로인 항문과 투쟁을 벌이고 있지만 나아질 기미는 전혀 보이지 않고 오히려 전선이 입까지 밀려 올려왔다.

샤오마는 이미 절망하며 자신이 이 투쟁에서 패배했음을 인정했고 오늘은 아예 마스크도 끼지 않았다. 그래서 천란팅 기자가 그의 자리에 다가왔을 때 입가에 늘어진 하얀 은실이 햇살에 반짝거리는 것을 발견했다. 정전으로 불이 나가는 순간, 샤오마가 고개를 번쩍 들자 반짝이는 작은 방울이 정확히 신문지 위에 떨어졌다.

하이힐 굽 소리가 들리자 샤오마는 본인보다 먼저 신문에 인쇄된 품위 있는 중년 신사의 입가를 닦았다. 그런데 감춰지기는커녕 일이 점점 커졌다. 갓 인쇄한 신문이라 검은 잉크가 아직 완전히 마르지 않았다. 두세 번 문지르니 중년 신사의 얼굴이 장비처럼 우락부락해졌다. 다시 문질렀더니 검은 진흙탕으로 변해버렸다. 샤오마는 궁색하게 계속 신문지를 문질렀지만 천란팅은 아무 일 없는 듯 그의 어깨를 톡톡 쳤다.

"오늘 아침에 일어나서 우리 집 거북이를 봤는데…… 맞춰봐요, 무슨 일이 있었게요?"

그제야 고개를 든 샤오마는 어둑한 사무실에 두 사람밖에 없음을 알았다. 다른 직원들은 대부분 취재를 나갔지만 외근을 핑계로 일찍 퇴근해버린 사람도 꽤 있을 것이다. 천란팅은 방금 기사 원고를 완성한 후 같이 수다 떨 사람을 찾고 있었던 모양이다. 사실 그녀는 상대가 어떤 사람이든 전혀 상관없었다. 그녀가 계속 떠들 수만 있으면 되니까. 샤오마 입장에서는 하늘이 내린 기회였다. 이제 겨우 스물한 살인 그는 삼십 대 커리어우먼을 매우 동경했다. 천란팅이 의자를 끌어와 샤오마 옆에 앉았다. 그녀의 얼굴은 A4용지처럼 넓고 평평했지만 몸매는 환상적으로 입체적이었다. 책상 위에 걸린 그녀의 양쪽 가슴이 말구유에 얼굴을 내민 두 마리 말머리 같았다. 그의 시선은 당연히 그쪽으로 향했고 그의 몸이 자연스럽게 반응해 그녀의 가슴과 보조를 맞추려는 듯 서서히 부풀었다. 그는 재빨리 신문을 허벅지 위에 올렸다. 그녀는 허둥대는 그를 지켜보다가 신문지를 뺏어 책상에 던졌다.

"어이, 꼬마. 너한테 얘기한 거야. 내 말 못 들었어?"

"들었어요. 거북이 얘기 했잖아요. 맞죠?"

"맞아요."

천란팅이 신나게 맞장구쳤다. 그녀가 방긋 웃으며 손가락에 침을 묻히고 허공에 그림을 그리듯 획획 흔들었다. 이 동작이 샤오마를 더욱 자극시켰다. 아직 세상 구경을 제대로 못한 그놈이 성질을 부리기 시작했다. 마치 개구리처럼 폴짝 뛰어오를 기세였다. 오늘 하필 헐렁한 면바지를 입어서 몸을 앞으로 숙이고 다리를 얌전히 모아야 겨우 가려졌다.

이때 마침 외부 직통전화가 울렸다. 그는 벌떡 일어나 흠칫 몸을 떨고 전화를 받았다. 전화를 받을 때 일부러 천란팅을 등지고 서서 오른손으로 바짓가랑이를 꾹 눌렀다. 젠장, 멀리서 볼 때는 천란팅이 이렇게 섹시한 줄 미처 몰랐다. 그녀가 제대로 차려입고 거리에 나가면 열병식의 지도자가 따로 없을 것이다. 좌우에 늘어선 남자 동지들이 일제히 그녀를 향해 총을 치켜세울 테니. 이런 생각을 하며 전화를 받았는데 수화기 너머에서 분개한 목소리가 들려왔다.

"거기가 『도시완보』요?"

"네, 맞습니다. 무슨 일이십니까?"

샤오마가 힐끗 천란팅을 돌아봤는데 짜증난 표정으로 목을 쓰다듬고 있었다.

"내가 나쁜 놈들한테 맞았는데, 그쪽에서 다뤄줄 수 있소?"

샤오마가 한 번 더 바짓가랑이를 꾹 눌렀지만, 금방 다시 튀어 올랐다. 그는 최대한 빨리 이 전화를 끊어야겠다고 생각했다.

"빨리 말씀하세요. 메모하겠습니다."

"내가 물었잖아! 내가 맞은 일, 다뤄줄 수 있느냐고!"

"물론입니다. 말씀하세요."

"좋아. 그럼, 긴 말 안 할 테니, 지금 빨리 기자 보내시오. 여기 쯔주차오요."

"말을 해주셔야 합니다. 왜 맞았는지, 누구한테 맞았는지, 어디에서 맞았는지, 뭘로 맞았는지요. 신문사 기자가 아무 데나 가는 게 아닙니다."

하지만 그는 바로 생각이 바뀌었다. 만약 상대방이 자세히 설명하기 시작하면 전화가 길어질 것이다. 제보자는 늘 피곤한 법이다. 그래서 오른손으로 다시 꾹 눌렀다. 이번에 누른 것은 전화기였다.

그는 바로 자리에 돌아와 다리를 꼬고 앉았다. 억지로 눌러 감추긴 했지만, 이놈이 분수도 모르고 자꾸 날뛰며 허벅지를 벌리려 했다. 진정해, 진정해, 기회가 올 때까지 기다려야 해. 샤오마는 전투 지휘관이 병사를 다루듯 차분하게 놈을 진정시킨 후에야 천란팅에게 시선을 돌렸다.

"계속 말씀하세요. 그 집 거북이가 왜요?"

천란팅이 가볍게 눈을 감았다. 제대로 감은 것이 아니라 언뜻 흰자위가 보였다. 마치 키스하는 표정 같지만 사실 지금 그녀는 갑자기 흥이 끊겨 언짢아진 기분을 가라앉히는 중이었다. 다행히 금방 회복되어 다시 신나게 거북이 이야기를 시작했다.

오늘 아침에 혼자 일어났는데, 부엌에서 갑자기 바스락 소리가 나서 달려가보니 믿기지 않는 매우 놀라운 광경이 벌어지고 있었단다. 천란팅이 집에서 키우는 붉은귀거북은 남편이 출국한 후에 산 것이었다. 이 거북은 평소 세상과 단절한 것처럼 온종일 수족관 귀퉁이에 웅크린 채 꼼짝도 하지 않았는데 오늘은 무슨 일인지 쥐새끼 두 마리가 거북을 물고 있었다. 쥐새끼 두 마리는 회색 털에 콩알 같은 눈빛을 반짝이며 각각 거북 뒷다리를 하나씩 물고 등딱지에서 빼내려는 듯 힘껏 잡아당겼다. 거북은 목을 길게 빼고 두 앞발로 바닥을 꽉 붙잡았다. 그리고 죽어도 놓치지 않겠다는 듯이 고개를 흔들었다.

그녀는 원래 쥐를 아주 무서워했지만 이때는 녀석들의 무자비한 행동에 화가 치밀었다. 감히 거북의 등딱지 옷을 잡아 벗기려 하다니! 그래서 긴 젓가락으로 쥐의 머리를 쿡쿡 찔렀다. 깜짝 놀란 쥐가 회색 탁구공이 떼구르르 굴러가듯 눈 깜짝할 사이에 사라졌다.

"정말 신기하지 않아? 도대체 쥐새끼가 왜 우리 거북을 물었을까?"

샤오마가 한참 눈을 깜박이다가 겨우 한 마디 내뱉었다.

"그걸 누가 알아요?"

이것은 그의 관심사가 아니었다. 샤오마의 관심은 지금 그녀가 잠시 혼자라는 것, 그녀의 가슴이 두둑한 돈 가방처럼 풍만하다는 것뿐이다. 그녀가 고양이를 길러도 좋고 개를 길러도 좋다. 뭘 기르든 무슨 상관이랴? 그런데 왜 하필 거북일까? 모두 알다시피 천란팅은 몇 년 전 MIT공대를 졸업하고 미국 회사에서 일하는 프로그래머와 결혼했다. 하지만 그녀는 채 2년도 되지 않아 이 불운한 남자를 한심한 거북*으로 만들어버렸다. 그러고 보니 그 남자는 바다거북**이기도 했다. 이런 까닭에 천란팅이 거북을 애완동물로 키운다는 사실은 매우 절묘한 상징성이 있다. 그리고 이 상징성은 샤오마를 더욱 흥분하게 만들었다. 그가 다시 말을 이어가려는 순간 다시 전화벨이 울렸다. 방금 전 그 남자가 씩씩거렸다.

"전화를 왜 끊는 거요?"

"글쎄요, 그건 전신국에 물어보세요."

샤오마가 무성의하게 대꾸했다.

"됐소. 그런 걸 뭐 하러 따져?"

남자가 대단히 관대한 척 하다가 금방 다시 버럭 소리를 질렀다.

"당신네 기자, 오는 거야 마는 거야? 도대체 보내기는 한 거요?"

"우리는 아직 무슨 일인지도 모릅니다. 여기 신문사에도 나름의 규칙이 있어요. 안 그렇습니까? 먼저 무슨 일인지 기록해서 위에 보고해야 합니다. 위에서 인터뷰 승인이 떨어져야 기자를 보낼 수 있어요."

"그래서 기자가 언제 온다는 거요?"

"사흘 안에 연락드립니다."

"사흘? 장난하쇼? 당신 윗사람한테 아주 특별한 상황이라고 전해요. 내가 지금 날 때린 개자식들을 뒤쫓고 있단 말이오. 당신들이 도착하는 순간 잡아야 한단 말이오."

남자의 쉰 목소리가 갈라지기까지 했다. 샤오마는 힐끗 천란팅을 쳐다봤다. 그녀는 짜증스러운 표정으로 쇄골을 만지작거렸다.

"그렇다면 더 곤란하네요. 선생님 일은 경찰에 신고하셔야겠어요.

• 중국어 거북은 '서방질하는 여자의 남편'이라는 뜻의 욕설이기도 하다.
•• 중국어 바다거북은 '해외유학파'라는 뜻이 있다.

여기는 신문사입니다. 기사를 보도하는 곳이지, 법을 집행하는 곳이 아니에요. 나쁜 놈을 잡는 건 경찰이죠. 아시겠어요? 그럼 바빠서 이만."

샤오마는 바로 수화기를 내려놓았다. 그 순간 남자가 애원하듯 외쳤다.

"이건 정의 구현이⋯⋯"

샤오마는 전화를 받는 동안 속으로 다음 행동을 계획했다.

"쥐새끼가 거북을 물었다. 이건 확실히 전대미문의 사건이에요. 하지만 우리는 조금 더 예술성을 가미해서 더 재미있는 이야기를 만들어야 해요."

"더 예술적인 게 뭔데?"

바로 이것이 샤오마의 특기였다. 일단 천란팅에게 자신이 이런 별볼 일 없는 사무실에 앉아 있을 사람이 아니라 명문대학 중문과 학생임을 어필해야 한다.

"만약 내가 이야기를 한다면『요재지이聊齋志異』● 방식을 응용할 거예요. 들어보세요."

여인 란팅이 작은 암자에서 밤을 보내는데 바람이 불어 덜컹덜컹, 문밖에 개가 왈왈, 희미하게 사람 소리. 밖에 나가 보니 두 도둑놈이 들었는데 어두운 옷을 입고 가녀린 비구니를 희롱하며 억지로 잡아끌고 있구나. 란팅이 노하여 크게 꾸짖으니 도둑놈이 뒤도 돌아보지 않고 줄행랑을 치네. 이튿날 마을 사람을 불러 놓고 비구니에게 물으

● 18세기 청나라 포송령이 지은 문어체 괴이 소설집.

니 '어찌 그런 일이 있습니까? 꿈을 꾼 게 아닌지요?'라고 답하네. 처마 밑 거북이를 보니, 아주 작긴 하지만 주위에 발톱 자국이 어지러운 데다 회색 털이 떨어져 있네. 비구니에게 다시 물으니 웃으며 답하길, 아가씨가 본 것이 이것이 아닐지요? 거북이가 영물이라 아가씨를 구했으니 이 또한 인연이 아니겠습니까? 그리하여 거북이를 향해 세 번 고개를 숙여 고마움을 표했네. 란팅이 거북이를 데리고 집으로 돌아가 귀노龜奴•로 삼았다. 그 후, 날로 부귀해져 3년 만에 거부가 되고 호화롭게 살았다. 아들 둘을 낳았는데 모두 과거에 급제했네. 세월이 흘러 란팅이 세상을 떠난 후, 거북이도 사라졌네.

유감스럽게도 천란팅은 이 이야기를 듣고 인상을 찌푸렸다. 샤오마는 후회가 밀려왔다. 아무래도 천란팅이 자신의 의도를 전혀 이해하지 못한 것 같았다. 너무 어려웠나보다. 그런데 의외로 그녀의 표정이 진지해졌다.

"내 얘기가 지어낸 것 같아? 분명히 말하는데 이건 절대 지어낸 게 아니야. 그러니까 그런 이상한 방법도 필요 없고 유식한 척 문자를 쓸 필요도 없어."

샤오마가 저도 모르게 버럭했다.

"그게 지어낸 게 아니라고요? 쥐새끼가 거북이를 문다고? 세상에 그런 일이 어디 있어요?"

천란팅이 한 글자 한 글자 힘주어 말했다.

"왜 없어? 전부 다 내 눈으로 똑똑히 봤어. 그리고 난 일부러 얘기

• 과거 기루에서 잡일하는 남자를 낮잡아 이르던 말. 주로 전족 때문에 잘 걷지 못하는 기녀들을 등에 업고 이동시켰다.

를 지어낼 만큼 그렇게 한가하지 않아."

샤오마는 이 논쟁이 무의미하다는 것을 깨닫고 바로 꼬리를 내렸다.

"그래요, 그래. 사실이라고 쳐요."

천란팅이 다시 한마디 하려는데 전화벨이 끈질기게 울렸다. 또 그 남자인데 이번에는 매우 신경질적이었다.

"안 되겠어. 이제 당신들이 꼭 와야 해."

샤오마도 짜증이 머리끝까지 올라 사납게 쏘아붙였다.

"우리가 왜 꼭 가야 하는데요?"

"당신들, 우리 인민을 위한 신문사 아니야?"

남자가 당당하게 외쳤다. 하지만 샤오마는 너무 기가 막혀 웃음이 터질 뻔했다. 그는 간신히 화를 누르고 차근차근 설명했다.

"여긴 당연히 인민을 위한 신문사이고 그래서 최선을 다해 인민의 의견을 반영하고 있습니다. 하지만 어떤 의견을 반영해야 모든 인민이 기뻐하고 만족해할지 생각하지 않을 수 없습니다. 이런 이유로 우리는 가능한 아름다운, 모두가 이상적이라고 생각하는 삶의 모습을 반영합니다. 일부의 삶을 통해 가능한 많은 인민이 미래에 대한 희망을 가질 수 있도록 해야 합니다."

그는 말을 하다가 문득 이런 생각이 들었다.

'젠장, 정말 이게 목표라면 신문에 미국인이 사는 모습만 실어야겠군.'

이때 남자가 심각하게 되물었다.

"그럼 인민은 정의를 발휘할 필요도 없단 말이오?"

"필요하죠. 하지만 선생님이 이미 발휘하신 거 아닌가요? 굳이 우리가 또 발휘해야 합니까?"

"그렇게 정의를 발휘하다 구타를 당했단 말이오."

"이미 말씀드렸잖아요. 그건 경찰에 연락하셔야죠. 경찰도 인민을 위해 존재하니까요."

남자가 절망적으로 힘없이 중얼거렸다.

"내 처지에 어떻게 경찰을 찾아간단 말이오?"

"왜 경찰을 못 찾아가요? 설마 선생님을 때린 두 사람도 정의를 발휘한 건가요? 그렇다면 우리는 더더욱 선생님을 도울 수 없습니다."

"정의를 발휘한 사람은 당연히 나요! 하지만 난 경찰에 신고할 입장이 아니라…… 그럴 만한 사정이 있단 말이오. 내가 경찰에 신고하면 득보다 실이 더 크니까. 아무리 생각해도 날 도울 수 있는 건 신문사뿐이란 말이오. 제발 날 믿어요. 내가 다른 방법이 있었으면 이렇게 당신을 귀찮게 하지도 않았을 거요. 이건 기사로 실을 만한 가치가 있는 일이오. 그리고 지금 신문사에서 멀지 않은 곳에 있소. 놈들을 쫓아 궁주펀 근처에 와 있으니 빨리……"

이때 샤오마 다리 옆으로 손 하나가 불쑥 튀어나와 전화를 끊어버렸다. 그는 순간적으로 그 손이 자신의 바짓가랑이를 움켜쥐지 않을까 하는 착각에 빠졌다. 그러나 천란팅은 바로 손을 거두고 살짝 그를 째려봤다.

"더 이상 신경 쓸 거 없어. 요즘에 이런 정신병자가 한둘이야?"

"맞아요. 제정신이 아니죠."

샤오마가 저도 모르게 침을 꿀꺽 삼켰다. 이때 문득 어떤 생각이 떠올랐다.

"그런데 그 집에 어떻게 쥐가 있어요?"

그렇다. 그 바다거북이 천란팅에게 사준 집은 외국인 아파트다. 독일제 나무 마루, 아메리칸 스타일 욕실, 일제 가전제품으로 꾸민 집에 어떻게 중국 쥐가 나타날 수 있지? 천란팅도 이제야 깨달은 듯 작은 비명을 질렀다.

"어머! 그러네. 우리 집에 쥐가 있었어!"

이 순간 샤오마는 그녀가 일부러 모른 척하는 것이라고 확신했다. 그 이유는 말할 필요도 없다.

"걱정 마세요. 쥐약을 사다 놓으면 돼요. 제가 가서 해드릴게요."

두 사람이 한 마음으로 자리에서 일어서는 순간, 모든 비밀이 폭로되는 장면처럼 세상이 밝아졌다. 샤오마는 눈이 부셔 얼굴을 찡그리다가 심장이 덜컥했다. 혹시 그녀가 어둠속에서 했던 말이 모두 장난이었다고 말하면 어쩌지? 그는 서둘러 외투를 입고 가방을 멘 후 성큼성큼 먼저 걸어가면서 천란팅에게 재촉하는 눈빛을 보냈다. 그녀는 조금 전과 달리 여유로워보였지만 별 탈 없이 사무실을 나섰다. 이날 정전은 타이밍이 아주 절묘했고 결과적으로 샤오마가 새로운 인생 경험을 시작하는데 매우 중요한 촉매제가 됐다. 그는 사무실을 나서며 손등으로 바짓가랑이를 지그시 눌렀다. 이 순간 이놈의 미래는 아주 희망적이었다. 녀석은 흥분을 주체하지 못해 기꺼이 쥐덫에 달려드는 작은 쥐새끼와 다를 것이 없었다. 뭐, 쥐새끼의 운명이 다 그런 거 아니겠어?

앞서 복도를 걸어가던 샤오마가 갑자기 호텔 직원처럼 허리를 굽히며 천란팅에게 공손히 손을 내밀고 엘리베이터 버튼을 눌렀다. 그런데 그녀는 너무 아무렇지 않은 표정이다. 입꼬리에 미처 감추지 못한 미소가 보여야 하는데 아무리 살펴도 찾을 수가 없다. 도자기처럼 밝게 빛나지만 딱딱한 그녀의 표정을 보고 있자니, 샤오마는 살짝 자신이 없어졌다. 지나치게 낙관적으로 생각한 걸까? 그는 오랫동안 이런 상황을 기대해왔지만 늘 기회가 없었다. 머릿속으로 수없이 그려온 그 장면을 현실에서 실행할 방법이 없었다. 돌다리도 더듬어 건너라는데 우리는 거시기부터 더듬으면 안 될까? 안타깝게도 그는 그렇게 말할 용기가 없었다.

두 사람은 엘리베이터에 탄 후에도 여전히 둘뿐이었다. 상대의 뜻을 떠보기에는 더할 나위 없이 좋은 기회였다. 이 일은 꼭 필요한 과정이기도 했다. 만약 혼자만의 착각이라면 천란팅 집에까지 가서 그런 봉사를 자처해야 할 이유가 없지 않은가? 하지만 그는 여전히 망설였다. 지난 달 소개받은 1학년 후배와 진지하게 인생을 논하기 시작했는데.

천란팅은 엘리베이터 한쪽 구석에 서 있다. 만약 상대를 떠본다면 어디에서부터 어떻게 시작해야 할까? 첫 번째 목표물은 당연히 가장 튀어나와 시선을 확 사로잡는 저 쌍둥이 구조물이어야 하겠지? 아랍 테러리스트들은 보통 그렇던데, 혹시 천란팅이 내 행동을 단순히 테러로 생각하면 어쩌지? 그래. 너무 위험한 모험은 피하자. 세상일은 그렇게 쉽게 이뤄지지 않는 법이니까. 샤오마가 천란팅을 계속 힐끔거렸다. 그녀의 눈치를 살피며 조금씩 조금씩 그녀를 향해 손을 뻗었다. 도중에 몇 번 멈칫거렸지만 비장한 각오를 다지고 다시 전진했다.

갑자기 엘리베이터 안이 캄캄해지고 발밑이 요란하게 흔들렸다. 또 전기가 말썽을 일으킨 모양이다. 머리 위에서 쿠쿵 꽹음이 들리고 엘리베이터가 두 층 사이에 멈출 때까지, 두 사람은 너무 놀라 비명도 지르지 못했다. 엘리베이터가 멈춘 후 천란팅이 소리를 질렀다.

"엄마야!"

샤오마는 손잡이를 더듬거리며 조금씩 이동해 긴급전화를 잡았다. 하지만 계속 통화중이었다. 아무래도 이곳은 잠시 잊힌 것 같았다. 그는 더 이상 생각할 것 없이 앞으로 손을 뻗고 천란팅이 서 있던 곳을 향해 천천히 전진했다. 이 상황에서는 어디를 만져도 문제가 되지 않으니까. 하지만 그의 도전은 아무 의미가 없었다. 그가 노렸던 쌍둥이 구조물이 그의 가슴에 달려들었고 상대방이 노련하게 그의 오른손을 움켜쥔 후 일방적으로 무자비하게 은밀한 곳으로 향했다. 천란팅은 거친 숨을 몰아쉬며 오랫동안 억눌러온 욕망을 분출했다. 그녀의 뜨거운 에너지가 전방위적으로 그를 압도했다. 곧이어 그의 몸 안에서 액체 에너지가 끓어올랐다. 팔팔 끓는 물에 꽂은 온도계처럼 열에너지가 수직 상승했다. 그는 계속 방향이 엇나갔지만 태엽이 풀린 듯 멈추지 않고 폭주했다. 천란팅이 짜증스럽게 계속 시정 명령을 내렸다.

"아니야, 아니라니까!"

그는 그녀의 명령에 따라 흥분한 자기 몸을 다시 제어하려다가 문득 그녀에게 시정 명령을 내리고 싶어졌다. 제기랄! 세상에 쥐새끼가 거북을 무는 일이 어디 있어? 쥐는 작고 힘없는 동물이야. 물고 싶어도 못 물지. 잘못해서 거북이한테 물리면 그 딱딱하면서도 부드럽고, 마른 듯 축축한 등껍질 안으로 빨려 들어갈 텐데. 벗어나려고 아무리 발버둥 쳐도 결국 끌려들어가고 말 거야.

이 일이 일어나기 한 시간 전, 이 도시 어딘가에서 또 다른 사건이 꿈틀거렸다. 샤오마가 『베이징청년보』를 뒤적이며 침을 떨어뜨리기 일보 직전, 그의 발밑으로 30센티미터 떨어진 아래층 사무실을 나온 두 남자가 거들먹거리며 신문사 정문을 통과했다. 두 사람은 눈빛이 매우 날카로웠다. 기자 특유의 사건에 대한 민감성과 일상적인 강탈 욕망이 더해진 그 표정은 마치 거대한 쥐새끼처럼 느껴졌다. 유일한 차이점이라면 하나는 비계 덩어리이고 다른 하나는 근육질이라는 것. 근육 쥐가 앞장서서 길가로 뛰어가 택시를 잡으려 손을 흔들었다. 그러나 늙은 비계 쥐가 굵고 거친 목소리로 소리쳤다.

"그냥 불법 택시 타자고. 어차피 교통비가 50위안밖에 안 돼."

금전적인 제약 때문에 정상 택시 세 대를 그냥 보내야 했다. 마지막 택시 기사가 한바탕 욕을 퍼붓고 지나간 후, 근육 쥐가 조금 더 앞으로 이동하자고 제안했다. 골목 어귀에 불법 택시들이 모이는 자리가 있었다. 비계 쥐는 걷는 것이 싫었지만 달리 방법이 없어 짧은 팔다리를 건들거리며 근육 쥐를 따라 갔다. 얼마 안 가 신문사 건물 옆 모퉁이에 흙먼지가 뿌옇게 내려앉은 샤리 자동차가 보였다. 비쩍 마른 머리통이 창밖으로 길게 삐져나와 하늘을 쳐다보고 있었다. 꼭 우물 안에서 하늘을 쳐다보는 거북이 같았다. 비계 쥐와 근육 쥐는 택시를 놓칠세라 고함을 지르며 뛰어갔다. 근육 쥐가 먼저 도착해 거북이 등딱지를 두드린 후 손잡이를 찾아 문을 열었다. 하지만 이 등딱지에는 살이 없어 운전사가 손님이 온 줄 알지 못했다. 그는 여전히 신문사 건물 위에 걸린 대형 광고판만 보고 있었다.

"『도시완보』에 뭐든 말하세요. 적극 반영하겠습니다. 직통전화 XXXXXXX"

비계 쥐까지 차에 올라탄 후에야 운전사가 뒤를 돌아봤다.

"어디 가세요?"

"정창창."

"정창창이 얼마나 큰데, 정창창 어디요?"

"그 앞에 가서 다시 알려주겠소. 왕복 50위안이면 되겠소?"

운전사가 별 말 없이 출발했다. 두 사람은 잠시 기사 눈치를 살폈다. 그가 자신들에게 관심이 없음을 확인한 후 인조가죽 가방을 열어 한참 뒤적거렸다. 오늘 취재는 갑자기 떨어진 임무라 카메라와 필름을 제대로 세팅도 못하고 뛰어나왔다. 요즘 신문사 취재 기술은 날로 발전해서 렌즈가 바늘구멍만한 카메라로 몰래 촬영해서 바로 사진을 뽑을 수도 있고 필름 채로 방송국에 팔아넘기기도 한다. 두 사람은 구체적인 행동 계획을 상의해야 했는데 혹시 운전사가 들을까봐 목소리를 최대한 낮췄다. 그 모습이 영락없이 찍찍대는 쥐새끼였다.

"그 암탉 이름이 뭐라고?"

"몰라. 암튼 다들 바오야메이라고 부르는 모양이야."

"그래그래, 뻐드렁니 바오야. 그런데 정말 한 번에 50위안이야? 싸도 너무 싸잖아?"

"왜? 구미가 당기시나?"

"젠장, 너나 해. 50위안이면 말 다 했지. 얼마나 거지같이 생겼으면 그렇겠어? 화장실 청소 아줌마처럼 생겼으려나?"

"아무리 못 생겼어도 싼 거 아닌가? 사실 불을 끄면 다 똑같은 거 아냐? 구멍만 찾아가면 그만이지. 자고로 구멍이 있어야 맛있는 찐빵 아니겠어?"

"무슨 소리, 옥수수 찐빵과 밤 찐빵 맛이 다른 법인데. 이봐, 만약 천란팅이 이쪽 일을 한다면 얼마를 받을까? 아무래도 500위안은 되겠지?"

"너무 과대평가하는 거 아니야? 싼리툰에 가도 그 정도 수준은 기껏해야 300위안이라고. 그리고 천란팅은 얼마든지 무료가 가능하다고. 서로 급하면 서로 봉사하는 거지. 그렇게 돈을 따지는 건 남남일 때 얘기지."

"그렇게 뻐기는 걸 보니 꼭 천란팅과 진짜 해본 것 같네. 자네는 정말 미스터리해. 이렇게 나랑 음담패설을 늘어놓던 그 입으로 집에 가면 또 마누라를 핥아대겠지?"

근육 쥐가 의미심장하게 웃었다.

"자네는 당연히 모르겠지. 자네가 모르는 게 어디 한두 가지인가? 이봐, 잘 생각해봐. 내가 왜 마누라를 입으로 핥겠어? 집에 들어갈 때까지 힘이 남아 있으면 뭐 하러 입을 쓰나?"

두 마리 쥐가 뒷좌석에서 찍찍 웃었다. 뒷발을 들어 올렸다가 다시 내려놓고 신나게 바닥을 구르고 앞발은 털이 덥수룩한 아랫배를 비비적거렸다. 크고 새하얀 앞니를 드러낸 채 쉴 새 없이 턱을 움직였다. 운전사는 이 쥐새끼 소리가 너무 거슬려서 닭살이 돋을 지경이었다. 그는 짜증스럽게 한 마디 내뱉었다.

"도대체 정창창 어디예요? 꺾으면 바로인데."

"꺾어요. 바로 그 길이니까."

근육 쥐가 비계 쥐를 돌아보며 물었다.

"맞겠지?"

비계 쥐가 앞니로 갉아먹을 듯이 유리창에 딱 달라붙어 밖을 살폈다.

"제보한 할머니가 말한 위치는 여기야."

그는 앞으로 목을 길게 빼며 운전사 뒷목에 뜨거운 입김을 내뿜었다.

"속도 좀 줄여요. 천천히, 천천히."

운전사가 속도를 줄이고 건물 하나를 지날 때마다 '여기예요?'라고 물었다.

네다섯 번쯤 반복했을 때, 근육 쥐가 버럭 소리를 질렀다.

"운전이나 해요. 왜 이렇게 말이 많아?"

운전사는 가슴 한 가운데 돌덩어리가 얹힌 것처럼 숨이 턱 막혀왔다. 정말 무지막지한 쥐새끼가 따로 없었다. 하지만 차마 욕을 내뱉을 수는 없었다.

"도대체 뭐하는 거요?"

잠시 후 택시가 길 끝에 도착하자 운전사가 뒤를 돌아봤다.

"다 왔어요. 여기예요? 도대체 가는 데가 어디예요?"

비계 쥐가 가볍게 오른쪽 앞발을 흔들었다.

"돌아가요. 다시 돌아봐야겠소."

"예, 그러셔야죠. 제발 이번에는 똑바로 좀 보쇼."

운전사가 일부러 액셀을 세게 밟았다. 택시가 갑자기 펑 튀어나가자 쥐새끼 두 마리가 몸을 가누지 못하고 쓰러졌다. 무의식적으로 가죽 가방을 꽉 움켜쥔 비계 쥐의 어깨가 근육 쥐 갈비뼈에 강하게 부딪혔다. 비계 쥐도 가방 안에 든 딱딱한 뭔가에 배를 강타 당했다.

"왜 이래? 운전이 이게 뭐야? 이따위로 할 거면 내려! 내가 할 테니!"

비계 쥐가 불안한 표정으로 가방 안을 살피며 고래고래 소리를 질렀다. 운전사는 아랑곳 하지 않고 묵묵히 운전만 했다. 이런 인생도 있는 법이다. 화가 나지만 거북처럼 등딱지 안에 숨어 작은 틈새로 세상을 증오하며 노려볼 수밖에 없는. 이때부터 그의 감각이 민감하게 반응하면서 쥐들이 속삭이는 소리가 희미하게 들리기 시작했다.

"젠장, 왜 하필 이런 운전사가 걸린 거야? 완전히 또라이야."

운전사는 너무 기가 막혀서 말이 안 나왔다. 그는 이때부터 입 대신 이로 감정을 드러냈다. 그저 묵묵히 운전대를 잡고 방금 지나갔던 길을 되돌아갔다. 조금 전보다 더 느리게. 쥐들은 한쪽 창문에 바짝 붙어 있었다. 근육 쥐가 비계 쥐 어깨에 턱을 올려놓고 찍찍거렸다.

"우리가 농락당한 건 아니겠지? 분명히 여기가 맞는데……"

"장난은 아닐 거야. 제보자가 주민위원회 소속이라고 했어. 사실 그렇게 쉽게 찾을 수 있는 게 아니잖아? 그 여자가 길거리에서 날 잡아 드세요, 하고 기다릴 리는 없잖아. 무슨 자동판매기도 아니고. 이쪽 사람들은 우리처럼 위장술에 능하지. 지난 번 그 음란 영상물 대량 유통하던 놈들도 반나절 넘게 잠복하다가 찾았잖아. 조급해하지 말고 차분하게 기다려보자고."

그렇게 같은 거리를 다시 한 바퀴 돌았다. 이 거리에는 작은 소매점 네 개, 식당 두 개, 조금 규모가 있는 식당 하나가 있고 할 일 없이 볕이나 쪼이는 노인네 대여섯 명밖에 없었다. 그들이 찾는 '그것'은 없었다. 하지만 쥐새끼는 특유의 장기가 있다. 쥐구멍 파기! 앞발로 부지런히 파고 파서 결국 무료한 일상에 숨겨진 자극적인 무언가를 찾아낸다. 반대로 거북은 게으르고 느려서 탐험 활동을 전혀 이해하지 못하고 관심도 없다. 운전사가 참다 참다 결국 버럭 했다.

"도대체 어디요? 어디냐고! 당신들, 지금 사람 갖고 장난치는 거요?"

"장난은 무슨 장난? 당신이 그렇게 재미있는 사람이오? 장난을 쳐도 그럴 만한 가치가 있어야지. 불법 택시 운전이나 하는 사람을 왜? 헛소리 작작하쇼. 돈은 제대로 지불할 테니."

운전사는 더 큰 울분을 삼키며 이를 악물었다. 이번에는 더 천천히 얌전히 차를 돌려 다시 같은 길로 돌아갔다. 유감스럽게도 쥐들은 이번에도 원하는 것을 찾지 못했고 그는 계속 같은 길을 맴돌아야 했다. 시간이 지날수록 운전사의 분노는 비애로 변해갔다. 그는 자조적으로 이렇게 중얼거렸다.

"당신들이 필요한 건 택시가 아니라 연자방아 돌리는 당나귀구려."

몇 바퀴째인지 세다가 잊은 지 이미 오래였다. 비계 쥐가 갑자기 '찍' 비명을 질렀다.

"저 여자다!"

근육 쥐가 맞장구를 쳤다.

"한눈에 알아보겠네. 맞아!"

빨간 가죽 치마에 검은색 차이나 칼라 셔츠를 입은 여자가 한 식당에서 걸어 나와 지나가는 남자들에게 무심하게 손을 흔들었다. 근육 쥐가 품평을 시작했다.

"저 가슴, 저 골반 좀 봐. 정말 대단해. 도대체 왜 그렇게 싼 거야?"

"얼굴 좀 봐. 입을 다물고 있는데도 이가 삐져나오려고 하잖아. 조금만 더 튀어나오면 주걱 두 개가 달린 것 같겠어. 세상에 저렇게 생긴 건 코끼리랑 멧돼지밖에 없는데. 그래서 바오야●메이구먼."

"단순히 못 생긴 게 문제가 아니라, 저런 구강구조면 아주 중요한 서비스가 불가능하잖아. 잘못하면 상처가 나겠어."

쥐들이 찍찍거리며 웃었다. 점점 가까워지자 근육 쥐가 단호하게 소리쳤다.

●　바오야는 중국어로 뻐드렁니를 뜻함.

"멈춰!"

운전사가 미처 기뻐할 새도 없이 또 다른 명령이 날아들었다.

"가지 말고 여기서 기다리시오."

비계 쥐가 다시 근육 쥐에게 의견을 제시했다.

"이쪽에는 보통 뒤를 봐주는 무리가 있어. 만약 우락부락한 놈들이 쫓아오면 빨리 차를 타고 튀어야 해. 나는 내려서 가볼 테니 자네는 차에서 앵글 잡고 원거리 샷 찍어."

하지만 근육 쥐의 생각은 달랐다.

"이번에는 내가 내리지. 자네가 차에서 찍어."

"그러지 뭐. 이쪽은 나보다 자네가 전문가니까."

근육 쥐가 낄낄거렸다.

"그래, 난 오입쟁이다! 됐냐? 됐어?"

근육 쥐가 차에서 내린 후 가죽 가방 각도를 제대로 조절했다. 비계 쥐도 똑같이 가죽 가방을 창문 앞에 세우고 한참 만지작거렸다. 가죽 가방 각도가 정확히 '그 여자'를 향했다. 이때까지만 해도 운전사는 두 사람의 대화를 제대로 듣지 못했지만 벌써부터 두 사람의 행동에 의심을 품고 있었다. 하지만 그는 별 볼 일 없는 하류 인생에 호기심은 아무 짝에도 쓸모 없다는 사실을 이미 오래 전에 깨달았다. 하류 인생에 기적 따위는 절대 일어나지 않기 때문이다. 실제로 기적은 단 한 번도 없었다. 이것은 어찌 보면 거북의 삶과 닮았다. 이런 생각 때문에 둔하고 무디고 세상사에 무심해진 것이다. 그러니까 그는 쥐들이 소곤거리는 대화를 못 들은 것이 아니라 근본적으로 듣고 싶지 않았는지 모른다.

근육 쥐가 당당하게 걸어갔지만, 사실 그는 이런 경험이 풍부한 기자는 아니었다. 이런 현장에 직접 뛰어들기는 처음이라 너무 흥분해서 과하게 거들먹거렸다. 마치 내가 단골손님이다, 라고 광고하는 것처럼. 따지고 보면 이런 싸구려 창녀를 상대하는 남자가 이렇게 거들먹거릴 이유가 전혀 없다. 그래봤자 어차피 열 번을 하겠어, 스무 번을 하겠어?

차 안에 남은 비계 쥐는 그 모습에 웃음을 참지 못하며 고개를 절레절레 흔들었다. 근육 쥐는 멀리서 보기에도 자세가 너무 뻣뻣했다. 몰래 카메라가 들어 있는 가죽 가방을 상대방 코앞에 들이밀 기세였다. 이쪽 일이 익숙한 사람이라면 단번에 눈치 챌 것 같았다. 하지만 비계 쥐는 동료의 유머 코드를 이해했다. 무시무시한 여자의 뻐드렁니를 확실히 찍어서 수많은 남성 동지들에게 이 여자가 얼마나 위험한지 경고하기 위함일 것이다.

근육 쥐와 여자가 드디어 말을 트고 거래를 시작했다. 근육 쥐는 거대한 뻐드렁니와 마주 서서 한참 동안 쉬지 않고 떠들었다. 점점 말이 많아지고 얼굴은 시종일관 싱글벙글이었다. 그런 상황이 5분 이상 이어졌다. 비계 쥐는 살짝 불안했다.

'저 친구, 왜 저렇게 말이 많아? 오입쟁이인 척 하는데 저렇게 많은 말이 필요한가?'

어쩌면 몰래 카메라에 더 많은 영상을 담고 싶은 욕심일 수도 있다. 하지만 근육 쥐는 자신의 행동이 이미 몰래 카메라 취재의 기본 원칙에서 크게 벗어났음을 인지하지 못했다. 사실 창녀는 그럴 듯한 말로 에둘러 포장하고 밑밥을 까는 일이 귀찮은 남자, 아랫도리 문제를 당장 급하게 해결해야 하는 남자들을 위해 존재한다. 비계 쥐가 걱정하는 것이 바로 이 부분이다. 불행히도 비계 쥐의 걱정은 곧 현실이 됐다. 바오야메이는 대화가 지루해지는 순간 의심의 눈초리로 상대방을 다시 훑어봤다. 근육 쥐가 잘난 척 일장연설을 마무리하고 들어가서—바오야메이가 저렴한 쾌락을 제공하는 그곳—다시 얘기하자라고 말했는데 그녀가 예민하게 반응했다.

"됐어요."

"뭐요?"

근육 쥐가 갑자기 다급해졌다. 길거리에서 몰래 촬영한 영상만으로 그녀가 창녀라고 기사를 쓸 수는 없는 노릇이다.

"됐어요. 지금까지 얘기는 없었던 걸로 하죠."

그녀는 상대의 정체를 확신할 수는 없었지만 평범한 손님이 아닌 것만은 분명했다. 이 일을 하면 주변에 적이 많기 때문에 자연스럽게 예민하고 직감이 정확해진다. 돌다리도 두드려 보고 건넌다는 말처럼 조심하고 또 조심해야 한다.

"그런 법이 어디 있소? 솔직히 말해보서. 돈이 적으면 다시 말해봐요."

근육 쥐가 계속 치근덕거리는데 바오야메이는 이미 돌아서 두 건물 사이 골목으로 들어가버렸다. 근육 쥐가 다급한 나머지 그녀 팔을 낚아채 끌어당겼다.

"세상에 이런 식으로 장사하는 데가 어디 있어? 아니면 다른 아가씨라도 소개시켜줘야지."

바오야메이는 확실히 근육 쥐보다 훨씬 노련하고 배포가 컸다. 힘으로 남자를 이길 수 없으니 팔을 뿌리치려 발버둥 치는 대신 근육 쥐의 뺨을 때리고 고래고래 소리를 질렀다.

"살려줘! 양아치 건달이야!"

근육 쥐는 전혀 예상 못한 상대의 반응에 당황한 듯 저도 모르게 뒷걸음질 쳤다. 하지만 완전히 포기할 수도 없어 그녀의 팔을 계속 붙잡고 있었다. 이때 바오야메이가 머리로 근육 쥐를 박으며 다시 고함을 질렀다.

"누구 없어요? 대낮에 건달 놈이 행패를 부려요!"

근육 쥐는 완전히 넋이 나가 구경꾼을 돌아보며 바보처럼 중얼거렸다.

"내가 양아치 건달이라고? 내가 행패를 부렸어? 내가?"

사실 그는 변명할 필요가 없었다. 이 동네 사람들은 이미 이런 연극을 수없이 봐왔다. 사람들이 모여든 이유는 그저 생각 없이 드라마 재방송에 눈이 돌아가는 습관적인 관심 때문이다. 한편 차에 남아 있던 비계 쥐는 이미 일이 틀어졌다고 판단했다. 만약 저 사람들 중 진짜 양아치가 튀어나오면 그땐 정말 끝장이다. 그는 당장 달려 나가 근육 쥐를 끌어당겼다.

"빨리 가! 빨리!"

그런데 이때 연기에 심취한 바오야메이가 풍차처럼 양팔을 휘두르며 달려들었다.

"어딜 가? 못 가! 따라와, 파출소로 가자고."

비계 쥐가 그녀에게 나지막이 속삭였다.

"이봐요, 일 크게 만들지 말아요. 이렇게 계속 억지 부리면 진짜 파출소에 가야 한다고!"

하지만 정말 경찰이 와서 신분을 밝혀야 하면 피차 좋을 것이 없는 상황이 아닌가? 어차피 취재도 망했으니 더 이상 시간을 낭비할 필요가 없었다. 지금 취해야 할 행동은 부리나케 도망가는 것뿐. 그런데 이때 바오야메이가 근육 쥐가 메고 있는 가죽가방을 틀어쥐더니 확 낚아채갔다. 쥐들은 크게 당황해 어쩔 줄을 몰랐다. 그녀가 가죽 가방의 비밀을 발견하면 분노해서 때려 부술 것이 분명했다. 가방 옆면에 뚫어놓은 몰래 카메라 렌즈용 구멍 때문에 발각될 가능성이 매우 높았다. 만약 그녀가 가방을 바닥에 내던지기라도 하면 2만 위안짜리 카메라가 산산조각 나는 것으로 그치지 않을 것이다. 이 일은 신문사 입장에서 매우 중대한 사안이기 때문에 두 사람의 앞날이 불투명해질 것이다. 실제로 신문사에서 이런 사례가 종종 있다.

이 때문에 두 쥐는 단순한 절망을 뛰어넘어 미친 고양이처럼 날뛰기 시작했다. 먼저 비계 쥐가 바오야메이의 가랑이를 걷어찼다. 만약 네가 내 밥그릇을 부순다면 나도 네 밥줄을 끊어버리겠다, 라고 생각했는지 모른다. 그 짧고 굵은 다리가 그렇게 높이 올라가다니, 비계 쥐 자신도 놀라움을 금치 못했다. 다사다난했던 그녀의 가랑이는 잠시 후 만두처럼 부풀어 오를 것이다. 하지만 그녀는 허리를 굽히며 바닥에 엎드렸고 가방을 더 세게 움켜쥐었다. 죽어도 가방을 뺏길 수 없다는 의지가 엿보였다. 그녀는 일그러진 표정으로 맹수처럼 포효했다.

이번에는 근육 쥐가 나설 차례였다. 예전에 정식으로 격투기를 배웠던 그는 지금 분노와 자책에 휩싸여 주변 사람 모두가 놀랄 만큼 강력한 주먹을 날렸다. 구경꾼들의 비명과 고함에 이어 '퍽' 소리가 들리는 순간 사람들은 바오야메이라는 이름이 지구상에서 영원히 사라지는구나 생각했다. 그의 주먹은 역시 강력했다. 그녀가 천천히 고개를 들었을 때 그 유명한 뻐드렁니가 사라지고 피투성이 구멍만 남아 있었다. 그녀는 물고기처럼 입을 뻐끔거리다 피범벅 이를 뱉어냈다. 남아 있는 옆니도 선홍색 고깃덩어리 같은 잇몸에 겨우 붙어 대롱거렸다. 사람들은 그녀의 뻐드렁니가 얼마나 큰지 새삼 깨달았다. 누군가 혀를 차며 이렇게 중얼거렸다.

"세상에, 무슨 말 이빨처럼 크네."

나중에 듣자니 이날 큰 화를 당한 바오야메이는 세 달 후에야 영업을 재개했는데 그때는 의치를 박아 지극히 정상적인 외모가 됐다고 한다. 어찌 보면 전화위복이 된 셈이다. 더 이상 남자에게 혐오감을 주는 외모가 아니므로 이제 50위안은 가당치도 않다. 하지만 이렇게 변신하는 과정은 매우 고통스럽다. 구타 당시 그녀는 두 눈이 빠질 것처럼 아팠고 목과 가슴이 온통 피투성이였다. 그녀가 무슨 말을 하려고 했지만 아무도 알아들을 수 없었다. 그녀가 갑자기 획 돌아서서 목구멍으로 넘어가려던 이 두 개를 토하듯 뱉어낸 후에야 무슨 말인지 알았다.

"도와줘요. 여러분. 나는 저 사람들을 못 이겨요. 날 때려죽이려고 해요."

"제기랄, 누가 누굴 못 이겨? 당신이야말로 싸움닭이잖아."

근육 쥐가 그녀를 비난하자 비계 쥐가 그를 다그쳤다.

"쓸 데 없는 소리 그만 해. 빨리 가방 들고 뛰자고."

두 사람이 가죽 가방을 들고 잽싸게 인파를 빠져나갔다. 그들을 막으려는 사람은 아무도 없었다. 그런데 두 사람이 택시를 향해 뛰어가려고 막 자세를 잡는 순간 뒤에서 분노한 고함 소리가 들렸다.

"거기 서!"

두 사람이 고개를 돌려 보니 그들이 타고 온 택시 운전사가 언제 등껍질을 박차고 나왔는지 그 여자 옆에 서 있다가 성큼성큼 다가와 근육 쥐의 팔목을 덥석 잡았다.

"당신들, 도대체 뭔데 사람을 때려?"

운전사가 두 사람에게 윽박지르고 구경꾼들을 돌아봤다. 이때 구경꾼들의 눈빛이 다시 반짝였다. 이미 사건이 종료된 줄 알았는데 갑자기 길가에 서 있던 불법 택시에서 튀어나온 촌뜨기가 상황을 다시 새로운 국면으로 끌어올렸기 때문이다. 그러나 운전사는 구경꾼들의 눈빛을 크게 오해해 자신을 지지하는 줄 알고 힘차게 팔을 휘두르게 크게 외쳤다.

"내가 도착한 지 얼마 안 돼 어떻게 된 일인지 전후 상황은 잘 모르지만, 저 두 사람을 여기로 데려온 게 나요. 도대체 무슨 꿍꿍인지 이 길을 몇 번이나 돌았는지 몰라요. 그때 이미 뭔가 불순한 의도가 있다고 생각했는데 역시나 이런 흉악한 짓을 벌였습니다. 이런 놈들은 절대 도망가게 놔두면 안 됩니다!"

운전사는 비계 쥐를 다시 군중 앞으로 끌어오려고 필사적으로 그의 손을 끌어당겼지만 전혀 소용없었다. 운전사가 다시 구경꾼들을 돌아보며 외쳤다.

"좀 도와줘요. 이놈들을 잡아둬야 해요!"

하지만 사람들은 눈 하나 꿈쩍하지 않았다. 누가 이런 보잘 것 없는 창녀 때문에 사람들 앞에 나서겠는가? 사실 구경꾼 중에는 운전사가 바오야메이한테 푹 빠진 단골손님이라고 생각하는 사람도 있었다. 그는 자신이 완벽하게 혼자임을 깨닫는 순간 등딱지 밖으로 기어나온 거북과 같은 공포를 느꼈다. 동시에 그는 누군가 방금 전 자신의 행동을 거북이 같다고 생각했으리라 여겼다. 거북은 정의로운 이미지가 강한 동물이다. 느리고 둔하지만 악을 증오하고 강자를 두려워하지 않는다. 하지만 이것 역시 큰 오해였다. 이들은 오랫동안 한심하고 의미 없는 인생을 살아온 하등한 족속들이라 이미 선악을 구분할 판단력을 상실했다. 간혹 위풍당당하게 정의를 외치기도 하지만 대부분 신문이나 광고 문구를 흉내 낸 것이었다.

운전사를 등딱지 밖으로 끌어내 봉기하게 만든 힘의 원천은 무의미하고 굴욕적이고 답답한 마음이 쌓이고 쌓여 폭발한 것이다. 이 에너지는 거북 족속의 과잉반응을 일으키는 유일한 원인이기도 했다. 평소 등딱지 안에 틀어박혀 지내는 거북들은 어떤 순간에 에너지를 분출해야 하는지 전혀 모른다. 그래서 간혹 호르몬 분비에 이상이 생기면 혼미한 정신 상태로 돌발 행동을 저지른다. 운전사의 상황이 바로 이러했다. 그는 분명히 두려웠지만 일단 에너지가 분출되자 제 입을 막을 수가 없었다.

"여자를 패다니, 도대체 뭐하는 놈들이야?"

쥐는 거북에 비해 훨씬 위험한 동물이다. 쥐들은 일상의 약탈 욕구가 매우 강한데, 이 욕구는 파괴욕과 결합할 때가 많았다. 이외에도 쥐들의 욕망은 끝이 없다. 식욕, 성욕, 권력욕, 그리고 시도 때도 없이 찍찍거리며 뭐든 미친 듯이 갉아대는 습성까지. 한 마디로 쥐라는 족속은 욕망의 결정체다. 아마도 먹이사슬의 최하층에 위치하기 때문에 언제나 만족하지 못하고 영원히 욕망을 불태우는 것이리라. 또한 그 위치에서 벗어날 수 없음에 절망해 오히려 더 엇나가는지도 모른다.

그래서 근육 쥐와 비계 쥐는 더 흉악하고 사나워지기로 했다. 그들의 옷자란 앞니가 바로 파괴의 상징이 아니겠는가? 이번에는 근육 쥐가 먼저 나섰다. 여기까지 온 이상, 온 힘을 다할 수밖에 없었다. 그는 운전사의 배를 힘차게 걷어찼다. 비계 쥐 발밑에 힘없이 주저앉은 운전사는 마치 마대자루 같았다. 이때부터 두 쥐가 운전사를 사정없이 두들겨 팼다. 등딱지 밖에 나온 거북은 상대하기가 너무 쉬웠다. 처음에는 반항의지를 발휘해 바닥에 누운 상태로 쥐들의 바짓가랑이를 걷어차려 했다. 그러나 도저히 여의치 않아 그냥 몸을 동그랗게 말았다. 쥐들은 침착하게 상대의 약점을 찾아내 계속 발길질을 해댔다. 놈들은 노련한 고수였다. 이 전략은 매우 성공적이었고 운전사는 금방 피투성이가 됐다. 한쪽 눈이 탱탱 부은 채 바닥에 대자로 뻗었다. 그제야 비계 쥐가 입을 열었다.

"형씨, 우리 원망하지 마쇼. 그러게, 왜 나대? 쓸데없이 나대지 않았으면 우리가 왜 당신을 때려?"

근육 쥐가 구둣발로 운전사 얼굴을 짓눌렀다.

"또 한 번 나대면 죽을 줄 알아."

두 사람은 끝까지 거들먹거렸다. 길가에서 택시를 잡던 근육 쥐가 큰 벽돌 하나를 집어 들고 운전사를 돌아보며 소리쳤다.

"자, 마지막 한 마디 더!"

그는 한쪽 헤드라이트로 벽돌을 집어던졌고, 거북 등딱지 파편이 우수수 떨어졌다. 이것은 쥐들이 거북에게 보내는 경고였다. 등딱지가 있든 없든, 다 부숴버릴 수 있다는 뜻이리라. 이때 비계 쥐가 택시를 잡았고 두 쥐는 구시렁거리며 차를 타고 사라졌다.

두 사람이 사라지자마자 바닥에 뻗었던 운전사가 벌떡 일어났다. 얼굴에 뒤범벅인 핏자국을 닦아내지도 않고 길길이 날뛰었다.

"개— 좆— 같— 은!"

사람들은 또 한 번 두 눈이 휘둥그레졌다. 이들은 거북이 아주 군세고 생명력이 강하다는 사실을 잊고 있었던 것이다. 거북은 대표적인 장수 동물일 뿐 아니라 저항의지도 매우 강하다. 비록 등딱지는 없지만 흠씬 두들겨 맞고도 금방 다시 일어났다. 온 얼굴이 피투성이지만 아직 날뛸 힘이 남아 있었다.

하지만 그는 당장 어떻게 해야 할지 생각나지 않았다. 경찰에 신고하고 싶지만 그랬다가는 불법 택시 영업 사실이 드러날 것이다. 아마도 차를 살 정도로 많은 벌금을 내야 할 테니 경찰 신고는 절대 할 수 없다. 일단 맞은 여자를 찾아보려고 했는데 이미 사라진 지 오래였다. 아마도 운전사가 한참 맞고 있을 때 도망친 모양이었다. 정말 빠르군. 응원 한 마디 없이 사라지다니. 갑자기 뱃속에서 울분이 꿈틀거렸고 풍선처럼 크게 부풀어 올라 당장 화약처럼 펑 터질 것 같았다. 이 울분을 해소하지 못하면 그의 등딱지까지 산산조각 날 것이다. 하지만 어떻게 해야 하지? 그는 그 자리에 붙박인 채 가련하게 울부짖었다.

"개― 좆― 같― 은!"

샤오마는 뚫어져라 바닥만 보면서 사무실로 향했다. 천란팅의 하이힐 굽 소리가 그의 귓가에 맴돌았다. 방금 전 그는 쓰디쓴 실패를 맛봤다. 시작도 하기 전에 쏟아버렸다. 그의 물건은 아직 덜 여문 새끼쥐라 노련한 어미쥐가 달려들자마자 쩔러보지도 못하고 피를 토하며 죽어버렸다. 며칠 안에 사무실 동료들이 점심을 먹을 때마다 자신을 힐끔거리며 키득거리고 화장실에 가면 남자 동료들이 보란 듯이 자신을 향해 거시기를 흔들어댈 것이다. 천란팅은 정복자인 동시에 피해자였다. 그녀의 발소리가 자신을 향한 경멸과 분노처럼 들렸다. 그녀는 화장지로 바지 한쪽을 벅벅 닦아내는 중이다.

샤오마는 그녀를 따라 사무실로 돌아왔다. 어색한 침묵 때문에 미세한 형광등 소음이 느껴질 정도였다. 지금은 어떤 말을 해봤자 소용

없다. 오히려 더 구차해질 뿐이다. 가장 이상적인 결말은 애잔한 이미지를 최대치로 끌어올려 천란팅의 모성애를 자극해서 그녀가 너그럽고 따뜻한 가슴으로 그를 위로하는 모습이다. 그러나 이것은 혼자만의 상상일 뿐이다. 그녀는 완전히 다른 얼굴로 그를 외면했다. 이것이 얼마나 재수 없고 짜증나는 일인지 아주 노골적으로 비난했다. 이를테면, 성질 급한 오입쟁이가 하필 생리 중인 창녀를 만난 것처럼.

천란팅은 의자에 앉자마자 화장품을 꺼내 화장을 고쳤다. 샤오마는 사무실에 있어야 할지 조용히 나가야 할지, 계속 고민 중이었다. 마침 전화벨이 울리자 반가운 마음에 벌떡 일어났다. 그런데 천란팅이 이미 수화기를 들었다.

"여보세요?"

"당신들, 오는 거요 마는 거요? 여기 군사박물관 근처요, 바로 코앞이라고. 빨리 안 오면 저놈들이 도망칠 거요. 만약 놓치면 당신들이 책임져야 할 거요. 내가 몇 번을……"

"미친놈!"

천란팅이 빽 소리를 지르고 전화를 끊어버렸다. 그리고 들으라는 듯이 크게 중얼거렸다.

"요즘 미친놈이 왜 이렇게 많아?"

샤오마는 더 이상 할 말이 없어 조용히 돌아섰다. 사무실을 나가려는데 문 앞에서 들어오는 사람과 부딪혔다. 밖에서 들어온 사람은 정 기자였다. 그가 가슴근육으로 압박해오는 바람에 샤오마가 뒤로 몇 걸음 물러섰다. 그는 늘 죽상인 젊은이를 이런 식으로 놀리곤 했다. 한편으로는 자신감 넘치는 가슴근육을 자랑하고 싶어서 더 강하게 밀어붙이는지도 모른다. 듣자니 이 근육으로 동전을 잡을 수 있다고 한다. 그 뒤에 비계 덩어리 왕 기자가 따라왔다. 이 몸은 어디에든 동전을 끼워 넣을 수 있다.

"망했어! 오늘 진짜 재수 없어!"

정 기자가 취재가 실패했음을 공표했고 왕 기자가 짜증나는 듯 그를 툭 밀어냈다.

"제발, 그만 좀 쫑알대! 오면서 내내 떠들었잖아!"

정 기자는 몸집이 비대한 왕 기자가 문을 통과할 수 있도록 종잇장 구기듯 한쪽으로 몸을 비켜서며 애교스럽게 말했다.

"그래도 오늘, 시작은 순조로웠잖아?"

"순조롭긴, 개뿔!"

왕 기자는 너무 화가 나서 동료의 체면 따위 생각하지도 않고 담뱃불을 붙이며 쏘아붙였다.

"자네가 차에서 얌전히 기다리기만 했어도 아무 일 없었을 거야. 도대체 비밀 취재의 기본은 아는 거야? 왜 쓸데없이 적극적이야?"

"그러니까 훈련을 해야 하지 않겠어?"

"그래, 훈련하는 건 좋다 이거야. 그런데 몰래 카메라는 왜 자꾸 상대방 얼굴에 들이밀어? 벌써 제목까지 다 나와 있는데 자네 때문에 다 망쳤잖아! 그럴 거면 책상에 앉아서 기사나 써!"

"그냥 창녀잖아. 널리고 널렸다고. 만약 못 찾으면 천 기자한테 연기 좀 해달라고 부탁하면 되겠네."

정 기자가 화제를 돌리려는 듯 천란팅을 보며 씩 웃었다. 역시나 그녀가 바로 끼어들었다.

"아주 매를 벌어요, 매를! 왜? 정 기자 와이프한테 시키지? 그쪽이 훨씬 어울릴 텐데?"

샤오마는 그녀의 얼굴에 복사꽃처럼 환한 미소가 번지는 것을 발견했다. 화장품으로 그리기라도 한 것처럼 표정이 순식간에 싹 바뀌었다. 정 기자가 양 손을 주머니에 찔러 넣고 몸을 비비 꼬며 그녀에게 다가갔다.

"마누라가 진짜 할까봐 겁나서 그러지."

천란팅이 곱게 눈을 흘겼다.

"그럼, 나는? 내가 진짜 하면?"

"그건 좀 다른데, 중요한 건 누구랑 하느냐니까. 당신이 창녀 연기를 하면 반드시 내가 취재를 해야지."

"꿈도 야무져. 내가 그런 질긴 근육을 좋아할 거 같아?"

"그럼 어떤 걸 원하는데? 말해보셔. 내가 뭘 해주면 되는데? 애매모호한 대답 말고 한 마디로 정확히 말해."

"왜 이렇게 오버해?"

왕 기자가 그 모습을 보고 미친 사람처럼 웃는데, 뱃살이 파도처럼 출렁거렸다.

"자네가 찍은 것 좀 봐야겠어. 어쩌면 사진 한두 장은 건질 수 있을 지도 몰라. 거기, 잠깐 이리 와서 좀 도와줘."

샤오마는 자기를 부르는 줄 알면서 괜히 두리번거렸다. 왕 기자가 손짓을 하며 다시 불렀다.

"거기 젊은 친구, 그래, 자네 말이야."

샤오마가 기계실에 들어가자 왕 기자가 비디오테이프를 재생기에 넣었다. 화면에서 거대한 이가 불쑥 튀어나왔다. 꼭 치약 광고처럼 일부러 한껏 이를 드러낸 것 같았다. 곧이어 정 기자 목소리가 들렸다. 그는 밑도 끝도 없는 헛소리를 주구장창 늘어놓았고 뻐드렁니 여자는 도통 무슨 말인지 모르겠다는 멍한 표정이었다. 왕 기자가 또 짜증을 냈다.

"제기랄, 왜 저렇게 헛소리를 지껄여?"

샤오마가 화면을 주시하며 다가서는데 밖에서 들리는 대화 소리가 점점 커졌다. 그는 멈칫하며 귀를 쫑긋 세웠다. 천란팅이 방금 전 있었던 일을 말하는 것은 아니겠지? 유감스럽게도 그녀는 입이 아주 가벼웠고 정 기자와 왕 기자는 눈치가 아주 빨랐다. 역시나 정 기자가 들으라는 듯이 크게 말했다.

"아니야, 아니야. 두 사람 분명 뭔가 있었어."

"당신이 그걸 어떻게 알아? 도대체 뭘 보고?"

천란팅은 숨기기는커녕 흥미롭다는 듯이 되물었다. 정 기자가 의자를 바짝 끌어 앉았다.

"내 눈이 폼으로 달고 다니는 게 아니거든. 일단 둘 다 눈빛이 이상해. 저 친구는 얼굴이 창백하고 당신은 눈이 새빨갛고. 게다가 저 멍청한 친구는 지퍼도 제대로 다 안 올렸던데? 그리고 당신, 저 많은 화장지는 뭐야? 감기 걸린 것도 아니잖아? 자, 이제 당신이 말할 차례야. 도대체 어떻게 이럴 수 있어?"

"그러거나 말거나, 당신이 왜 불만이야?"

"아니, 당연히 없어. 내가 불만을 가질 자격이나 있나? 내가 손해를 본 것도 아닌데, 안 그래? 그저, 당신이 안타까워서 하는 말이야. 지금 당신 모습을 봐. 괜히 그런 놈 찾았다가 성질만 내고 있잖아. 아무리 영계가 먹고 싶어도 최소한 닭이긴 해야지. 저 녀석은 그냥 병아리잖아. 전혀 안 맞았지?"

천란팅의 대꾸가 들리지 않았다. 샤오마는 옆에 있는 왕 기자를 힐끔 쳐다봤는데 다행히 못 들은 것 같았다. 잠시 후 두 사람의 큰 웃음소리가 들렸다. 샤오마는 갑자기 구역질이 났다. 두 사람의 웃음소리가 그의 위장을 비틀어 짜는 것 같았다. 그는 벌떡 일어나 밖으로 뛰어나갔다. 정 기자와 천란팅은 갑자기 뛰어나온 그를 보고 깜짝 놀랐다. 그러나 정 기자는 금방 다시 우렁차게 웃었다. 왕 기자가 고개를 갸웃하며 따라 나왔다.

"뭐야? 무슨 일이야?"

샤오마는 화장실로 달려가 바로 변기 칸에 들어가 문을 잠갔다. 허리를 구부리고 한참 구역질을 했는데 아무 것도 나오지 않았다. 그는 문에 기대어 숨을 가라앉혔다. 화장실은 따뜻하고 습하고 소독세제 냄새가 가득했다. 머리 위로 바람이 스쳐지나갔다. 이때 천란팅의 날카로운 웃음소리가 들렸다. 아마도 정 기자가 또 짓궂은 농담을 한 모양이다.

샤오마는 씩씩거리며 지퍼를 내렸지만 오줌도 나오지 않았다. 인간은 살면서 늘 이렇게 뭔가를 쥐어짜내야 한다. 그는 자신만큼이나 처참한 제 물건을 물끄러미 내려다봤다. 녀석도 고개를 흔들며 한숨을 내쉬는 것 같았다. 샤오마는 녀석을 툭툭 털고 측은한 마음으로 녀석의 머리를 어루만졌다. 우린 같은 운명을 가진 연약한 동물이야. 이때 녀석이 어떤 자극을 받았는지 갑자기 번쩍 고개를 들었다. 녀석은 아직 젊고 이런 굴욕적인 삶을 견딜 수 없었을 것이다. 녀석은 자신의 존엄을 인정받아야 했다. 샤오마는 문득 감정에 북받쳐 힘껏 녀석을 문질렀고 금방 상쾌한 쾌감을 느꼈다. 힘내! 힘내라고! 이번에는 녀석이 너무 오래 힘을 내는 바람에 샤오마는 손이 다 저렸다. 아주 놀라운 발전이었다. 아무래도 녀석은 잠재력이 뛰어난데 자신을 무시하는 상대를 만나 처참하게 무너진 것 같았다. 자, 힘내! 힘내라고! 네가 얼마나 강한지 모두에게 보여줘! 샤오마는 쾌감이 절정으로 치닫자 밖으로 뛰어나가 그 인간들 얼굴에 녀석의 액체를 뿜어내고 싶은 충동을 느꼈다. 그리고 카레라 렌즈에도, 신문에 인쇄된 사진에도 뿌리고 싶었다. 아니, 온 세상 사람에게 이 녀석의 장렬한 최후를 보여주고 싶었다.

사무실로 터덜터덜 걸어가는 샤오마는 온몸에 힘이 하나도 없었다. 동료들이 지금 그의 얼굴을 본다면 더 크게 비웃을 것이다. 정 기자, 왕 기자, 천란팅이 한 테이블에 모여앉아 수다를 떨고 있었다. 정 기자는 천란팅 옆에 착 달라붙어 있었다. 보나마나 정 기자의 손이 그녀의 허벅지를 더듬고 있을 것이다. 세 사람은 샤오마가 돌아오자 미묘한 눈빛을 주고받았다. 천란팅이 고개를 홱 돌리자 두 남자가 억지로 웃음을 참다가 결국 배를 움켜쥐고 테이블을 두드리며 박장대소했다. 샤오마는 고개를 푹 숙인 채 굴욕을 참으며 기계실로 들어가 문을 닫았다. 그는 다시 나갈 용기가 없어 세 사람이 퇴근할 때까지 안에 있기로 했다. 세 사람은 계속 소란스럽게 떠들었고 특히 천란팅의 웃음소리가 귀에 꽂혔다.

"싫지 않아."

심지어 이런 말도 서슴지 않았다.

"좀 내려갈게!"

샤오마는 힘없이 의자에 주저앉았다. 한참 후에야 창가 앞에 서서 멍하니 창밖을 바라봤다. 그리고 재생기 앞으로 걸어가 계속 돌아가고 있는 정 기자가 찍어온 영상을 물끄러미 바라봤다. 지금 이 현실을 잊기 위해 일부러 영상에 집중했다.

이것은 확실히 실패한 인터뷰였다. 갑자기 화면이 기울어지더니 건물, 하늘, 사람 얼굴 등이 어지럽게 뒤섞이며 휙휙 지나갔고 시끄럽게 다투는 소리, 할 일 없는 구경꾼들이 싸움을 부추기는 소리가 들렸다. 잠시 후 처참한 비명이 들리고 카메라가 바닥에 떨어지는 소리도 들렸다. 잠시 하늘이 보였다가 다시 제 위치로 돌아왔다. 그 후에는 어디로 가버렸는지 뻐드렁니 여자가 보이지 않았다. 정 기자와 왕 기자가 구경꾼들을 제치며 자리를 뜨려는 순간 웬 남자의 고함소리가 들렸다.

"거기 서!"

샤오마는 이 목소리가 전혀 낯설지 않아 조금 더 화면에 집중했다. 이 목소리의 주인공이 격정적으로 일상 연설을 늘어놓았다. 정 기자가 그를 위협했다.

"개자식, 손 놓으라는 말 안 들려?"

곧이어 다시 처참한 비명. 화면이 어지럽게 흔들렸고 깡마른 남자가 바닥에 나뒹구는 모습이 보였다. 그는 포기하지 않고 반항했다.

"개자식, 가만 안 둬!"

샤오마는 드디어 그 사람이 누군지 알았다. 한 시간 전쯤 신문사에 제보전화를 걸었던 남자다. 그는 그제야 남자가 말한 사건의 전말을 알았다. 이 우연은 샤오마를 웃게 만들었다. 우리가 사는 세상은 정말 좁구나. 그는 재생기 볼륨을 줄이고 문틈으로 바깥 상황을 살폈다. 세 사람은 여전히 신나게 웃고 떠들었다. 정 기자와 왕 기자가 포르노 영화 속 남자주인공 대사를 읊었다.

"아, 음…… 아, 음……"

샤오마는 조용히 문을 닫고 기계실에 있는 전화를 들었다.

"교환부죠? 오후 3시쯤, 『도시완보』 직통전화에 연락한 사람 좀 찾아주세요. 네. 그쪽 전화번호요."

수화기 너머에서 휴대폰 번호를 알려줬다. 공중전화가 아니라 다행이었다. 샤오마는 당장 이 번호로 전화했다.

"여보세요?"

"누구야?"

"여긴 『도시완보』입니다. 혹시 아직도 두 사람 뒤쫓고 있습니까?"

"쫓아? 개똥같은 소리 하네!

상대방이 다짜고짜 욕을 퍼부었다.

"벌써 도망갔지. 당신들, 도대체 뭐하는 인간들이야? 국가가 왜 이런 쓸모없는 개를 기르는 거야?"

"맞습니다, 맞아요. 저희 개가 좀 그렇지요? 하하, 그런데 이제야 기자들이 돌아왔거든요. 선생님이 겪은 일을 취재하고 싶습니다만. 아, 그놈들이 도망친 건 상관없습니다. 저희는 선생님의 정의감을 알리고 싶은 것이니까요. 잘하면 연말에 시상을 할 수도 있고, 상금도 수여됩니다."

"그래, 그러든지."

운전사가 아직 분이 덜 풀린 목소리였다.

"그럼 당신네 기자를 어디에서 기다리면 되오? 난 지금 푸싱면 쪽인데."

"기다리지 마시고 직접 신문사 로비로 오세요. 선생님 차량 번호를 알려주시면 제가 정문 보안실에 통과시키라고 말해두겠습니다."

샤오마는 운전사가 말한 차량 번호를 받아 적고 다시 물었다.

"선생님, 성함이?"

"리 씨요. 그런데, 당신들, 날 어떻게 알아보려고?"

"당연히 알아보지요. 정의감을 발휘하다 부상을 입지 않으셨습니까? 일단 치료하지 말고 바로 오세요. 그래야 기사가 더 큰 효과를 발휘할 테니까요. 가능한 빨리 오세요."

샤오마는 바로 보안실에 전화해 차량 번호를 말하고 통과시켜 달라고 말했다. 그는 전화를 끊은 후 다시 바깥 동정을 살폈다. 세 사람의 대화는 여전히 뜨거웠다. 천란팅이 거북 이야기를 또 시작한 것 같았다. 샤오마는 창가에서 담배를 피우며 초조하게 차량 행렬을 주시했다. 저 많은 샤리 중 도대체 어느 거야? 10분 후, 운전사가 전화를 걸어왔다.

"신문사 로비에 도착했소."

"아, 잠깐만 기다리세요. 곧 기자를 내려 보내겠습니다."

바깥에서 테이블 삐걱거리는 소리가 들렸다. 세 사람의 웃음소리가 없었다면 이미 그 짓을 시작한 줄 알았을 것이다. 샤오마는 벌컥 문을 열고 태연하게 세 사람을 바라봤다. 세 사람은 유치한 놀이를 하는 중이었다. 넌센스 퀴즈를 내고 못 맞추는 사람을 간질이는 놀이다. 마침 두 남자가 천란팅 허리를 간질이고 있었다. 그런데 남자들 손이 슬금슬금 움직이더니 그녀의 가슴 바로 아래까지 올라갔다. 그 육중한 물건의 무게를 충분히 느낄 위치였다. 천란팅은 이미 둘 중 한 남자와 집에 가서 쥐를 잡기로 약속했을 것이다. 어쩌면 두 사람 다일지도 모른다. 그렇게 합의를 끝내고 그 기념으로 이런 놀이를 시작했나 보다. 천란팅은 샤오마에게 눈길도 주지 않았다. 정 기자가 그를 놀리듯 휘파람을 불었다. 샤오마가 밝고 수줍은 미소로 답했다. 지금 그는 두 사람이 상상도 못할 어마어마한 선물을 준비해왔다.

"아직 안 가셨어요?"

"아, 천천히 가지 뭐."

정 기자가 샤오마에게 눈을 찡긋하며 한 마디 덧붙였다.

"무슨 일이든 조급하면 안 되는 법이거든."

"그렇죠. 방금 전화를 받았는데 어떤 독자가 로비에 찾아와서 기자를 기다리고 있대요. 그 사람들 사는 건물에 누수 문제가 심각해서 제보하고 싶다고요. 화장실에서 볼 일 볼 때 우산을 써야 할 정도래요. 괜찮은 기사 거리 같은데 두 분이 내려가보시겠어요?"

"그러지 뭐."

정 기자는 지금 기분이 아주 좋은지 흔쾌히 수락했다. 이때 왕 기자가 바로 끼어들었다.

"혼자 가려고? 안 돼. 나랑 같이 가."

"그럼 나도 일어나야겠다. 퇴근해야지."

천란팅도 가방을 들고 일어섰다.

"그래, 다 같이 나가자고. 당신은 먼저 퇴근하고. 우리는 먼저 인민의 고충을 해결하고, 그 다음에 당신!"

천란팅이 대꾸 없이 도도하게 먼저 나가고 두 남자가 바로 따라 나갔다. 세 사람이 엘리베이터를 타자마자 샤오마는 재빨리 계단으로 뛰어 내려갔다. 12층을 계단으로 따라잡으려면 전속력을 내야 했다. 정신없이 뛰다가 꼬리뼈가 얼얼할 정도로 크게 넘어졌지만, 통증이 오히려 흥분을 끌어올렸다. 그는 헉헉거리며 뛰고 또 뛰었다. 머릿속에서 이미 오늘 하루의 마지막 장면이 재생되고 있었다.

점잖은 사람들이 오가는 로비 바닥에 피투성이 중년 남자가 쓰러져 있고, 그 남자와 한 데 뒤엉킨 두 남자는 크게 당황해 어쩔 줄 몰랐다. 이때 누군가 처참한 비명을 질렀다. 피투성이 중년 남자가 둘 중 하나의 허벅지를 죽을힘을 다해 물었다. 그는 사납고 굳건하게 버텼다. 목숨을 걸고 달려든 거북처럼.

천진팡은 없다

초판 인쇄   2019년 11월 22일
초판 발행   2019년 11월 29일

지은이   스이펑
옮긴이   양성희
펴낸이   강성민
편집장   이은혜
마케팅   정민호 이숙재 양서연 안남영
홍보   김희숙 김상만 오혜림 지문희 우상희

펴낸곳   (주)글항아리 | 출판등록 2009년 1월 19일 제406-2009-000002호
주소   10881 경기도 파주시 회동길 210
전자우편   bookpot@hanmail.net
전화번호   031-955-8891(마케팅) 031-955-1936(편집부)
팩스   031-955-2557

ISBN   978-89-6735-690-3　03820

글항아리는 (주)문학동네의 계열사입니다.

이 도서의 국립중앙도서관 출판시도서목록(CIP)은 서지정보유통지원시스템 홈페이지(http://seoji.nl.go.kr)와 국가자료공동목록시스템(http://www.nl.go.kr/kolisnet)에서 이용하실 수 있습니다. (CIP제어번호 : CIP2019047202)